ハヤカワ
時代ミステリ文庫
〈JA1427〉

按《あん》針《じん》

仁志耕一郎

早川書房

8503

按《あん》針《じん》

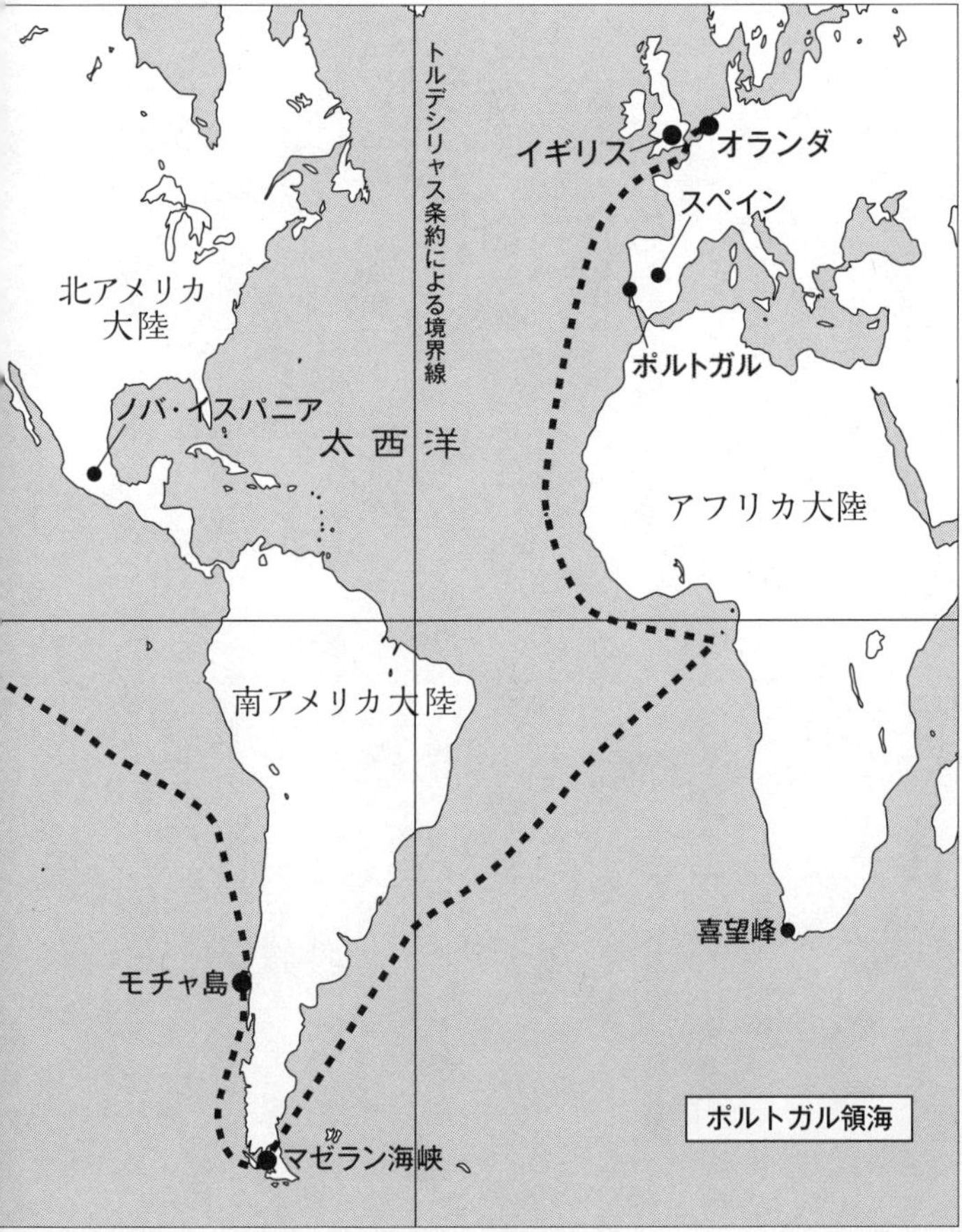

トルデシリャス条約による境界線
イギリス
オランダ
スペイン
北アメリカ
大陸
ポルトガル
ノバ・イスパニア
太 西 洋
アフリカ大陸
南アメリカ大陸
喜望峰
モチャ島
マゼラン海峡
ポルトガル領海

De Liefde

リーフデ号の航路

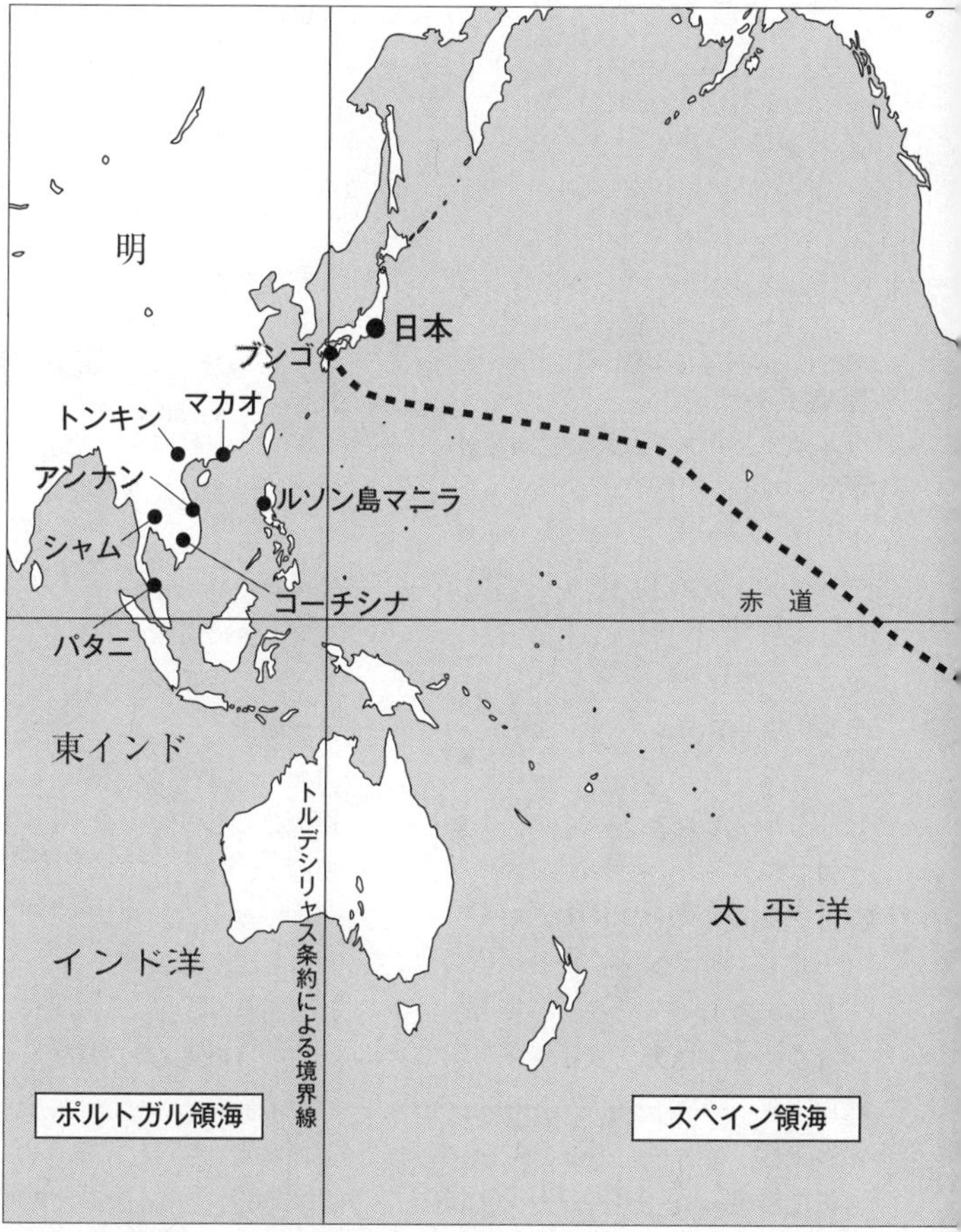

登場人物

ウィリアム・アダムス／三浦按針…………イギリスの航海士。徳川家康に仕えることになる

メアリー……………………………………アダムスの妻

デリヴァレンス………………………………アダムスの娘

ジョン………………………………………アダムスの息子

ヤコブ・クワケルナック……………………リーフデ号船長

ヤン・ヨーステン……………………………副航海士

メルヒヨール…………………………………書記

ピーテル・ヤンスゾーン……………………船大工

ヤコブ………………………………………塡隙工

ジョアン・ツズ・ロドリゲス………………ポルトガル人の神父

リカルド・ペイショット……………………ポルトガル人の商人

ミゲル兵庫……………………………………切支丹侍

ジョン・セーリス……………………………イギリス艦隊総司令官

徳川家康……………………………………按針の庇護者

本多正信……………………………………筆頭家老

寺沢広高……………………………………長崎奉行

平山左近……………………………………按針の警護役

お雪…………………………………………通詞

未知なる友へ――

この手紙を受け取った貴方《あなた》に。

私はウィリアム・アダムスと申すイギリス人です。イギリス国ケント州ジリンガムの生まれです。

私は今、遥《はる》か極東の地、日本島にいます。

十一年前、オランダ船、リーフデ号で豊後《ぶんご》に着きました。

ここ日本島は非常に長く、北は北緯四十八度から、南は北緯三十五度に渡り延びています。

この国の人々は気立てがよく、とても礼儀正しい。反面、戦争においては勇敢です。

その上、彼らの行う裁きは公平で、法を犯した者は厳しく罰せられます。日本は秩序ある方法で統治されており、これほど素晴らしく管理された国は世界中どこにもないでしょう。夜でさえ、どこへでも行けます。また、日本は金や銀が豊富で、ヨーロッパにはない珍しい品々がたくさんあります。

私は今、この国を治める皇帝の臣下となって働いています。

もし、おいでになるのであれば、日本島の東海岸、北緯三十五度十分に船を着けてください。近くには私の仕える皇帝の大きな城があります。オランダ人のいる平戸《ひらど》は、そこから南西に約二百三十リーグ行った所にあります。

江戸は北緯三十六度に位置し、交易に適した最高の港が近くにあり、陸地から半マイル沖まで浅瀬も岩場も一切ない、素晴らしい海岸線が続いています。

船が日本島の東海岸に着いたなら、私を訪ねてください。

私はこの国で「アンジンサマ」と呼ばれています。私の名は江戸から平戸にかけてのすべての海岸で知られていますので、何も恐れることなく、安心して日本島に近づいてください。私は貴方を護衛し、日本島のどこでも好きな場所に案内することができます。

（中略――）

最後に、この手紙を受け取った見知らぬ友へ。

私が日本島で生きていることを女王陛下、並びに、ロンドンの私の友人たちに伝えてください。親愛なる祖国の同朋たちと、この日本島で再会できることを心より願っています。そして、神が私の願いに応えてくれることを辛抱《しんぼう》強く待っています。

神のご意志が貴方に永遠の恵みを与え、すべての敵からお護りくださるようお祈りいたします。

アーメン。

神を讃《たた》え　一六一一年十月二十三日　日本島平戸にて

貴方の見知らぬ友、ウィリアム・アダムスより——

目次

西の旅人

一

Alas, my love, you do me wrong
To cast me off discourteously
For I have loved you well and long
Delighting in your company…

ああ、愛《いと》しき人よ、何ということをなさるの
あなたは私の愛を　非情にも捨てようとなさる
私は長い間　あなたをお慕いし愛していました
側にいるだけで幸せでしたのに……。

闇の中から風の音とともに聞こえてきた、妻メアリーの柔らかな歌声で目が覚めた。
『Greensleeves《グリーンスリーブス》（緑の袖《そで》）』——。

一五八〇年代頃からイングランドで歌われ出した民謡だ。メアリーが娘デリヴァレンスや息子のジョンを寝かしつける時に、子守歌のように歌っていたことを思い出す。

生あたたかく湿った闇が、風に鳴っていた。潮《しお》の香がする。目の前には、蜘蛛《くも》の巣のように張り巡らされた無数のロープ。奥には黒く濁《にご》る雲に覆われた、怪しげな夜空が覗《のぞ》く。

月も星も見えない。それに向かい、白茶《しらちゃ》けたメインマストが吸い込まれるように伸びている。マストに水平に張られた二段の帆桁《ほげた》の帆はぼろぼろに破れ、すでに体《てい》をなしていない。

メインマストと競うように並ぶ、前後二本のマストの帆も同じだ。上部にある半円形の見張り台には人影はあるものの、動く気配はない。その先には端《はし》の千切れた、赤白青の三色旗――オランダ（ネーデルラント）の旗が微《かす》かに見えている。

パタパタと音を立て風に激しく煽られている様は、あたかも苦しみから逃れようとしているかのよう。

――まるで幽霊船だ。これは現実なのか、それとも悪夢か……。

背中の下から木の軋《きし》む音が聞こえる。

同じ間隔で繰り返すその音で、ようやくどこに寝ているのかがわかった。

大型ガレオン船、リーフデ号の、クォーターデッキ（船尾甲板《かんぱん》）の上だ。

ウィリアム・アダムスは意識を取り戻し、大きく深呼吸をした。

夕方、操舵手《そうだしゅ》の「――恵みの雨だ！」の声で、船室から飛び出したまでは憶えている。その後のことは記憶にない。

無理もなかった。三ヵ月も太平洋上をさ迷い続けたせいで水も食料も尽きていた。久しぶりの雨に気が昂《たかぶ》り過ぎて、失神したらしい。

だからだろう。尚も耳の奥から聞こえてくるメアリーの歌声は、懐かしいというより切ない。

今にして思えば、今回の航海はあまりに無謀《むぼう》過ぎた。

一五九八年、六月二十四日――。オランダのテセルを出航したガレオン船五隻の船団は大西洋を南下。九月末、赤道を通過してまもなく、船団長ヤコブ・マフが大西洋上で高熱の病に倒れた。その後、太平洋への入口マゼラン海峡に着くまでに、熱風に煽られ多くの時を費やしたため、腐った水と食料不足で何人もの船員を失った。

この時点で引き返す決断をすべきだった。

もっとも、航海の目的そのものに問題があったことも否めない。オランダ商品の販路拡張で、確かな目的地もない漠《ばく》としたものだった。

航海中、五隻の船長と各航海士との間に確執《かくしつ》が生まれたことも、問題の一つだ。船団長ヤコブ・マフを含む五人の船長は単なる商人《あきんど》で、航海歴は浅く海をまったく知らない。対するウィリアムをはじめとする外国から来た航海士は、海の怖さを知り尽くした男たちだった。

船団長の死後、ウィリアムは航海長として何度も引き返すように説得した。

だが、聞き入れられないばかりか、航行を妨げたとして航海長の任を解《と》かれ、五隻の船団率いる旗艦《きかん》ホープ号から、副艦《ふくかん》リーフデ号の一航海士に格下げされてしまった。

さらに不運なことに、氷に閉ざされた過酷な冬のマゼラン海峡で半年も足止めされ、その間、食料を食べ尽くしてしまったことだ。ここでも厳しい寒さと病で多くの船員を失った。

春を待ってようやく太平洋に出たものの、今度は凄まじい嵐に遭い、五隻は離れ離れとなる。

一隻となったリーフデ号は洋上をさ迷い続け、確かな海図もなく北へと向かった。すでに百十人いた船員は三分の一にまで減っていた。飢えと病に加え、途中の島々でわずかな水と食料の引き換えに、多くの船員が原住民に殺されたからだ。

幸い十一月末、ペルー沖のサンタ・マリア島で旗艦ホープ号と出会えたものの、ホープ号もリーフデ号と同じ状況だった。ヤコブ・マフの後に就いた船団長シモン・デ・コルデスほか多くの船員が途中の島で食糧調達に失敗し、殺されていた。

もう時間がないことは誰もがわかっていた。死が確実に全員に迫っていた。

そこで、目的地に決定したのが、マルコポーロがかつてヨーロッパに「黄金の国」と紹介した――

ジパング――日本だった。

理由は積み荷の毛織物が東インド諸島などの暑い国では需要がなく、日本は北に位置するため需要があるという、オランダで有名な冒険家「ディルク・シナ」の情報だった。ウィリアムの代わりに航海長となった親友のティモシー・ショッテンが知っていた。加えて、海図にあった、銀が豊富に取れるイワミ（石見）銀山の存在が決定づける。

毛織物を日本で銀に換え、中国の絹や東インドの胡椒《こしょう》を買ってオランダに戻る――。

それが航海の方針となり、二隻はすぐさま太平洋の北西にある、日本島を目指した。

ただ……。

死は常に間近にあった。

ウィリアムはわずかな雨水を舐め、方位磁石を睨み、緯度を計るアストロラーベで、夜は南十字星を、昼は太陽の正午の高度を測り、ひたすら北西に向かい航海を続けた。

太平洋の赤道を越えたのは、年が明けた一月末だった。

照りつける灼熱《しゃくねつ》の太陽に苦しめられながらもアストロラーベの針が一度、また一度と上がっていくことだけが心の支えだった。

ようやく北緯二十八度線に達したのは、二月半ば過ぎ。残り三度で西の水平線上に、海図にある日本島が見えてくるはずだった。しかし――。

これまで経験したこともない嵐に遭遇。リーフデ号は再び旗艦ホープ号とはぐれてしまう。

辛くも難を逃れたものの、三本のマストに張られた帆で体をなしているのはミズンマスト（後帆柱）の、しかも下の帆一枚のみ。嵐で海に投げ出された者も多く、生き残った船員は三十人にも満たなかった。

それだけに今、ウィリアムが生きていること自体、奇跡に近い。

耳の奥でメアリーの歌声が再び流れ出したからか、出航前日のメアリーの言葉が脳裏に蘇《よみがえ》った。

お願い、ウィル（ウィリアムの愛称）。家族のために、もう愚かな夢は捨てて。ドレークのように何もかも失いたいの！――。

あの晩、メアリーの言葉に耳を傾けてさえいれば、弟も親友も死なずに済んだ。

無謀な挑戦とは気づいていた。それに皆を巻き込んでしまったのだ。いや――。

もう遅い。遅すぎる。できることなら出国前の、あの日に戻りたい。

そう、二年前のオランダのロッテルダムへ向かう前日の、
一五九八年五月——最後にメアリーと喧嘩した、あの日に……。

二

ロンドン郊外のウィリアムのアパートで、親友ティモシー・ショッテンと弟トーマスを交え、夕食を兼ねたささやかな歓送会を開いていた。

裏庭からメアリーが植えた赤いバラが仄《ほの》かに香る、夕暮れだった。

テーブルの上には三本の蠟燭《ろうそく》が辺りを赤々と照らし、メアリー自慢の手料理と、特別な日にしか飲まないフランスのガスコーニュ産赤ワインの注がれたグラスが並んでいた。

ショッテンはローストビーフとともに出されたヘイスティ・プディングを一口食べ、茶色い口髭《くちひげ》をナプキンで拭うと、しみじみと言った。

「ウィルは幸せ者だ。こんなにも美味《うま》い手料理に、美人の奥さん。その上、二人の可愛い子供たちだ。俺も早くこんな暮らしがしたいものだよ」

メアリーと結婚したのは、女王エリザベス一世のイギリス艦隊がスペイン無敵艦隊ア

ルマダを撃破した、一五八八年の翌年だった。

国を挙げての海戦に、ウィリアムも貨物補給船の船長として参加した。お蔭でロンドンのバーバリー商会に就職でき、わずかながらも将来に夢と希望が持てた時期だった。給与はさほど高いわけではなかったが、それでもロンドン郊外に、何軒も連接する二階建てレンガづくりの、古いテラスド・ハウスの一戸を借りることができた。

一五九〇年に娘デリヴァレンスが生まれ、二年後には息子ジョンを授かった。貧しいながらも親子四人、最も幸せな時だったと言っていい。

ただ、ウィリアムの中に、「もっと家族に裕福な暮らしをさせたい」という欲が芽生え始めた時期でもあった。

周りは、一攫千金《いっかくせんきん》を夢見、東インドへの新航路の発見に沸き立っていた。その影響もある。

東インドの胡椒や中国の絹などの獲得のため、地中海航路はイスラムやベネチアなどの商人が独占していた。だが、マゼランが船で世界一周を果たして以降、商船は地中海を通る必要がなくなったため、西欧諸国は一変する。

スペイン、ポルトガルはローマ教皇の名の下に、あろうことか、大西洋を縦に線引きして二分。東をポルトガルの領海とし、西をスペインの領海と勝手に定めてしまう。

新航路発見に出遅れたイギリスや独立まもない新興国オランダは、大西洋から締め出された形となった。

イギリスもオランダも指をくわえ見ていたわけではない。争うように多くの大型ガレオン船を建造し、大海に向かわせた。

ことにイギリス女王エリザベス一世は敵意を露《あら》わにし、貴族らにけしかけて海賊行為を奨励。「新しい航路の発見は、地位と財を得る近道――」とまで言われた。

ウィリアムが勤めるバーバリー商会も、これまで誰も行かなかった北極海から太平洋に向かう、東回りの〈北方航路〉の探索に乗り出す。

東インドへの〈南方航路〉は、東回りの入口アフリカ最南端の喜《き》望峰《ぼうほう》はポルトガルの海域で、西回りの入口マゼラン海峡はスペインが押さえており、イギリスやオランダなど他国の商船は多額の通行税を支払わないと通れないからだ。

ウィリアムは会社の命令で北海を北上し、ノルウェー沖に向かった。

しかし、二年を費やした〈北方航路〉の探索も、氷河に行く手を阻まれ失敗に終わってしまう。

それならばと――アイスランドやグリーンランド沖から向かう、西回りの〈北方航路〉を提案したものの、「氷河があっては無理だ」とあっさりと却下されてしまった。

その直後だった。共に働いていたオランダ人船員仲間から、ロッテルダムで東インドへの新たな航路を探す、ベテラン航海士を探しているという話を耳にする。月収はバーバリー商会の倍の、十五ポンド。出来高払いで、無事に戻れば、さらに報奨金を出すというものだった。

迷いはなかった。三十四歳のウィリアムにとり、最後の機会だった。

ウィリアムはバーバリー商会に辞表を提出。親友ショッテンと弟トーマスを誘い、オランダに向かった。

三人は、これまでの経歴から貿易商フェーク・ハーヘン社に採用された。

メアリーも大喜びだった。しかし……。

オランダへの出発前日までメアリーにはまったく詳細を伝えていなかったこともあり、「新航路発見」のための転職だったと知るや、態度を硬化させていく。

あの晩、メアリーから笑みが消え、空気が重みを増した。そのことにまったく気づいていないショッテンはワイングラス片手にチーズを摘まみ、多くの応募者から三人が選ばれたことを誇らしげに語ると、大きく溜め息を吐いた。

「とはいえ、新たな航路探しの目的地は地の果て、極東だ。船に乗れば、こんな美味《うま》いチェダーチーズはお預けさ。口に入るものといえば、塩漬けの肉や魚に酸《す》っぱいワインか濁ったビール。それに蛆《うじ》の湧《わ》いたチーズやビスケット。その臭いときたら……。あ、いや、失礼」

　メアリーはこれが最後の晩餐《ばんさん》と感じたのか、ショッテンの話に複雑な表情で目を伏せていた。

　その気まずさを拭うように、トーマスが拳を掲げた。

「ライク・サー・ドレーク！（Like Sir Drake!——ドレーク提督《ていとく》のように）だ。そのためなら我慢もできる」

　サー・ドレーク——。本名、フランシス・ドレーク。

　戦艦ゴールデン・ハインド号で船団を率いて大西洋を渡り、マゼラン海峡を越え、「太陽の沈まぬ国」と呼ばれたスペイン領の植民地を次々と襲い、金銀財宝を略奪した海賊のキャプテンだ。

　一五八〇年に三十万ポンドを越える金銀財宝を持ち帰り、女王エリザベス一世にその多くを献上して「サー」の称号を受け、女王に「私の海賊」とまで言わしめた男でもある。

　その後、イギリス海軍中将に任命され、一五八八年に「スペイン無敵艦隊」と呼ばれたアルマダ艦隊を完膚《かんぷ》なきまでに叩きのめし壊滅。ドレークの名はイギリス国内だけでなく、周辺隣国のオランダやフランス、敵国スペインやポルトガルにまで轟《とどろ》いている。

以降、ロンドンでは多くの男たちが「ライク・サー・ドレーク！」と叫び、大海に乗り出していった。

トーマスはぞんざいにワイングラスを呷《あお》ってから、自慢げに胸を張った。

「今度、戻ってくる時は、ティム（ティモシーの愛称）はサー・ティモシー・ショッテン。僕はサー・トーマス・アダムスだ。きっとロンドン中の娘たちが大勢押しかけてくる。そうだろう、ウィル」

ロンドンでは、貧しい男は妻を娶《めと》れない。二人とも三十を過ぎても独身だった。

「ま、サー・ドレークとはいかないまでも、ジェントリーぐらいにはなれるだろう。そうなれば、花嫁は選《よ》り取り見取りさ」

ナイトの下に新たにつくられた二つの階級がある。大地主のジェントリーと、土地持ちのヨーマンだ。どちらも貴族に近い扱いを受けている。

「――死んでしまったら終わりよ！」

突然の気色《けしき》ばんだメアリーの声で、それまでの空気が一変する。

ショッテンとトーマスの二人を見回したメアリーの潤《うる》んだライト・ブルーの瞳《ひとみ》が、ウィリアムで止まった。

「どんな称号をもらい多くのお金を稼いでも、ドレークのように命を失ったらお終《しま》いよ」

「サー」とまで呼ばれたドレークの末路は惨憺《さんたん》たるものだった。

一五九五年、ドレーク率いるイギリス海軍はアフリカ沖のスペイン戦で敗れ、新大陸スペイン領のアメリカ沖の海戦でもスペインに大敗北を帰《き》す。ドレークは行軍中に病に倒れ、翌年一月に亡くなった。その後もイギリス海軍はスペイン軍に追われ、ほうほうの体でイギリスに帰港したのは五月だった。ロンドンはドレークの死で深い悲しみに包まれた。

　ウィリアムは、その場を取り繕《つくろ》うように言葉を継いだ。

「メアリー、僕らは大丈夫だ。別に戦争に行くわけじゃない。オランダはすでに東インドのバンテン（現・インドネシア・ジャワ島）まで行っている。ティムも僕も海をよく知る一級の航海士だ。僕は何度も船に乗っているし、ティムも世界中の海を旅している。心配はいらないよ」

　ウィリアムの言葉に、メアリーは涙を拭いながら席を外した。

　その後、会話は弾まず、気まずさが残る中、ショッテンとトーマスは帰っていった。

メアリーは食器を片付けている途中、突然、両手でテーブルを叩いた。

「――ウィル！　お願い。行かないで。今度だけは何か不吉な予感がするの」

ウィリアムは思い詰めるメアリーに笑みを返した。

「今さら何を言い出すんだ。僕は船団の航海長に抜擢されたんだぞ。こんなチャンスはもう二度と巡ってこない。年俸だってバーバリー社の倍だ。この航海が旨く行けば、また年俸も上がる。それこそ、ジェントリーも夢じゃない」

「私は今の暮らしのままでいいの。あなたさえいてくれれば……」メアリーは青い瞳いっぱいに涙を溜めていた。「ウィル。あなたがバーバリー社で〈北方航路〉の探索のため二年間も家に戻らなかった時、私は二人の子供を抱え、どんな思いで待っていたと思うの。あなたのお父さんのように……死んだかと思ったほどよ！」

父は南東部のケント州ジリンガムの貧しい漁師だった。母は体が弱く病気がちで、日々の暮らしにも事欠《ことか》いた。

当時「新航路発見」は、貧困から這い上がる唯一の手段だった。

ウィリアムが十一歳の時、父は母の薬代を稼ぐため一攫千金を夢見、漁師仲間と共に貴族が用意した大型ガレオン船に乗り込み、大海に乗り出していった。

人の価値は地位でも金でもない。自分の夢に向かって挑戦できたか、どうかだ――。

父の口癖だった。さらに、こう続けるのが常だった。

人生、こつこつ真面目にやれば成功するってもんじゃない。時には大博打《おおばくち》も必要だ——。

しかし、父は二年経っても戻らなかった。

その後、母は病死し、ウィリアムは食べるために、また、弟トーマスを養うためにも働かねばならず、十二歳の時、テームズ川の北岸にあるライムハウスに移り、船大工の棟梁ニコラス・ディギンスに弟子入りする。

とはいえ、わずかな賃金を得られるようになったのは十六になってからだ。

その頃、耳に入ってきたのが、海賊ドレークが「サー」の称号を受け貴族になったことだった。以降、サー・ドレークはウィリアムだけではなく、ロンドンに住む多くの下層階級の男たちの憧れの存在となっていく。

メアリーは悲しげな目でウィリアムを睨んだ。

「周りを見てよ。現実を見てよ。町中、愚かな夢を追い掛けて海に出ていった夫を待つ妻ばかり。いえ、未亡人で溢れているわ。ジェントリーになった人なんて一人もいない。ウィル、あなたはもう一人じゃない。愛する娘と息子に、あなたと同じ思いをさせたいの。お願い、ウィル。家族のためにも、もう愚かな夢は捨てて。ドレークのように何もかも失いたいの！」

青い瞳に溜まった涙が一気に溢れ出し、メアリーは両手で顔を覆った。

「これは僕の最後のチャンスなんだ。わかってくれ、メアリー。僕は必ず戻ってくる」

メアリーは体を震わせ嗚咽《おえつ》した。

涙が形のいい尖った顎《あご》をつたい、テーブルの上に落ちた。

「……メアリー」思わず呟いた言葉が、闇夜を駆け抜ける風に吸い込まれていく。

新航路発見で名を馳《は》せる！――。

貧しい男たちの誰もが持つ夢だった。

少年の頃からの夢であり、女々《めめ》しいほどに捨てきれなかった。いや――。

正直にいう。ただただ金持ちになりたかった。

幼い頃、貧乏だったこともある。わが子にだけは、そんな惨めな思いをさせたくはなかった。

それだけではない。貴族という世界がどんなものか知りたかった。その一人になりたいと心の底から思った。それが、

――そう、たった一度の航海で叶う。

男としての意地もあった。見栄といってもいい。だが――。

そのこだわりが何もかも失わせ、今、命をも奪おうとしている。

その時だった。微かな意識の中、闇に吸い込まれようとする命を引き戻すように、突然、仰向けの顔に、大量の水が降ってきた。

ウィリアムは目を開けた。

水は帆に溜まった雨水だった。帆が風で動き、破けた穴から尚も流れている。

思いっきり口を開け飲んだ。渇き切った体にどんどん沁み込んでいく。

ウィリアムはやおら体を起こした。

――まだ命はある。諦めるのには早過ぎる。そう、必ず日本島に辿り着いてみせる。

トーマスやショッテンのためにも夢を叶えなければ、二人の死までもが無駄になってしまう。

――そうだ！　ロンドンで待つメアリーのためにも生き抜くんだ。

ウィリアムは夢を手繰《たぐ》るように手を伸ばし、甲板に転がっているアストロラーベを引き寄せた。

東の王

一

口の中が渇き、焼けるように痛い。

何日も潮風《しおかぜ》と洋上を照らす太陽に晒《さら》され続けている。

恵みの雨の後、雨は一滴も降っておらず、雨水を貯める樽は干上がっていた。

幸い風は南東から吹いており、潮の流れもある。リーフデ号は満足な帆がないにもかかわらず、海流に乗り順調に西に向かっていた。しかし、北緯三十度になっても、海図や地球儀が間違っているのか、来る日も来る日も、水平線に島影は浮かんではくれない。

空しく過ぎていく日々と果てしない大海原《おおうなばら》に、船員の誰もが苛立っていた。口にこそ出さないが、日本に辿り着けないのはウィリアムの航海術の未熟さだと思っているらしい。

それは船員たちが向けるまなざしの隅にある怒りで読み取れる。中には後ろを通る際、あからさまに舌打ちする者までいた。普段、冷静沈着な船長ヤコブ・クワケルナックですら、航海士としてのウィリアムの能力を疑い始めている。

無理もない。サンタ・マリア島を出て四ヵ月余り、一日として満足な食事はしていない。

途中、二つの島に寄ったものの水も食料も十分に調達できず、口に入る物といえば、わずかに残る、マゼラン海峡を通った折に獲ったペンギンの塩漬けの腐った肉と雨水だけ。船員の中には飢えに耐えられず、ロープを覆う牛革のカバーを食べる者まで出るほどで、飢えと病で船員の多くが死んでいった。

長い航海でかかる病の多くが、壊血《かいけつ》病と脚気《かっけ》だ。壊血病は歯が抜け落ち、歯肉から出血して血が止まらなくなり死に至る。脚気は足が麻痺《まひ》して立てなくなり、やがて命を落とす。いずれも野菜不足が原因だ。

生き残っているほとんどに、その兆候が表れている。

船長クワケルナックは衰弱して船長室から出ることもできない。かろうじて歩けるのはウィリアムほか副航海士のヤン・ヨーステンや書記のメルヒヨール、見張り台にいるギルベルトなど、わずか六人ほど。残り十八人は生きてはいるものの、うち三人は虫の息というありさまだ。

ウィリアムも他の船員同様、限界に近い。壊血病や脚気の兆候が出始めており、指や体のこわばりで思うように動かない。気《き》鬱《うつ》にもなり掛けている。船内でイギリス人はウィリアムただ一人。航海中に弟トーマスと親友ショッテンを失ったことも大きい。船員が次々と死んでいく中、船内に漂う無言の圧力と疎外感に加え、頼りにしてきた海図や地球儀も信じられなくなりつつある。あまりの心細さで心が押し潰されそうで、航海士としての自信すら失いかけている。そんな失意の中、

四月十一日の正午過ぎ――。

船首甲板に立つウィリアムの測るアストロラーベが、北緯三十二度三十分を指した時だった。

一筋の光明が射す如く、突然、水平線に島影が浮かび上がる。

初めは幻覚だと思った。だが、「――島だ！」と見張り台で気が狂ったように叫ぶギルベルトの声で、ようやく現実と覚《さと》った。

船内は一瞬にして色めき立った。病で動けない船員ですら甲板に這い出て、船の手すりに摑まり、食い入るようにわずかな島影を目で追っていた。

ウィリアムは島影を目指し、残っていた三角帆を張らせ、さらに船を北西に向かわせ

た。

日を追うごとに、島は大きく姿を現した。

北緯三十三度。まさに「黄金の国ジパング」と呼ぶにふさわしく輝いて見えた。そして――。

四月十九日、朝――。ついにリーフデ号は、浜から一リーグ（約四・八キロメートル）離れた海上で錨《いかり》を降ろす。

オランダを出て一年十ヵ月余り。これほど嬉しかったことはない。

ウィリアムは船長に指示を仰ぐべく、ふらつく足で船尾の船長室に行きドアを叩いた。

「入りたまえ」の声にドアを開けると、クワケルナックは部屋の奥で椅子に掛けていた。

歳は四十半ば。ふた月ほど前から脚気で動けない。かなり辛いらしく頬のこけた顔が青白い。それでも豪華な刺繍《ししゅう》の入った白いシャツの上に焦《こ》げ茶色の革のジャーキン（ベスト）を羽織り、首の周りには蛇腹《じゃばら》のラフ（襟《えり》）を着け、船長としての威厳を保っている。

大柄だが、気は細やかで思いやりもあり、ウィリアムとはいつも英語で話してくれる。

ようやく投錨《とうびょう》できたからだろう、虚ろながらも笑みを浮かべていた。

「キャプテン。ついに日本に辿り着きました」誇らしげに言ったつもりが、久しぶりに声を発したからか、かすれていた。「海図が正しければブンゴ（豊後・現・大分県）です。

直《ただ》ちに上陸して水と食料の調達に向かいたいのですが、残念なことにボートが残っていません。私としては、日本人が見つけてくれるまで待ったほうがいいと思うのですが、如何《いかが》でしょう」

クワケルナックは頷きつつも、茶色の髭で覆われた口を動かした。

「嵐に港を選ばずと言うが、今は、それしかあるまい。我々はこれまで多くの犠牲を払ってきた。今や戦うどころか、歩く力もない。日本人がモチャ島のような原住民でないことを祈るだけだ。――あ、いや、すまない、辛いことを思い出させて。弟のトーマス君は……残念だった」

あれは忘れもしない、昨年の十一月一日――。

五隻の船団はマゼラン海峡を出た直後、嵐に遭い離散した。

リーフデ号は南緯五十四度まで流され、その後、風に任せて北上。

十一月一日の早朝、南緯三十八度のチリ沖に浮かぶ、モチャ島に漂着する。

投錨してまもなくだった。島から原住民三人がボートでやってきて、歓迎するような笑顔と身振り手振りで食べ物が豊富にあることを伝えてきた。

マゼラン海峡で半年も足止めされた間、ペンギンを捕獲し塩漬けにしたものの、食料は十分とは言えなかった。ことに野菜が不足していた。前船長ヘリット・ファン・ブーニンゲンは積み荷の中から原住民が喜びそうな羅紗《らしゃ》を選び、船員二十三人とともに上陸する。その中に弟トーマスもいた。

　ボートの中ほどで手を振り、笑顔で得意げに叫ぶトーマス。

「皆！　今夜は新鮮な野菜と果物だ」

「ついでに美味いワインと、できれば若い娘も頼むぜ」と船内から声が飛ぶ。

「それは無理な注文だ。でも若い山羊《やぎ》なら、いるかもしれない。楽しみに待っていてくれ」

　それが、生きているトーマスを見た最後の姿だった。

　船長を含む二十三人を乗せたボートが上陸した直後だった。

　物陰に隠れていた原住民が槍や弓矢を放ってきた。船員たちは用心のためマスケット銃（火縄銃）や剣を用意していたものの、あまりに突然のことに構える間さえない。

　原住民は瞬く間に千人を越え、奇声を上げながら船長を含む全員を呑み込み、殺戮《さつりく》。尚も嘲笑《あざわら》うように二十三人の血だらけの遺骸を槍で刺して担ぎ上げた。その周りで白い歯を出し、狂喜乱舞する原住民たち。トーマスの体も何本もの槍で持ち上げられ、白いシャツが胸から真っ赤に染まっていた。

ウィリアムはデッキから身を乗り出し、「やめろ、やめてくれ！」と怒りのままに泣き叫んだ。他の船員たちも「やめろ！」と叫ぶことしかできなかった。しかし――。

悲しみに浸る間はなかった。リーフデ号にも危険が迫っていた。

原住民はリーフデ号を燃やそうと何十艘ものボートを漕ぎ出し、火矢を撃ち込んできた。リーフデ号は鉄砲や大砲を撃って応戦しながら錨を上げ、辛くも島から逃れたのだった。

クワケルナックは弱々しく息を吐いた。

「次は私の番かもしれん。もっとも半分死にかけている……。生きられるかどうかは神の差配にゆだねるしかない。死ぬ前にせめてもう一度、仔羊《こひつじ》のステーキにブルゴーニュ産の赤ワイン、それに故郷のゴーダチーズを食べたかったよ」

前船長が二人も亡くなっているからだろう。すでに死を覚悟しているらしい。

もっとも、それはクワケルナックに限ったことではない、誰もが次は自分に死が訪れるのではないかと、内心、怯えている。

ただ、ウィリアム自身飢え過ぎて、死への恐怖より、脳裏にはロンドンを出る時にメアリーが作ってくれた料理が次々と浮かび、乾いた口に生唾がわずかに滲み出てくるのを感じた。

「……キャプテン、ここまで辿り着けたのも神のご加護、お導きです。命があるということは、神から与えられた使命がまだ終わっていないということです。亡くなった多くの仲間のためにも、この航海が正しかったことを故郷に伝えなければなりません。気をしっかりと持ってください」

クワケルナックは目を細めて頷き返した。

「そうだな……。満身創痍《まんしんそうい》でも我々は日本に着いたのだからね。私はこのとおり動けない。後のことは君に任せる。何か困ったことがあれば、メル（メルヒヨール）と相談してくれ。まだ三十と若いが頼りになる男だ」

その時、「――船が来るぞ！」と、見張り台からギルベルトの声が聞こえてきた。

「アダムス君。皆には、日本人が乗り込んできても手出しをしないよう言ってくれ。ホープ号にいたショッテン君の話では、日本人は好戦的らしい」

「わかりました、キャプテン」

二

デッキに出て辺りを見回すと、何十艘もの小舟に囲まれていた。

舟に乗っているのはアフリカから連れてこられた黒人奴隷やチリ辺りにいる土着民とは違い、肌はさほどに黒くない。ただ、ぞんざいに髪を頭の上で縛り、粗末な衣服を着た姿は、イギリスで広く知られる中国人やインド人に近い。腰には刀を差し、目はモチャ島の原住民以上に血走っている。

盗賊の類《たぐい》だろう。ついトーマスが殺されたモチャ島での惨劇が蘇《よみがえ》り、拳に力が入っていく。

――駄目だ！　刃向かっては。

キャプテンの言うように、我々には戦う体力も人も残っていない。ウィリアムは怒りを鎮《しず》め、船長の指示を甲板に集まった船員に伝えた。

全員、不安な顔ながら納得してくれたが、ただ一人、大柄のヤン・ヨーステンだけが不服そうな顔で睨み返してきた。

歳は船長と同じく四十半ば。ウィリアムより八歳ほど年嵩《としかさ》だからか、副航海士にもかかわらず、常にウィリアムを部下のように見ている。親分肌で、荒くれの多い船乗りの中では珍しく身なりを気にする男で、赤毛のストレートの長い髪や口髭に合わせたように、目立つオレンジ色の刺繍を施したジャーキンに同色のベネチアン・ホーズ（ズボン）をはき、首には船長よりひと回り大きな白いラフを巻き、あたかも副船長のように振る舞っている。

ヤン・ヨーステンは腰の剣の柄《つか》を左手で握り、胸を張った。

「アダムス君。まさか相手が剣を振りかざしても、黙って刺されろというのではないだろうね。私は殉教《じゅんきょう》者になるほど、キリスト教に熱心ではない」

キリスト教では、無抵抗で殺されることが殉教と思われている。

「そういう意味じゃない、ヤヨースさん」

「私はヤン・ヨーステンだ」言下に大きく溜め息をした。「アダムス君。二年近くも共に苦難を乗り越えてきたんだ。いい加減に名前ぐらい覚えたまえ。それが礼儀だろ」

オランダ人の名前は、よくは知らないが、出身地が入っていることもあり長い。

ヤン・ヨーステンの正式名は、ヤン・ヨーステン・ファン・ローデンスタイン。名前のヤン・ヨーステンだけでも長いので、ウィリアムを「ウィル」と短く愛称で呼ぶイギリスの風習に倣《なら》い「ヤヨース」と呼んでいる。だが、オランダ人の沽券《こけん》にかかわるのか、必ず言い直すよう求めてくる。

「名前は覚えていますよ。ですが、咄嗟《とっさ》な時には短い愛称のほうが便利でしょう」

「私は自分の名前に誇りを持っている。勝手に短くされるのは不愉快だ」

「わかりました、ヤン・ヨーステンさん。先ほどの質問ですが、相手が剣を振りかざしてくれれば、やむを得ませんが、なるべく戦わず、身振り手振りで戦意のないことを伝えてください」

「身振り手振りだと？　君はモチャ島でのことを忘れたのか」

　モチャ島でも身振り手振りで戦意のないことを伝えた。だが、騙《だま》し討ちされている。

「だから言っているんです。もう我々には戦う力は残っていない。たとえ一人や二人に勝っても、それで全員が殺されてしまえば、ここまでの苦労が無駄になる。やっと日本に辿り着けたんです。積み荷を売って、東インドで胡椒を買ってオランダに帰りましょう。我々の目的は戦いじゃない、交易だ」

「君の言うのは尤《もっと》もだ。が、相手は盗賊かもしれん。盗賊なら、積み荷をすべて持っていく」

　その言葉を遮るように、「それでも殺されるよりはいい」と後ろから声が飛んだ。

　メルヒヨールだった。航海中に長く伸びたブロンドの髪を後ろ手に縛り、ギャザー襟の白いシャツに焦げ茶のジャーキンと同色のホーズ姿で、おぼつかない足取りで近づいてきた。細面の顔は、髪と同じブロンドの髭に覆われているものの、メアリーと同じ青い瞳だからか、男臭い船乗りの中でも爽《さわ》やかに映る。

「まずは水と食べ物です。死にかけている仲間が大勢いるんです。今は戦いでも、交易でもない。命でしょう」

「そのとおりだ、メル」

その時、「乗り込んでくるぞ」と、見張り台にいるギルベルトの押殺した声が聞こえた。


小舟でリーフデ号を囲んだ男たちはそれぞれに四爪錨《よつめいかり》を投げ入れ、船の手摺《てす》りに引っ掛けて綱をよじ登り、一斉にウィリアムたちのいる甲板に上がってきた。

総勢三十人ほど。髪を後ろ手に束ね、貧相な出で立ちで長い刀を前に突き出し、背中を丸めて構えている様は大西洋に出没する海賊と変わらない。そのうちの一人が甲板に横たわっていた船員の一人に近寄り、一瞬、尻込みしたものの、頭目《とうもく》らしき男に何か伝えていた。

初めて聞く言葉で、まったくわからない。その時、ヤン・ヨーステンが隙《すき》を狙い、腰に差しているレイピアと呼ぶ直刀を今にも抜こうとした。

ウィリアムは剣を握る手を素早く押さえ、微かに首を振り、声を落とした。

「奴らの目的は積み荷です。ここは堪《こら》えてください」

男たちの何人かが甲板下の船倉に続く入口を探し当てたらしく頭目に告げると、すぐに入っていった

ウィリアムは親しみのある笑みを浮かべ、甲板で指図する盗賊の頭目に近づいた。

「あ、あのー。ここは日本ですか」

頭目は刀を抜き、険しい顔で構えたものの、何も言葉を発しない。ウィリアムは両手をかざして武器を持っていないことを示してから、陸地を指して、もう一度訊ねた。

「ブンゴ？」

頭目は訝《いぶか》しげな顔で微かに頷いた。その時だった。

「おい、盗人《ぬすっと》ども！」と背後でヤン・ヨーステンが大声で叫んだ。「積み荷はくれてやるから、代わりに水と食べ物を運んでこい！」

頭目はヤン・ヨーステンの声に「――ひぃーっ！」と悲鳴にも似た声を上げるや、船倉から運び出してきた大きな麻袋を背負った盗賊たちと共に、瞬く間に船から引き揚げていった。

ウィリアムが溜め息を吐いて振り返ると、自慢げに笑うヤン・ヨーステンが立っていた。

「見たか、あの様《ざま》を。ここの連中は臆病者だ。大砲を撃てば言うことを聞くかもしれん」

「馬鹿なことを言わないでください。さっきも言ったように、我々は戦いに来たわけではない」

「ほう。では、次に何をしようというんだね、アダムス君」

「まずは、ここが日本かどうか。話ができる連中がいるかです。ショッテンの話では、日本であればポルトガル人宣教師がいるはずです」

「ポルトガル人宣教師だと？――馬鹿な。敵ではないか。我々がオランダ人と知れば、ここの連中を使い、殺しにくる」

「宗派は違っても神に仕える宣教師。遥々《はるばる》遠くから来た我々を殺しはしないでしょう」

「それはどうかな。我々異教徒を悪魔と見るカトリックだぞ。甘い期待はしないほうがいい。命取りになる」

「ですが、大砲を撃てば、間違いなく皆殺しになる」

ヤン・ヨーステンは賭けるかと言いたげに、腰に提げたポーチから銀貨を取り出した。

銀貨はロッテルダムを出た一五九八年に鋳造されたオランダ初の硬貨だ。ヤン・ヨーステンが事ある毎に取り出し、賭け事に使っていることは船内でも有名だった。

「全員の命が懸《か》かっているんですよ。銀貨で決められることではないでしょう」

ヤン・ヨーステンは「ふん」と鼻を鳴らすと、不満げに銀貨をポーチに戻した。


その日の夕方、ヤン・ヨーステンの怒鳴った言葉の意味を察したのか、毛織物の入った麻袋を持っていった盗賊たちは真水の入った樽を五樽と、拳ほどに丸く固めた麦飯を一杯にした平らな桶一つを小舟に積んでやってきた。

数人でリーフデ号に運び入れると、持ってきた少年の一人が親切にも「毒はない」と言いたげに並べられた樽の水に口を付け、桶の中の丸めた麦飯らしき物を食べて見せた。ただ、帰りにはその代金と言いたげに、また船倉から麻袋をいくつか運び出していった。

船員たちは甲板の中ほどに置かれた樽や、丸い麦飯を入れた桶の周りに集まった。

船長のクワケルナックもメルヒヨールの肩を借り、船長室から出てきている。

ランタンの明かりが灯る中、誰もが争うように樽の水を、ビールを飲む時に使うゴブレット（カップ）で飲んだ。久しぶりの真水に誰もが喉を鳴らした。

「日本の水も、なかなか美味いじゃないか」とヤン・ヨーステン。

「次は、この丸い物だ」とクワケルナックが険しい顔で桶の中から一つ取り上げた。

「煮た麦を丸めたもののようだが……」

躊躇《ためら》うクワケルナックの隣で、ウィリアムも一つ手に取った。

「大丈夫。殺すつもりなら、こんな面倒はしない。日本人は案外、友好的なのかもしれません」

一口頬張《ほおば》って噛みしめた。誰もが鋭いまなざしで反応を注視している。

やや塩味がするものの、仄かな甘みが口の中に広がった。

「……美味い！」と呟くや、皆、争うように桶に手を伸ばした。

三

日本に漂着した時には二十四人が生存していたものの、残念なことに翌朝には三人が亡くなり、後を追うように、その日の夜に三人が息を引き取った。

盗賊が持ってきた水や食べ物に毒が入っていたのではない。メルヒョールが盗賊の持ってきた麦飯をお湯に溶かし、イギリスでは定番のオートミール（粥《かゆ》）のようにして食べさせたが、すでに飲食する力もないほど衰弱していたのだ。

投錨から三日目の朝、ポルトガル人の神父らしき男が二人、舟でリーフデ号の様子を見にきた。だが、オランダ船とわかったらしく、途中で引き返していった。

その日の午後、リーフデ号の半分ほどの大きさの一本マストの帆船がやってきた。そして、船首に立つ娘が、上陸を促す旨《むね》を片言のポルトガル語で伝えてきた。クワケルナックが手向かいしない旨を返答すると、リーフデ号は錨を上げ、日本の帆船に牽引され、近くの港に入った。

意外にも日本人は優しかった。

言葉はまったく通じないものの、亡くなった船員六人の遺体を海辺近くの村の墓地に手厚く埋葬してくれた。さらに、歩けない病人十二人を板にのせて運び、何とか歩けるウィリアムなどには肩を貸してくれた。体軀の大きなヤン・ヨーステンには男が三人も付いた。その上、屋敷では食べ物が与えられ、娘たちが病人の看護までしてくれた。

上陸した日本は、リーフデ号の船員たちには別世界だった。日本人の顔や姿はもとより、言葉や食べ物だけでなく、家屋や街並みに至るまで、イギリスともオランダともまるで違う。

中でも驚いたのは日本人の対応だ。初めに船に乗り込んできた盗賊とは違い、物静かで礼儀正しい。しかも男女の別なく清潔で、ことに娘たちの白い肌と長い黒髪には船員の誰もが魅せられ、食い入るように見入っていた。

連れていかれた屋敷の中も驚かされることばかり。これまで見てきた、どの民とも違う。船大工を十年余りやってきた、ウィリアムだからわかることかもしれない。柱や戸、床は仕上げが丁寧なだけでなく、格子《こうし》や木目を調和させる感性や技術には文化の高さが窺える。屋敷の横の庭には名も知らないピンクや黄、薄紫色などの花が咲き、見事な調和を見せており、庭造りからも日本人の情緒の豊かさが感じられた。

さらに驚いたことに、ウィリアムたちの世話をするよう指示したのは、ここの領主だった。

領主の名は「オオタのトノサマ（太田一吉《かずよし》）」といい、町の名はブンゴの「ウスキ（臼杵）」。今は戦《いくさ》で焼失してないが、かつて町には教会や修練院、セミナリオ（神学校）などがあり、近くの町にはコレジオ（大神学校）まで建つほどキリスト教が盛んだったという。

流暢《りゅうちょう》なポルトガル語でいろいろと教えてくれたのは、カナリヤ色の着衣の、オユキ（お雪）という、十代半ばほどの娘だった。ポルトガル語はポルトガル人宣教師から学んだという。色白の細面の顔に切れ長の涼やかな目が印象的で、肉付きのいい唇はヨーロッパ人にはない、何とも言えない魅力がある。だからか、口から出るポルトガル語までもが妙に甘く色っぽい。

リーフデ号の船員は仕事柄、スペイン語やポルトガル語、ラテン語などを公海上で交わすことが多く、言語に長《た》けている。ウィリアムも、バーバリー商会で働いていた頃に仲間のオランダ人から教わった。

オユキによれば、これまで多くのポルトガル人宣教師が訪れ、今も町には神父がいるという。ただ、そのことは逆にウィリアムたちを不安にさせた。

夕方、世話してくれた男や娘たちが帰っていくと、船長クワケルナックはウィリアムやヤン・ヨーステン、メルヒヨールなど、回復した六人を部屋の中央に集めた。

クワケルナックはまだ膝が痛むらしく擦《さす》りながら、甘い香り漂う庭に目を移した。

「パードレ（司祭）がいる……つまり、ここはカトリックの町ということだ」

「おそらく舟でリーフデ号の近くまできて、引き返していった二人でしょう」とメルヒヨールが言うと、ヤン・ヨーステンが言下に大きく溜め息を吐いた。

「三色旗を見て引き揚げたのか。これで、我々の運命も定まったな」

「と言いますと？」

いつも見張り台にいるギルベルトだった。髪の色はウィリアムと同じく、栗色のブルネットで二十歳前と若い。長い航海は今回が初めてだが、積み荷に関しては誰よりも詳しい。若いからか、食事よりも、世話する娘たちにばかり目を走らせていた。

「オランダは今、スペインと戦っている。ポルトガルはスペインに併合《へいごう》されたとはいえ、我々オランダ人を生かしておくはずがない」ヤン・ヨーステンは、ちらっとウィリアムを見た。「勿論、我らの同朋、イギリス人もだよ」

「――そんな！」と叫んだのは、若いアベルソンだった。こちらも確か二十歳前だ。髪は濃いブロンドで、育ちがいいのか、争うことを極端に嫌う。

「では日本人の、この手厚い歓迎は、どういう意味です、ヤン・ヨーステンさん」

「おそらく日本人には、ポルトガル人と見分けがつかないのさ」

「つまり、パードレたちが、どう言うかに懸かっているということですね」

ヤン・ヨーステンは渋い顔で頷いた。

「だから、運命も定まったと言ったんだ。奴らは我々を決して良くは言わない」

その時、役人らしき男数人が、粗末な衣服をまとった男数人を引き連れ、中庭に入ってきた。

先日、リーフデ号に押し入った盗賊だった。縄で後ろ手に縛られている。役人らしき男三人は大小二本の刀を腰に差していた。

役人の髪型は、今まで目にしたこともない風変わりなものだった。上頭部を剃《そ》り上げ、両脇の髪を一つに束ねている。他の家来らしき男たちの髪型も皆同じ。側に髪の長いオユキがいるからか、余計、奇妙に映る。ただ、きちんと整えられている様は清潔感があり、騎士らしい威厳がある。おそらく、これがショッテンの教えてくれた「サムライ」と呼ばれる騎士だろう。

オユキは通訳として来たらしく、リーダーらしき男が地面に座らされた男の髪をぞんざいに掴んで何か話すと、即座にポルトガル語に訳した。

「この男たちは、あなた方の船から積み荷を盗みましたね」

地面に座らされた男は、間違いなく盗賊の頭目だった。

クワケルナックは船長室にいて一切、知らないため、ウィリアムに目を向けた。

「どういうことだ。積み荷を返してくれるということか」

「わかりませんが、積み荷を奪ったのは、あの男たちです。ですが、キャプテン。それを言えば、彼らは罰を受けることになります」

「当然だろう」とヤン・ヨーステン。「盗人なんだからな。何を躊躇う。積み荷を返すというのなら、受け取ったほうがいい」

「あなたはこの国の罰を知らない。ショッテンによれば盗人は打首《うちくび》にされるそうです」

「盗みだけで打首……！　つまりは死罪か」

「ええ。我々が認めれば、船に乗り込んできた全員を処罰するでしょう。水や麦飯を運んできた少年も入れると、四十人はいたと思います」

「水を運んできた少年まで……」顔が曇った。「では、積み荷は諦めろとでも？」

「我々は彼らが運んできてくれた水と麦飯で命を救われた。その恩人を殺すわけにはいかない」

「しかしだね……」とヤン・ヨーステンが言葉に詰まると、アベルソンは露骨に顔をしかめた。

「何を言っているんです。今は盗人の命より、我々の命の心配でしょう」

「だから言っているんだ。今は積み荷より、少しでも彼ら日本人にいい心証を与えておいたほうがいい」

「アダムス君の言うとおりだ」言下にクワケルナックが言った。「何ヵ月も航海してきた我々にとって、あの時の水と麦飯は積み荷すべてと交換するほどの価値があった。それを誤解のないよう旨く伝えてくれ、アダムス君」

ウィリアムはオユキにポルトガル語で、その旨を伝え、彼らには助けてもらい、船員一同、深く感謝していると補足した。オユキがその旨をリーダーの男に伝えると、信じられないという驚きの顔を向け、オユキにもう一度、訊き直させた。

「本当です。我々は彼らにも、あなた方にも食事や住まいの施しを受け、助けられた。領主オオタのトノサマには心より感謝している。それと、我々の目的は交易であって、戦いに来たのではないことも伝えてください」

オユキが伝えると、リーダーはしばらく考えたものの、家来に盗賊の縄を解くよう命じた。

よほど嬉しかったのだろう。盗賊たちは涙を流しながら解き放たれた手を合わせ、ウィリアムたちを拝むようにして帰っていった。

翌日、盗賊から多くの野菜や魚が屋敷に運ばれてきた。ウィリアムの咄嗟の判断が功を奏したらしい。その日を境に、世話をしてくれている日本人はウィリアムたちを悪人とは見なくなった。それどころか、多くの若い村娘がやってきて煮炊きを手伝い、動けない船員の看護をしてくれた。

アベルソンとギルベルトはまだ二十歳前と若いからだろう。まだ衰弱しているにもかかわらず娘たちを手伝うと称して、ポルトガル語で話し掛けてばかりいた。しかし――。

そんな日々が六日ほど続いた頃、イエズス会の神父だという男が役人に伴われ屋敷に現れた。

四

広間に呼び出されたのは、クワケルナックやウィリアムを含む、何とか歩行可能な六人だ。

六人は廊下側に前後二列に座らされた。廊下には家来八人ほどが背後で見張り、部屋の奥には取調べの役人五人が座っている。

役人の身なりはきっちりとしており、大小二本の刀を持ち、短い一本は腰に、長い刀はすぐに構えるためなのか、座した側に置いていた。

その側にはポルトガル人らしい男が二人いる。

一人は明らかに神父という出で立ちだった。黒い修道服を着て、首からカトリックの証である十字架を下げている。十字架は今まで目にしたこともない、虹色の光沢ある貝の欠片《かけら》を埋め込んだ装飾が施されていた。神父の歳は四十前ほど。黒く縮れた髪と口髭がポルトガル人らしい。

もう一人は商人らしい恰好だった。歳は三十過ぎだろうか。深緑色の羅紗の上着に、首には白い蛇腹のラフを巻いていた。二人のまなざしは尖っており、敵意が読み取れる。

中央にいるリーダー格の役人が神父に目配せすると、神父は頷き口を開いた。

「私の名はジョアン・ツズ・ロドリゲス」ポルトガル語で言った。「おブギョウ（奉行）様から、君たちの尋問を仰せつかった。言っておくが、おブギョウ様はポルトガル語がおわかりになる。嘘を吐けば、即刻、この場で斬られる。それを踏まえて答えたまえ」

ツズによれば、リーダーの「おブギョウ様」と呼ばれた役人の名は「テラザワ（寺沢広高）」といい、ナガサキ（長崎）からやって来たという。

テラザワは凄みのある視線を押し付けると、脅すように刀を軽く叩いて見せた。歳は四十ほど。髪型は先日の役人と同じく、脇の髪を後ろ手に一つに束ねていた。

「では、まずは尋問の前に、私のことを少し話しておこう」

ツズが日本に来たのは二十三年前の、一五七七年――十五歳の時。なので、日本人の気質や風習はもとより、日本社会、ことに刑罰には詳しいという。

近年の日本の情勢も簡単に教えてくれた。二年前の一五九八年に皇帝（豊臣秀吉）が亡くなり、それが元で今、日本は大きな岐路《きろ》に立っているとのことだ。

「よりによって厄介《やっかい》な時に来たものだよ」ツズは言い終わると、疑いの目を向けた。

「ところで君たちオランダ人は、この日本に交易に来たと言っているようだが、それは本当かね」

「本当です、ロドリゲス司教」クワケルナックが答えると、神父は言下に「私は司教ではない。まだパードレ（司祭）だ。日本では『ツズ・パードレ』と呼ばれている」と苦笑した。

「これは失礼、ツズ・パードレ。私はキャプテンの、ヤコブ・ヤンスゾーン・ファン・クワケルナックだ。我々は毛織物や羅紗を日本で銀に換え、東インドで胡椒を買って帰るところだ。だから、この日本は勿論、あなた方ポルトガル人とも戦いをしに来たわけではない」

ツズは皮肉な笑みを口元に漂わせると、隣にいるポルトガル商人に目を移した。

「紹介しておこう、彼は商人の、リカルド・ペイショット君だ。昨日、君たちの船の中を一緒に見て回った。ペイショット君、積み荷には、どんな物があったか言ってくれないか」

ペイショットはさも楽しそうに、目の前に置いていた筆記帳を手に取り、読み上げた。

「鉄砲五百挺《ちょう》、砲弾五千発に火薬、連鎖弾三百発、火縄竿《さお》三百余ほか、甲冑一式六組が入った大箱が四箱。船にはカルバリン砲が十九門。セーカー砲が五門――」

「もういい、ペイショット君。ありがとう」ツズは途中で遮った。「何とも大量の大砲に武器・弾薬だ。まるで戦争にでも行くような備えと積み荷だ。キャプテンは今、毛織物や羅紗を日本で銀に換えると言った。私は目にしてないが、ペイショット君は見掛けたかね？」

「そのような物は、船倉のどこにもありませんでした」

ツズは、またしても皮肉な笑みを口元に漂わせた。

「私は商いには詳しくないが、武器・弾薬を、毛織物や羅紗と言い換えることはあるのかね」

「ありません。わが国では、そういう物を船に積んでいる連中を『海賊』と呼んでおります。オランダやイギリスのガレオン船の多くが、まさにそういった輩《やから》ですよ」

「確か船に立っていたのはオランダの旗だ。では、この連中も同じということか」

「ツズ・パードレ」クワケルナックが口を挟んだ。「積み荷の毛織物や羅紗は、日本に着いてすぐ水と麦飯に換えた。だから、ないだけだ。日本に着くまでは船倉に山積みだった」

ツズはわざと驚いた顔を見せた。

「キャプテン。あなたは今、毛織物や羅紗を日本で銀に換え、東インドで胡椒を買って帰ると言った。なのに銀ではなく、水と麦飯に換えただって？」

盗賊を助けたことが裏目に出たらしい。ヤン・ヨーステンは「お前のせいだ」と言いたげに、ウィリアムを睨んだ。

「それは、ここの役人に答えている。オユキという娘に聞いてくれ。それほど我々は皆、衰弱していたんだ。何しろ飲まず食わずでマゼラン海峡を回り、太平洋を越えてきたんでね」

「太平洋を越えた……？　馬鹿な。東回りで喜望峰を越え、東インドを回って来たんだろう？」

「いや、西回りで太平洋を越えてきた。だから、東回りのポルトガル海域は荒らしていない。ま、ツズ・パードレは長く日本にいてご存じないようだが、ポルトガルはかなり前にスペインに併合され、今は東回りの海域もスペインのものになったがね」

ツズは最後の一言が気に入らなかったようで、露骨に怪訝な表情を見せた。

「キャプテン。言っておくが、ポルトガルは滅んだのではない。スペイン・ハプスブルク家の王の下に一つになっただけだ。ポルトガル人は今も船には、ポルトガル王国の紋章旗を掲げている。それにしても、オランダ人が古い〈トルデシリャス条約〉をご存じとは驚きだ」

「オランダも、かつてはスペイン・ハプスブルク家だよ、ツズ・パードレ」

「それでカトリックの名残にエラスムス司祭の像を、今も船尾板に掲げているわけか」

エラスムスことデジデリウス・エラスムスはオランダ出身で、カトリックの司祭でありながら著書『痴愚神礼讃《ちぐしんらいさん》』でカトリック教会を風刺したことから、没後六十年以上経った今でも、プロテスタントの守護神のように祀《まつ》り上げられている。

「エラスムス司祭は我々プロテスタントを導いた聖人だ。お蔭で我々は正しい新約聖書を読むことができた。何とか日本に辿り着けたのも、エラスムス司祭のお導きのお蔭だ」

「ふん。聖書は偶像崇拝を禁じている。やはり邪教徒だ」

「では訊くが、カトリック信者が拝むマリア像やキリスト像は偶像崇拝ではないのかね」

ツズは目を吊り上げた。

「――黙りたまえ。君たち邪教徒に、マリア像やキリスト像の意味を説いてもわかるはずがない。ま、積み荷を水と麦飯に換えたままでは許せるとしても、太平洋を越えて来たなどと、私を愚弄するにもほどがある。やはりゴイセンと呼ばれるだけのことはある」

〈ゴイセン〉とはオランダ人のカルヴァン派プロテスタントを指すが、スペインやポルトガルでは「乞食《こじき》」という意味で、彼らへの蔑称だった。

冷静沈着なクワケルナックも、さすがに頬を硬直させた。

「――本当だ！　ツズ・パードレ」

「たった一隻でかね？」

「オランダを出た時は五隻だ。嵐に遭い離れ離れに……。リーフデ号も多くの船員を失い二十二ヵ月掛かって、やっと日本に着いたんだ。細かな航海記録は、航海士のアダムス君に訊いてくれ」

　クワケルナックは、いちいち疑って掛かるツズに辟易《へきえき》したのか、ウィリアムに水を向けた。

「航海士のウィリアム・アダムスです」

「ウィリアム？」ツズは手を上げて制すると、一層、険しい視線を押し付けてきた。

「というと、君はもしかして、イギリス人かね」

「ええ、イギリス人ですが、それが何か」

「野蛮なイギリス人も仲間だったとは……。もうこれ以上、尋問する必要はない」

「それは、どういう意味ですか」

「意味？　イギリスは散々、海賊行為をしてきたではないか。君も知っているだろう、わが同朋のスペイン領を荒らし回ったならず者、フランシス・ドレークを。彼は悪名高きイギリス人だよ」

　イギリスでは英雄でも、敵国では悪人となるのは当然だ。ツズは薄く笑った。

「もっとも、あの男はもうこの世にいないが。とにかく君たちの素性ははっきりした」

「待ってください、ツズ・パードレ。我々は交易に来ただけだ。この日本にも、あなた方ポルトガル人にも敵意はないし、危害を加えるつもりもない」

　ツズはウィリアムを無視して役人たちに向き直り、日本語で身振り手振りを交え説明していた。そして、神父とも思えないほどの激しい口調で話した後、手で首を切る仕草をして見せた。

　中央に座していたテラザワは深く頷いて、こちらに目を向けた。

「やはり海賊か」とポルトガル語で言った。「ツズが申すように、即刻、打首にしたいのは山々なれど、一応、オオザカ（大坂）にお伺いを立てなければならぬ」

「オオザカと言いますと？」とツズが訝しげに訊ねた。

「上様（秀頼《ひでより》）――と言いたいが、まだ八歳では話にならぬ。おそらくオオザカで事に当たるは、ダイフ（内府）様だ。これからの世はトヨトミ（豊臣）ではなく、トクガワ（徳川）となろう。タイコウデンカ（太閤殿下）亡き後、誰もが手の平を返したようにダイフ様に取り入っておる。丁度いい。こ奴らを利用すれば、ダイフ様に近づくのも容易い」

「ほう。実直なおブギョウ様までもが、そのように」

「何がおかしい、ツズ」渋い顔で睨んだ。「武士は仕える主人を間違えては生き残れぬ。わしには大勢の家来がおる。その方らにとっても、キリシタンを擁護するダイフ様が天下を治めるほうが先々、都合がいいはず。そなたはダイフ様とは面識もある。オオザカに通詞《つうじ》として参れ」

「わかりました。必ずお役に立ってみせまする」

ツズと商人ペイショットは顔を見合わせ、苦笑していた。

ウィリアムは海賊として見られたことはわかったが、二人の話す内容は理解できなかった。

その日を境に屋敷でのウィリアムたちに対する態度は一変した。

扱いは、まるで罪人だった。屋敷から、今まで世話をしてくれた娘や村人たちは追い出され、下級の兵たちになった。ただ、食事や水は同じように与えられ、病人たちも布団から叩き出されることはなかった。が――。

翌日からツズの、船員たちを一人ずつ呼んでの、尋問が始まった。

中でもアベルソンとギルベルトの若い二人は白状させ易いと見たらしく、何度も取調べている。奇妙なことに二人の尋問だけが長く、屋敷に戻される時はいつも焼いた肉とワインの匂いがした。しかも、徐々に二人はウィリアムたちと距離を置くようになっていった。

三日後、オオザカにいる「ダイフ」と呼ばれる王に拝謁することとなった。

オオザカへは二人を連れていくとのことで、ツズはウィリアムを選んだ。イギリス人を連れていくことで、海賊であることを証明し易いと踏んだのだろう。もう一人はクワケルナックが選んだ、メルヒヨールだった。

二人は罪人のように後ろ手に縛られ、一本マストの日本のガレー船に乗せられた。

ウィリアムは揺れる日本の帆船の、窓もない暗い船倉で死を覚悟した。

五

徳川家康は、昨年（慶長《けいちょう》四年・一五九九）築いた西ノ丸の天守に登り、東に見える五層の大坂城天守を眺めていた。

天下統一を果たした太閤豊臣秀吉が生きていた頃は、高くそびえる真黒な本丸天守が越えられない山のように立ちはだかって見えた。

だが、今はどうだ。秀吉が亡くなって一年余り。燃え残った炭の固まりのようにも見える。

とはいえ、未だ豊臣家は燃え尽きてはいない。本丸には秀吉の遺児秀頼がいる。八歳の小児ながら、家康には喉に刺さった魚の小骨のように不快でならない。

人間五十年——というが、家康はすでに九年も過ぎ、来年で還暦となる。

「……茨《いばら》の道であった」ふいに口を突いて出た。

思えばきょうまで、ただただ忍従《にんじゅう》の人生だったと言っていい。

六歳で駿河《するが》今川家に人質に出され、辛い少年期を過ごした。十九歳で三河《みかわ》の領主となり、二十五歳で徳川家を興したものの、同盟した尾張の織田信長の下で戦続きの日々だった。

すべては戦を無くすという、信長の理想「天下布武《ふぶ》」を目指してのことだ。

そのために大事な家臣ばかりか、妻と嫡男までも失い、数多《あまた》の塗炭の苦しみを味わってきた。

信長は天下統一直前に自身の家臣明智《あけち》光秀《みつひで》の謀反により本能寺で横死《おうし》したが、その後、運よく天下を手に入れた秀吉にも体よく扱われ、様々な千辛万苦《せんしんばんく》を舐めさせられてきた。

その秀吉が二年前に亡くなった。が、未だに忍従の、茨の道は続いている。

諸国の大名たちを大いに苦しめた秀吉の無謀な朝鮮出兵の後始末を終え、ようやく天下を安寧《あんねい》に向かわせようと思ったのも束《つか》の間《ま》。豊臣家の家臣団は秀吉の遺言を「内府殿は秀頼様が成人するまでの後見人。秀頼様が成人した折には天下を返さねばならない」と勝手に解釈。当然の如く秀頼を次期「天下人」と仰ぎ、諸国の大名を豊臣家に従わせようとしている。

その中心となっているのが、秀吉の側室であり秀頼の生母である、

淀《よど》ノ方だ。

未だ三十二歳と若いからか、絶世の美女といわれた母お市《いち》ノ方から受け継いだ美貌を武器に家臣を手なずけ、秀吉が生きていた頃と同じく増上慢《ぞうじょうまん》に振る舞う様は今や「天下人」に近く、鎌倉将軍源頼朝《みなもとのよりとも》亡き後に源氏を束ねた尼《あま》将軍、北条政子《まさこ》を思わせる。

反面、家康には、世を欺《あざむ》き天下を盗もうとする、邪《よこしま》な女狐《めぎつね》にも見える。

そもそも秀頼が秀吉の子であるかどうかも疑わしい。

秀吉には淀ノ方以外に十人以上の側室がいたが、子を授かったのは淀ノ方だけ。誰もが口をつぐんでいるが、側近との密通でできたとの噂は後を絶たない。人一倍負けん気の強い淀ノ方だ。何としても嫡子《ちゃくし》をあげ、豊臣家を継がせたかったのはわかる。しかし、

そんな邪な女の産んだ、誰の種かもわからぬ子に天下を渡すわけにはいかない。——否、天下は豊臣家のものではない。

天下は天下人の器《うつわ》を持った者が治める。それが天の差配——と思っていた。

だが、今は違う。この世から戦を無くすという固い信念と、確たる覚悟を持つ者が天下を治めるべし——と固く信じている。

幼い頃から戦続きだったからもある。太刀《たち》音《おと》・筒《つつ》音《おと》のない天下泰平の世を目指すことこそが、天下人たる者が向かわねばならぬ道——と、いつしか思うようになった。

泰平の世をつくるにはまず、平家を倒し鎌倉幕府を開いた源頼朝の如く、家康が武家の頂《いただき》に立たねばならない。そして武家の棟梁《とうりょう》——征夷大将軍として幕府を開く。

その時初めて豊臣の天下とともに、長く続いてきた戦国の世が終わる。ただ……。

残念ながら家康の目指す、戦のない天下泰平の世を心底信じる者は家臣にもいない。それどころか、秀吉亡き後、天下を取ることだけに執着している。それは諸国の大名も同じ。ことに豊臣家恩顧の大名は虎視《こし》眈々《たんたん》とその機会を狙っている。

問題は秀頼だ。

八歳ともなると、秀吉の本当の子かという疑惑は消え、秀吉の遺言を盾に淀ノ方の、秀頼の天下という野望が日増しに大きくなっている。将来を見《み》据《す》えて今から秀頼の地位を揺《ゆる》ぎ無きものにしておきたいのだろう。

淀ノ方は家臣に対してだけでなく、五大老筆頭の家康にも遠慮がない。昨年秋、この西ノ丸の天守を建てているさ中、家康を本丸に呼びつけ、豊臣の家臣たちの前で怒鳴りつけたほどだ。

それだけに、未だにあの時の光景を思い出すことができる。

本丸大広間上段の間には、一際《ひときわ》、華やかな打掛《うちかけ》を羽織った淀ノ方が、御所人形のお飾りのような秀頼と共に座し、下段の間にはかつての秀吉の側近衆、織田有楽斎《うらくさい》や片桐且《かたぎりかつ》元《もと》などがはべっていた。

淀ノ方は家康が下段の間の中央に座るや、切れ長の目を尖らせた。

「――内府殿！　如何《いか》なる所存《しょぞん》か。聞けば、西ノ丸に天守を建てておられるとか。わらわも上様（秀頼）も何も聞いてはおらぬし、許した覚えもない。この大坂城は天下様、太閤殿下がおつくりになられたお城。今は上様のお城なるぞ。臣下の分際で勝手は許さぬ」

いつもながら甲高《かんだか》く耳障りな声だった。

家康は淀ノ方の怒りを包むように笑みで返した。

「はて、この家康、何ゆえ、御生母様にお叱りを受けるのか、とんとわかりかねる」

「何、わからぬじゃと？」

「この家康が昨年、伏見《ふしみ》城より大坂城に入ったは、単に上様をお護りするため。周りを見張るには、やはり物見櫓《ものみやぐら》が一番。とは申せ、みすぼらしき櫓なぞ建てれば、美しき大坂城には無粋《ぶすい》と大坂の町衆から誹《そし》りを受けるは必定。それゆえ、天守と相成《あいな》った次第にござる」

「何をぬけぬけと。上様を護るためじゃと？」

「如何にも。とは申せ、上様のおられる本丸天守を見下ろすは無礼千万。そこで、分をわきまえ、三層の小天守をと考えた次第に。吝嗇《ケチ》といわれるこの家康が、清水《きよみず》の舞台から飛び降りたつもりで亡き太閤殿下に倣《なら》い、金銀をあしらってとまでは参らぬが、散財してつくらせた小天守。これすべて豊臣家のためにござ候《そうろう》」

淀ノ方は眉間に皺《しわ》を寄せ、細面の顔を引きつらせた。

「と、とにかく、今後、大坂城内で何かなさる時は必ず上様のお許しを得てからぞ、内府殿」

「仰せ、ご尤も。されど、思いつくと先走ってしまうのが年寄り。ま、老い先短い年寄りの老婆《ろうば》心《しん》から出たこと。お許しあれ、御生母様」

淀ノ方はますます目を尖らせ、顔を引きつらせていた。

大坂城に二つの天守——。

西ノ丸に天守を建てたのは言うまでもない。本丸に住む秀頼親子の動向と、出入りする大名の監視であり、徳川家の権威を示すためでもある。

このまま後八年もすれば、秀頼は十六歳となり、家康は六十七歳となる。その時、果たして若い秀頼と張り合える気力が残っているか、どうか。いや、もうこの世にいないかもしれない。

家康が世を去れば、再び豊臣家の世となり、徳川家はまたもや臣下に甘んずる。否、その頃には天下を狙おうと、今は従順に振る舞っている大名ですらも必ず牙を剝く。そうなれば再び戦国乱世となる。年を取るたびに体の衰えを感じるからか、一層、不安が募る。だが——。

ようやく天が家康に味方し出した。

兆しが見え始めたのは、昨年の春。五大老の一人、前田利家《としいえ》が亡くなってからだ。利家は秀吉亡き後、豊臣家を一身で束ねていたが、病没した途端、豊臣家中で加藤清《きよ》正《まさ》や福島正則《まさのり》などの戦で武功を上げてきた武断《ぶだん》派と、石田三成《みつなり》を筆頭とする政務を担ってきた文治派《ぶんち》との間で覇権争いが起きた。武断派の七将は大坂城内の三成の屋敷を襲った。

仲裁に入った家康はこの機を逃さず、騒乱の責めを三成に取らせ大坂城から排除した。利家と三成の二人が抜けて以降、太閤秀吉の考えた〈五大老・五奉行〉制は体をなさなくなり、豊臣家は骨を抜かれたように体制は崩壊した。諸国の大名たちは口にこそ出さないものの、次に天下を担うのは家康と見ている。

この西ノ丸天守は、いわば、その布石――。

とはいえ、未だに豊臣家を主家と仰ぐ者も多く、家康に敵対し幼い秀頼を担《かつ》いで天下を奪おうとする輩もいる。筆頭は何といっても、佐和山城に蟄居《ちっきょ》を命じた五奉行の一人、石田三成だ。

三成は検地《けんち》で全国の石高《こくだか》を明確にし、刀狩りで兵農分離をし、秀吉から絶大なる信頼を受けた文官の取次役《とりつぎやく》だった。武士でありながら算盤《そろばん》勘定に長け、先を見通す力もある。病で弱る晩年の秀吉の片腕となり、さらにはその権威を笠に思いのままに豊臣家家臣、並びに諸国の大名を牛耳《ぎゅうじ》った優秀な男でもある。しかし度量がなく、天下を担《にな》う器ではない。

だからこそ豊臣家内部の騒動で、三成を五奉行から外せたのは幸いだった。おそらく豊臣家中でも、四十一の男盛りの三成を秀頼の側に置いたままでは、近い将来、豊臣家にとり大きな禍根となると思ったに違いない。ただ……。

他にも家康に刃向かう大名はいる。

一昨年、生前の秀吉の命により会津《あいづ》百二十万石に転封となった、上杉景勝《かげかつ》もその一人。こちらも四十半ばと男盛り。家康と同じく五大老の一人だからか、秀頼の命として、家康が上洛するよう促しても拒んでいる。これ以上、景勝が拒み続ければ、「謀反あり――」と諸将に号令はできる。だが、名門上杉も、それほど愚かではない。軍略に長けた上杉の家老直江《なおえ》兼続《かねつぐ》がいる。密かに三成と通じ、諸国の大名に「打倒、家康――」を画策しているとの報告もある。

三成にせよ、直江にせよ、先を見通せる二人のこと。家康が死んだ後、天下を掌握すればいい。いや、年老いた家康に戦に出る力はもうない。叩くなら、今だ。それぐらいのことは考えていよう。

他にも気掛かりはある。西国大名たちだ。

中国の毛利《もうり》や四国の長宗我部《ちょうそかべ》などは、どちらかといえば豊臣贔屓《びいき》。蟄居している三成から「打倒、家康――」と誘いを受ければ、家康の号令にも何かと口実を付け、兵を出し渋るに違いない。最も油断がならないのが九州の島津《しまづ》だ。日和見《ひよりみ》の立場を取ることは目に見えている。

それだけに今、家康が「上杉征伐――」と号令しても諸国の大名が従うか、どうか。

もしここで家康が上杉征伐で大坂を出て会津に向かえば、毛利百十二万石が三成に踊らされて蹶起《けっき》し、近畿はもとより四国の長宗我部など近隣の大名ばかりか、島津をはじめ九州の諸大名も挙《こぞ》って従うに違いない。そうなれば東に上杉、西に西国大名と囲まれ、さらに東国の日和見の諸将が加担すれば、天下の勢いに押し潰されるのは間違いなく、徳川だ。

だが、足踏みもしてはいられない。上杉の上洛拒否をこのまま捨て置けば、五大老筆頭として家康は面目を失い、諸国の大名にも軽んじられていく。まして、家康の寿命は残りわずか。命が尽きるのを待って、反家康派の三成が息を吹き返すのは火を見るより明らかだ。が――。

この窮地に、さらに天が家康に味方した。

南蛮の海賊船が九州臼杵に漂着した、という一報が届いた。

報せてきた長崎奉行の寺沢広高の書状によれば、海賊船には「国崩《くず》し」とも言われる大砲十九門と砲弾五千発、鉄砲五百挺など、武器・弾薬がごっそりと積まれているとある。

これこそが天の啓示。まさに神仏の絶妙な差配としか思えない。

海賊船の漂着した場所が、もう少し南であれば島津に取り込まれ、四国に着けば長宗我部に、中国周防《すおう》に着けば毛利の物となり、家康の手には入らない。いずれかの領国に漂着すれば、それらの武器・弾薬は、間違いなく家康に向けられる。

幸いだったのは、三成と親しい臼杵城主太田一吉が、九州取次役の寺沢に報告したことだ。二人とも豊臣家の家臣で、寺沢は三成同様、秀吉の死後、武断派から疎《うと》まれている。生真面目との評だが、三成に蟄居を命じたことで、これを機に家康に取り入ろうとの腹かもしれない。

その時、天守の階段を登ってくる足音が聞こえて、振り返った。

「やはりここでござりましたか」と苦笑しながら上ってきたのは、筆頭家老の本多正信《まさのぶ》だった。

歳は家康より四つ上の、六十三歳。還暦を過ぎたこともあり、髪も眉も日の光を浴びて銀色に輝いている。おまけに額の汗が顔や首筋の皺に沿って流れ、光っていた。

「歳には勝てませぬな」正信は手拭いで額の汗を拭った。「殿はお若い。羨《うらや》ましい限りじゃ」

「日頃の鍛え方が足らぬからぞ、正信。これしきの天守をひーふー言うておるようでは、戦には出られぬ。そなたも、わしのように鷹狩りに出、若い側室でも迎えたら、どうじゃ。さすれば、四十ぐらいの男盛りに戻れようぞ」

「ご冗談を。鷹狩りはともかく、若い側室など置けば、亡き太閤の如く精気をすべて吸い取られ、日々の務めもかないますまい」

秀吉の女好きは有名で、五十路《いそじ》を過ぎてからも多くの若い側室を置いたばかりか、家臣の妻にも手を出すほどだった。そのために死を早めたとの噂まである。

もっとも、家康も秀吉のことは言えない。閨《ねや》を共にできる側室は七人おり、うち一人は今、懐妊《かいにん》している。

「そのようなことより、殿。待ち人、来たり。長崎奉行の寺沢殿が、バテレンの通詞とともに南蛮人を連れ参っております。只今、連れてきた南蛮人があまりに臭うので、女たちに湯殿《ゆどの》で洗わせておるところにて」

「そうか。で、その奴らが乗ってきた南蛮船は堺の港に入ったか」

「いえ。南蛮船は未だ臼杵城下の港にあるとのことにございます」

「——たわけが！　寺沢に、すぐに臼杵に立ち帰り、南蛮船を堺の港まで持ってこいと申し伝えよ、正信。もし、沈没させたり、他家に奪われたりするようなことがあれば、即刻、打首じゃとの。いや、それでは十分ではない。茶屋《ちゃや》（四郎次郎《しろうじろう》）も船で向かわせよ」

「さほどに大事な船にござりますか」

「勿論じゃ。かつて右府《うふ》様（信長）が鉄砲で戦の仕方を変えた如く大事なものぞ。否、これからの徳川家に吉をもたらすと言っても言い過ぎではない。南蛮人は広間に通しておけ。いろいろ訊きたきことがある。地球儀も用意しておけ」

はっ。正信は踵《きびす》を返し、階段を降りていった。

この機を逃せば、もう二度と天下は手に入らぬ――。

家康は本丸天守を睨みつけた。

六

家康は西陣織の羽織を着て、西ノ丸の大広間に入った。

羽織には質素倹約を旨としている家康には不釣り合いなほど、多くの金糸や銀糸が織り込まれている。居城の江戸城内では絶対に着ないが、煌《きら》びやかな大坂城で地味なものを羽織っていては諸大名に軽んじられると、京の豪商、茶屋四郎次郎があつらえたものだ。

　大広間には南蛮人が二人と、本多正信ら家康の側近衆が控えていた。

　正信が南蛮人二人に頭を下げるように促したが、言葉が通じないらしく訝しげに眺めている。

　家康は壇上の中央に座し、妙な座り方をしている南蛮人に目を向けた。

　一人はくるくると巻いた焦げ茶色をした癖毛《くせげ》で口髭があり、目は葉のような深い青色。片方はそれより若く、髪は今まで目にしたこともない金色で、目は海のように青い。着衣は南蛮人特有の、かつて信長が好んだ白い蛇腹の襟のあるものを着、くすんだ茶色の細身の着物に小袴《こばかま》のような物をはいている。二人とも、げっそりと痩せこけていた。

「正信。通詞を呼べ」

「バテレンで宜しいので？　と申すは、今、南蛮船を取りに向かった長崎奉行寺沢殿によれば、こ奴らの国とバテレンのポルトガルとは、戦のさ中とのことにございます」

「まともな通詞はせぬと申すか。通詞のバテレンとは誰ぞ」

「殿もようご存じの、ツズにございます」

　ジョアン・ツズ・ロドリゲス――。切支丹を嫌う秀吉とイエズス会の間を取り持とうと、長い間、苦心してきた男だ。慶長元年（一五九七）十二月、長崎で秀吉が切支丹二十六人を十字架に架けて処刑した折、家康が領内に匿《かくま》ったことがある。にもかかわらず秀吉が病に倒れるや、ツズは大胆にも秀吉の見舞いに伏見城へ赴き、教義を説こうとした妙な男でもある。

「ツズならば、武家の倣いもよう存じておる。それを違《たが》えるほど愚かでもあるまい。とにかく、言葉が通じぬでは話にならぬ。早う呼べ」

正信が小姓に呼びに行かせると、しばらくしてツズが大広間に入ってきた。

昔と変わらず黒い修道服を着、首からは螺鈿《らでん》の十字架を下げている。家康を見ると親しみの笑みを浮かべ、武家の作法どおり下座で平伏し、慇懃《いんぎん》に挨拶を述べた。

「久方ぶりじゃのう、ツズ。もそっと前に参れ。通詞を頼む」

ツズは南蛮人二人の斜め前に座した。

「ツズ。この南蛮人は、そなたの国とは敵のようじゃのう。されど、今からこの者たちに訊ねることは、一語一句、違《たが》えてはならぬ。そなたはこの日ノ本に住んで長い。嘘偽《うそいつわ》りを申さば、どうなるか、今さら申すまでもなかろう」

「ご懸念《けねん》なく。このツズはその昔、内府様に匿うてもろうた恩義がございます。ましてや、神に仕える身。この者たちの言葉を歪めて伝えることは誓ってありません。ただ、この者たちの嘘も、そのまま伝えて宜しいのでございまするか」

「よい。嘘か、どうかはわしが見極める。もし、わしの前で嘘偽りを申さば、臼杵にお る仲間の命とともに消えると、その旨、申し伝えよ」

ツズは嬉しそうに頷くと、南蛮人二人にポルトガル語で伝えた。どちらも覚悟の上なのか、神妙な顔で家康を見て深く頷いた。

家康は正信の前にある地球儀を白扇で指した。

「されば、訊ねる。その方らの国の名と場所。この日ノ本に来た目的を申せ」

ツズがその旨をポルトガル語で伝えると、巻き毛の男が答えた。

名前はウリアン・アダムスで、イギリス国の舵《かじ》取り。若いほうはメルキオ――何とかと言ったが長くて覚えきれない。国はオランダで、船での役割は右筆《ゆうひつ》（書記）という。

日本に来た目的は交易とのことだった。日本に着くまでに二年近く掛かり、出航時は五隻だったが離れ離れとなり、何とか一隻だけが日本に辿り着いた。二人が乗ってきた船には百十人もの船乗りがいたが、多くが病と飢えで死に、生き残ったのは十八人だけ。交易の品である毛織物や羅紗などは日本に漂着した折に水と食料に換えてしまい、今はないと答えた。

「エゲレスに、オランダ……。初めて聞く名じゃのう」

ツズは地球儀を小姓に持ってこさせると、指差した。

「内府様。ここがエウロパ（ヨーロッパ）——欧州にござります。ここがイギリス。そしてここがオランダにござります。この辺りでは、イギリスは海賊の国。オランダは、わが同朋スペインの領地を勝手に奪って国とした、盗人乞食の国にござります。それゆえ、ポルトガルとスペインが手を組み、正義のため、イギリスとオランダと戦うておるのでござります」

「遥か彼方《かなた》でも、われらと同じく戦国乱世か。して、戦のもとは何じゃ。やはり領土争いか」

「違いまする。異教徒のこ奴らは……」

「ツズ。わしはこの者に訊ねておる」

はっ。ツズは渋い顔で頭を下げると、巻き毛のアダムスに訊ねた。

アダムスによれば、欧州一帯を支配してきたキリスト教カトリックにイギリスが反抗したのが、ことの発端だった。イギリスはカトリックを嫌い、同じくカトリックに反抗するプロテスタントのオランダと手を組み、カトリックのスペインと戦になったという。

だが、他国との争いはない。日本にも敵意はないと答えた。

「ふーん。同じ切支丹同士、宗派の違いで戦か……宗教は厄介よ。のう、正信」

正信は苦虫《にがむし》を噛み潰したような顔で頷いた。

家康の生涯にも、かつて宗教が招いた戦がある。未だ忘れもしない、永禄《えいろく》六年（一五六三）の、
三河一向一揆《いっこういっき》——。家康は駿河の今川家から脱却し、東三河を狙う今川氏真《うじざね》と敵対しながらも三河の統一を目指していた、二十歳を過ぎた頃だ。領内に住む一向宗の僧たちは浄土真宗の開祖親鸞上人《しんらんしょうにん》の教えを巧みに引用し、民百姓や家康の家臣を次々と籠絡《ろうらく》。目の前にいる正信までもが一向宗に加わり、家中は敵味方、真っ二つに割れた。

家康は一揆を武力で鎮圧したものの、生涯、あれほど嫌な戦はない。戦った相手は苦労を共にしてきた一族であり、家臣たちだったからだ。以降、浄土宗だけを徳川家の宗派と定めている。

欧州でも宗派の違いで、国を越えた戦となっているという。今までポルトガル人宣教師は大目に見てきたが、ぐらつく今の日本で遠い欧州の宗教争いまで持ち込まれては堪らない。

家康は再び訊ねた。

「その方は何を信じておる」

ツズが訊ねると、「天地創造の神を信じている」と答えた。「天地創造の神」とはこ

の世の中をつくった神だという。

「ポルトガルとも戦っておると聞いたが。そなたらは、ツズを殺したいと思うか」

ツズの訳したポルトガル語に、アダムスは柔らかな顔を横に振って静かに答えた。

ツズは、「ふん」と嘲笑うように言っただけですぐには訳さなかった。

「何と申した」

「要約しますと、殺す気はないが、こちらが殺そうとすれば殺す、と」

「ツズ。嘘を申すでない。言葉はわからずとも心はわかる」

「嘘ではありません」

「黙れ。わしを謀《たばか》るか。話は長かった。すべて正直に訳すが、そなたの務め。意地を張るのであれば、別の通詞を呼ぶ。話が違うておれば、そなたの命はない」

「すみませぬ」ツズは蛙《かえる》を潰したように平伏した。「実は、今、ポルトガルはスペインと同朋になりましたゆえ、スペインとなっておるのです」

「ほう。国が亡《の》うなったか」

「いえ。ハプスブルク家の王の下に一つの国になっただけのこと。ポルトガルが攻め滅ぼされたわけでも、服従を強いられているわけでもありません。たとえて申さば、内府様の下に徳川家と豊臣家とが手を結び、日本国を護っておるようなものでございます」

「ふん」家康はつい鼻を鳴らした。「それで誤魔化したのか。で、他に何と申した？」

「こ奴が申すには交易の許しを得たいのであって、キリスト教を広めるためでも、戦に来たのでもないと。国同士、互いにないものを補って豊かになろうと嘯《うそぶ》いております」

「ほう。互いにないものを補って豊かにのう……」

「内府様、騙されてはなりません。真っ赤な嘘にござります。攻めに来たのでなくば、何ゆえ船に大砲はじめ多くの鉄砲・弾薬を積む必要がありましょうや。臼杵に着いた折の積み荷は、ほとんどが武器・弾薬。長崎奉行寺沢様の命で、こ奴らの仲間を取り調べたところ、うち二人が正直に申しました。この日本に来るまでに、いくつもの島を襲ったと」

「何。それはまことか、ツズ」

「寺沢様も話は聞いておりまする。寺沢様は長崎で、多くのパードレからポルトガル語を習われておられますので話はわかります。だいたい仲間や船を失うたが、海賊である何よりの証。島を襲う毎に反撃されたからに他なりません」

「島を……のう。されど、この者も宗派は違うとはいえ、天地創造の神を信ずる切支丹であろう」

「世界の海を荒らし回る海賊どもが信じる神など、天地創造の神に非《あら》ず。イギリス国教会もプロテスタントも、神の教えを悪用しておるだけにて。こたびの日本までの道筋すら疑わしいもの。マゼラン・エストレイト（海峡）を通り、オセアノ・パシフィコ（太平洋）を越えてくるなど、イギリス海賊やオランダ乞食にできるはずがありません」

「何じゃ、その……混《ま》ざらん何とかと、小瀬谷《おせや》の橋彦《はしひこ》と申すは？」

ツズは地球儀の、下のほうを指差した。

「マゼラン・エストレイトは、ここでござります。丁度、瀬戸内の海のような水路と聞いております。こ奴らはここを通り、オセアノ・パシフィコ――この広い大海を渡ってきたと嘘を言っているのでござります、内府様」

その時、アダムスという男が懐《ふところ》から海図を出し、通ってきた道筋を指でなぞり声を荒らげた。

「この男は、何と申しておる、ツズ」

「嘘ではない。船にある航海日誌を見てくれ。記録が残っていると申しております」と訳してから、ツズはポルトガル語で何か長々と訊ねていた。すると、アダムスはますます声を荒らげ、目に涙を浮かべた。

「何を訊ねた、ツズ」

「臼杵で、この者の仲間二人が島を襲ったと白状したのを問い詰めたところ、水と食料をもらおうとしただけで襲ってはいない。逆に騙されて多くの仲間を失い、弟も殺されたと申しております」

「弟を……」

「日本に着いた時は、村人たちが積み荷と交換に水と食べ物を持ってきてくれて助かった。本当に感謝していると言っております」

「ふーん、感謝とな……。正信、どう見る」

「日ノ本にくるまで二年近く要したことは、なまじ嘘とも思えませぬが」正信は大きく溜め息を吐いた。「海賊であるなしは別にして、攻めに来たのでなければ、まずはこの者たちの国をとことん調べるべきかと。今は大事の前。このような時にこの者たちを処刑すれば、後々、エゲレスとオランダとやらの二国が攻めてこぬとも限りませぬ。毛利や島津に、そ奴らが加勢すればますます面倒。殿、今は敵を増やすは得策ではござらぬ」

「わしも同感じゃ、正信。となれば――」との家康の言葉を遮るように、ツズが膝を進めた。

「ご心配には及びませぬ。わがスペイン・ハプスブルク家が、この日本を護ってみせまする。スペインは『太陽の沈まぬ国』とまで称された大国にて」

「――黙れ！」正信が一喝した。「おぬしらバテレン如きに護ってもらうほど、わしら武士は弱くはないわ。分をわきまえて黙っておれ。うぬは通詞だけをしておればよい」

家康は苦笑すると、イギリスとオランダについて、アダムスに問いを重ねた。

七

尋問が終わったのは深夜だった。

ウィリアムとメルヒヨールは、地下の牢獄《ろうごく》に入れられた。

牢獄の広さは十五スクエア・ヤード（約八畳）ほど。三方を石積みの壁で囲み、正面は約四インチ（約十センチメートル）の太い柱の格子で塞《ふさ》がれた土間。中に藁《わら》でつくった粗末な敷物が二枚、敷いてある。灯りはなく、廊下に射す月明かりで互いの顔がぼんやりわかる程度だった。

五月だから寒くはない。辺りからは、喧《やかま》しいくらいに蛙の鳴き声が聞こえていた。

メルヒヨールは疲れたらしく、すぐに藁の敷物に横になり不安を口にした。

「アダムスさん。我々は処刑されるんですかね」

「五分五分といったところだろう。幸いあの年老いた王は我々に興味を持っている。ただ――」ウィリアムも藁の敷物に腰を下ろした。「疑っていることも確かだ」

「疑っている？　やはり海賊と？」

「ま、国を護る王としては当然かもしれない。だが、厄介なのは、あのパードレだ。我々が日本に辿り着くまでの海路を疑っている。マゼラン海峡を通り、太平洋を越えたのではなく、ポルトガルの海域である東回りで来たと思っている」

「ポルトガル領を荒らし回ってきたと思っているのか。そういえば、あのツズ・パードレは我々の仲間二人から、島を襲ったと聞いたと言っていましたね」

「おそらく、アル（アベルソン）とギル（ギルベルト）だ。さしずめ命が助かるよう計らってやるから、正直に言えとでも脅されたのだろう。ウスキで、夜にあの二人が戻ってくると、いつも焼いた肉とワインの匂いがした理由《わけ》が、これで解けたよ」

　メルヒヨールも気づいていたらしく深く頷いた。

「でも変ですね。それなら我々がマゼラン海峡を通り、太平洋を越えてきたことも、あのツズ・パードレは知っているはず。なのに、どうして嘘と決めつけるんです」

「ツズ・パードレは老王に、スペインのほうがイギリスやオランダより優れていると思わせたいのさ。日本は未だ、スペイン無敵艦隊がわがイギリス軍に敗れたことを知らないようだ」

「となると、あのツズ・パードレが今後も、我々の不利になることを吹き込めば、鵜呑《うの》みにするかもしれないですね」

「それはない。あの老王はパードレが訳し間違えたのを正《ただ》させたほどだ。公平な目の持ち主だよ」

「ですが、ヨーロッパのことは何も知らない。しかも日本は遅れている。それだけに厄介ですよ」

「メル。日本をあまり見くびらないほうがいい。あの老王が着ていた上着や戸に描いてあった絵、城の高さや造りを見ただろう。かなりの文化と技術を持っている。ショッテンから聞いた話だが、五十年前にポルトガル人が持ち込んだ、たった二挺の鉄砲が、今や十万挺を超えているそうだ」

「だけど、護送されてきた一本マストのガレー船はお粗末でしたよ。この国が東の端ではなく、大西洋に浮かんでいたら、間違いなくスペインか、あなたのイギリスに占領されている」

「だが、ここは東の端だ。イギリスもスペインも地球の裏側だ。それを威張ったところで誰も助けには来ない。とにかく船長以下全員の命が我々二人に懸かっている。我々の使命は、日本の敵ではないことを確実に伝えること。そして生き延びることだ、メル」

「そうですね。それにしても不思議な国だ。というより、驚きです。王に会う前に裸の娘たちに体を洗わせるんだから。正直、あの白い肌には興奮しましたよ」

　六歳も下の三十だからだろう。独身とあって、やはり女への関心は強い。

　祖国イギリスでは、いつからかは知らないが、ウィリアムが生まれた時には入浴は禁止されており、体を洗う習慣がまったくなかったので、その行為自体、驚いた。長い航海をしてきた二人には、体を洗ってくれた娘たちの裸は眩《まぶ》しく毒に近い。体を触られる度にややもすると反応してしまい、ウィリアムでさえ情欲に駆られそうになった。

「この国は汗臭いのを嫌うのだろう。ブンゴでも娘たちが体を拭いてくれたり、服を洗ってくれたりしたじゃないか。メルは独り者だ。今夜はあの裸の娘たちと湯に浸かっている続きでも夢に見るがいい。今は囚われの身。少しでも楽しいことを思わなければ身が持たない」

　メルヒョールは久しぶりに白い歯を見せた。

「ですね。尋問も長引きそうだし、今夜はカナリヤ色のドレスの娘の夢でも見ますか」

「カナリヤ色のドレス……？　そんな娘はいたかな」

「ブンゴで通詞をした、オユキですよ。アダムスさんは、どの日本人娘がお気に入りです？」

「私は……やはりロンドンで待つ妻と子供たちとの夢だ。夢の中だけでも故郷にいたいからね」

「そうだった……」メルヒヨールは自分を責めるように額を叩いた。「できれば、これが夢で、目が覚めたらロッテルダムのわが家だといいんだけど。そういえば、この時季になると故郷でも、ここと同じように、よく蛙の鳴き声が聞こえていたなぁ」

蛙の声が暗闇の牢獄に、懐かしいロンドンの風景を浮かび上がらせていく。

夕陽が街に差す頃、ウエストミンスター寺院の鐘が響きわたる……。

街路樹を揺らす爽やかな春の風。連接する二階建ての赤茶けたレンガづくりのテラスド・ハウスの街並みに、道を通る馬の蹄《ひづめ》と馬車の軋む車輪の音。通るたびに巻き上げる砂埃《ぼこり》。通りを往来する人々の騒めきと、庶民の憩いの場タバーン（パブに似た居酒屋）から聞こえてくる労働者たちの酒に酔った陽気な笑い声……。

懐かしい街の匂いまでもが思い出せてしまう。

蛙の鳴き声が聞こえてくるからだろう。脳裏に二年前の、あの日のことが鮮やかに蘇ってくる。

「――ダディ！」と、そばかすの頬を膨らませ、夕日の射すリビングに飛び込んできたのは、八歳の娘デリヴァレンスだった。妻のメアリー似の青い目を潤ませていた。

「どうしたんだ、デリ（デリヴァレンスの愛称）」

「ジョニー（ジョンの愛称）の馬鹿が、また蛙をいっぱいお部屋の中に入れているの。私の大事にしている赤い靴の中にまでいるのよ。家から追い出すよう叱って、ダディ」

ジョンはデリヴァレンスより二つ下の弟で、六歳になる。好奇心が強く、特に昆虫やザリガニ、蛙などの生き物に目がない。

窓際の椅子に座って夕暮れを楽しんでいたウィリアムは、スコッチの瓶をテーブルに置くと、デリヴァレンスを膝にのせ、キッチンにいるメアリーに不満げな目を向けた。

「久しぶりに家でゆっくりスコッチを飲もうとすると、必ず何かやらかすのがジョニーだ」

メアリーはふかした芋《いも》を潰《つぶ》しながら「ライク・ア・フロッグ！（Like a frog!）」と、子供部屋に行くよう指差した。

「何だって？　蛙のように……？　どういう意味だよ」

「行けばわかるわ。きっと、あなたに似たのね。二度としないよう、男同士で話し合ってきて」

「わかったよ。たまには父親らしいこともしないとな」

満足げに頷くメアリーを尻目に、子供部屋に入った。

部屋では、二十匹以上の大小さまざまな蛙が飛び跳ねていた。ジョンは小さな木箱に布を敷き、その中にも蛙を入れて何か話し掛けているところだった。

ウィリアムはその側に腰を降ろした。

「おチビさん。何をしているのかな？」

ジョンは振り向きもせず答えた。

「サムに、ここが君のベッドだと教えてるんだ。サムはこの蛙の名前だよ、ダディ」

「サムって名前なのか。で、それがサムのベッド？」

「そう。近くの池の中にいたから、家に連れてきてやったんだ。皆、そうだよ」周りにいる蛙を見回した。「家もベッドもないなんて、かわいそうだもん」

つい苦笑いしてしまう。

「だけどジョニー、蛙は水がないと生きられないんだよ」

「……本当？」

ジョンは真っ直ぐウィリアムに目を向けた。

「本当さ。水がないと干《ひ》からびて死んでしまうんだ。だから、池に戻してやろう」

「やっぱりマミーの言っていたことは本当だったんだ」

「何だ、マミーも言っていたのか。駄目じゃないか、マミーの言うことを聞かないと」

「だけどマミーは、ダディも蛙だって言ったんだ、水がないと生きられないって。だから、もうすぐ海に帰るって……」ジョンは突然、泣き出した。「嘘だよね、ダディ。海には帰らないよね」

ライク・ア・フロッグ――。謎がようやく解けた。

「ライク・サー・ドレーク！」と一攫千金を夢見て海に出ていく男たちや、会社の命で新航路発見のために家を長く空けるウィリアムに、メアリーは皮肉を込めて言ったのだ。それに対してジョンは子供ながらに、蛙が水なしで生きられることを証明しようとしたに違いない。

「ジョニー」ウィリアムは思わずジョンを抱きしめた。「ダディは海へは行くけど、必ず戻る。ジョニーやデリ、マミーがいるところが、ダディの家だ」

「じゃ、戻ってくるんだね、ダディ」

「ああ。だからダディが仕事で海へ行っても、マミーの言うことを聞いて、いい子で待っているんだ。いい子でいたら凄いお土産《みやげ》をどっさり持ってくるよ、ジョニー。わかったね」

「うん。わかった、ダディ」

ジョンは涙を拭い、ほっとしたように笑みを浮かべた。

「……ライク・ア・フロッグ」

無意識に呟いた自分の声が、脳裏に浮かんだ三人の顔とともに暗い牢獄に消えていく。

気がつくと、メルヒヨールが微かな寝息を立てていた。

――メアリー、デリ、ジョニー……僕は必ず帰る。

ウィリアムもメルヒヨールの寝息につられ、周りから聞こえてくる蛙の鳴き声に吸い込まれるように眠りに落ちていった。

八

二日後、ウィリアムとメルヒヨールは、再び老王の尋問を受けた。

通訳は先日と同じく、ツズ・パードレだった。尋問は航海術や日本に来た理由など前と重複したものが多かったが、特に老王が興味を持ったのはスペインとイギリス・オランダ連合の戦争だった。発端は何か。何年間、戦争をしているのか、と。

ウィリアムは知っている限りを話し、一五八八年にイギリス軍がスペイン無敵艦隊アルマダを破った海戦についても詳細に話した。さすがにツズも悔しかったらしく訳すのに手間取り、老王から何度も叱責を受けていた。

途中、食事を取りながらも尋問は続いた。ウィリアムは疲労を覚えたが、矛盾なく正直、かつ誠実に答えた。仲間を護るため、生き延びるために必死だった。

気がつけば夜になっており、周りには何本もの蠟燭に火が灯っていた。

老王もさすがに疲れたらしく、最後に牢獄に戻るにあたり、何か欲しい物はないかと訊ねた。

メルヒヨールは、夜はまだ冷えるので布団が欲しいと言い、ウィリアムは紙とペン、それからポルトガル語のわかる日本人と話をしたいと要求した。

老王は訝しげにウィリアムに目を向け、ツズを通して理由を訊ねてきた。

「それは早く日本語を覚えたいからだ」

ツズの目が鋭さを増した。

「つまり私がいい加減に、いや、君の言ったことを曲げて伝えていると言いたいのか」

「そうではない、ツズ・パードレ。せっかく日本まで辿り着いて、ダイフ様という王にも会えた。できれば直《じか》に話がしてみたい。それに交易の許しがでれば、日本語が話せたほうがいいでしょう」

「アダムス君。言っておくが、日本語はエウロパのどの国の言語にも似ていない。文字も横書きではなく縦書きだ。一年や二年で覚えられるほど簡単ではない。第一、そこまで生きられる保証もないのに覚えても仕方がないだろ。まして我々ポルトガル人は君たちより早くからここにいる。交易ができるなどと、甘い期待は持たないほうがいい」

ツズは嫌味な笑みを口元に浮かべながらも、老王に通訳していた。

老王は苦笑して深く頷くと、ツズを通して用意する旨を伝えてきた。

ウィリアムとメルヒヨールは、再び見張り番の侍たちに囲まれて大広間を退出した。

ただ、入れられた牢獄は前とは違った。広さは二十スクエア・ヤード（約十畳）とやや広く、土間ではなく板の床。牢獄の一面だけは前と同じく太い柱の格子でふさがれているものの、三面は白壁で、上には小窓が一つある。しかも寝具が二組あり、部屋の隅にはトイレまであった。

翌朝からは扱いも変わった。

食事は一人用の黒い小箱の上に、赤や黒の器に入ったライスやスープ、絵付けした青い皿に焼いた魚をのせ、メイドらしき女中が牢屋の前の廊下まで運んでくる。

そんな応対に驚いているところへ、ツズ・パードレが従者と廊下に姿を現した。

相変わらず、皮肉な笑みを口元に漂わせている。

「ほっとしているようだが、安心するのはまだ早い。前の牢獄は汚いから、ここに移したまでだ。日本人は悪臭を嫌う。つまり尋問は続くということだ。長い尋問で死なれては困るので、食べ物も日に二食与えられる。で、私が来たのは他でもない。ダイフ様の命で、この国の食事の作法を教えるためだ」ツズは料理をのせた箱から、二本のスティックを取り上げた。「これはハシ（箸）というものだ。こういうふうに右手に持ち、こうやって使う」

ツズは得意げに二本のスティックをペンのように持ち、器用に開いたり閉じたりした。

「この国は、フォークを使う我々ポルトガル人と同じで、君たちイギリス人やオランダ人のように、何でも手掴みする野蛮な人種とは違う。舐めた指を衣服で拭くことは絶対にしない。ブンゴで、君たちの仲間の二人を夕食に招待した時は、あまりに汚らしい食べ方で驚いたよ」

ウィリアムがメルヒヨールに目を向けると、「やはり――」という顔で頷いた。

「ライスもスープも器を持って食す。スープは塩辛くて初めは妙な香りと思うが、慣れてくれば美味い。ま、君たちにそれほど時があるとも思えないが、命のある今だけでも、少しはこの国の作法を覚えておいたほうがいい」

「どういう意味ですか、ツズ・パードレ」

「神は邪悪な教えを嫌う。邪教を信じる者を神は断じて生かしてはおかない。時といえば、日本の暦が違うことも憶えておきたまえ。我々が使っている新暦（グレゴリオ暦）とも、遅れた君たちの使っている古い暦（ユリウス暦）とも違う、月の満ち欠けでつくる、太陰暦だ」

「月の満ち欠けでつくる暦……？」

「春夏秋冬、四季の区切りも違う。ここは言葉や文字ばかりか、時や金、距離の単位など何もかも違う。遅れた点もあるが、優れたところも多い。この十字架も、その一つだ」

ツズは胸の十字架を掲げた。虹色の光沢ある貝の欠片が埋め込まれた装飾は「螺鈿」と言い、ヨーロッパでは人気が高く、日本では文箱《ふばこ》や刀の鞘の装飾などに使われているという。

「サムライもエウロパの騎士と同じで、刀にはお金を掛ける。丁度いい。ついでに教えておく。間違っても、腰に差している刀には触れないように。彼らは誇り高き騎士だ。

触れた途端、斬り殺される。同じエウロパから来た者が、無惨に殺されるのは忍びないんでね。では」

ツズは立ち去ろうとして「おう、アダムス君の注文を忘れるところだった」と思い出したように、従者に持たせていた茶色の包みを解かせ、束ねた紙を牢屋の中に投げ入れた。

「日本語の教師は未だ見つからない。日本語を話したくば自分で訊くんだね。ペンはないが、代わりに鳥の羽根を切った物を持ってきた。墨もある」

物の名を知る時は「コレハナニ」。人の名を知りたければ「ソナタノナハ？」と訊ねればいいと教えてくれた。ウィリアムはすぐに復唱した。

「なかなかいい。君は語学の才能があるようだね。ただ、日本人の誰もが答えてくれるとは限らない。彼らは質問を嫌う。特に髪や目の色の違う君らは嫌われている」

「ツズ・パードレ。いろいろ教えて頂き感謝します」

ウィリアムが言うと、ツズは苦笑した。

「ダイフ様の命だから仕方がない。感謝ならダイフ様に言うんだね。日本語では『カタジケナイ』だ。もっとも次にいつ会えるか」意地悪く、にやりとした。「そういえばブンゴにいる、船長以下、君たちの仲間だが……いや、これは言わないほうがいいな」

「どうしたんです！」メルヒョールが格子の間から手を伸ばし、ツズの袖を掴んだ。

「何かあったのですか、パードレ。教えてください、仲間のことを」

「こういう振る舞いは、とても危険だ。今度、私に触れたら死罪になると思いたまえ」

ツズはメルヒョールの手を振り払うと、穢《けが》れを落とすように袖を払った。

「非礼は謝ります、ツズ・パードレ。仲間の消息を教えてください」

ツズは憐れむような目を向けた。

「私が聞いた話では、処刑されると決まったそうだ」

「——何ですって！　それは本当ですか！」

ツズはにやりとすると、何も言わず去っていった。


その後、老王の尋問はふっつりとなくなった。

ツズ・パードレもまったく姿を見せない。

ツズがくれた紙を束ねた帳面の最後の頁に書いた、縦に四本の棒を書き、五本目を横に引く、タリー（卌）が七個になった。つまり三十五日、経ったことになる。

毎日、食事はきちんと与えられ、ゆっくりと布団で眠れるものの、忘れ去られたような日が続いた。長い航海で野菜不足と思われたのか、出される食事はライスに、ほとんど野菜が中心だった。ただ、毎日となると、さすがに飽きがくる。反面、体は元に戻っていた。

ウィリアムが要求した、日本語の教師は一向に来ない。

ツズが言ったとおりだった。牢番に「コレハナニ」「ソナタノナハ？」と訊ねても、睨むばかりで一切、答えてくれない。食事を運んでくるメイドらしき女中に至っては、化け物にでも出会ったような驚きの顔で逃げていく。

人間、不思議なもので、この牢獄に移された時は喜んだものの、虚しく毎日が過ぎていくと悪いほうにしか頭が働かなくなる。

メルヒヨールも同じようで、食事を残すようになり、徐々に口数も減っている。近頃では口を開けば「やはり全員、処刑されるのでしょうか」と何かにとり憑《つ》かれたように言い、夜になると布団をかぶり、声を押し殺して泣いていた。

ウィリアムも同じだった。涙が自然に込み上げてくる。毎日、蛙の鳴き声が聞こえてくるからか、無性にロンドンの家に帰りたくて堪らない。何度も長い航海に出ているが、こんな思いに駆られたのは初めてだった。

さらに今朝、メルヒヨールが何気なく呟いた言葉に胸を締め付けられた。

「幸せって遠くじゃなく、近くにあったんですね。オランダにいた時、気づきもしなかった」

同感だった。メアリーや子供たちと一緒にいることが何物にも代えがたい幸せだったはずなのに、すべてを捨てて夢に突き進んでしまった。

その結果が、今、ここにある。

かつてのメアリーの言葉が蘇り、ウィリアムの弱った心に突き刺さってくる。

「家族のためにも、もう愚かな夢は捨てて。ドレークのように何もかも失いたいの！」

ウィリアムは外から聞こえてくる蛙の鳴き声を耳にしながら、自分を奮い立たせた。

——ここでは死ねない。何があっても祖国に帰ってみせる。運命に立ち向かうんだ、ウィル。

九

ジョアン・ツズ・ロドリゲスは、大坂にやってきて以降、落ち着かなかった。

家康から当座の寝食の場として与えられた大坂城西ノ丸内の屋敷の一室で、悶々とした日々を過ごしている。

気がつけば、いつの間にか、部屋から見える夏空がとっぷりと暮れていた。額からは汗が噴き出している。暑気のせいではない。冷や汗だ。

というのも長崎奉行寺沢広高が家康の命を受け、臼杵にオランダ人が乗ってきたリーフデ号を取りに戻ったからだ。が——。

それだけではない。家康が異教徒のウィリアム・アダムスを気に入り始めたことだ。それは話に耳を傾ける家康の目の輝きでわかる。

カトリック教団にとり、リーフデ号が日本にやって来たことはポルトガル人の立場を危うくするばかりか、長年、布教で築いてきた足場さえ失う危険性すらある。

厄介なのは、これまで伏せてきたエウロパの国々の情勢をあのイギリス人がしゃべったことで、側近くにいたツズほかポルトガル人を家康が疑い出したことだ。

ポルトガルがスペインに併合され消えたことは仕方がないにしても、スペインの無敵艦隊がイギリス海軍に大敗を喫した事実だけは家康に知られたくなかった。これで家康が今後、イギリスやオランダに興味を持つのは目に見えている。

その証拠に二人の扱い方までもが変わった。

尋問の後は通常の牢獄ではなく、罪を犯した大名やその家族などを入れる座敷牢に移している。食事も同様に、上級武士が食すような献立を毎日、二食も与えている。

家康の目的はわかっている。リーフデ号に積まれた大砲や武器・弾薬だ。それを日本統一のための戦に使うつもりだ。やがては豊臣家を潰す気に違いない。それはスペイン・ハプスブルク家がポルトガルを併合したことを、徳川家と豊臣家とが手を結び、日本国を護っているようなものと譬《たと》えた時の、家康の怪訝な表情でもわかる。

今年に入って大坂・京界隈だけでなく、日本全土が不穏な空気に包まれている。

現に東北の上杉景勝が家康に反旗を翻《ひるがえ》し、昨年、佐和山城に蟄居となった「豊臣家一の切れ者」と呼ばれた石田三成も「打倒、家康――」を掲げ、動き出したとの噂もある。その争いに欧州の武器が威力を発揮すれば、家康はイギリス・オランダにますます傾倒していく。その不安がツズの心に暗い影を落としている。

このままではツズが日本に来て、ポルトガル商人の使用人から身を起こし、貧乏の中、苦学してコレジオに入り、四年前にようやく司祭に叙階《じょかい》されたことまでもが無に帰す。

それでなくとも、故太閤秀吉が〈バテレン追放令〉を布き、三年前に長崎でイエズス会とフランシスコ会の宣教師や信者二十六人を架刑にして以降、キリスト教への弾圧は厳しさを増している。幸い秀吉亡き後、家康は交易のため切支丹を黙認・擁護してはいるが、布教活動をしないイギリスやオランダが入ってくれば、今後、どうなるかわからない。

イエズス会も不安なのだろう。皇帝不在で渾沌《こんとん》としている今だからこそ、秀吉の布いた〈バテレン追放令〉を払拭《ふっしょく》せよというのが、日本司教区のパードレたちに課された至上命令だ。

今、イエズス会日本人教区の最高位——日本司教を務めるのは、ルイス・セルケイラ司教。

日本に来てまだまもないこともあり、日本にいる多くのポルトガル人司祭の中でも、日本事情に詳しいツズを頼りにしている。歳が六十に近いからか、日本を終焉の地と決めているらしい。セルケイラ司教の寿命がどれほど持つかはわからないが、命が尽きる前にセルケイラ司教の後継者としての推薦だけは取り付けておきたい。

ツズが目指しているのは、その日本人教区の最高位、日本司教だ。そのために商いにもあえて手を染め、日本人教区の財源を確保し、司教を側面から支えてきた。

名門貴族出身者の多いイエズス会ではこれまで、商いなど金儲けの行為は神聖さが穢れるとして強い制約を受けるだけでなく毛嫌いされてきた。

それは後から日本に来た、フランシスコ会やドミニコ会も同じ。いずれの布教活動も寄付によってすべて賄われ、「托鉢修道会」とも呼ばれる。未だ法王から日本での布教活動を許されていない、そんな彼らですら商いで得た金でのツズの布教活動をあからさまに非難した。

とはいえ実際、布教には多額の金が掛かる。綺麗ごとでは済まされない。布教の許しを得るため家康など大名への貢ぎ物を贈るにも、修道院を建てるにも莫大な費用が掛かる。信者たちからの寄付だけでは、到底、賄い切れない。

もっとも、これまでの功績が認められ、ツズは昨年末にイエズス会日本管区のプロクラドール——財務会計係を任されるまでになった。今後の布教活動を考えると、その資金を得る交易においても、リーフデ号の連中は邪魔な存在でしかない。速やかに始末しなければ布教どころではなくなってしまう。となれば……。

その時、呼びつけていたポルトガル商人のリカルド・ペイショットが、部屋に入ってきた。

ペイショットは、ツズが一五九五年に司祭叙階を受けるためにマカオに赴いた際、交易商をしていた男だ。当時、ポルトガルを併合したスペインが、マカオのポルトガル人に対しマニラとの交易を禁じていたが、日本とは禁じていなかった。そこで翌年、ツズが日本に戻る際、日本に販路を広げたいと長崎に付いてきた。

ペイショットの興味は「黄金の国ジパング」であることは勿論だが、ツズが日本の職人につくらせた十字架に施した「螺鈿」にも魅入られている。当時、マカオでは、日本からの少年使節団の影響もあり、日本の豊後の府内《ふない》はポルトガルのリスボンのような街として紹介されていたので、ペイショットに躊躇いはなかったらしい。おそらくリーフデ号の連中が持っていた地図にも、「ブンゴ」と載っていたに違いない。

ところが、ペイショットが来日した当時は「豊後の切支丹王ドン・フランシスコ」と呼ばれた大友宗麟《そうりん》が島津家との戦に破れ、その島津家も秀吉に降伏して豊後の府内や臼杵はすでに荒廃していた。それゆえ、ペイショットは長崎以外に大きな街を知らないこともあって、大坂に驚いたらしく、毎日のように出歩いている。

深緑色の羅紗の上着に、首には白い蛇腹のラフ。縮れた髪ともみ上げに繋《つな》がる顎鬚に囲まれた日焼けした顔と、くるくるよく動く大きな目。ペイショットは汗を拭いながら口を開いた。

「いやー、大坂の街は実に大きい。長崎や臼杵とは比べものにならない。街のはずれにはドロウ川のような大きな川もあって、故郷ポルトにそっくり。ここは交易には持ってこいの街ですよ。パードレ様が身に着けている十字架の、螺鈿を扱っている商人を見つけましたよ……あ、これは失礼、遅くなりまして。パードレ様。私に急用がおありとか。何でございましょう」

ツズは臼杵から連れてきたリーフデ号の二人と家康との拝謁の様子を詳細に話し、家康が今後、オランダやイギリスとの交易に乗り出すかもしれないとの予想を付け加えた。

「イギリス人はともかく、商いが巧いオランダ人が日本に来ると厄介ですね」

やはり商人だ。イギリスの軍事力の脅威は頭にもない。

「何を呑気なことを言っているんだね。厄介どころではない。大変な脅威だよ、ペイショット君。私の予測では、近々、この日本で大きな戦争がある」

「戦争……」ペイショットは驚きの顔になった。「どこと、どこが戦うのですか」

「君は日本に来てまだ日が浅いからわからないだろうが、内府様と、豊臣家と結んでいるこの辺りの大名だ。もしかすると、我々が想像もできないほどの大きな戦争になるかもしれない」

ペイショットは眉間に皺を寄せた。

「その戦争と彼らと、何の関わりがあるのです、パードレ様」

ツズは家康が目をつけているリーフデ号の大砲や武器・弾薬が、どれほど役に立つかを説き、戦争後に彼らが解放された後のことを予測した。

「内府様は我々と交易をしたいがために布教を渋々ながら認めているが、彼らは布教を目的とはしない。内府様と諸大名の戦争でいずれが勝ったとしても、彼らを国に帰せば、オランダ・イギリスの船団がやってくるのは間違いない。エウロパや中国の品々が同じように入れば、布教を望む我々ポルトガルやスペインと、まったく布教をしないオランダやイギリスのどちらを取るか」

「――つまり、彼らを本国に帰さなければいいということにございますね？」

ツズは深く頷いて見せた。

「今後、厄介な存在になることは間違いない。特にウィリアム・アダムスというイギリス人だ。これは私の勘だが、今、座敷牢にいる二人はいずれ、他の仲間と共に江戸に向かう。そうなれば、内府様の家臣に組み込まれ警護の兵も付くことになる。そうなると、少々、厄介だよ」

ペイショットは素早くその先を察知したらしく深く頷くと、余裕の笑みを浮かべた。

「ご安心ください、パードレ様。丁度、都合のいいサムライたちがおります。彼らは洗礼も受けておりますので、信ずる神のためには命も厭わない、大変役に立つ連中です」

「ほう、それはいい。デウス様は邪悪な教えを嫌う。オランダ人は日本を乗っ取ろうと乗り込んできた異教徒だ。連中がいるだけで日本の地は穢され、デウス様の宿る地には永遠になれないと伝えなさい。まもなく起きる戦争の混乱にまぎれ、彼ら十八人を一人残らず」

「――パードレ様」厳しく遮った。「聖職者がそれ以上、口になされてはなりません」

「ん？　おう、そうか。では、後のことは君に一任する」

「お任せを」

「このことは君と私だけの秘密だ。くれぐれも内密にことを進めてくれ。特に寺沢殿には覚られぬようにな、ペイショット君」

「承知しました」

ペイショットは含み笑いをすると、慇懃に頭を下げた。

筒音《つつおと》轟く、黄金の国

一

徳川家康は堺の港に来ていた。

摂津《せっつ》・和泉《いずみ》・淡路島《あわじしま》に囲まれた大坂の海は、初夏の日差しに照らされ、きらきらと輝いている。

その長閑《のどか》な海を背景に、堺の港には大坂商人や明《みん》国の船が並び、紺《こん》や茶色など様々な袢纏《はんてん》を着た人足たちが荷卸《おろ》しをしていた。

そんな活気ある賑わいに水でも差すかのように、朽《く》ち果てて傾いた黒い南蛮船が港の真ん中に堂々と停泊している。船の大きさは、隣に停泊している茶屋四郎次郎の千石船のほぼ倍。三本の帆柱を持ち、それぞれに二枚の帆が張られ、船首にも帆を張っている。

しかし、帆は破れており、一枚としてまともなものはなく、すでに帆の体をなしていなかった。

船自体も傷みが激しい。長い航海を示すように船の側面の外板《がいはん》にぎっしりと付いたフジツボが灰色の岩と化し、今にも沈みそうな気配すらある。船尾に奇妙な木彫りの老人の像があるからか、淡路島から吹く生あたたかな潮風に吹かれ、柔らかな波に身を委ねて揺れる様は、あたかも老人がのんびりと湯に浸かっているかのよう。だが――。

家康にとり、船の積荷は期待以上だった。

長崎奉行の寺沢広高が書状に書いてきたとおり、大砲十九門のほか小型砲五門、砲弾五千発、鉄砲五百挺など武器・弾薬ばかりか、南蛮甲冑もごっそりと積まれていた。しかも幸いなことに、南蛮人だが、大砲が撃てる砲手《ほうしゅ》が生きている。

南蛮船の検分を終えた家康は海沿いに建てられた東屋《あずまや》で、窓から見える港の景色を愛《め》でながら、茶屋四郎次郎の点《た》てた茶を啜《すす》った。

「四郎次郎、大義であった。よくぞ沈めず、堺まで運んで参った」

家康は満足げに言うと、本多正信の側で控えている茶屋に目を落とした。

茶屋四郎次郎清忠《きよただ》――。京の洛中《らくちゅう》に大店《おおだな》を構える商人《あきんど》で、先代の茶屋四郎次郎清延《きよのぶ》の後を継いだ二代目だ。細面の顔に商人らしい髷《まげ》。十八と未だ若いが、紺色の羽織も板に付いている。

ただ、南蛮船をひと月以上も掛けて牽引《けんいん》してきた疲れか、血色が悪い。

「如何した、四郎次郎。顔色がすぐれぬようじゃが」

茶屋は渋い笑みを浮かべた。

「内府様のお気を煩わせるとは商人としてはあきまへんな。ご覧のとおり南蛮船が傾いておますさけ、いつ沈むかと、それが心配で。けど、何ともおまへん。手前は若いですよって」

「若いからとあまり無理をするでない。そなたの父も無理をした。否、無理をさせ過ぎたゆえ、早うに亡《の》うなったやもしれぬ」

先代の茶屋四郎次郎は四年前、五十五で亡くなっている。

「父は生前、内府様のために死ねるなら本望と申しておりました。父に悔いはおまへん」

「商人ながら、武士のような男であったでのう」と、傍《かたわ》らで正信が感慨深げに言った。

「へぇ。己を商人侍《あきんどざむらい》と言うておました」

「如何にも、そのとおりであった。それにしても茶屋四郎次郎というは、いつもわしが窮地に立つたびに助けてくれる。あの右府様が亡くなられた天正十年（一五八二）も、この堺であった」

「右府様……？」

知らないのも無理はない。目の前の四郎次郎が生まれる前年、十八年も前のことだ。

「亡き織田信長公がことよ。わしが四十一の厄年の時じゃ。信長公の命で堺見物に来ておった。今のように南蛮船や支那船が港に浮かんでおっての、茶の湯を楽しんで京に戻ろうとした折よ。その信長公が京本能寺で明智光秀の謀反に倒れたのを報せてくれたは、そなたの父。あの後、命からがら伊賀を越え、落ち武者狩りに丁銀《ちょうぎん》を撒いて窮地を救ってくれたのも四郎次郎であった」

「伊賀越えは父も生前、よう話しておりました。あの時の苦労は口で語れるものやないと」

「そのとおりぞ。ま、あの折の大変さは、その場におらぬ正信には到底、わかるまい」

「あの折は岡崎城で殿の留守を護っており申す」正信は渋い顔で言った。

「あの後、関白（秀吉）との戦の折、船いっぱいに鉄砲・弾薬を積んできたのも四郎次郎であった。お蔭で小牧《こまき》・長久手《ながくて》の戦は大勝利。こたびは、その倅《せがれ》が宝船を堺の港まで運んできてくれた」

「この茶屋四郎次郎、内府様のお役に立てるのが何よりの親孝行。何でも遠慮のう言うておくれやす」

「されば四郎次郎。疲れておるところすまぬが、ポルトガル語を話す通詞を探してくれぬか。バテレンでなく若い女子じゃ。できれば二十人ほど欲しいが、とりあえず十日のうちに、とびきり美しき女子を一人、頼む」

「――殿！」正信が口を挟んだ。「今は大事の前。無駄に体を使うておる時ではござらぬ」

「たわけが。何を心得違いしておる。南蛮人の面倒を見させるための女子じゃ」

そこへ、長崎奉行の寺沢広高が家来数人とともに、南蛮人十数人を引連れてきた。

寺沢は家来たちが連れてきた南蛮人を地面に座らせると、自らもその場で片膝をついた。

寺沢広高――。正信によれば、贅沢《ぜいたく》を嫌い、麦飯を好んで食し、木綿以外は着ないという質素にして倹約家で、鉄砲や弓などに励む実直な武士という。

それは見た目でもわかる。臼杵と堺を一往復半させ、おまけにひと月も掛けて南蛮船を持ってこさせたこともあり、木綿の裃半袴《かみしもはんばかま》はかなりくたびれている。

「寺沢殿。あまりに遅いゆえ心配しておったぞ」

「ご心配をお掛けして相すみませぬ。ご覧のとおり南蛮船の傷みがあまりに激しく、途中で幾度となく修繕して参ったものでござりますゆえ」

「そうであったか。いや、大義であった。こたびの機転を利かした行い、家康、感服《かんぷく》仕《つかまつ》った。この時期、あの南蛮船をかの地に留め置けば、如何なる災いとなったやもしれぬ」

家康は正信に視線を送り頷いて見せると、正信もまた小姓に合図を送った。

小姓は紺の巾着袋《きんちゃくぶくろ》と太刀《たち》一振《ひとふ》りをのせた三方《さんぽう》を寺沢の前に置くと、正信が口を開いた。

「寺沢殿。これは殿からのお礼の金子《きんす》と太刀じゃ」

「こ、これは思ってもみない、畏《おそ》れ多きこと」

「わしの気持ちじゃ」

その時だった。後ろに座していた南蛮人の一人が突然、立って声を上げた。だが、すぐさま、周りにいた寺沢の家来たちに取り押さえられ、地面にねじ伏せられた。

南蛮人は伸びた髪や髭が赤毛の大男で、緋色の上着を着ており、家康が南蛮船に乗った折から、通詞のツズに敵意の目を向けていたので、ひと足先に船から降ろしたほどだった。

「寺沢殿。あの男は何をわめいておる」

「我々は日本の敵ではない。殺さないでくれ。交易に来ただけだ。ポルトガルのバテレンは敵で、我々を憎んでいる。奴らの言うことは信じるな、と申しております」

「ならば、こう伝えてくれ。わしの命に従うならば殺しはせぬ。ただし、一人でも逆らえば、皆が死ぬことになると」

寺沢は赤毛の男にポルトガル語で説いた。赤毛の男はねじ伏せられながらも何か言い返し、それを寺沢はすぐに訳した。

「私の名はヤン・ヨーステン。舵取りで、砲手でもあり、スペインとの戦にも出たことがある。必ず内府様のお役に立てる、と申しております」

家康は家来に赤毛の男を放すよう命じた。

「ヤンとやら、そなたらがこの日ノ本でよき働きをすれば見返りをやろう。今はこの堺で屋敷を与えるゆえ、皆と共にゆるりと湯に浸かり、長旅の疲れを取っておけ」

寺沢がそれをポルトガル語で伝えると、赤毛の男は片膝をついて頭を大仰に下げた。

「あれがオランダ国とやらの臣下の礼か。されば寺沢殿。この南蛮人たちを堺に留め置くゆえ、しばらく大坂にいてもらいたい。通詞だけではなく、他にも頼みたいことがあるでな」

「はっ。内府様のご命とあれば」

「四郎次郎。まずは寺沢殿に、上物《じょうもの》の裃と袴を早急に整えよ」

家康の言葉に、寺沢は怪訝な表情で訊ねてきた。

「あ、あの……内府様。何ゆえ、それがしに裃と袴を」

「その身なりで、大坂城に入るのは忍びない。けなしておるのではない。そなたはわしと同じく質素倹約を旨とし、日々、武芸の鍛錬に励んでおると聞く。そのような真《まこと》の武《もの》士《のふ》が、煌びやかな大坂城で、身なりだけで『田舎者《いなかもの》』と蔑《さげす》まれるは心苦しいでのう」

「何と……こ、このようなそれがしを、そのようにまで仰せとは」

「臼杵に南蛮船を取りに行かせたは、そなたの力量を試したまでよ。やはり、わしの目に狂いはなかった。そなたほど頼りになる男はおらぬ。それゆえ、折り入って頼みがある」

「内府様。何なりとお申し付けくだされ。この寺沢広高、命を賭《と》して努めまする」

「されば、これから申すことは他言無用。すべて上様（秀頼）の御為《おんため》、天下泰平のためと心得よ」

「ははっ」

家康は、寺沢広高が南蛮人たちを引き連れて下がっていく姿を見ながら「――これで良し」と頷くと、本多正信が呆れたように溜め息を吐いた。

「殿のことを古狸《ふるだぬき》と陰口を叩く者がおるが、きょうの殿はまるで生前の、人誑《ひとたら》しの太閤殿下と同じじゃ。名も無き刀を名刀のように仕立て直して与え、わずか十両ほどで家臣のようにして、あの南蛮人と船を見張らせるとは。人を化《ば》かす、とんだケチの古狸よ」

「何を申すか、正信。ここでわが徳川の者に南蛮船を見張らせれば、また淀殿が前田玄《げん》以《い》ら奉行どもを通じて何を言うてくるかわからぬ。まして大砲が手に入ったからとて、それを使える砲手がおらねば宝の持ち腐れ。それに南蛮人に指図のできる者がおらねば話にならん。まさか戦場《いくさば》に、敵対するバテレンを連れてはいけまい。となれば、南蛮語に精通しておる寺沢しかおらぬ。あの者はルソン（現・フィリピン）との交易には欠かせぬ。わしの手許に置いておきたいのよ」

「では、やはりあの船の大砲を、上杉の会津攻めで使うのでござりますか」

つい先日の五月三日、会津上杉の家老、直江兼続から上洛を拒絶する返書が届いた。あまりに高飛車な文面に怒りを覚え、家康は即刻、諸将に出兵の命を下そうとしたが、五奉行のうち蟄居を命じた石田三成と浅野長政を除く残りの三奉行、前田玄以・増田《ました》長《なが》盛《もり》・長束《ながつか》正家《まさいえ》が「行き過ぎにござる」と反対。それに加え五大老の一人、宇《う》喜《き》多《た》秀家《ひでいえ》のほか、豊臣家の大名たちも異議を唱えたため、会津遠征は断念せざるを得なかった。しかし――。

大砲十九門と砲弾五千発、鉄砲五百挺など、これだけ多くの武器・弾薬が手に入れば話は違う。

「もう迷いはない。否、迷うておる時ではないわ、正信。今、この日ノ本をまとめねば、天下はまた乱れる。その混乱に乗じてスペインや、あの者たちのオランダやエゲレスが攻め込んでくれば、もはやこの日ノ本はない」

南蛮船リーフデ号が日本に運んできたのは、武器・弾薬だけではない。南蛮諸国の勢力図や優れた技術ばかりか、南蛮人の腹の底にある目論《もくろ》みや企てをも報せている。

太閤秀吉の後を継ぐ者として家康は、今もルソンにポルトガル人宣教師を送ってはいるが、南方での諸事情までは見えていなかった。否、まったく外に目を向けていなかったことを指摘されたに等しい。秀吉は生前、明《みん》だけではなく南蛮交易に関心を持ち、スペインが治めるルソンにポルトガル人宣教師を使いとして送っていたことは知っている。

秀吉が求めたのは、キリスト教布教の伴わない南蛮貿易だ。それゆえ、天正十五年（一五八七）に秀吉は、早々と〈バテレン追放令〉を布《し》いた。

ポルトガル商人が裏で、キリスト教徒になった日本人娘を騙して国外に連れ出し、情婦として売りさばいていたからだと、家康は思っていた。だが、そうではなかった。

南蛮人の真の狙いは、日本そのものを占領すること――。

アダムスというイギリス人からの情報で、世界の情勢を初めて知り、そのことに気づかされた。

おそらく秀吉は、いち早く南蛮人たちの謀略を察知していたに違いない。その点において太閤秀吉は一歩も二歩も家康の前を歩いて日本を護った、まさしく「天下人」だったといえる。

「正信。この日ノ本を護るためなら、古狸にも古狐にも、はたまた、鬼ともなってみしようぞ」

「殿……！」正信は驚いたような目で見返した。「――されば」

家康は正信の袖を引き寄せ、声を落とした。

「矢は弦《つる》を放れた。わしは立つ、正信。奥州の伊達《だて》、佐竹《さたけ》、最上《もがみ》に、すぐさま戦仕度をするよう書状を出せ。船手《ふなで》奉行の向井正綱《まさつな》にも、南蛮船が江戸に着くと報せておけ」

「はっ――」

二

帳面に記した五本一組の〈タリー〉が八個になり、新たに縦棒を書き入れた、四十一日目――。

ウィリアムはメルヒヨールとともに、再び老王の尋問を受けるため大広間に引き出された。

大広間の上段に老王が座り、下段には女が一人と十人ほどのサムライが左右に別れ並んで座していた。

通詞はツズではない。老王のすぐ下にいる、美しく着飾った十代半ばほどの娘だった。艶のある長い黒髪に、白とオレンジ色の目立つ衣装を着て、口に紅を差していたので、初めは誰とは気づかなかった。だが、聞き覚えのある涼やかな声で、ようやくわかった。

ブンゴで通詞をしていた、オユキだ。

あまりの変貌《へんぼう》に、というより、まばゆいほどの美しさに心を鷲掴みされた。ブンゴにいた時は衰弱し過ぎていて、じっくり見る余裕はなかったが、今は違う。ひと月以上も牢獄で食べ物を与えられ、体が回復したからか、囚われの身ながら心が勝手に弾んでいく。

それはメルヒヨールも同じだったらしい。我を忘れたように見入っていた。

「どうかなさいました？」とオユキ。黒く大きな瞳に魅入られてしまいそうになる。

――しっかりしろ！　仲間全員の命が懸かっているんだぞ。

ウィリアムはオユキから目を逸《そ》らし、深呼吸をして平常心に戻ると、老王に目を向けた。

「何でもない。通詞が代わったので驚いただけだ」

老王が通詞を変えた理由は、敵対する国の通詞では不安だろうとの気遣いだった。しかも老王はウィリアムのことを気に入ったようで、「ウリアン・アダムス」と名を覚えたという。日本人には、そう聞こえるらしい。

ウィリアムは「かたじけない」と覚えたての日本語で礼を述べると、牢獄での待遇にも感謝している旨をオユキから伝えてもらった。

老王は軽く頷くと、再び航海術や、リーフデ号で航行できるかを訊ねてきた。

航海術については具体的に、方位磁石と、緯度を計るアストロラーベで、夜は北極星の高度を、昼は太陽の正午の高度を測ることを教えた。リーフデ号については、傷みが激しく、一旦、陸揚げして修理し、帆をすべて新しいものにしなければ航行できない。仲間に船大工がおり、ウィリアム自身も十二の時より十二年ほど造船場で働いていたので、修理する場所と木材、鑿《のみ》や鋸《のこぎり》などの道具さえあれば直せる旨を伝えた。

老王はオユキの訳に一つひとつ納得したように頷くと、再び訊ねてきた。

「もう一度、訊ねますが、あなた方は本当に交易が目的であって、攻めてきたのでも、キリスト教の布教のために来たのでもないのですね」

オユキの質問に、老王はウィリアムを睨むように見た。

「ダイフ様。大砲や鉄砲で攻められた民が、その国の人々を受け入れ、物を買うと思いますか」ウィリアムは誤解されまいと必死だった。「私は命を懸けて申し上げる。我々の目的は日本との交易です。仲間に牧師はいませんし、国を乗っ取ろうとは思ってもいません」

老王は感心したように頷くと、仲間に会いたいかを訊ねてきた。

「勿論、会いたい」

「それならサカイ（堺）に行きなさい。そこに仲間がいます。サカイはこの近くです」

「サカイに仲間がいる……とは、どういう意味だ？」

「あなたの仲間が船とともにサカイに来ています」

——え！　仲間が生きている！

ウィリアムはメルヒヨールと見合ってから、確認するように訊ねた。

「つまり我々は、釈放……ということか」

オユキは笑みを浮かべ頷いている。

――おお、神よ！　思わず天を仰いだ。

さほど信仰心が厚いわけではないが、この時ばかりは神に感謝せずにはいられなかった。メルヒョールも同じだったようで涙に濡れた目を瞑り、胸元で手を合わせている。

オユキは釈放の理由を告げた。

リーフデ号の船員は日本で何も悪事を働いていない。南蛮人というだけで処罰するというのは道理に反する。また、スペインと戦をしていたとしても、それは日本には関わりはない。ただ、いずれにも加担しない代わりに、日本で戦うようなことがあれば容赦はしないとのことだった。

「ダイフ様の温情あるお裁きに感謝します」

ウィリアムが頭を下げると、老王は優しげな目を向けてからオユキに長々と話した。

オユキの訳によると、老王は今後のことを心配している。この城を出ても、ウィリアムたちには国へ帰る満足な船もなく、金もない。それでは大変だろう、と。

――確かに。

「そこで、お金を得るお役目をお与えくださるとのことです。ひと月の間に、あなた方の乗ってきた船をエドへ運べば、銀五万匁《もんめ》を下さるとの仰せです」

――つまり、リーフデ号を買うということか。

「銀五万モンメ……。モンメとは？」

「匁は……日本のお金の量です。旨くは言えませんが、驚くほどたくさんの銀です」

「では、エドとは？」

「ダイフ様のお城があるところです」

「ダイフ様のお城……。では、このお城は誰のものなんだね？」

オユキは答えられなかったらしく老王に訊ねた。すると、左の列の上座にいた白髪《しらが》頭の秘書官が険しい顔で答えた。

オユキの訳によれば、この城は二年前に亡くなったタイコウデンカのもので、今は息子のヒデヨリ様のものだが、日本は今、ダイフ様が治めているとのことだった。

よくはわからないが、この老王が日本国の王であることはわかった。次にエドという場所が、ここからどれぐらいの距離にあるのかを訊ねた。

「あたくしめも行ったことはありませんが、東にある大きな街です」オユキはまた白髪頭の秘書官に訊ねてから向き直った。「船で十日から十五日ほど、東に行ったところだそうです」

――無理だ。リーフデ号の修理には少なくとも、ひと月は要す。それを一ヵ月以内にエドへと命じられても運べるわけがない。

ウィリアムが頭を振ると、オユキは老王からの言葉を伝えた。

「心配ないそうです。船を直す船大工も集め、木材も堺に運ぶとのことで、ひと月掛けて直して運びなさいとのことです」

「ひと月掛けて……？　では、いつまでにエドへ？　いや、きょうは何月何日だ」

「きょうは五月十一日です」

――五月……？　そんなはずはない。オオザカに連れてこられたのは五月の初めだ。それから四十一日が経っている。

「六月の間違いだろう、オユキさん」

「いいえ。五月の夏です」

五月が夏……？　そういえば、ツズ・パードレが「日本の暦が、違うことも憶えておきたまえ。我々が使っている新暦とも、遅れた君たちの使っている古い暦とも違う、月の満ち欠けでつくる、太陰暦だ」「春夏秋冬、四季の区切りも違う。ここは言葉や文字ばかりか、時や金、距離の単位など、何もかも違う」と、言っていたことを憶えている。

「では、何日までにエドへ船を運べばいい」

オユキは確認するように老王に訊ねた。

「七月半ば頃まででよいとの仰せです」

日本の暦できょうが五月十一日なら、七月半ばまで二ヵ月余りある。それならできなくもない。

ウィリアムは頷くと、老王に顔を向けた。

「最後に一つだけ質問をお許しください、ダイフ様。そのエドの街までリーフデ号を運んだ後、我々はどうなるのですか」

オユキの訳した言葉に、老王はやや厳しい顔を向け答えた。

それは思いも寄らない答えだった。近いうちに、この日本で大きな戦争が起きる。そこで手伝ってもらうことになる、と。

それにはメルヒヨールも驚いて「――戦争に？」と声を漏らした。

おそらくリーフデ号の大砲や弾薬を戦争で使う気なのだろう。銀五万モンメは、その代金だ。――つまり全員、戦争に駆り出されるということだ。

これでは釈放されたとは言えない。騙されたようで怒りを覚える。

それが顔に出たのか、オユキは察したように顔をほころばせた。

「戦には勝つので心配はない。戦の後は、日本のどこに住んでもいいとの仰せです」

今は応じる以外に道はない。老王の気分を損なえば、仲間共々、即刻、処刑されることもある。

メルヒヨールも同じことを思ったらしく、渋い顔で深く頷いて見せた。

ウィリアムは承諾する旨を伝えると、後ろから一人のサムライが現れ、その場に座り平伏した。

サムライの歳は三十過ぎほど。オユキによれば、老王の家来でヤギュウ（柳生）と呼ばれる剣の達人の弟子で、名はヒラヤマ・サコン（平山左近）。この男一人で二十人のサムライを倒せるとのことで、警護役という。さらに、通詞としてオユキも同行するとのことだった。

ウィリアムが不本意ながらも謝辞を述べると、老王は満足げに頷いた。

ウィリアムはメルヒヨールやオユキ、サコンほか数人の兵と共に老王の用意した小型の舟に乗り込み、オオザカ城を後にすると、城の脇を流れる川を下りサカイに向かった。舟はいくつもの水路を通った。

ここへ連れられてきた折は、不安のあまり周りの風景を見る余裕すらなかった。が、改めて見ると、オランダのアムステルダムやイギリスのロンドンの港町にも匹敵するほどの家並みと人々で賑わっていた。家や橋はすべて木でできており、水路ですれ違う舟や道を行き交う人々の装いなど、そこには確かな技術と文化があることがわかる。それだけに見るものすべてが新鮮だった。

とはいえ、心の内は何とも複雑だった。一応、釈放されたものの、それは形だけだ。警護と称して監視役のサムライまで付けられている。美人のオユキを通詞として付けたのは、ウィリアムたちを油断させるために違いない。

メルヒヨールは、オユキが同行しているので顔が緩みっぱなしだった。

「釈放されて本当によかった」ほっとしたように言った。「しかも銀五万……モンメでしたっけ。どれほどの銀かはわからないけど、船をエドへ運ぶだけでお金までもらえる。ま、戦争に駆り出されるのは不本意ですが、ダイフ様は勝つとおっしゃっているし、その後は日本のどこに住んでもいいとなれば従うしかありませんよ。それにしても、この国の女性も綺麗だ。オユキさんを見たら、皆、きっと驚きますよ」

今までろくに話せなかったこともあり、堰《せき》を切ったようにしゃべっている。

「メル。喜ぶのは早い。というより」声を落とした。「騙されているのかもしれない」

「騙されている……?」

「銀五万モンメという代金には、積み荷は勿論だが、リーフデ号も入っているかもしれない」

「でしょうね。だけど、あんなボロ船を買ってくれるだけでも有り難いじゃないですか。

ロッテルダムじゃ、誰も相手にもしませんよ」

「では、我々はどうやって祖国に帰る？」

「オユキさんが言った、驚くほどたくさんの銀で、新しいガレオン船を買えばいいじゃないですか」

「誰から？」

「それは……。――そうか」ようやく気づいたらしく一変して声を落とした。「ここは日本だ。ガレオン船などあるわけがない。あってもスペインやポルトガルの船だし、我々に売るはずもない。では、あの老王は我々をこの国から出さないために？」

「老王は戦争の後、日本のどこに住んでもいいとは言ったが、日本を出ていいとは一言も言っていない。おそらく老王はリーフデ号の大砲を戦争で使う気だ。勝つとは言ったが、どんな相手と戦い、何年、戦うのかもわからない。命の保証はどこにもない。戦争に出れば流れ弾に当たって死ぬこともある。ましてや皆が砲手じゃない」

「アダムスさんは航海士だし、僕は書記だ。大砲を撃ったこともないし、弾の込め方も知らない」

「だが、老王は我々の誰もが大砲を撃てると思っている。これで釈放と言えるか」

「では、我々は、どうなるんですか」

「わからない。はっきりしていることは、言葉の通じないこの国から出られないということだ」

「……つまり、多くの銀をもらっても、囚われの身であることに変わりはない？」

「その銀も本当に手にできるかどうか。皆を従わせるための、嘘かもしれない」

「何てことだ……！」メルヒヨールは苦り切った顔になった。

「メル。顔に出すな。オユキもサムライも見ている。逆らえば死だ。今は生き延びることだけを考えよう。祖国に帰るにはリーフデ号しかない。とりあえず、あの老王の命に従い、リーフデ号を修理してエドに運ぶ。その間にどう逃げ出せるか、皆で考えよう」

メルヒヨールは神妙な顔で頷くと、オユキに猜疑の目を向けた。

船は海に出ると、海岸線に沿って進んだ。

サカイは一時間ほど行ったところにあった。港には多くの船に交じり、一際《ひときわ》大きいリーフデ号の黒い船体があった。船板が破損しているのか、やや傾いている。それでも近づくにつれ、戻れたという安堵から嬉しさが込み上げてきた。

メルヒヨールも同じだったらしく船首に立ち盛んに口笛を鳴らし、手を振っていた。

リーフデ号の船尾にいた何人かがこちらに気づき、両手を上げて大声で叫んでいる。

その中には、船長のクワケルナックや副航海士のヤン・ヨーステンの元気な姿があった。

三

ウィリアムが乗った舟がリーフデ号に横付けされるや、メルヒヨールと共に船の出入口である舷門《げんもん》から降ろされた縄梯子《なわばしご》に飛びつき、よじ登った。その身軽さには、一緒に舟で来たオユキやサコンほか数人の兵たちも驚いたようで、下から茫然と眺めていた。甲板に集まった船長クワケルナックほか仲間と再会し、みんなで喜び合った。お互い処刑されたと思っていたからか、誰彼構わず抱き合って泣いた。しかし――。

　老王からの伝言――リーフデ号をエドまで二ヵ月余りで運べば銀五万モンメがもらえる――との話には喜んだものの、その後、砲手として戦争に出なければならないと話すと、思ったとおり全員が怪訝な顔になった。

　真っ先に声を上げたのはヤン・ヨーステンだった。

「戦争だとう！　なぜ、何の関係もない戦争に、我々が出なければならないんだね、アダムス君」

「リーフデ号の大砲を撃てるのは我々しかいないからです。もっとも砲手で生き残っているのは、ヤン・ヨーステンさんを含め、五人しかいないですが」

「では、戦争があるたびに我々は駆り出されるのかね」

「それはわかりませんが、戦争の後は、この国のどこに住んでもいいとのことです」

ヤン・ヨーステンは拳を握りしめて睨んできた。

「——私に、この国に住めだと！　馬鹿を言え。こんな東の地の果てに住めるか」

「怒っても仕方がない。こちらはたった十八人。しかも囚われの身だ。向こうは何万もの兵を動かせる力を持っている」

ウィリアムはオオザカ城の規模や、城を出る際に見た城内の様子を話した。戦争が近いからか、兵たちが何千人もおり、鉄砲や槍など多くの武器を運び入れていた。

「逆らえば死しかない。この国の外へは逃げられないんですよ」

ヤン・ヨーステンは腹立ちまぎれに唾《つば》を吐いた。

そこへ、オユキとサコンがようやく甲板に登ってきた。オユキの長い艶やかな黒髪と、華やかな白とオレンジ色の衣装に目を奪われたのか、険悪な空気は瞬く間に消え、誰もが見入っていた。

「皆さん、お久しぶりです。オユキです」

「——え！　オユキ？」手の平を返したように笑顔になったのはヤン・ヨーステンだっ

た。舐めるように視線を走らせている。「君のドレスと私のベストは同じオレンジ色だ。これは高貴な色で、君のような美しい人にしか似合わない」

オユキはやや顔を赤らめると、ヤン・ヨーステンの欲情した視線をかわすように、通詞と今後の世話を命じられたことを伝え、一緒に来たサコンを紹介し役割を話した。

「あのサムライが一人で我々を護るだと？」と、ヤン・ヨーステン。

「サコンさんは剣の達人の、弟子です」

「ふうん、剣の……」ヤン・ヨーステンはつまらなそうに見てからオユキに視線を戻し、口元をほころばせた。「つまり、オユキは我々と一緒に暮らすということかね」

「ええ。船を修理するひと月ほどですが。近いうちに、あと二十人ほどやってきます」

「あと二十人って、まさかオユキみたいな若い娘がかい？」

「はい。ダイフ様のご命で、皆さんのお世話をします」

――全員に女をあてがい、手なずけようという魂胆か。

ウィリアムが猜疑の目で見ているにもかかわらず、ヤン・ヨーステンが狂喜の顔で振り返った。

「おい、みんな、聞いたか。若い娘が二十人だぞ。アダムス君。先ほど、東の地の果てに住めるかと言った、私の前言は取り消す。銀もたんまりともらえる。となれば、この国に住まなきゃ嘘だ。そうだろう。いや、私は一生、この日本に住んでもいい」

——何と単純な男だ。まんまと老王の思惑に嵌《はま》っている。

「ですが、ここにいる以上は戦争に出なければならないんですよ」

「アダムス君。この世は所詮《しょせん》、どこもかしこも戦争だ。海に出ればポルトガル船が待ち構えている。国に戻ればスペインとの戦争だ。それを考えれば戦争など取るに足らん」

ヤン・ヨーステンは決まり悪そうに頭を掻いた。「実をいうと先日、ダイフ様に、私は砲手で、スペインとの戦いにも出たことがある。必ずダイフ様のお役に立ってみせると言ったんだ」

「——何ですって！　じゃ、あなたが売り込んだんじゃないですか」

「そう怒るな。苦し紛れに言ったのが、まさかこうなるとは思ってもみない。あの老王は、それを憶えていたんだろう。だが、これでよかったのさ。我々は日本の王に認められたのだからな」

「さすがヤン・ヨーステン君だな」クワケルナックが呆れたように言った。「変わり身が早い。とにかく、我々はひと月の間にこのリーフデ号を修理して、エドという街へ行かねばならない。楽観はできない。我々の状況は何一つ変わっていないんだからね」

クワケルナックの厳しい言葉に相づちを打ったのは、ウィリアムとメルヒヨールだけ。

残りはヤン・ヨーステン同様、あとで来るという二十人の娘たちを思い描いているのか、にやついた顔でオユキを眺めていた。

午後、ウィリアムは船長クワケルナックと船大工のピーテル・ヤンスゾーン、塡隙工《てんげきこう》のヤコブとともに、甲板下をくまなく見て回った。

積み荷のほとんどは消えていたものの、幸いウィリアムの使っていた、緯度を計るアストロラーベやフォーク・ハーヘン社から義務付けられている航海日誌は残っていた。

四人は船底に降りた。ランタンの光に浮かび上がったリーフデ号の傷みは想像以上に酷《ひど》い。船の内側には小指が入るほどの穴が無数に空いている。船喰虫《ふなくいむし》だ。応急処置は施されているものの、杉や栂《つが》などの柔らかい木が使われ、タールを塗っていないため、再び船喰虫に食い荒らされている。無数にある船喰虫の穴から海水が漏れ出しており、転覆しないために船底に入れてあるバラストの石は濁った海水で見えない。しかも海水は日本の温かな気候で、めまいがするほど強烈な異臭を放っていた。　メルヒヨールではないが、ヨーロッパなら買値は絶対に付かない。

「これは酷い。キャプテン。一度、船底焼き《ふなぞこや》をしないと、船は持たない」

〈船底焼き〉とは、船底を補強・修復する方法だ。船を一旦、陸揚げして横倒しにし、天日で乾かしてフジツボなど外壁に付いた貝を取り除く。その後は藁などを燃やし、船喰虫を燻《いぶ》して取り除き、タールで塗り固めていく。そのためには積み荷ばかりか、備え付けの大砲もすべて船から降ろさなければならない、手間と時間のかかる厄介な作業だ。

「船底焼きをしたいのは山々だが、適当な浜があるかだ。右も左もわからないこの国で、浜を探している時間はないし、我々だけでは無理だ」

「ですが、船喰虫を抱いたままで海に出れば、船はいずれ沈む。おい、ピーテル、応急処置をするにしても、オークを使わなきゃ駄目だろう」

船大工ピーテル・ヤンスゾーンとは歳が近く、ウィリアムも元船大工なので話が合い、名前で呼び合うほど親しい。ヤン・ヨーステン同様、見た目を気にする男で、一際、目立つ孔雀《くじゃく》の羽根の付いた帽子が自慢で、いつも余裕の笑みを浮かべている。

だが、ランタンに照らされたピーテルの眉間には皺が刻まれていた。

「俺だって、日本の船大工に何度も言ったさ、もっと硬い木じゃなきゃ駄目だと。しかし、言葉は通じないし、持ってくるのは柔らかい木ばかりだ。彼らの乗っている船を見ただろう。どれも杉や栂、檜《ひのき》を使った、竜骨《りゅうこつ》もない船だ。この国では、それが当たり前らしい」

〈竜骨〉とは船の背骨ともいえる部分で、ガレオン船などの帆船はそれを中心に、人間のあばら骨のように多くの梁《はり》を張り出し、そこにオークの板を何枚も貼り合わせている。

「じゃ、オーカムぐらいしておいてくれませんか、ヤコブさん」

帆船の泣き所は水漏れだった。帆船は長い航海をするため、板と板の継ぎ目をタールで埋める作業をする塡隙工は欠かせない。〈オーカム・Oakum〉とは古い麻のロープをほぐし、タールに浸したものを板と板の隙間に詰め、水漏れを防ぐやり方だ。

船員たちの話では、ヤコブは十歳の時から船に乗り、三十年以上も塡隙工をやっているらしい。歳は四十過ぎ。背が低く無口な暗い男で、いつも背を曲げて船底を這いずり回っているからか、ヤン・ヨーステンなどは「船底にいる垢《あか》にまみれた鼠《ねずみ》」との意で「ビルジ・マウス（溝鼠《どぶねずみ》）」と渾名《あだな》で呼んでいる。もっとも誰とも交わろうとはしないので、正式な名前は誰も知らない。

ヤコブは何か言いたそうだったが、茶色い髭に覆われた口からは一言も発せられなかった。

代わりにピーテルが理由を話した。

ピーテルとヤコブはブンゴの港で船喰虫に食い荒らされた内壁の板をはがし、日本人の用意してくれた板で貼り替えていた。その途中、急遽、オオザカに行くように命じられたという。

「オーカムをする暇なんてない。板を打ち付け、貯まった海水をポンプで吸い出すので手一杯さ。バケツで汲み出しを手伝ってもらったほどだ。よく沈まずに保《も》ったものさ。ねぇ、キャプテン」

クワケルナックは渋い顔で頷いた。

「テラザワの話では、エドはブンゴからここまでより遠いらしい。とにかく、我々がやるべきことは言い争うことではない。今ある材料を使い如何にしてエドまで、このリーフデ号で行くかだ。それには皆で力を合わせるしかない」

そこへ、メルヒヨールが血相を変えてやって来た。

「キャプテン！　大変です。ヤン・ヨーステンさんが、サムライと決闘を始めました」

「――何！」

デッキの上でヤン・ヨーステンが対峙していたのは、護衛役のサコンだった。

サコンは一本の刀を両手で持って構え、ヤン・ヨーステンは右手にレイピアと呼ばれる長い直刀の剣を、左手にはダガーと呼ぶ楯として使う短い直刀を持って構えていた。

その間でオユキがやめるよう、日本語とポルトガル語で必死に二人を説得している。

二人の身長差は首一つ、ヤン・ヨーステンのほうが高い。あたかも聖書サムエル記に出てくる、ダビデとゴリアテを思わせる。だが、堂々と刀を構えるサコンは微動だにしない上、剣の達人だけあって、ヤン・ヨーステンに負けないほどの大きさと威圧感があった。

「――やめるんだ！　二人とも」クワケルナックも間に割って入った。

「サコン。あなたは我々を護るのが役目だろう」言下にオユキが訳した。「ヤン・ヨーステン！　ここで面倒を起こすな」

「私は我慢ならない。こんな小さい男が、私を投げ飛ばしたんだぞ。その上、誇り高き我がローデンスタイン家に代々伝わる剣を指差して愚弄した。言葉はわからなくとも目でわかる」

「ヤン・ヨーステン。君が相手をしているのは剣の達人だぞ」

「剣なら私も自信がある。祖国では決闘で何人も倒している」

「馬鹿な！　老王の言葉を忘れたのか。もし君が勝ったとしても、相手に怪我をさせれば、我々は即刻、死罪だ。何を血迷っている」

「先に手を出したのは向こうだ、キャプテン。若い娘の前で恥を掻かされては黙っていられない。私は誇り高きネーデルラントの騎士だ。名誉に賭けて」

「――ヤン・ヨーステン！」クワケルナックが言下に怒鳴った。「剣を納めろ！　船長命令だ」

「騎士が剣を抜いたんだ。背を向けることはできない！……だが、奴が納めるのなら、納めてやってもいい」

クワケルナックは渋い顔を横に振ると、オユキに、サコンから刀を納めるよう説いてもらった。すると——。

サコンはあっさりと刀を納め、笑みを浮かべて何かを呟いた。

「何と言った、オユキ」とヤン・ヨーステンが訊ねるや、「訳さなくていい！」とクワケルナックは断固として言った。

「さぁ、ヤン・ヨーステン。素直に剣を仕舞うんだ」

ヤン・ヨーステンが二つの剣を鞘に納めると、クワケルナックが手を差し出した。

「剣を預かる。船の修理に剣はいらない」

ヤン・ヨーステンは渋々ながら、腰の剣を差し出した。

オユキによると決闘の原因は、ヤン・ヨーステンがサコンの刀を見たいと鞘を摑んだことが発端だった。見世物ではないと拒んだサコンの襟首をヤン・ヨーステンが摑んだことから、サコンがヤン・ヨーステンを投げ飛ばし、決闘にまで発展したとのことだ。

ツズ・パードレが「間違っても、サムライの刀には触れないように。彼らは誇り高き騎士だ。触れた途端、斬り殺される」と言ったとおりだった。

それをクワケルナックに伝えると、渋い顔で天を仰いで溜め息を吐き、船長室に入っていった。

四

日本の暦で、六月十一日——。何とか修理を終えたリーフデ号は、サカイの港を出た。

船の修復は完全に済んだわけではない。陸揚げもできず、船底焼きもできなかった。用意された木材を日本人船大工が器用に切り出した板で覆い、ヤコブが船に備え付けてあったタールで水漏れを防いだだけに過ぎない。それだけに、どこまで保つか不安だった。

夏の暑い時季になると船喰虫は活発になる上に、船板の中で産卵し、どんどん増え続け、板を食い尽くすからだ。ただ、帆はすべて新しいものに取り換えられたお蔭で、オランダを出た時のようだった。

真っ白い帆が風を受け、ふっくらと膨らむ様は柔らかな女の胸や尻を思わせる。その影響とも思えないが、ヤン・ヨーステンほか若い連中は出航して以降、明らかに不機嫌になっていた。

理由は、通詞のオユキや若い娘たち二十人がオオザカに留め置かれ、代わりの通詞は長崎奉行のテラザワだけとなり、警護役のサコンの他に、黒い鎧《よろい》をまとった兵五十人ほどがリーフデ号に乗り込んできたからだ。さらに日本の一本マストの帆船五隻で周りを囲み、監視までしている。

そんな苛々もあって、兵たちが物珍しさで帆のロープを引いたり、見張り台によじ上ったりするたびに些《さ》細《さい》な諍《いさか》いとなった。

中でも災いの種となったのが、ウエストデッキ（中甲板）のベルの横に備え付けられた、時を計る大きな三十分砂時計だ。これは二つに分けた船乗りたちの交代時間を計るもので、船の上では四時間毎のベルで、休息と労働が入れ替わる。

日本人には砂が落ちる様が面白いらしく、落ち切らない前に砂時計をひっくり返すため、止めに入ったヤン・ヨーステンたちと大騒ぎになった。そのたびに、片言の日本語を話せるまでになったウィリアムとメルヒヨールが仲裁に入った。

いつものようにひと騒動が終わり、ウィリアムが船尾楼の上にあるプープデッキ（船尾楼甲板）に上がると、騒ぎを眺めていたクワケルナックが大きく溜め息を吐いた。

「大変なところに来たものだ。我々の船は一体、どこに向かっているんだろう。何だか、奴隷にでもなった気分だよ」

船の指揮を執《と》っているのはクワケルナックではない。ムカイ（向井正綱）という侍だった。

ウィリアムは両腕をかざした。

「手枷《かせ》も足枷もない。キャプテン、奴隷に若い娘を付けることはありませんよ」

「それはそうだが、この日本が今、どうなっているのか、肝心なことは誰も答えてはくれない。大砲を向ける相手が、どんな連中かもわからない。ただ戦争に出ろと命じられる。我々の運命は、いつ沈んでもおかしくない、このリーフデ号と同じだよ」

クワケルナックが、ヤン・ヨーステンや若い連中とは違う意味で苛立っていることはわかっていた。大坂城の牢獄で過ごした時と同じだ。先が見えない、というより、描けないのだ。

「キャプテン、今は生き伸びることです。死んでいった多くの仲間のためにも、いえ、生きてさえいれば帰る機会もある。ポルトガル人ですら、この日本で生きている。我々にだってできる。今は従うしかないが、あの老王にはリーフデ号の大砲が必要なのです。扱えるのは我々だけ。となれば、そう邪険にはしないでしょう。まずはエドまで船を運び、戦争に出る。後のことは五万レアルの銀を手にしてから考えましょう」

サカイにひと月ほどいた間に、銀一匁が銀一レアルとほぼ同じ量ということを突き止めた。

もっとも、五万レアルの銀を本当に手にすることができるかどうかは、わからない。権力を握る者が、人を操るために嘘を吐くことは往々にしてある。ただ、苦境の今、たとえ嘘だとしても一縷《いちる》の望みとなり、生きる励みにはなり得る。

「五万レアルの銀か。ま、この日本を十分、知ってから国へ帰っても遅くはないがね」

「そうですよ。焦ることはない。あの老王はキリスト教の布教を快くは思っていない。交易だってポルトガル人に取って代わられるかもしれない。二、三年も住めば事態も変わりますよ、きっと」

「二、三年……」クワケルナックは励ましと思ったらしく苦笑した。「どんな時でも希望を失うなか。いや、そのとおりだ。アダムス君、ありがとう。君は本当の航海士——水先案内人だよ」

そこへ、この船の指揮を任されたムカイが、通詞のテラザワなど数人の家来を引き連れてやって来た。歳はクワケルナックと同じ四十半ばほど。毛虫のような太く黒い眉毛の下には大きな目。口の周りも黒く縮れた髭で覆われている。

ムカイは家来に巻物の地図を広げさせた。

初めて目にする日本地図だった。今まで見てきたものとはまるで違う。見たこともない不思議な文字が記されており、どこがどこかもわからない。ただ、島の形から、これまで見ていた地図は、日本のほぼ半分とわかった。

ムカイが、サカイからエドまで指で示し説明し出すと、テラザワはすぐポルトガル語に訳した。

「エドまでに、いくつか港に寄る？」

ウィリアムは港に立ち寄らず、一気に行くことを提案した。慣れない陸地の近くで航行すれば座礁《ざしょう》の危険が増す。大海を進めば、その危険は少ない上に、日数も短くて済むと説いた。

ムカイはウィリアムとクワケルナックの顔を交互に見て、にやりとした。

「その方ら、やはり海賊であろう」

「いや、違う。我々は商人だ。日本へは交易に来ただけだ」

「われらの前で隠さずともよい。海賊というは海図を見ると、すぐに先を読む癖がある。それが何よりの証。ムカイ殿は、その方らは己と同じ匂いがすると申されておる」

テラザワによれば、その昔、ムカイはオオザカからエドに至る東の海を支配する海賊だったという。カイ（甲斐）という国の王に従っていたものの、その王が死んで国が滅んだためダイフ様に付き、多くの水軍を破ってきたとのことだった。

「港を継いで行くのは、この時季、大風で海が荒れ易いからもあるが、ゆるりと参るには、それなりの理由がある。その方らもトクガワ家で働くとなれば、いらぬ詮索はせぬほうが身のためぞ」

「トクガワ家……？」

「ダイフ様の家名よ。これからの日本はトクガワの世となろう。そなたらはダイフ様に会えて運がいい。もし他の大名であったなら殺されていたやもしれぬ。勿論、このわしもそなたらのお蔭でダイフ様に会えた。共に家臣として気張ろうぞ」

テラザワの説明ではわからない部分も多いが、ゆっくり進むのも作戦のうちらしい。

ウィリアムはクワケルナックと頷き合ってから、戦のことを訊ねた。

「一つお訊ねしますが、ダイフ様の敵は誰なんですか」

テラザワはムカイに答えていいかを訊ねている様子だった。ムカイが頷いて見せた。

「今のところはウエスギ（上杉景勝）じゃ」

「……ウエスギ」

テラザワは地図に目を落とした。

「赤い線で囲んだ所がダイフ様の領地で、黒い太い線で囲ったのがウエスギじゃ」

二つの領地はどちらも日本の東側で、地図の上ではトクガワのほうがやや大きい。ウエスギは陸地の中にあり、トクガワは海に面しており大きな入江があった。

「敵のウエスギ勢は三万ほどの軍勢であろうかのう」

「――三万！」想像を遥かに超えている。「で、ダイフ様の軍は？」

テラザワは再びムカイに訊ねた。

「六万ほどじゃそうな。ただ、ウエスギに味方する者も多いゆえ、もうすぐ日本は真っ二つに分かれるであろうと、ムカイ殿が申されておる」

「そんなにも大きな戦争が？」

「そなたらは何から何まで付いておる。このような時に来るとはのう」

ブンゴに着いた時、ツズ・パードレは「よりによって厄介な時に来たものだ」と、渋い顔で溜め息を吐いていたが、まったく逆の反応だ。

「戦争の時に来たことが、ですか」

「サムライにとって戦は手柄を立てる好機。こたびの戦に、この南蛮船の大砲は欠かせぬ。ダイフ様の軍勢は一両日中にはオオザカを出て陸路を進む。それゆえ、明るい昼にゆるりと参るのよ。万が一、船を沈めれば、われら皆、腹を切らねばならぬでな」

「――腹を切る……！」

テラザワは顔を引き締めた。

「それがサムライの、責めの取り方よ」

ウィリアムはクワケルナックに目を向けた。

理解に苦しむ、というような渋い顔だった。

五

リーフデ号は五隻の日本の帆船とともに、東のエドを目指した。

無事に届けなければ、全員が腹を切らねばならないからか、船団を率いるムカイは慎重だった。いくつもの港を渡り、天候を見ながらゆっくりと進んでいく。

速度は三から五ノットほど。船の速さを測るのも航海士の役目だ。

測り方はこうだ。船尾からロープを付けたログという木片を海に投げ込み、三十秒砂時計の砂が落ち切る間にロープの先にあるログがどれだけ流れたかを計る。ロープには一ノット毎に結び目があり、その流れた数で何ノットかわかる。

船団はクマノナダ（熊野灘）という海域を越え、アンジョウ（安乗）の港を出てからは、どこにも寄っていない。イズ（伊豆）半島の先端にあるシモダ（下田）の港まで一気に向かうという。

途中、かつてダイフ様の領地だったトオトウミ（遠江）に建つ城の前を通り、エンシュウナダ（遠州灘）と呼ばれる海域に出たのは、オオザカを出て丁度十日目だった。

これまで雨の日はあったものの、航行に支障をきたすことはなかった。だが、スルガ（駿河）湾と呼ぶ沖に出てから急に風向きが変わった。この辺りの海域をよく知るムカイによれば、夏の時季はよくあるとのことで心配はないと、のんびりしたものだった。

ウィリアムは午後、船尾楼の船長室の階下の一室で、テラザワに日本について訊ねた。

ダイフ様のような王が何人いるのか。誰が日本の最高位の王なのか——などだ。

テラザワはテーブルに地図を広げ、わかり易く教えてくれた。

これまで日本はタイコウデンカという皇帝が治めていた。その皇帝はキョウ（京）、オオザカを支配する諸侯の一人に過ぎなかった。だが、周りに領地を持つ多くの諸侯と戦争をし、逆らう諸侯は滅ぼし、従順する諸侯は臣下にして日本を統一。ダイフ様も臣下の諸侯の一人で、皇帝の遺言により、皇帝の王子が成人するまで政権を任されたという。ちなみに「ダイフ様」とは、内大臣の位に敬称を付けたもので、正式な名を教えてくれた。

「トクガワ・イエヤス……」

ウィリアムが復唱すると、テラザワは鋭い目を押し付けてきた。

「ダイフ様の御名を人前で口にしてはならぬ。そなたら南蛮人にはわかるまいが、この日本では、仕える殿の名を言うは無礼に当たる。ダイフ様の側近や他の大名もしかり。拝謁の時は勝手に話し掛けてはならぬし、直視するのもならぬ。よう憶えておけ」

「では、どうすればよいので？」

「頭を下げておればよい。相手は皆、サムライ。静かに控えておれば何もせぬ。無礼を働いたからと、その方らのような丸腰の者を斬ればサムライの恥となる」

「マルゴシ……？」

「腰に刀を差しておらぬ者を丸腰というのよ。ま、武家のしきたりはおいおい覚えていくがよい。エドに着けば屋敷も与えられよう。こたびの戦で功を上げれば、サムライになるのも夢ではない」

「サムライに……私が？」

「南蛮人だからと遠慮はいらぬ。皆にも、そう申しておけ」

テラザワによると、サムライになれば、ロク（禄）という給与が支給される。戦争はサムライが名を上げる絶好の場であり、大手《おおて》柄《がら》を立てれば、ダイフ様の直属の家臣団ハタモト（旗本）や、城と多くの領地、家来を持つダイミョウ（大名）にもなれるという。ハタモトはダイミョウより給与は少ないものの、常にダイフ様の側で仕える特権があるとのことだった。

「夢ではないぞ」テラザワはにやりとした。「それゆえ、このような時に来るとは付いておると申したのよ。その方らは、わしの下で大砲を撃つことになる。そなたらの手柄を大きくするのが、わしの役目。敵味方の進退を見極め、敵の弱点を狙わねば、大砲を撃ったとて意味はないでのう」

そこへ、ムカイが部屋に入ってきて、険しい顔でテラザワに何かを告げた。

テラザワは深く頷くと、すぐに訳した。

「大しけになるやもしれぬ。この先のイズ半島の裏にあるシモダへ急げとのご指示じゃ」

「大しけ……」話に夢中で気づきもしなかったが、そういえば先ほどから心なしか、船が大きく揺れている。「半島の裏とは？」

テラザワは地図で指し示した。

「これがイズ半島じゃ。今はその手前のこの辺り。風は西から吹いておる。そこで、半島の東側に回れば、風も波もさほどには来るまいとのことよ。すぐに指示を出せ」

「――承知」

ウィリアムはサムライの真似をして頭を下げ、部屋を出た。

何とも妙な気分だった。サムライとは日本のナイトらしい。戦争で手柄を立てれば、その地位を得ることができる。テラザワによれば、戦場で大砲を撃つだけでサムライになれるとのことだ。

「私がサムライ……」

思いがけない幸運に、いつになく心がざわついている。脳裏に多くの家来を従わせ、サムライになった自分の姿までもが、ぼんやりと浮かんだ。

――うん、悪くない。しばらくこの国から出られないとなれば、優位な立場にいた方がいい。仲間にとってもいい話だ。

拳を突き上げた。

「エイム・アス・サムライ！（Aim us, samurai!　目指せ、侍！）」

そんな浮かれた気持ちに冷水を浴びせるように、メアリーの言葉が脳裏に蘇った。

もう愚かな夢は捨てて。ドレークのように何もかも失いたいの！――。

ドレークはイギリス海軍中将に任命され、スペインとの戦いで一度は大勝利を収めたたものの、その後、散々に敗れ、亡くなっている。

戦争に出れば、航海以上に死は間近にある。

「……そうだ。我々は戦争に来たわけではない。また同じ間違いをするところだった」

ウィリアムは己を戒《いまし》め、踏み出した。


デッキに出た。

鉛色の空の下、生あたたかな湿った風が吹きつけ、海はうねり白波が立っている。

すでにクワケルナックは船員たちに三本のマストの帆をすべて畳ませ、シー・アンカー（海錨）を海に投げ入れていた。

〈シー・アンカー〉とは布製の凧《たこ》のようなもので、嵐になった時、洋上で横波を避けるため、船首から海に投じて船を転覆から護るものだ。これまで何度も、この方法で嵐をくぐり抜けている。もっとも、今のリーフデ号では乗り切れるかどうか、わからない。

ウィリアムは、操舵手コリネリスの隣で辺りを見ているクワケルナックに駆け寄ると、ムカイからの指示を伝えた。

「イズ半島の裏？　どの半島だ」

ウィリアムは船の後方を指差した。波間の向こう、目測で大よそ一リーグほどの所に、緑に覆われた海岸段丘の陸地が見えている。大波が盛んに岩場にぶつかり、しぶきを高々と上げていた。

シー・アンカーを海に投げ込むと、船は自ずと風の吹くほうに向き、向かってくる波に備える。今、西から強風が吹いているためリーフデ号は反転して西を向いており、イズ半島はリーフデ号の真後ろ、東にあった。そこに向かうにはシー・アンカーを切り離すしかない。だが、切り離せば船の安定を失う。

「キャプテン！　早くシー・アンカーを切り離して東に向かいましょう」

「待ってください、アダムスさん」とコリネリス。「ここで切り離せば、船は横波で転覆する」

「コリネリス、この大しけでは船は持たない」ウィリアムは必死だった。「船を沈めたら、たとえ命が助かっても皆が死罪になる。迷っている間はありません、キャプテン」

ここを乗り切らなければ、日本に着いた意味も、無事に祖国に帰るという希望も露と消える。

その時、「ここは勝負するしかないだろう」と、後押しするように背後で大声を上げたのは、ヤン・ヨーステンだった。

「嵐に呑まれて死ぬくらいなら、少しでも望みのあるほうに賭けるのが海の男だ」得意の銀貨を出した。「祖国のコインに決めてもらおう。表が出たらシー・アンカーを切り離す。裏なら船とともに心中だ、キャプテン」

「馬鹿なことを言わんでくれ、ヤヨース」クワケルナックが目を吊り上げた。「全員の命が懸かっている。コインなんかで運命を決められると思うか」

　そこへ、ムカイとともにやって来たテラザワが怪訝な顔で言った。

「何をやっておる。イズ半島は、あれぞ。船をどこに向けておる。日本の船に続け」

　西に船首を向けているのはリーフデ号だけ。周りにいた一本マストの日本の帆船はどれも帆を半分ほどにし、東に向かっていた。

　ウィリアムは、帆船の嵐での対応を簡単に説いた。だが、まったく通じない。それどころか、テラザワはムカイの怒気を含んだ言葉を即座に訳して睨みつけた。

「この船なら、これぐらいの横波に耐えられると申されておる。早うシー・アンカーとやらを切って、船を東に向けい、カピタン（船長）。断じて船を沈めてはならぬぞ！」

　テラザワは脅すかのように腰の刀に手を掛けた。

　ウィリアムは二人の間に割って入った。

「――キャプテン。何としても生きるんです！」

　ウィリアムの気迫に気圧されたのか、ようやくクワケルナックは渋い顔で頷いた。

「……わかった。シー・アンカーを切り離せ、ヤヨース。他の者は三角帆を張るんだ。急げ！」

リーフデ号などのガレオン船には三本のマストに張る四角い横帆《おうはん》と、船首や船尾、マストの間に張る三角の縦帆《じゅうはん》がある。横帆は洋上の追い風には便利だが、逆風には不向き。逆に縦帆は船を前に進ませることは横帆には敵《かな》わないが、どんな風にも対応して船を回転させることができる「知的な帆」と呼ばれている。

しばらくしてリーフデ号は、ゆっくりと東に向き出した。

すると、クワケルナックは三角帆を仕舞わせ、今度は三本のマストの横帆を張らせた。

船は背後からくる風で大きく縦揺れを起こし、海水をかぶりながらも進んでいく。離されていた日本の帆船との間をみるみる詰めていった。

日本の帆船の後を追い、半島の先端を迂回し左に回り込んだ。しかし、風も波も激しさを増すばかりで一向に静まらない。ただ、今まで黒かった海の色が徐々に明るい青緑に変わった。

浅瀬になった証拠だ。

ウィリアムは船縁から体を乗り出し、海を見た。激しい波の下では白い砂に交じり、所々に黒い岩が顔を覗かせている。急いでクワケルナックに帆を閉じて船を停止させるよう告げてから、測鉛手《そくえんしゅ》のアベルソンに海の深さを測らせようとした時だった。

テラザワがウィリアムの腕を引き、ムカイが先に進ませろと言っていると前を指差した。おそらく日本の帆船の後に続けと言いたいのだろう。

リーフデ号は船を安定させるため、大量のバラストの石を船底に抱き、さらには大砲や鉄砲を積んでいるので、前を進む日本の帆船より海に深く沈んでいる。同じように進んでいくと座礁の危険性が高いと、ウィリアムは説いた。だが、ここでもまったく耳を貸そうとはしない。

その時だった。岩礁に乗り上げるような「――ドン！」という鈍い音がしたかと思うと、板が擦れる「ギーッ――」という長く不快な音が轟いた。

その直後、ムカイが何かを叫んだ。テラザワは即座に訳した。

「船を右へやれ。このままでは座礁すると言っている」

「だから言ったんだ。この船は深く沈んでいる。日本の船の後にはついていけないと」

テラザワが即座に訳したものの、すぐに向き直り、目を吊り上げた。

「船を返せ。早くしろ、と申されておる」

そこへ、メルヒヨールが飛び込んできた。

「――座礁だ！　船底に穴が開いたらしい」

「──何！」

一瞬にして地獄に突き落とされたような感覚だった。ようやく摑みかけた命綱が、手からどんどん離れていく。それに追い打ちを掛けるように、耳の奥でテラザワの声が蘇った。

船を沈めれば、われら皆、腹を切らねばならぬ──。

ウィリアムは暗い船倉へと急ぎながらも、体を刀で突きさされたような戦慄《せんりつ》を覚えた。

六

七月二日に家康はようやく江戸城に着いた。

こたびの会津上杉征伐は万全を期している。大坂から率いた軍勢は大よそ六万。兵を率いるほとんどが、黒田長政《ながまさ》や福島正則《まさのり》など豊臣恩顧《おんこ》の武断派と呼ばれた者たちだ。

大義もある。禁裏《きんり》から晒布《さらし》百反《たん》を賜ったばかりか、幼いとはいえ秀頼からも金二万両と兵糧米《ひょうろうまい》二万石を下賜《かし》させ、豊臣家が命じたという形を取っている。さらに三奉行だけでなく、最も厄介な淀ノ方からの会津鎮圧の出陣要請もある。

布陣にも抜かりはない。

会津を取り囲むように、北からは最《も》上《がみ》と南部《なんぶ》勢。それに東北の雄伊達《だて》政宗《まさむね》勢が加わっている。西からは前田と村上《むらかみ》勢。南東には佐《さ》竹《たけ》勢を配し、家康自らは徳川家二百五十五万石と豊臣恩顧の諸将の兵を引き連れ、南から攻め込む手《て》筈《はず》だ。低く見積もって十万は優に超える。

いくら上杉が百二十万石の大大名とはいえ、兵は高々三万余。南蛮の大砲に頼るほどの戦でもない。

だが、油断は禁物だ。大義など、あっという間に消し飛んでしまうのが、今の日ノ本だ。まして、禁裏は強いほうに流れ易い。早く片付けるとなると、やはりリーフデ号が運んでくる大砲は欠かせない。

ところが、その大砲をのせたリーフデ号は途中で嵐に遭い、伊豆下田辺りで座礁したと報せてきた。沈没は免れたものの、かなり船が破損したらしく、今は近くの入り江で直しているので、約束の期日である七月半ばより少し遅れるとの書状が、船手奉行の向井正綱から早馬で届いた。書状によれば、七月十五日に何とか修理して江戸に向かったという。が——。

すでに七月二十日。五日も過ぎている。通常なら伊豆から江戸表まで五百石船で、昼ゆっくり進んだとしても四日もあれば確実に着く。

それが家老の本多正信を酷く苛立たせている。

加えて昨日、三奉行の一人増田《ました》長盛《ながもり》が大坂の不穏な動きを密書で伝えてきたこともある。それによれば、蟄居を命じた石田三成が家康の留守を狙って大坂城に入城するや、大谷吉継《よしつぐ》や安国寺《あんこくじ》恵《え》瓊《けい》らと語らい「家康打倒――」を掲げ蹶起《けっき》。西国諸将に「内府ちがいの条々《じょうじょう》」という意見書を送りつけて家康の罪を糺《ただ》し、毛利《もうり》輝元《てるもと》を主将に迎え秀頼の擁立《ようりつ》に動いているとのことだ。

ただ、密書には妙な記述もある。いつも家康と反目している淀ノ方が、三成と大谷吉継の暴挙に異議を唱え、家康に早く戻ってきて鎮圧するよう要請したとあった。

三成のことはある程度、予測はついていた。それに備え伏見城を家康の重臣鳥居元忠《もとただ》に千八百の兵で護らせ、万一の場合も考えて、九州の雄、島津《しまづ》義弘《よしひろ》にも加勢してくれるよう頼んである。

淀ノ方が家康に早く戻ってきて鎮圧するよう要請したのは、おそらく誘《おび》き寄せる罠に違いない。もっとも、それが読めないほど戦下手《いくさべた》ではない。

唯一の誤算は中国の大大名、毛利輝元だ。

まさか三成が輝元まで担ぎ出し、主将に据えるとは思ってもいない。毛利家百二十万石が立てば、周りにいる吉川《きっかわ》や宇喜多ばかりか、四国や畿内の諸大名ほか加勢を頼んだ九州の島津ですら、どうなるかはわからない。それゆえ、一刻も早く会津征伐を片付けねばならなくなった家康にとり、多くの大砲や武器・弾薬を積むリーフデ号は、さながら百万の味方を得たに等しい、のだが……。

堺で目にした、沈みそうな南蛮船を思い出すと、出航できたとはいえ、今さらながら一抹の不安を覚え、つい癖で親指の爪を噛んでしまう。

同じ思いが正信にもあるに違いない。正信の機嫌の悪さは日増しに酷くなっている。

今朝もだ。大広間の前の廊下を行ったり来たりしては、江戸城の南西の角にある物見櫓からの報せを待っている。

家康は引き寄せた脇息を白扇で叩いた。

「正信。いい歳をして見苦しいぞ。目の前を忙《せわ》しく歩かれては、わしまで苛々するわ」

「それがしは少しの間も惜《お》しんで鍛錬をしておるだけでござる。体が鈍《なま》って戦で役に立てぬようでは、伏見城を護る鳥居殿に申し訳が立ちませぬ」

正信も鳥居元忠も互いに還暦を過ぎ、死を間近に感じるからか、六月に伏見城で元忠と別れてから、何かにつけ思いやるような言葉をよく口にする。

こたび毛利輝元まで家康に反旗を翻したとなれば、関西で孤立する伏見城を見せしめに落とすことは十分に考えられる。

幼い頃から家康に仕えてきた元忠のことだ。家康が何のために天下を掌握したいか知っている。それだけに元忠は、伏見城の留守居として何をすべきか、わかっている。もとより死は覚悟の上だろう。元忠が別れ際に「こたびこそ、天下を取ってくだされ、殿」と言った時に向けられた目は何もかも承知していた。

おそらく正信にも毛利が立った今、今後、どうなるかの予想はついているに違いない。

「元忠は心配いらぬ。こちらが片付くまで持ち堪えよう。まずは上杉よ。秀忠を昨日、黒田や福島と共に会津に向かわせたではないか。われらは大砲が着くのを待ってから堂々と行けばよい」

無理に余裕を装って見せる家康を不快に思ったのか、正信は目を尖らせた。

「殿。ここで会津征伐を長引かせば、ますますこちらが不利になるのは必定。万が一、敵が秀頼君を担ぎ出すようなことがあれば、上杉を囲んでおる諸将ばかりか、会津に向かった黒田や福島とて敵になるやもしれませぬ。手っ取り早く片をつけるには、やはり南蛮の大砲しかござらぬ」

正信としても、大坂に近い伏見城を護る元忠を助けたいに違いない。

「わかっておる。正信、戦は囲碁と同じ。大局観で見ねばならぬ。序盤をいくら有利に進めたとて中盤・終盤をしくじれば勝てぬ。まずはじっくり向こうの出方を見、抜かりなく布石を打って待つ。ここで焦ってはならぬ。何事も機が熟さねば成就はせぬものぞ」

家康は話を逸らそうと、部屋の隅に飾った南蛮具足に目を向けた。

リーフデ号の積み荷の中にあった南蛮甲冑だけを大坂で荷卸しさせ、その中の一組を日本の鎧に改良した家康の具足だった。中央に南蛮甲冑特有の〈しのぎ筋〉と呼ばれる山形の筋があり、黒く光っていた。

「正信。南蛮の大砲もいいが、あの鎧は鉄砲の弾も通さぬ優れものぞ。正信も着てはどうじゃ」

実際に鉄砲を十発ほど撃たせてみたが、南蛮鎧はへこむだけで貫通はしなかった。これを着れば不死身に近い。だからこそ、最前線に立つ主だった侍大将に与えてあった。

「それがしは先祖代々の具足で結構。南蛮の物なぞ身に着けては、武士の魂が損なわれ申す」

「正信は頭が硬いのう。新しいものを受け入れていかねば、時代に置いてゆかれるぞ」

「頑固一徹。融通が利かぬが三河武士にござる」

正信はぴしゃりと言うと、目をしっかと向けてきた。

正信の意地であり、何でも新しいものを取り入れようとする家康への諫言《かんげん》のようにも聞こえる。

その時、小姓が廊下に面した庭に走ってきた。

「――ご家老様！　南蛮船が見えましてござります」

「――そうか！」と正信が小《こ》躍《おど》りするように踵を返すや、その背中に家康は叫んだ。

「正信。すぐに荷卸しして、大砲の試し撃ちをさせい。わしもすぐ参る」

家康が立ち上がった時、正信は大声で笑い出した。

「如何した、正信」

「やはり殿は古狸じゃ。余裕の顔をしておったくせに、この喜びようじゃ」

「やかましい！　こたびは最後の好機。何としても勝たねばならぬ。わが徳川の悲願ぞ」

「――いかさま！」正信は言下に重ねた。

七月二十一日――。家康は満を持《じ》して江戸を出発した。

大砲は十九門のうち五門だけを運び、南蛮人たちを引き連れ、上杉征伐のため会津に向かった。

昨日、日比谷入江《いりえ》で南蛮の大砲の撃ち試しをしたが、まさに「国崩し」と言われるだけあり、威力は家康の想像を遥かに超えていた。大きな筒音もさることながら、約二貫（約七・五キログラム）ほどもある重い鉄の弾を、十町（約一キロメートル）も先に飛ばしてしまう。

さらに家康に追い風とも思える吉報が、京にいる茶屋四郎次郎よりもたらされたのは、その日の夕方だった。三成が、大坂城下にいる会津征伐に向かった諸将の妻子を次々と人質として城内に取り込んでいるという。不幸にも三成の命令を拒んだ細川忠興《ただおき》の正室ガラシャが自害したとの噂で、大坂城下は騒然としているとのことだ。

正信は参陣している豊臣恩顧の諸将が寝返るのではと心配したが、家康は吉報と受け取った。正室を失った忠興には悪いが、三成の軽挙には感謝せざるを得ない。人質の多くが豊臣恩顧の家臣の妻や一族だからだ。そのことで、ここに集う豊臣家の諸将は、三成への憎悪を露わにした。

上杉討伐は秀頼の命だ。にもかかわらず秀頼がその家臣たちの人質を取る理由はない。つまり、こたびの人質の一件はすべて三成と、それに加担した者が勝手にやったことで秀頼は関係していないことになる。となれば、ここに集う豊臣家の諸将は家康に反旗を翻す理由は何もない。だが――。

喜んだのも束の間だった。家康が下野《しもつけ》小山に到着した二十四日の夕刻、そんなことなど消し飛ぶほどの凶報が、伏見城を抜け出してきた鳥居元忠の使者からもたらされた。

小山の陣屋にいた家康は使者を前に、あまりのことに床几《しょうぎ》から立っていた。

「――何っ、兵四万じゃと！」

使者によれば、敵が伏見城を取り囲み、開城を迫っているという。敵の中には毛利や宇喜多、小早川など中国勢に加え、四国の長宗我部や、家康が万一の場合は助けとなってくれるよう頼んでおいた島津の旗もあったとのことだ。

即ち、毛利を筆頭に西国の主だった大名が三成に付いたことになる。予想していたとはいえ、まさか毛利が軍勢を率いて出張《でば》ってくるとは思いもしない。

伝え聞く話では、輝元の祖父元就《もとなり》は遺言ともいうべき家訓の中で「天下に旗を翻して武名を挙げるよりは、六十余州の一角を保ち、毛利の名を子々孫々まで残せ」とし、決して天下を狙ってはならないと説いている。にもかかわらず主将として立ったということは、毛利は本気であり、家康を年寄りと侮っている証でしかない。

脳裏に、六月に伏見城で分かれた折の、鳥居元忠の顔がはっきりと浮かんだ。

太く黒い眉毛。その下には家康を見つめる誠実なまなざしがあった。家康が駿河の今川家に人質に出され辛い幼少期を共に過ごした時から、少しも変わらない。家康に対する忠義もだ。

元忠のことだ。たとえ敵が四万であろうとも開城はせず、城を枕に玉砕するに違いない……。

「――先の見えぬ者どもめっ！　一人残らず、必ずや思い知らせてくれようぞ」

家康は歯ぎしりしながら、思わず手に持っていた白扇を折っていた。

傍らに控えていた本多正信は使者を下がらせると、顔を向けた。

「高々兵千八百の伏見城に、四万もの兵とは……。それにしても、こうも易々と三成如きに誰もが抱き込まれるとは驚くばかりじゃ。殿、如何なされます」

「ここは引き揚げるしかない」

「――引き揚げる？　鳥居殿を思う殿のお心はわかりまするが、今から兵を返したところで間に合いますまい。殿は会津攻めを断念なさるおつもりか」

「後回しよ。元々、江戸を出立した折から豊臣恩顧の諸将は返すつもりであった。ここらが、よき潮時《しおどき》よ。機は熟した」

「されど、ここで引き揚げては、ここにおる諸将は変に思いましょう。何かが上方であったと、上杉が一気に攻めてきませぬか」

「抜かりはない。ここには秀康《ひでやす》を置く。あ奴は戦となれば、秀忠《ひでただ》以上に使える」

次男秀康は、徳川の跡継ぎとした三男秀忠と同じく家康が側室に産ませた倅で、一時、秀吉に人質に差し出していたことから、当時、跡継ぎのなかった秀吉は養子としていた時期がある。今は結城《ゆうき》姓を名乗っているものの豊臣とも縁が深く、上杉の抑えとしては、これ以上の適任はない。もし上杉が秀康を攻めれば「上杉、謀反あり」は明白となり、自ら墓穴《ぼけつ》を掘ることになる。

「お倅様を。とは申せ、ここでいきなり引き返すのは如何なものかと」

「大坂のことは、いずれ知れ渡る。知恵の回る三成のことじゃ。すでに諸国の大名に、勝利した暁《あかつき》に加増を確約した書状も出しておるはず。となれば、今、上杉を囲んでおる出羽《でわ》の最上や常陸《ひたち》の佐竹とて、どうなるか。ことに陸奥《むつ》の伊達政宗は機を見るに長けておるでな」

時勢を見定め、勝ち馬に乗る。これが非情な戦国の世を生き抜く武士の生き方だった。良い悪いではない。すべては代々続いてきた己の家名を存続させるためだ。

「されど、ここにおる諸将は大坂で妻子を人質に取られております。寝返るやもしれませぬ」

「戦下手の三成の考えじゃ。あ奴がどのような大義名分で、毛利ほか西国大名を籠絡したかは知らぬが、幼き秀頼君に害をなす佞臣《ねいしん》であるは明らか。それは担ぎ出された毛利もしかり。大義はわれらにある。それにわが徳川は七万の兵ぞ。しかも、こたびは鉄砲の弾をも弾《はじ》く南蛮具足に、南蛮渡来の大砲十九門と五千発の砲弾ぞ。敵とも味方ともつかぬ輩を腹に抱えておっては戦もできぬわ。というて戦は表に見える兵の数だけではない。こちらも打つ手は打っておかねばならぬ」

　そう、伏見城を死守している元忠のためにも、これからの一手に見落としはならない。

「と言われると、やはりこちらも書状にて調略を？」

「権謀術数《けんぼうじゅっすう》は勿論のこと。じゃが、まずはここにおる大名どもの心を摑んでおかねばならぬ。それには黒田長政を引き入れるが一番じゃ」

「如水《じょすい》殿（黒田官兵衛）のお倅《せがれ》を？」

「あれは父の如水と違うて真っ直ぐな質《たち》ゆえ容易《たやす》い上に、福島正則や浅野幸長、池田輝《てる》政《まさ》、加藤嘉明《よしあき》とも昵懇《じっこん》の間柄《あいだがら》。しかも、この者どもは皆、妻を殺された細川忠興も含め、大の三成嫌いときておる。それゆえ、長政を抱き込めば他も皆、わしに付こう」傍らに置いてある南蛮具足に目を向けた。「そうじゃ。南蛮具足を長政にもやろう」

「されど、殿。南蛮具足は家臣に分けて、もう残ってはおりませぬが」

「要らぬと言った正信のがあるではないか。長政の陣屋に、わしの書状を付けて届けさせよ。こういう時は、得がたい宝を惜しみなく与えるのが功を奏す。これが活きた布石の打ち方ぞ、正信」

正信は露骨に眉間に皺を寄せた。

「それでは亡き太閤殿下と同じにござるわ」

豊臣秀吉は、南蛮渡来の品ばかりか、名物と言われた茶器を惜しみなく諸大名に与えることで、自らの力を誇示すると同時に、特別扱いをしてやっていると思い込ませることで恩を売ってきた。相手の心を巧みに摑み、人を動かすことに実に長けていた男でもある。

「良いところは真似をする。その度量もなく天下は治められぬ。これからが中盤・終盤——真の戦いぞ。伏見におる元忠のためにも、何としても勝たねばならぬ」

その時、陣屋の窓から光が差した。

見上げると、雲の間から覗く夕日だった。西の空を血のような茜色に染めている。

不吉にも、夕空に柔らかに微笑む元忠の顔がぼんやりと浮かんだかと思うと、静かに消えていった。

——すまぬ、元忠……わしを許せ。

七

ウィリアムたちはエドに着いた途端、多忙を極めた。

七月中旬にリーフデ号は港に入ると、大砲など、すべての積荷を陸揚げさせられ、着いたその日に老王の前で試し撃ちをさせられた。

翌日には何万もの将兵と共に、十九門の大砲のうち五門だけを北東へ十リーグ（約四十八キロメートル）ほど行った場所へ移動した。だが、そこには十日ほどいただけで、再び多くの将兵とエドに戻ってきた。テラザワによると、戻ったのはオオザカで反乱が起きたためらしい。

その後、ウィリアムたちはテラザワやその家来と、エド城内に与えられた屋敷に入った。

ウィリアムたちは屋敷と城内の出入りや城下へ行くことは、一応、許されている。

エドはロンドンに似た地形だった。大きな入江の奥に位置し、近くにはテームズ川のような大河が流れている。街並みは、オオザカに比べると華やかさはないが、城下町の所々で埋め立てや建築が行われており、活気がある。だからだろう。ロンドンの東、テームズ川河口にある、生まれ育った町ジリンガムを偲ばせた。

気がつけば、すでに秋——日本の暦では八月になっていた。

リーフデ号の十八人は、ようやくひと息ついた思いだった。ただ——。

エドに着いてからというもの、誰かに命を狙われているように思えてならない。

気のせいではない。現に東北からエドに戻る途中の村の宿で、夜、数十人の侍集団に襲われた。

サコンによれば、この国では夜に敵を襲う「闇討ち」という戦法があるという。

その時はサコンほかテラザワ隊の兵士たちが護ってくれて助かったが、襲ってきた連中は老王の敵というより、明らかにウィリアムたちを狙っていた。

あの夜、刀を向けてきた連中は日本の将兵にはまったく目もくれず、リーフデ号の十八人ばかりを狙っており、操舵手のコリネリスと、若いギルベルトが負傷している。

今、外出時には、サコンほかテラザワの家来たちが付き添い護ってくれているので安心だが、あの夜以降、常に誰かに見張られているのは確かだ。

しかし、老王の命で、日本の兵士に大砲の撃ち方を教えなければならず、気にかけている暇はなかった。

エドに戻ってからは城近くの海岸で、テラザワの家来に大砲の撃ち方を教えるのが日課となっている。教えるのは主にヤン・ヨーステンと、砲手長ヤン・コウシンセンなど若い四人の砲手たちだが、ウィリアムほか全員が訓練に真剣に取り組んでいる。戦争に勝ってもらわなければ、リーフデ号の十八人の命もない。

ヤン・ヨーステンの教え方は実に巧い。日本の太鼓《たいこ》を合図に操作手順を覚えさせている。親分肌で世話好きな性格もあるのだろう。兵たちが「ヤヨースサマ」と慕うからか、あれほど名前を短くされることを嫌っていたにもかかわらず、言い直さなくなったばかりか、結構、楽しんでいる。ヤン・ヨーステンによれば、日本人は素直で覚えがよく、何事も丁寧とのことだ。

きょうは四週間近く練習してきた総仕上げで、海岸に並んだ十九門の大砲を、五分以内に一斉射撃できるかを試す。実際の海戦では、この早さで撃てないと使いものにはならない。

ウィリアムも参加したスペイン無敵艦隊アルマダを破った海戦での勝因は、イギリスの大砲の優秀性にある。イギリス艦隊は小型帆船ながらカルバリン砲やセーカー砲が搭載されていた。

カルバリン砲はスペイン軍の使うカノン砲に比べ破壊力はないものの、砲身が長いため飛距離を出せる。しかも砲台は、ヨーロッパでは主に大きな二輪車のところを、車を小さくして四輪にし、台座を組んだ太い柱で安定させた。オランダを出航したリーフデ号ほか四隻のガレオン船の大砲は、すべてイギリス製のカルバリン砲とセーカー砲だった。

加えて、何といっても短時間で発射させられる砲手の技術の高さにあった。

イギリス海軍はスペインの大砲の三倍速く撃つことができたという。それほど訓練されており、それに少しでも近づきたかった。

時間はウィリアムが計った。五分は、船の速度を測る、小さい三十秒砂時計を使う。

やり方はこうだ。ヤン・ヨーステンが開始の太鼓を叩くと同時に、ウィリアムが砂時計を返す。後は一分経つ毎にウィリアムが合図を送り、その都度、ヤン・ヨーステンが太鼓を叩いていく。砂時計を十回返せば、五分となる計算だ。

大砲一門に兵五人。砲台にのった砲身の長さは約十フィート強（約三メートル）。放射角は、陸上では三十度。実際の戦では、これを基にクォインと呼ぶ三角片で角度を上下し、敵に狙いをつけていく。

ドンッ――。ヤン・ヨーステンが並んだ大砲の中ほどで、準備開始の太鼓をひと打ちした。

まず一人の兵が布をガマの穂《ほ》のように巻いた棒を桶に入れた水に浸し、砲先から突っ込んで砲身内を掃除する。本来、一発目には必要ないが、大砲を運ぶ途中で泥などが付着していると障害になる虞《おそれ》があるので習慣づけておく。

ドンッ――。一分が経ち、ヤン・ヨーステンが二度目の太鼓を叩いた。

兵二人が砲先から、薬包《やくほう》、パッキン、丸い砲弾の順で入れ、棒で大砲の根元へと押し込む。

薬包の火薬の調合と量はウィリアムが教えた。これを間違えると大変なことになる。火薬が少ないと十八ポンド（約八・一六キログラム）の鉄の弾は飛ばず、多いと大砲そのものが破裂する。

ドンッ――。三度目の太鼓が叩かれた。

四人目の兵が筒元の点火口に錐《きり》を入れ、火薬袋に穴を開け、火縄を差し込んでいく。

ウィリアムの合図で四度目の太鼓が叩かれ、五度目の太鼓が打ち鳴らされた。最後の五人目の砲手長が松明《たいまつ》を持ち、他の兵四人は大砲から離れ、発射準備が整ったことを示す片手を次々と上げていった。

大砲は撃つたびに、爆発の反動で大きく下がる。それを小さくするため、あらかじめ大砲の前左右に杭《くい》を打ち、大砲の砲尾にある丸い玉の突起を滑車のロープで結んでおく。

十九門に付いた全員の兵の手が上がった。大よそ五分になろうとしていた。

ヤン・ヨーステンの覚えたての日本語「――撃て！」の声で、一同が松明で点火する。

ボンッ、ボンッ、ボボンーンッ――。

十九門の大砲が一斉に火を吐き、大きな炸裂音とともに黒い煙に包まれた。

千ヤード（約九百十四メートル）ほど向こうの海面に、大きな水柱が十九本、立った。

実際の射程距離となるとその三分の一ほどだが、それでも後ろで見守る将兵らを驚かせるには十分だったらしく「おうーっ――」と喚声が上がっている。

ヤン・ヨーステンは構わず太鼓を叩いた。

十九門の大砲に付いた兵たちは、大きく後ろに下がった大砲を元の位置に戻し、二発目のために桶の水で冷やしていく。ここが一発目と最も違う。十二ポンド（約五・四四キログラム）もの火薬を一気に爆発させるため、間を置かず薬包を大砲に装塡すると、熱で爆発を起こすからだ。

冷やした後は、再び同じ手順を繰り返す。この動作が一糸乱れることなくできるようにならなければ、実戦では通用しない。

ヤン・ヨーステンは二発目を放ったところで満足したらしく、コウシンセンなど四人の砲手と顔を見合わせ頷くや、挙《こぞ》って拍手をした。

そこへ、テラザワが嬉しそうにやって来た。

いつものように刀二本を腰に差し、「陣笠《じんがさ》」と呼ばれる黒く艶のある鉄の、平らな帽子を被っている。手には「軍扇《ぐんせん》」と呼ばれる、細い鉄の板を束ねた扇子が握られていた。

「短い間に、ようここまで鍛えてくれた。礼を申す。この大砲が天下分け目の大戦を決しようぞ」

ヤン・ヨーステンは自慢げに口髭を指で伸ばした。

「テラザワ殿、戦場では目に物見せてくれる。楽しみにしておいてくれ」

「先発隊が三日前、ギフ（岐阜）城を落とした。ダイフ様のお世継ぎ様（秀忠）も三万八千の軍勢を率い、すでに西に向かわれた。われらもダイフ様とともに直《じき》に出立と相なる」

テラザワによれば、今月の八月一日にフシミ（伏見）城が敵に落とされたとの報せに、エドにいた多くの諸将が奮起し、西に向かったという。

日本では最前線で戦って勝つことを「イチバンヤリ（一番槍）」と言い、何よりも重んじる。

ウィリアムたちヨーロッパ人にとって先鋒は、死の危険が高いので避けたいが、日本人は違う。サムライの誰もが先鋒を名誉とし切望する。テラザワも十九門の大砲とともに先鋒隊入りを何度も嘆願したそうだが、家臣になって日が浅いからと却下されたという。

日本の戦争は面白いことに、敵の大将の首を取ったところで終わる。

テラザワが「首」と言ったのは、おそらく「命」の間違いだろうが、遠くから標的を狙える大砲にテラザワはかなり期待している。大砲なら後方から「イチバンヤリ」が取れると考えているようだ。ただ、大砲は破壊力はあるものの、さほど命中率が高いわけではない。

ウィリアムは気掛かりな点をテラザワに訊ねた。

「後は、これら十九門の大砲を西へ、どう運ぶかです」

先月、カルバリン砲五門をエドより運んだ時も大変な思いをした。

大砲一門の重さだけで約五千ポンド（約二・二六トン）もあるからだ。四輪の台座も入れると七千ポンド（約三・一七トン）以上にはなる。日本の道は狭く、ヨーロッパのように整備されていない上、堅固な馬車もなく、馬もロバのように小さい。戦場がどこかは知らないが、ぬかるみの多い日本の道では不安だった。

テラザワは薄く笑った。

「心配はいらぬ。オフナデブギョ（御《お》船《ふな》手《で》奉行）のムカイ殿が船を用意しておる。どこで使うかはまだわからぬが、今のところは、ミノ（美濃）のキソガワ（木曽川）を上った河岸《かし》へ運べとのダイフ様の命じゃ」

そう言われても、それがどこなのかはウィリアムには見当もつかない。

テラザワの話では、大砲は船で一度に運ぶと沈没の懼《おそ》れがあるので三隊に分け、日時もずらすという。明日、第一陣が向かうので、ウィリアムたちも六人ほどが出るようにとのことだった。

「この大砲で、誰よりも目立つ手柄を上げねばならぬ。さすれば出世は間違いない」

「ギョイ（御意）」ヤン・ヨーステンが日本語で応え、ポルトガル語で続けた。「私が第一陣だ。この戦で手柄を立て、私はサムライになる。そしてオコマ（お駒）とオキク（お菊）を妻にする」

オコマもオキクも、チャヤ（茶屋四郎次郎）という商人が連れてきた娘二十人のうちの二人で、歳は十七、八。ともに一際目を引く、つぶらな瞳の色白の美人だ。特に小さくて肉厚の唇がいいという。確かに日本娘には、イギリス人やオランダ人の女にはない、異国的な官能美がある。

「ん……？　オユキさんでは、なかったのですか」と、メルヒヨール。

「オユキは別に好きな男がおるようだ」

「ほう」メルヒヨールはほっとしたように相好を崩した。「だけど、オコマとオキクの二人も妻にするのは、まずいのではないですか」

「それがまずくない。この国は妻を何人娶《めと》ってもいいそうだ。のう、テラザワ殿」

「ダイフ様の側室は十人を超える。妻を食わせるだけのロクさえあれば、何人であろうと構わぬ」

ヤン・ヨーステンがしたり顔で、にやりとした。

「ローマにいる時はローマ人がするようにせよ――だ。金は心配ない。五万レアルの山分けがあるし、手柄を立てれば、また入る。それが騎士の世界だ。日本も同じだ」

「ですが、あの娘たちは皆、カトリックですよ」とメルヒヨールが言った途端、ヤン・ヨーステンの顔が雲った。カトリックでは重婚や離婚を認めていないからだろう。

「カトリックか……では、私が日本語を覚えるか」

「日本語を覚える？」砲手のロースは、意味が解らなかったらしく訊ねた。

ヤン・ヨーステン曰く、日本語さえ話すことができれば日本にずっと住める。となれば、好みの女を何人も妻にできるとの考えだ。

「それはいい。な、ミッシェル」

「それなら俺がオキクを頂く。彼女の愛らしい唇に熱い口づけをしたい」と砲手のミッシェルが言えば、「じゃ、俺はオコマだ。襟元から覗く色白の柔肌が堪らん」と同じく砲手のヘリッツが嬉しそうに言った。

「お前たちはすぐ安易な道を選ぶ。一夫多妻の国でカトリックの女を妻にする馬鹿がどこにいる。どんな美人でも飽きがくる。カトリックは離婚できない上、一夫一婦制だ。後悔するぞ」

ヤン・ヨーステンが説くや、「女、女、女……」と端にいたクワケルナックが溜め息を吐いた。

「浮かれている時か。我々は見知らぬこの国で戦争に行かされるんだぞ。敵がどこの誰で、どんな戦になるかもわからない。この前のように誰ともわからぬ集団に襲われるかもしれない。気を引き締めて掛からないと命を落とすことになる。女などに現《うつつ》を抜かしている場合か」

体力が戻り、船長としての判断力も回復したのだろう。

せっかく生き残った船員が大砲を撃てるというだけで何の関係もない戦争に駆り出され、兵隊として組み込まれたのだから無理もない。命の保証もなく、今後、どうなるかさえわからない。なのに船員たちは、目の前にぶら下げられた餌《えさ》に踊らされている。おそらく先日の夜襲で、船員二人が負傷したことも多分に影響しているのだろう。船員の命を預かる船長としては、どうすることもできない己に腹が立っているに違いない。

「カピタン殿の申すとおり」とテラザワ。「ま、そなたらはわしの家来二千で護るゆえ、戦場で、この前のようなことは二度とないとは思うが、気を引き締めねば手柄どころではない。女は手柄を取った後じゃ。そなたらは確実に敵を撃つことだけを考え、鍛錬に励め」

テラザワがどうクワケルナックの言葉を受け取ったかはわからないが、厳しく言うと、気まずい空気の中、大砲を手入れする家来たちのほうへ踵を返した。

八

慶長五年（一六〇〇）九月十五日――。

卯《う》ノ刻《こく》（午前六時）過ぎ、周りを山々に囲まれ、東西と南北が約半里（約二キロメートル）ほどの狭い関ヶ原《せきがはら》には、多くの人馬が集まっていた。

徳川勢三万余も関ヶ原の東、枯草で覆われた桃配山《ももくばりやま》に〈厭離穢土《おんりえど》　欣求浄土《ごんぐじょうど》〉の大幟旗《おおのぼりばた》を掲げ布陣している。

家康は鎧武者を従え、見晴らしのいい土手に立ち、眼下を見下ろした。

朝の涼やかな秋風にのり、人の騒めきや馬の嘶《いなな》き、鎧の擦れあう音が聞こえてくる。

獣《けだもの》のような汗の臭いと殺気……。

――これこそが戦場《いくさば》独特の臭い。

日本は今、家康率いる東軍と石田三成率いる西軍とに真っ二つに分かれ、この関ヶ原で両軍が雌雄を決するべく陣を布《し》き、対峙している。

西軍は関ヶ原の西で、関ヶ原の中央で布陣する東軍を包み込むように〈鶴翼《かくよく》の陣〉の構えだ。三十町（約三・二七キロメートル）ほど離れた丘の上には石田三成の旗印〈大《だい》一大万大吉《いちだいまんだいきち》〉ほか、小西行長《ゆきなが》や宇喜多秀家、大谷吉継など西軍の大名の旗が並んでいる。ざっと見積もっても五万以上の兵はいる。敵ながら天晴《あっぱ》れだ。

物見の報せでは、徳川軍の背後、東の南宮山《なんぐうざん》に毛利勢ほか吉川広家《きっかわひろいえ》や安国寺《あんこくじ》恵《え》瓊《けい》、長宗我部盛親などの中国・四国勢三万が陣を布いているという。

対する東軍は関ヶ原の中ほどで、黒田長政はじめ福島正則や加藤嘉明《よしあき》など豊臣恩顧の諸将に、井伊《いい》直政《なおまさ》や本多忠勝《ただかつ》など徳川譜代の家臣団の軍勢が、重なり合う魚の鱗《うろこ》のような〈魚鱗《ぎょりん》の陣〉で臨んでいる。こちらも兵は大よそ五万。

背後の東、南宮山にいる西軍の中国・四国勢三万に対しては、浅野幸長《ゆきなが》や池田輝政《てるまさ》ら二万の兵を当たらせてある。他にも毛利家親戚筋の吉川広家を動かぬよう書状で封じてあるので、背後を襲われる心配はまずない。東西両軍の間で傍観するように南の松尾《まつお》山《やま》の上で陣を布く小早川秀秋《こばやかわひであき》勢一万五千は、すでに東軍に寝返っている。となれば――。

後は目の前にいる、三成が集めた五万余の軍勢を潰すだけだ。

――そう、それで天下は徳川家――家康のものとなる。

久しぶりの戦場とあって心が昂《たかぶ》り、若い頃のように武者震いする。

南蛮具足を身に着けたからかもしれない。鎧細工師に、黒ずんでいた南蛮具足の表面を磨かせ、銀色に輝かせたからか、気まで若返る。

家康が思わずほくそ笑むと、側で控えていた本多正純《まさずみ》が意味ありげに顔を向けた。

正純は正信の倅で、歳は三十半ば過ぎ。父に似て剃刀《かみそり》のように切れ、知恵が回る。武《ぶ》骨者《こつもの》の多い三河武士の中では稀有《けう》な存在だ。ただ、切れすぎて先走るのが玉に瑕《きず》だろう。敵将石田三成にも似たようなところがある。

正純は切れ長の細い目を、さらに細めた。

「殿。この戦、われらの勝ちにござりますな。敵はかつて三方ヶ原《みかたがはら》で敗れた殿と同じく〈鶴翼の陣〉。われらは殿に勝利した武田信玄《しんげん》公と同じ〈魚鱗の陣〉にござりますれば」

三方ヶ原の合戦――。忘れもしない。二十八年前の元亀《げんき》三年（一五七二）、家康がまだ三河・遠江《とおとうみ》を領す一大名にすぎなかった三十一の時だ。

当時、天下を狙う甲斐《かい》の武田信玄が京を目指し、大軍を率いて西上作戦を開始。その途上にあるのが家康の領地だった。武田軍三万余は徳川方の城を次々と落とし、家康の本城、浜松城に迫った。

対する徳川軍は一万二千余り。敵は倍以上の兵力に加え、信玄は「天下無敵」と恐れられるほどの戦上手《じょうず》の名将だった。家康は、籠城《ろうじょう》して迎え撃つのが最上の策と考えた。しかし武田軍は、そんな徳川方を嘲笑《あざわら》うように、浜松城で備える徳川軍の前を堂々と素通りしていった。

三十一と若かったからだろう。それが信玄の城から誘《おび》き出す罠とも気づかず、無視されたことに武人としての屈辱を覚え、三方ヶ原を進む武田軍の後を追ってしまう。徳川軍は〈鶴翼の陣〉で進み、武田軍は三方ヶ原で、突如、反転。陣形は〈魚鱗の陣〉だった。

勝敗は瞬く間に決した。徳川軍は散々に破れ、多くの家臣が主君家康を逃がすため、身代わりとなり死んでいった。徳川方の死傷者は二千人以上――。完敗だった。

「さすが正純。よう気づいた。されど、敵も我らを囲み、勝ったと思うておる。戦は碁と同じぞ。勝ったと思うた時が負けの始まりじゃ。九分九厘《くぶくりん》、勝ちが見えたと思う時、残り一厘で油断する。それが命取りよ。戦は終わって勝利を手にするまでは気が抜けぬものと心得よ、正純」

「はっ。骨身に刻んでおきまする」

「それにしても、正純が三方ヶ原の戦を知っておるとは驚く。そなたはまだ幼子であったはず。正信から聞いたか」

「殿が大事になされておる〈しかみ像〉にござります。謂《い》われを知らぬ者は譜代にはおりませぬ」

〈しかみ像〉とは、ほうほうの体で三方ヶ原から浜松城に逃げ込んだ折、多くの家臣を死なせた戒《いまし》めに家康が絵師に命じ、己の情けない姿を写し取らせた絵だ。それゆえ、今も戦に出る前には必ず〈しかみ像〉を眺め、愚かな戦は決してすまいと己を厳しく律している。

「わしはあの負け戦で多くを学んだ。こたびは、わしがきょうまでくぐり抜けてきた戦の中でも一番の大戦《おおいくさ》。われらのために、伏見城で亡《の》うなった元忠のためにも負けるわけにはいかぬ」

「御意にござります。それゆえ信玄公の如く、野戦《やせん》に持ち込んだのでござりますな」

こういう言わずもがなを言うところが、正純の才の立ちすぎるところでもある。

「あの戦以降、わしは野戦で負けたことはない。あの太閤とて、わしには勝てなんだ」

天正十年（一五八二）に織田信長が本能寺で横死した後の天正十二年、天下統一を目指す秀吉との小牧・長久手での戦では、敵十万の軍勢を徳川軍三万余で撥《は》ね返している。

「三成も秀吉の下でおったゆえ知っておるはず。大垣《おおがき》城におればよいものを、わざわざ城を出、わしの前で陣を張るとは、やはり戦下手《べた》よ。野戦で、わしに勝てると思うておるのかのう」

東軍は関ヶ原に入る前日、西軍の本拠地の大垣城の北、一里ほどのところにある美濃赤坂に集結。徳川勢を含む七万余が布陣していた。三成は東軍の大軍勢を前に城を囲まれては不利と見たのか、九月十四日の夜、雨が降りしきる中を突然、大垣城を出、西に向かった。その報せに丑《うし》ノ刻(午前二時)、家康はすぐさま全軍を率い、後を追い関ヶ原に向かったのだった。

三成としては東軍を窪地に誘い出し、袋の鼠にしたと、今頃、ほくそ笑んでいるに違いない。戦は高い場所からの攻めがより有利となる。

「戦下手にしては、よう兵を集めたものよ」と感心したように正純。「物見の報せでは、わがほうより一万ほど多いとのこと。兵の数で勝ったと思うが、三成らしい文官の陥《おちい》り易い机上《きじょう》の胸算用《むなざんよう》よ」

「正純が、それを言うか」家康はつい苦笑した。「いかにも戦は兵の数に非ず、将の心次第よ。それにしても、秀忠のたわけはこの大事に、どこで何をしておる。正信もわかっておろうに」

　秀忠率いる徳川勢精鋭本隊三万八千は、中山道を信濃へと進ませた。信濃の小大名真《さな》田《だ》昌幸《まさゆき》を牽制《けんせい》するためで、正信ほか多くの重臣たちを付けている。家康より五日も早く江戸を出立させたにもかかわらず、使者の一人も寄こさない。それだけに、内心、苛立っていた。

「昨晩、激しく雨が降りましたゆえ、木曽川で足止めになっておるやもしれませぬ」

「ふん。この期《ご》に及んで、まだ木曽川を渡っておらぬところが大たわけよ。ま、いざとなれば、寺沢隊の大砲もあるのでさほど心配もしておらぬが……」

大砲を撃つ南蛮人を含む寺沢広高の〈白地に黒餅《くろもち》三段〉の旗は左翼、藤堂高虎や京極高知《たかとも》の後ろに陣取らせている。戦場に運ばれた大砲は六門。こちらも残りは海路の時化《しけ》で、未だ戦場には到着していない。

　その時、前方で、赤と黄色い旗の騎馬隊が前に進んでいくのが目に入った。

〈赤地に金の井文字〉の旗と赤備えの騎馬武者は、井伊直政《なおまさ》の隊。〈黄地裾黒《すそぐろ》に三葉《みつば》葵《あおい》〉の旗は、家康の四男松平忠吉《ただよし》の隊。共に譜代だが、三番隊のはずだ。先鋒を追い越しての抜け駆けは固く禁じており、すでに江戸を出る前に諸将へ言い渡してある。

　とはいえ、法度《はっと》破りの先陣争いは昔からの武士の伝統であり、倣《なら》いでもある、のだが……。

――まさか。

傍らにいた正純も気づいたらしく、家康の心の呟きそのままに「まさか、法度破りの抜け駆けではあるまいな」と気色《けしき》ばんだ声を上げた。

「――正純！　口を閉じておけ」

家康は言下に叱咤《しった》すると、采配《さいはい》を握りしめた。

――いよいよ始まるか。あとは運否天賦《うんぷてんぷ》……。

九

戦が始まって二時間ほどが経つ。

目の前では罵声や怒号とともに矢が飛び交い、鉄砲が炸裂し、人馬が泥をはね上げ戦っている。

いつ終わるとも知れない戦いを前に、ウィリアムを含む六人の第一陣は初めて見る日本の戦場に戦々恐々《せんせんきょうきょう》としていた。

というのも、目の前で繰り広げられる殺戮があまりに惨《むご》たらしい。中でも震え上がらせたのは、テラザワが言っていた「敵の首を取る」行為だった。

ウィリアムは戦争に出た経験があるとはいえ、海戦しかない。実際のヨーロッパでの陸上戦は知らないが、まさか本当に首を取るとは思ってもいない。敵を倒した後は刀で首を斬り、髪を掴んで血がしたたり落ちる生首を高々と上げて見せる。徒歩《かち》武者は取った生首を腰に付け、騎馬武者は槍の先に刺して力を鼓舞するかのように走り回っている。その狂喜・喧伝する常軌を逸した様に、ウィリアムは生きた心地がしなかった。

戦場を見渡せば、そこかしこに首のない死体が転がっていた。野原は血の海と化し、血腥《ちなまぐさ》い異臭が漂っている。その中を敵の武将の首を取るために誰もが鎧兜を血で濡らし、狂気の顔で血刀を振り回している姿は、この世のものとは思えない。

ロースやミッシェル、ヘリッツら若い砲手も、目の前で繰り広げられる、あまりに残忍な殺戮と恐怖に歯をガタガタと鳴らし体を震わせ、砲手長のコウシンセンは何度も嘔《おう》吐《と》していた。

唯一、張り切っていたのがヤン・ヨーステンだ。

革のジャーキンの上に、鉄製のクィラス（胴鎧）を身に着け、頭には鉄兜のモリオンを被り、腰には自慢の直刀レイピアを差している。後発隊となった船長クワケルナックが未だ戦場に着いていないこともあり、指揮官として伸び伸びと振る舞っていた。
ヤン・ヨーステンは、六門の大砲で山の中腹にある敵の砲台を悉《ことごと》く、かつ、的確に破壊した。敵の砲弾は大砲が旧式だったらしく届きもしないので、安心して狙いを付けることができた。

ただ、戦のやり方にヤン・ヨーステンは腹を立てている。

理由は、撃てたのが、わずか三十発ほどだからだ。それも敵が大砲を撃ってきた五ヵ所に撃ち込んだに過ぎない。その後、敵の大将の陣地に狙いを付けようとした時、狙撃中止の命令が下った。

テラザワによれば、ヤン・ヨーステンらヨーロッパ人が簡単に敵将を撃ち取ったのでは諸将の体面を潰すばかりか、サムライの面目が立たない。参陣している諸将や家来に敵将の首を取らせ、手柄を立てさせることも上に立つ者の役目とのことだ。とはいえ——
——。

戦況は一進一退。五分と五分といったところで、決して優勢とは言えない。

ウィリアムが嘔吐しているコウシンセンの背中をさすっていると、それを邪魔するようにヤン・ヨーステンはわざわざ側に来てレイピアを片手に地団太《じだんだ》を踏んだ。

「何て面倒なんだ、日本の戦は。誰の首を取ろうが、勝てばよいではないか」西の丘の上にたなびく旗をレイピアで指した。「あれが敵の大将がおる場所だろう。距離にして一マイル（約一・六キロメートル）。当たらずともどんどん撃ち込めば味方の士気は大いに上がる。アダムス君。テラザワ殿を通じて、ダイフ様に伝えてもらえぬか」

ウィリアムは、手柄にしか眼中にないヤン・ヨーステンの無神経さに腹立ちを覚えた。

「ダイフ様の命は絶対です。誰も口を挟めない。我々は上官の命令のままに動く。国は違っても軍隊はどこも同じですよ」

「ふん。それにしても、日本人の戦争は実にミステリアスだよ。戦っている軍隊もいれば、ただ眺めている連中もいる。どうしてだね」南を指差した。「あれは東西、どっちの味方だ」

その点においてはウィリアムも違和感を覚えた。テラザワ隊の南、川を挟んだ山の麓《ふもと》や頂上で陣を布く連中は、今朝から近くで激しく人馬が戦っているにもかかわらず、まったく動かない。

「だいたい同じ恰好に同じような旗で、敵味方がよくわかるものだ」

その指摘も同感だった。両軍、旗は掲げているものの、ウィリアムたちヨーロッパ人から見れば、どれも似たり寄ったりに見える。敵味方の区別といえば、攻めてくるのが敵で、迎え撃っているのが味方ということぐらいだ。

　その時、後方で太鼓や法螺《ほら》貝《がい》でつくったラッパの音とともに大歓声が沸き起こった。

「――ダイフ様だ！　前に出てくるぞ」と、見張り役のミッシェルが後方を指差し叫んだ。

　確かに黒い大軍勢を率いて先頭の馬に乗っているのは、ダイフ様ことイエヤスだった。老王ながら威《い》風堂々《ふうどうどう》としたものだった。リーフデ号に積んであった甲冑を日本式に作り直し、しかも丁寧に磨いたらしく、新品のように銀色に輝いている。大地を響かせ、津波のように何万もの人馬を従え前進してくるイエヤスの姿には鳥肌が立つ。前で戦っている味方も、太鼓や法螺貝の音に気づいたのか、急に勢いづいたように奇声を上げ、押し返し出した。

　東軍に動きが出たからか、西の丘の上に陣を張る西軍は盛んに狼煙《のろし》を上げ出している。おそらく周りで未だ参戦していない西軍への攻撃命令に違いない。が、前で戦っていた東軍は、さらに奮起したように勢いづいていく。

　その時だった。本隊からの命令を伝える、大きな白い袋を背負った騎馬武者がテラザワの許に駆けてきた。テラザワによれば伝令で、大きな白い袋は矢避《よ》けとのことだ。鎧兜に身を包んだテラザワは伝令の言葉に頷くと、ヤン・ヨーステンに顔を向けた。

「――ヤヨース殿！」南の山の上を鞭《むち》で指した。「あれに向けて、大砲を撃て」

「待っておったわ、テラザワ殿。一人残らず蹴散らしてくれる」

「それはならぬ！　弾は撃たず、空砲を撃てとの命じゃ」

ヤン・ヨーステンほか、六門の大砲を南に向けていた連中は手を止めて振り返った。

「なっ、何、空砲を撃て……？　どういう意味だ。まさか、こんな時に歓迎の礼砲でもあるまい。あれは敵なのか、それとも味方なのか」

「撃てばわかる。撃ってこちらに攻めてくるようなら、その時はヤヨース殿。思う存分、実弾を撃って蹴散らして構わぬとの仰せじゃ」

ヤン・ヨーステンは訝しげな顔をウィリアムに向けた。

「サムライの考えていることが、まったく理解できない。アダムス君。イギリスで、こんな戦をしたことがあるかね」

「ありませんが、きっと、何か策があってのことです」

「空砲が策だと？」

ヤン・ヨーステンは信じられないというように大きな目を向けてきた。

「この国は、ヤヨースさんが言うようにミステリアスです。我々はその中にいる。今はダイフ様の命ずるままに空砲を撃つしかない。そうすればダイフ様の策もわかるはず」

ヤン・ヨーステンは諦めたように溜め息を吐くと、訓練の時と同じく太鼓のばちを手にした。

太鼓の音に合わせて、テラザワの家来たちがいつもの手順で進めていく。

五つ目の太鼓をヤン・ヨーステンが叩き「――撃て！」と叫ぶや、
ボンッ、ボンッ、ボボンッ――と、六門の大砲は大きな爆発音とともに火を吐いた。

それから間もなくだった。山の上にはためいていた白い旗が山を降り出したかと思うと、黒い固まりが西に向かい出した。まさに雪崩《なだれ》のよう。

さらに山の麓にいた赤や白の旗の部隊も釣られるように西に動いていく。

それに呼応して、イエヤス率いる軍勢までもが前へ押し出した。

テラザワも馬に乗り、刀を抜き放った。

「ヤヨース殿。見事であった。大手柄じゃ。これで間違いなく、われら東軍の勝利ぞ」

「大手柄……？　空砲が？」ヤン・ヨーステンはぽかんとした。「で、あれは味方だったのか」

「味方に寝返ったのよ。戦は勝つほうに付く。南蛮人のそなたらには卑怯と映るかもしれぬが、それもサムライの倣い。わしは大将首を取って参るゆえ、そなたらはここでしばらく休んでおれ」近くにいた鎧武者に声を掛けた。「サコン殿。南蛮人の警護、しかと頼みおく」

その言葉にウィリアムはほっと息を吐いた。

十

目の前では、怒濤《どとう》の如く進軍する東軍が西軍を次々と呑み込んでいた。テラザワ率いる軍勢も、その中に吸い込まれるように泥を撥ね上げて入っていく。「東軍の勝利」とのテラザワの言葉に安心して、目の前の光景を茫然として眺めていた時だった。

突然、鎧姿のサコンが殺気立ったように前に立ち、槍を持った徒歩武者二十人ほどに声を荒らげ、ウィリアムたちを警護するように囲ませた。

「――イニミィグ！（Inimigo!・敵）」とポルトガル語でサコンが叫んだと同時に、どこからともなく矢が飛んできて、二人の間をかすめていった。

その直後、矢が雨のように飛んできた。

矢は、先ほど雪崩のように下りていった軍勢の山のほうからだった。さらに何本もの矢が並べられた大砲に当たり、乾いた音を発して弾き返されている。

ロース砲手組は六門の大砲の影に身を伏せたが、逃げ遅れたコウシンセンが足を撃ち抜かれ、警護の槍を持った歩兵の何人かが胸や腹を撃ち抜かれ倒れた。

一瞬にして血腥い戦場になった。

サコンはさっと刀を抜くや、尚も飛んでくる矢を刀で素早く叩き落とし声を荒らげた。

「そなたらは我らで護るゆえ、決して前に出るでない」

ウィリアムは飛んでくる矢に怯えながらも、サコンがポルトガル語を話せることに驚いた。

「……サコン殿はポルトガル語が使えるのか」

「少しだ」とポルトガル語で続けた。「でなければ、そなたらの警護はできぬ。奴らは前に襲ってきた連中であろう。狙いは異国人の、そなたらじゃ」

――えっ！　と驚くや否や「ならば、わしも戦う」と、長いレイピアと楯として使う短いダガーを両手に前に出てきたのはヤン・ヨーステンだった。

「こんな矢など鉄の鎧が弾いてくれる。とくとオランダの剣を見せてやる、サコン殿」

サコンは「お手並み拝見といこう」と言いながらも、敵から目を外さなかった。

向かってくる集団は、戦場にいる兵とは違い、簡素な鎧を着た侍たちだった。

数は四、五十人ほど。黒い鉄の鎧の胸には〈十字〉の白い紋があった。

隊長らしき三十半ばの男が立ち止まるや、胸の前で十字を切って叫んだ。

「こ奴らは東西の混乱にまぎれて日本に乗り込んできた異教徒じゃ。生かしておけば、この日本は穢され、デウス様の宿る地にすることは永遠にできぬ。一人も生かすでない。必ず首を取れ！」

おうーっ——と声を上げ、胸の前で十字を切り「エウ、エスト　コン　デウス（Eu estou com deus・吾《われ》、神と共にあり）」と連呼しながら前に出てきた。

——首を取る……！

再び戦慄が背中を走り、思わず自分の首を両手で包んでいた。

サコン一人で二十人の敵を倒せるというが、敵はそれよりも多い。こちらはヤン・ヨーステンほか、矢が当たらなかった槍を持った歩兵が十人ほど。だが、歩兵たちはすでに浮足立っている。

サコンが寄せる敵の前に立ちはだかり、刀を構えた。

「こ奴らはわしとヤン・ヨーステン殿で片付ける。わしは右。ヤヨース殿には左を頼む」

「任せておけ」とヤン・ヨーステン。「サコン殿。我らはいい戦友になれそうじゃのう。どちらが多く敵を仕留めるか、勝負じゃ」

ヤン・ヨーステンは、飛び込んでくる敵が振り下ろす刀を短いダガーで受け、レイピアで突き刺し、そのまま持ち上げて地面に叩きつけた。やはり大男だからだろう。敵の侍たちはあまりの怪力に驚いたらしく、一歩、後ずさりしている。

「臆すでない！」と敵の長が叫んだ。「大男には大勢で掛かれ」

ヤン・ヨーステンは歯牙にもかけず、「次は誰じゃ。かかってこい」と敵に向かっていった。

敵の刀は鉄の鎧のクィラスに弾かれるだけで斬ることもできない。ヤン・ヨーステンは長い腕を生かし、囲んでくる敵を次々とレイピアとダガーで突き刺していく。

サコンも負けてはいなかった。というより、刀を斬り込む速さがまるで違う。右に左に刀を走らせたか思うと、後に敵の腕や首が血飛沫《ちしぶき》をあげながら飛んでいく。初めて見る剣のさばきだ。瞬く間に五人が倒れ、辺りは血の海と化した。

斬り合いの中、ウィリアムはコウシンセンの許に駆け寄り、右太股に刺さった矢を折り、自分の服の袖を引き裂き血止めをした。

コウシンセンは体をぶるぶると震わせ、痛みに耐えながらもウィリアムの腕にしがみつき、必死の形相で訴えた。

「妻と子供たちの待つ祖国に帰りたい。頼む。俺を船に、リーフデ号に戻してくれ！」

やはり誰もが家族の許に戻りたがっている。コウシンセンの心情を思うと自然に涙が溢れ、脳裏に悲しげなメアリーの顔が浮かんできた。

――必ず生きて戻る。

そんなウィリアムをあたかも死に誘《いざな》うかのように周りからは刀で打ち合う音が激しさを増し、血腥い臭いが立ち込めてくる。「死にたくない」と連呼するコウシンセンの震える声までもが呪文のようで、ますます死が近づいてくるように思えてならない。

ウィリアムは震えを抑え、自分に言い聞かせるように励ました。

「大丈夫だ、傷は浅い。サコン殿もヤョースさんも剣の達人だ。必ず護ってくれる。戦から帰れば、五十万レアルもの銀がある。それでリーフデ号を修理して」

祖国に帰ろう――と続けようとした時、それを遮るように真後ろで「ぐわっ――」と叫び声がしたかと思うと、歩兵の一人が胸から血飛沫を上げ、コウシンセンを抱えたウィリアムの目の前に倒れてきた。

歩兵は血だらけの顔でウィリアムの腕に摑まると、何かを言おうとしてこと切れた。

それに慄《おのの》いたコウシンセンが悲鳴にも似た声を上げた直後だった。

ウィリアムの目の前で刀と刀が激しく打ち合う大きな音が鳴った。

目の前に血に濡れた刀があった。見上げると、サコンが刀で敵の刀を食い止めていた。

サコンは敵の刀を跳ね上げ、「――ヒョウゴ！」と叫んだ。

その後、サコンが日本語で何を言ったのかはわからないが、侍は怯えたような顔で後ろに下がると、そのまま逃げていった。

その時、後ろでヤン・ヨーステンが声を上げた。

「敵の大将を討ち取ったりーっ！」

目を向けると、敵の隊長らしき男がレイピアとダガーで串刺しにされ、口から血を流していた。

その間にもサコンは三人の侍を素早く斬り捨てていく。

残った数人の敵はそれに恐れをなしたのか、逃げていった。

気がつけば、辺りには敵味方多数の死体が散乱していた。

まさに地獄絵。海戦では目にしたこともない光景だった。山から吹き降ろす生あたたかな風に交じって血の臭いが鼻を突き、余計、生々しく残酷さを伝えてくる。

ヤン・ヨーステンは大砲の横に腰を降ろし、大きく溜め息を吐いた。

「それにしても首を取り合う戦争とは……。これが黄金の国ジパングか、アダムス君」

「それが戦争です……、酷《むご》い戦争は、どこへ行ってもあるということですよ」

再び脳裏に涙に濡れたメアリーの顔がぼんやりと浮かんで消えた。

ウィリアムはメアリーの影を追うように心の中で念じた。

——僕は必ず生きて君の許に戻る。

西のメジャー、東の物差し

一

あの大戦から二年――。日本は大きく変わった。

それはヨーロッパから来たウィリアムたちにもわかるほどだ。

ダイフ様こと徳川家康は、西軍を先導した諸将を処刑し、政権をほぼ手中に収めた。

これにより、西軍に付いた大名の多くが領地を没収され、改易となった。

リーフデ号が漂着した折、ウィリアムたちを救護してくれた豊後臼杵の領主太田一吉も西軍に付いたために所領を召上げられ、城を追われている。

一方、戦場でウィリアムたちを指揮していた寺沢広高は、関ヶ原での戦功により九州天草《あまくさ》四万石の加増を受け、大出世を遂げた。

戦の後は日本のどこに住んでもよいとのことだったが、何者かに狙われているとわかってからは、江戸に住むことを命じられた。ただ、約束の五万レアルの銀は支払われている。

ウィリアムたちが住むように命じられた江戸も、日を追う毎に変貌を遂げている。貧弱だった江戸城は拡張され、街道や水路は整備された。大砲の撃ち試しをした「日比谷入江」と呼ばれた大きな入江は埋め立てられ、そこに瞬く間に屋敷が建ち並び、多くの人々が集まり、いくつもの町ができている。活気は大坂を凌《しの》ぐ勢いだ。

リーフデ号の船員たちも変わった。

十八人のうち、関ヶ原に向かったウィリアムとは別の隊の四人が大砲を運ぶ途中、襲ってきた侍集団との戦いのさ中に脱走し、未だ行方が知れない。

残った十四人のうち、ウィリアムやヤン・ヨーステンなど第一陣の六人は関ヶ原で大砲を撃った功により大小二本の刀を与えられ、侍となった。今は御船手奉行向井正綱の家来となり、江戸城の東を流れる大川（隅田川）の河口付近にある正綱の屋敷にいる。江戸城から東へ一マイル（約一・六キロメートル）ほどの距離にある。これも身の安全と警護のためだった。ただ……。

十四人全員が江戸に留められたことを喜んではいない。

囚われの身であることに変わりはないからだ。食べ物は与えられてはいるが、主に米と野菜スープに魚だ。パンや肉もなければ、ワインやビールもない。生きてはいるが、まったく生きる希望もなく、明日さえも描けない。

それゆえか、精神を病んだ者までいる。

砲手長のヤン・コウシンセンだ。あの大戦での後遺症だった。矢で太股を撃ち抜かれた上に、目の前で歩兵が死んでいったのだから無理もない。ウィリアムですら未だに脳裏にある。中でも衝撃だったのは、戦場での首の取り合いだ。

加えて、戦の後、連れて行かれた京の都の河原での処刑だ。大勢の見物人を前に敵将を座らせ、自身の腹に刀を突き刺させるや、後ろにいた侍が刀を振り下ろし一撃のもとに首を断つ。首は地面に転がり、胴体からは鯨《くじら》の潮吹きのように血が噴き出した。斬り落とされた敵将の首は、人々が大勢行き交う橋の上に晒された。

それらの衝撃があまりに強烈過ぎたのだろう。コウシンセンは夜になると幻覚を見るようになり、発狂し暴れた。

漂着してから二年余り——。

日本での暮らしは、誰もがすでに限界だった。

言葉や衣食住だけでなく、暦や習慣、風習など、何一つ共通する点がない。精神を患ったコウシンセンと塡隙工ヤコブを除く全員が、何とか日常の会話は話せるまでにはなったものの、文化の違いに戸惑い、それが心労となっている。

ウィリアムですら時折、望郷の念に駆られ、ややもすると爆発しそうになり、見失いそうになる己を何とか押さえ込んでいる。

ウィリアムは精神を正常に保つために日本語を覚えることを己に課した。今では話すだけでなく、江戸や大坂の地名、左近やお雪などの人名ほか、数などの漢字や仮名文字ぐらいは崩し文字でなければ読めるまでになった。時々、江戸城に呼ばれ、家康や側近にヨーロッパ諸国の情勢や数学・幾何学《きかがく》などを教え、機嫌を損ねないようにしている。すべては帰国の許可をもらうためだ。

一方、船大工のピーテル・ヤンスゾーンなど戦に出なかった連中は、アベルソンとギルベルトが城下のイエズス会から得た情報で、中国船が出入りする大坂や長崎に行きたがった。オランダ人の商人気質なのだろう。日本から出られなくても、人殺しを生業《なりわい》とする侍より、商いで金儲けをしたいらしい。

次第にウィリアムやクワケルナックのように日々の暮らしに耐えながらも家康から帰国の許可を得ようとする連中と、祖国に帰らずとも日本で商いを望む連中との間に溝《みぞ》ができていった。

そのどちらにも属さないのが、ヤン・ヨーステンほか砲手組だ。

初めは文句を並べ立てていたものの、江戸城下で口説いた娘二人を妻のようにしてからは帰国など眼中にもない。日本ではとかく異国人は毛嫌いされがちだが、砲手のロースやミッシェル、ヘリッツの三人も、大坂からやって来た通詞の娘たちと懇《ねんご》ろになり妻として扱っている。江戸城では教官として重用され、酒も振る舞われるからか、「日本は天国」と楽しんでいる。

そんな中、年が明けて間もなく、ピーテルと船長のクワケルナックの間で度々諍いが起き、ついに反目してしまう。ピーテルは操舵手のコリネリスやアベルソン、ギルベルトらと語らい、家康から支払われた五万レアルの銀の分配をクワケルナックに迫った。その銀を使い大坂や長崎で商いをしたいという。

クワケルナックが誰より帰国したがっていることは知っている。運よく日本に辿り着いた上に、幸運にも政権を握った王家康の家来になれた。船長としては交易の許可を取り付けてから帰国の途に就きたい。五万レアルの銀は、リーフデ号の修繕費に取っておきたかったのだ。その考えに同調できたからウィリアムも我慢できた。ところが――。

帰国を断念せざるを得ない事態となる。

江戸の港に浮かんでいた、リーフデ号だ。

陸揚げして本格的な修復をしなかった二年の間に船喰虫に食いつくされ、ほとんど骨組みだけとなってしまった。まさに朽ち果てた幽霊船のようで、手の施しようがない状態だった。

リーフデ号という心の拠《よ》り所を失ったからだろう。これ以上、仲間割れが酷くなれば家康の対応も変わると考えたクワケルナックは、五万レアルの銀を地位や年齢に応じて分配。そして――。

今年（一六〇二）の春、ピーテルとコウシンセンほか、コリネリス、アベルソン、ギルベルト、スワーヘルの六人は出国しないとの条件で江戸から出ることを許され、大坂や長崎に旅立った。

仲間が減って以降、待遇も徐々に変わった。

ウィリアムほかヤン・ヨーステンなど砲手組も城の近くに留め置きたいらしく、江戸に残った八人に米を日に二ポンド（約〇・九キログラム）と、年俸として銀十二ダカット（約二両一分・英国換算で五ポンド十四シリング）が支給された。

以降、江戸城ではポルトガル人やスペイン人の「南蛮人」ではなく、「紅毛人《こうもうじん》」として区別された。

二

一六〇二年十一月二十七日（慶長七年十月二十四日）の午後――。

ウィリアムは、京から戻った家康に呼び出され、江戸城の大広間にいた。会うのは正月以来となる。国を二分する大戦を制したからか、以前より精気がみなぎっており、とても六十過ぎの老人には見えない。眼光はますます輝きを増している。周りには太刀持ちの小姓と警護の侍三人に、通詞のお雪（オユキ）だけ。薄紫色の着物に赤い口紅で着飾ったお雪は、正月に会った時より大人の女になっていた。すでに通訳は不要なのだが、これも家康の策略の一つ。お雪と結婚させ、日本に定住させようとの意図だ。御船手奉行の向井正綱を通じて何度も承諾するよう求めてきたが、

ウィリアムは従順を装いながらも拒み続けている。

お雪が嫌いなわけではない。大坂城で再会した折、まばゆいほどの美しさに心を鷲掴みされたほどだ。独り者なら二つ返事で応じたかもしれない。――いや、違う。結婚はお互い愛し合って成立するもので、人から強いられるものではない。第一、ロンドンに妻子が待っている。いくら囚われの身とはいえ、また、異国の地とはいえ、教会で交わしたメアリーとの夫婦の誓いを破ることはできない。まして、「必ず戻る」と

言った約束もある。もし神の意に反して日本で妻を迎えたなら、罰として二度とメアリーや子供二人の許へは帰れないような気がする。

理由は他にもある。お雪には慕っている男がいる。

警護役の左近（サコン）だ。お雪がヤン・ヨーステンからの求愛を頑《かたく》なに拒んだのも、それが理由だ。ヤン・ヨーステンは相手が左近ではと諦めたようだった。

ウィリアムにしても、それは同じ。日本に辿り着いて以来、何かと二人には世話になっている。ことに左近には何度も命を救われた。いずれ祖国に帰る身だ。二人の仲を壊してまで無理に結婚したいとは思わない。

家康は脇息《きょうそく》にもたれ、ウィリアムに目を向けると、やや顔を曇らせた。

「アダムス。何ゆえ、腰に刀を差さぬ」

「ここへは丸腰が作法と、左近殿から教わりました」

「それはそうじゃが、外でも差してはおらぬそうじゃのう」

「外では、いつも側に左近殿がいます。丸腰の男を侍は襲わないと、左近殿から教わりました」

広間のかなり離れた後方の廊下に、左近は控えていた。

二年前の関ヶ原の戦場でウィリアムの命を狙った兵庫（ヒョウゴ）という侍が逃げた

のは、「丸腰の者を斬るとは、それでも柳生の剣を知る侍か。恥を知れ！」と左近が一喝したからだ。奇遇にも、兵庫は左近と同門の柳生新陰流という剣の流派で、しかも弟弟子だったという。

「そのような愚にもつかぬ知恵は不要ぞ。外を歩く時は常に刀を腰に差せ。それが侍の誇りじゃ。それともアダムスも侍は嫌か」

　きょうの家康はこれまでと違い、凄みがある。やはり日本に定住させたいらしい。

　ウィリアムは家康の気分を損ねないよう、戦話に水を向けた。あの関ヶ原の戦場で、大砲で敵を簡単に仕留めてはならない理由の、家臣や大名に手柄を立てさせるという考えに心服したことを伝えた上で、空砲を撃てとの命を受けた時のヤン・ヨーステンら砲手組の混乱ぶりを話し、空砲も侍の誇りの一つかと訊ねた。すると――。

　家康はウィリアムが侍に興味があると思ったらしく、表情を和らげた。

「あの意が、そなたら紅毛人にはわからぬか。あれはの、山の上でのんびりと見物しておった輩に出陣を促した、いわば、問鉄砲《といてっぽう》よ」

「トイテッポウ……？」

　ウィリアムは内心ほっとしながらも鸚鵡《おうむ》返《がえ》しに訊ねると、いつもならすぐに訳すお雪もわからなかったらしく、困惑した表情を見せた。

家康は薄く笑った。

「あの戦は敵とも味方ともつかぬ輩が多くての。戦に勝つには如何に敵の大将の心を読み、敵味方に付いた諸将の心を読むか。戦に出れば、誰もが攻めと護りの間で躊躇う。命は一つしかないでの。そこを護りに向かわせず、攻めに導くのが戦上手。わかるか、アダムス」

「将兵の心をどう動かすか、でござりますか」

「そうよ。戦には必ず、ここぞという勝敗を決する一瞬がある。それがあの時よ。山の上で、どちらに付くか迷うておる小早川の小倅《こせがれ》に、そなたらの大砲で味方になるか、と問うたのよ。騒がしい戦場では鉄砲の音では聞こえぬが、さすが南蛮の大砲よ。小心者の小倅は筒音に驚き、一瞬にして味方に付いたというわけよ」

――なるほど。それで、戦の均衡が一気に崩れたのか。

小早川という武将の心を読んでいなければ、到底できることではない。ウィリアムは家康の思慮深さにある種の感動を覚えた。

「そなたらの放った大砲の筒音があまりに大き過ぎたのか、あの小倅は心《しん》の臓の病で急死したそうな。おそらくは、西軍を裏切ったと怨んで亡くなった大谷刑部《ぎょうぶ》の祟《たた》りやもしれぬ」

「祟りとは、モウジカオ（Moldçao）――呪《のろ》いです」と、お雪が即座にポルトガル語に訳した。

「呪い……日本にもあるのですか」

「己の欲のために戦うておる輩は、裏切られて命を落とせば誰しも怨みに思う。それが人の心よ。それゆえ、天下を治めるのは苦労する。もっとも天がわしに味方したとはいえ道半《なか》ば。これからが勝負。そなたの国エゲレスを治めるエリザベス女王とやらも女子の身で、しかも独り身では、さぞかしご苦労であろうのう。独り身といえばアダムス。そなたもじゃ」

――やはり戦上手。必ず攻めに転じてくる。

「その儀は、お許しを。私はいずれ妻子が待つ祖国に戻らねばなりません」

「アダムス。しばらく、わしの許で働いてみよ。きっと得るものがある。人生、無駄なことなぞ何一つない。わしは来年、征夷大将軍になるでのう」

「セイイ……？」

「武家の棟梁、侍の王――将軍よ。それゆえ、そなたのような広く南蛮・西欧を知る者が必要なのじゃ。アダムス、この日本に骨を埋めてくれぬか」

お雪が訳さずとも意味はわかる。日本に永住しろということだ。

家康は傍らにあった地球儀を引き寄せ、話を続けた。

家康はウィリアムと出会い、世界情勢を初めて知ったという。多くのポルトガル人宣教師が日本に来て、日本人の欲しがる品々で交易しようとする「真の狙い」が「侵略」であることや、やがてスペインが武力で侵略しに来ることも予想していた。とはいえ、日本を豊かな国にするためには、ポルトガル人を含むスペインと交易をしたい。だからこそ、攻められないよう今のうちに備えておきたい。そこでヨーロッパの諸事に詳しいウィリアムに手伝って欲しい、と。

「わしは、この日ノ本を護らねばならぬ侍の王じゃ。したが、わし一代でできることではない。何代にも渡り護っていかねばならぬ。それは徳川を支える家臣もしかり。それゆえ、アダムスの血を受け継ぐ者を増やしていって欲しいのよ」

「そのために妻を娶れと……？」

「そうじゃ。それとも、日本の女子は気に入らぬか」

家康はお雪に目を移した。

お雪は自分のこととは思ってもいないらしく、日本の女を代表するかのように親しみの笑みを浮かべた。

「そのようなことは決してありません。ですが、私にはロンドンに妻と子供が」

「——忘れよ！」言下に遮った。「すべては日ノ本の天下泰平のため、安寧の世づくりのためぞ。この日ノ本に辿り着いた、そなたが背負うた運《さだめ》と諦めよ」

運——人の運命という意味だが、家康の場合は、天意——神の意志という意味で使う。それほどの覚悟で臨まなければ、天下泰平——この日本に平和は訪れないと言いたいのだ。

「……ですが、私はイギリス人です」

「——アダムス！」語気を強めた。「いずれの国の者であろうが、泰平の世をつくるには必要なのじゃ。わしを困らせるな。異国のそなたにはわからぬであろうが、これ以上、わしに逆らえば……否、わしは、そなたを失いとうはない。わかってくれ、わしの心を」

おそらく、これが最後通告なのだろう。それは家康の悲しげな目でもわかる。拒めば、家康の面目を潰した廉《かど》で切腹——死罪だ。これが侍になったということだ。

ふいに脳裏に京の河原で、敵将が首を刎ねられる光景が鮮やかに蘇った。

——応じるしかない。

ここで死ねば、弟トーマスや友人ショッテンの死を無駄にするばかりか、日本で生きていることすらロンドンで待つメアリーに伝えられなくなる。今は形だけの、結婚で逃げ切る以外に方法はない。

「……わかりました。お受けします」

「——承諾してくれるか！」家康は歓喜の声を上げ、大きく息を吐いた。「これで安心して、また京に上れる。ならば早速、そのように正純にも伝えておく。嫁を娶るとなれば、禄も上げねばならぬな。——おう、そうじゃ。丁度よい。今、平川に大橋（後の日本橋）を築いておるゆえ、そなたらの屋敷を近くに建ててやろう。お雪。そなたも異存はないの」

お雪は笑みを納めると、目を瞬《しばたた》かせた。

「……よ、よもやアダムス殿の嫁取りとは……あたくしめのことにございますか」

「他に誰がおる」呆れ顔で言った。「茶屋が集めたポルトガル語を話す女子の中でも、そなたが一番の美人。しかも生まれも京の都の武家の出と素性《すじょう》も申し分ない。お雪、昔のことは忘れて嫁ぐがよい。心配せずともよい。祝言の仕度は万事、茶屋に整えさせる」

お雪はあまりに突然なことに驚いたようで、目を見開いたまま微動だにしなかった。

三

ジョアン・ツズ・ロドリゲスは、日本のあまりの変わりように驚いていた。

想像以上と言っていい。先の日本を二分する大戦で、徳川家康を敵視していた大名は悉く排除され、日本の中心は京・伏見や大坂ではなく、江戸に移った。

それに伴い徳川家に味方した諸大名の屋敷も大坂や伏見から江戸に移っている。イエズス会の教会本部も江戸に移転した。江戸は今、大坂以上の賑わいを見せている。

ツズの立場も変わった。家康から交易代理人として、ポルトガル商人との交渉役を命じられた。

お蔭でイエズス会でも、これまでのツズの功績を認め始めている。司祭の最高位である「盛式四誓願《せいしきよんせいがん》司祭」への昇格も時間の問題だ。さらに交易の仲介で得た多額の収益で大勢の信者を獲得すれば、やがては日本管区長となり、その上にある日本司教となるのも夢ではない。

立場が変わると現金なもので、手の平を返したようにポルトガル人やスペイン人の商人が挙《こぞ》ってツズの許を訪れた。今朝も十人以上が、ヨーロッパの高級ワインや高価な品々ばかりでなく、中国やインドの珍しい装飾品などを手土産に携え挨拶にやって来た。

そんな商人たちとの商談を終え、ひと息ついた、夕方――。

ポルトガル商人リカルド・ペイショットが、二十代後半と思われる牢人一人を伴って訪れた。

ばつが悪いのか、挨拶もそこそこにツズが苦言を呈する前に、ツズの好物の螺鈿細工を施した文箱を差し出し、蓋を開けて見せた。中には日本の金貨である小判の束が並べられていた。二十五枚の小判の束が、縦横五四、二十束。五百両だ。

ツズは思わず苦笑した。

「これが今後の挨拶と、私との約束を果たせなかったお詫びということか、ペイショット君」

リーフデ号の十八人を先の大戦の混乱に乗じて始末せよと命じたにもかかわらず、減ったのはわずか四人だけ。その四人の生死も定かではなく消息も知れない。

ペイショットは苦り切った表情で縮れた黒髪を掻いた。

「雇い入れた侍のほとんどは死に、戻ってきたのは、このミゲル兵庫だけです」

理由は、リーフデ号の十八人には左近という剣豪が常に付いており、誰も太刀打ちができなかったからだ。兵庫はその左近の柳生新陰流の同門の弟子で、左近に「丸腰の者に刀を向けるとは、それでも武士か。恥を知れ」と一喝され逃げてしまったという。

大戦の後もペイショットは、江戸でも何人かの侍を雇いイギリス人を襲わせたものの、左近の前に刀も抜けず逃げ去ったとのことだった。

「丸腰の者は斬れないか。だが兵庫、武士である前に君は神の子だ。しかも君の洗礼名ミゲルは、悪魔サタンを倒す大天使ミカエルからきている。武士の掟《おきて》に縛られてはならない。彼らは悪魔サタンに心を奪われた邪教徒だ。この日本にデウス様を宿すためにも退治しなければならない」

兵庫は鋭い目で睨んだ。

「それがしを導かれたミゲル修道士様もガルシア修道士様も、常々、こう申された。汝《なんじ》の隣人を愛せよ。敵対する者を愛せよ、悪人に手向かいしてはならぬ、と」

ミゲル修道士ことフランシスコ・デ・サン・ミゲルも、ガルシア修道士ことゴンザロ・ガルシアも一五九七年（慶長元年）十二月に長崎で、太閤豊臣秀吉の命で磔の刑に処された二十六人に含まれている。兵庫は、その二年前に京都で洗礼を受け入信。その後、〈バテレン追放令〉が布かれるや、多くの信者を京都から逃すよう二人に命じられたという。

「君はフランシスコ会か。お二人はそんなことを言って逃げもせずにいたから磔にされたんだ」

兵庫は険しい顔で、尖った目を押し付けてきた。ツズは胸の十字架を突き出した。

「我々の使命は地の国をデウス様の宿る地にすることだ。死んではデウス様の役には立てない。だから自殺を禁ずる。殺されるとわかっていて戦わないのは、自殺と同じだ。侍も掟だ、恥だのと、デウス様以外の教えに心を囚われるから命を失う。若い君には理解できないだろうが、この世の中、正直なだけでは生きていけない。フランシスコ会も、ようやくそれがわかったようだ」

「といいますと？」とペイショット。

「ヘロニモ司祭（ヘロニモ・デ・ヘスス）のことだ。内府様がノバ・イスパニア（現・メキシコ）副王との交易を望んでいると知るや、マニラ総督への親書を代筆したそうだ。しかも、内府様の好物の香木を贈り、豊後に修道院を立てる許可をもらったとの噂もある。交易で得た金で布教活動をする私を、散々、非難していたにもかかわらずだよ。今では交易を『聖なる勤め』と言っているから呆れる。ま、世の中が変わり、フランシスコ会も変わったということだろう。君も変わらねばデウス様に見放されることになる」

「さすがイタリア人の、フランシスコ会だ。交易を『聖なる勤め』とは旨い。やはり地中海商人の血だ」とペイショットが言っても、兵庫は納得できないようで口を真一文字にして目を瞑った。

「もっとも彼らは今、邪教徒とはいえ、内府様の家来だ。関ヶ原で彼らを襲ったのは、神の国に召されたアウグスチヌス（小西行長）殿の兵がやったことになっているので心配はないが、今後手を出せば、せっかく手に入れた内府様の交易代理人のお役もふいになる。ま、オランダ人の半分は江戸から出ていったから、さほど目障りでもないがね」

「江戸を出た？」

「大坂や長崎には中国やポルトガルの船が多く入港しているから商いにはいいと、教えたんだ。目論見どおり、仲間割れだ。それで内府様からもらった五万レアルの銀を分配したそうだ。これで彼らは帰国の船を買うことができなくなった。祈れば、手を汚さずとも、こういう知恵もデウス様は授けて下さる」

「ですが、大坂や長崎に行った連中が、中国船で本国に戻ったら大変ですよ」

「心配はない。内府様は彼ら全員に日本から出ることを禁じておる。つまり、港を出た時点で死罪になるということだ。ま、長崎から西、マカオやルソン、果てはインドまではポルトガル領だ。たとえ隠れて中国船で出航しても、どこかの港に入れば、我々の仲間が始末する」

ペイショットは安心したように頷いた。

「では、もう彼らの船が日本を目指してくることはないのですね」

「そうだ。あの厄介なイギリス人も、日本からはもう出られない。内府様は相当お気に召したようで日本人妻を娶らせ定住させる気だ。妻になるのは誰だと思う。ペイショット君を袖にした、臼杵にいた、お雪だよ」

「えっ……あのお雪が？――」とペイショットの声に重ねるように、兵庫が「――お雪殿が！」と驚きの声を上げ睨みつけた。

「パードレ。あなたがお雪殿を差し出したのですか」

「私ではない。内府様が直々に選んだという話だ。まさか君まで、私が長崎の若い娘たちをゴア（現・インド）総督に貢ぎ物として贈ったという噂を信じているのではあるまいね。あの噂は私を陥れようとする、太閤殿下の周りにいた側近衆の作り話だ。私はそこまで腐ってはいない。しかし、なぜ、君がお雪を知っている」

「お雪殿のお父上は京で、ある武家の医者をなされておられた。それがしは当時、お雪殿と近江のフランシスコ会のセミナリオで学んでいた」

「学友というわけか。それで怒ったのかね」

「邪教徒を定住させ、その上、あのお雪殿までも生《い》け贄《にえ》にするとは……許せん」

この日本では異国人の情婦になることを極端に嫌う。情婦になった女は軽蔑の目を向けられた。

とはいえ、貧困な農村では娘を売って生活の足しにすることは珍しくない。それをあっせんする無頼の徒も多く、日本にいるポルトガルやスペインの商人に限らず、ツズなど聖職者にまでも声を掛けてきた。

「日本を統一した内府様がやられたことだ。誰も文句は言えない。ま、あのイギリス人を日本に繋ぎ止める錨《いかり》としては最高な人選だよ」

「羨ましいねぇ」ペイショットは渋く言うと、意味ありげに舌なめずりをした。「あんな美人をもらえるとは。イギリス人でなくともお雪を抱けるなら、私だって日本に留まる。それにしても、お雪も切支丹なのに、内府様もよく彼女を選んだものですね」

「だから、世の中は変わったと言っているんだ。ヘロニモ司祭も江戸城に堂々と出入りしている。これからは布教も存分にできる。反面、今度はスペインを注視しなければならなくなったがね」

「スペインの商人は商売上手ですからね。では、彼らのことは気にしなくていいということで？」

「ま、今後、何かあったとしても、江戸に残った砲手組にはイエズス会の娘たちが付いているので様子はわかるし、あのイギリス人はフランシスコ会を通じて、お雪に逐一報せてもらうよう手筈を整える。こうなると、侍以上に日本の女は役に立つ。どの国の女も変わり身が早いよ。君らも時代に取り残されないよう頭を切り替えることだ」

ツズの皮肉な言葉にペイショットは苦笑したが、兵庫は一点を見つめていた。

四

一六〇二年十二月六日（慶長七年十一月三日）——。

婚礼は雪がちらちらと舞う中、向井正綱の屋敷で盛大に執り行われた。

日本の婚礼は、イギリスとはまるで違う。夜に行う。屋敷の門外や中庭には篝火《かがりび》が焚《た》かれ、花嫁行列を迎え入れる。ウィリアムには異国のことなのでわからないが、お雪は一旦、徳川家の伝馬役《てんまやく》、馬込平左衛門《まごめへいざえもん》の養女となり、そこからの嫁入りだった。日本の結婚は家と家とを結ぶもので、当人の気持ちは一切、関係ない。なので式は、親代わりである向井家と馬込家との口上の後に行われた。

挙式には今まで目にしたこともない様々な料理が並び、家康からは米から作った酒の樽の他に、ポルトガル産のワイン樽が多く運び込まれた。

家康の名代で参列した本多正純は「ご高齢の大殿をあまり煩わせるでない。侍は上命《じょうめい》下《か》服《ふく》」と侍のあるべき姿を説き、「これはアダムス殿ゆえの計らい。旗本でもあり得ぬこと。覚えがよいからと図に乗ると、足許をすくわれるが侍の世の常。覚えておかれよ」と釘を刺した。

三十半ば過ぎと、ウィリアムと歳が近いからだろう。正純自身、ウィリアムが家康の側近くで重用されていることに面白くない様子だった。

参列したのは、向井家の主人正綱と息子忠勝《ただかつ》ほか家来と馬込家の主人平左衛門。リーフデ号の船長クワケルナックやヤン・ヨーステン、メルヒヨールなど、江戸に残った連中だった。

ウィリアムは黒い紋付《もんつ》きの羽織に袴《はかま》という日本伝統の正装姿となり、お雪は化粧し、白無垢《しろむく》とよばれる真っ白な着物を着て部屋に入った。

婚礼は部屋の中央で向かい合い、一つの盃《さかずき》に注がれた酒を夫、妻という順番で交互に飲み干していく。これが夫婦となる儀式で、イギリスのように牧師の前で誓い合うことも、キスもない。

婚儀の後は上座に並んで座り祝辞を受ける。これだけはイギリスとあまりに似ていたこともあり、ロンドンの聖ダンスタン教会でのメアリーとの結婚式が脳裏に蘇った。

堅苦しい儀式が終わり、その後は笛や太鼓に合わせ舞などの余興となった。ヤン・ヨーステンら砲手組はワインや酒を飲んでは陽気に歌い、ダンスを踊って皆を笑わせた。これもメアリーとの結婚式で、ふざけ合っていた弟トーマスや親友ショッテンと重なっていく。だからだろう。周りの喧騒をよそに、もう二度と戻れないかもしれないという不安と望郷の念に駆られ、脳裏に悲しげに見つめるメアリーの青い目がはっきりと浮かび、離れてはくれない。

ウィリアムは、そのまなざしから逃れることなく、何度も心の内で弁解を繰り返した。

――違うんだ、メアリー。これは君の許へ戻るための、手段だ。僕を信じてくれ。

途中、ウィリアムとお雪は〈お床《とこ》入りの儀〉で広間を退出。二人分の寝具が整えられた奥の部屋に入った。

親代わりの正綱によれば、これも婚儀の一部で「初夜」とよばれ、夫婦が最初の夜に契りを結ぶ儀式という。部屋には「行燈《あんどん》」という灯《あかり》が一つ。外は雪とあって寒いこともあり、部屋の隅には赤々と燃えた炭の入った火鉢が置かれていた。

日本の冬はロンドンと同じくらい冷える。にもかかわらず、家屋はレンガ造りではなく木造で、戸は木と紙でできており、暖炉もなく寒い。日本に来て三度目の冬を迎えるが、未だに慣れない。

その寒い部屋の中でお雪は白い薄物の着物姿となり、覚悟を決めたように敷かれた布団の上に凛《りん》と座していた。お雪も家康の命には逆らえなかったのだろう。それだけに痛々しく映る。

ウィリアムも同じように白い着物姿になり、お雪の前に座った。

いつも以上の美しさに、はっとさせられる。長く艶やかな黒髪。唇の赤い紅が薄暗い部屋の中で、バラの蕾《つぼみ》のように鮮やかに浮き立っている。首筋と襟《えり》の間から覗く肌は雪のように白く、胸のふくらみが今夜はやけに眩しく映る。

ややもすると淫らな気持ちになるのをウィリアムは必死に堪《こら》えた。

「……お、お雪殿」

「お雪と呼んでください、旦那様」ポルトガル語ではなく日本語だった。「今夜から、あたくしめは妻にござります。ふつつかな嫁にござりますが、末永く宜しくお願いいたします」

お雪は両手をついて深々と頭を下げた。

正綱によれば、これも儀式の決まり文句とのこと。「ふつつか」とは未熟という意味で、日本では妻は自分をへりくだり、夫に導いて欲しいとの意が込められているという。

「その前に。大事な話をしなければならない。私は……祖国イギリスにメアリーという妻と二人の子供がいる。そして、いずれはメアリーの許へ帰ろうと思っている」

　お雪は顔を上げると、今にも泣きそうな目を向けた。

「それでは大殿を騙すことになります」

「今すぐではない。やがてだ」

「……わかりました。妻となった以上は旦那様の命に従います。では、それまでの妻ということで務めさせて頂きます」

「そうではない。私は愛する妻や子供たちを裏切りたくはない」

「どういうことにござりますか」

「君にはすまないが……本当の夫婦にはなれない」

　お雪は静かに両手で自分の顔を覆い、泣き出した。

「やはり……旦那様もあたくしめを、ポルトガル人に売られた穢れた女と見ておいでですね」

「ポルトガル人に売られた……？　一体、何のことだ」

　お雪は泣きながら答えた。

　それによると、かつてポルトガル商人は西国大名から多くの日本人娘を買い、奴隷として船に乗せ売りさばいていたという。売られた娘たちはポルトガル商人の情婦にされただけでなく、同じく奴隷として買われてきた黒人の慰み者や子を産ませる道具にされた。それを知ったポルトガル人宣教師の巡察師は、即刻、中止するようローマ教皇に求めたため、今は禁止となったという。

　その後、東インド諸島に散らばっていた日本人娘の多くが、宣教師たちの手によって日本に連れ戻された。お雪はその手伝いをしていたのだが、売られた娘たちと共に長崎に戻ってきたため、お雪も同じ目で見られたという。

　地球の裏側で、そんな酷《ひど》いことが行われていたこと自体、知らなかった。だから家康は、何としてもこの日本を護るためにウィリアムを必要としたのだろう。が、留まるわけにはいかない。

「では、大坂で通訳をしていた娘たちは皆……？」

「違います。実は……あたくしめの父は京の近くに領地を持つ、ある大名家の医者にござりました――」と身の上を話した。

　五年前、生前の太閤秀吉は〈バテレン追放令〉を出し、上方からキリスト教徒を悉く排除した。

　切支丹だったお雪の父は京から大坂へ宣教師たちを連れて逃げる際、幼いお雪を京の豪商茶屋四郎次郎に預けたという。通詞をしていた他の娘たちの多くが、京のフランシスコ会の信者で、家康の命で茶屋の許で匿《かくま》われた。その後、宣教師やお雪の父を含む信者二十六人は京や大坂で捕らえられ、長崎で十字架に架けられ処刑されたとのことだった。

「……京に残された信者と共に徳川様の兵の方々に護られ、茶屋の旦那様の船で豊後の臼杵にある教会へ逃げました。それゆえ、徳川の大殿や茶屋の旦那様にはご恩があるのです」

「では、それで、私の妻になることを承諾したと？」

「受けた恩は返す。それが日本人の生き方です。あたくしめは、神父様や信者を護って下さった大殿や茶屋の旦那様のお役に立ちたいのです」

――馬鹿げている！　そのために自分を差し出すとは、あまりにも愚かだ。そんなお雪を利用する家康にも腹が立つ。いくら日本を統一したとはいえ、人の気持ちをまったく考えていない。

「自分を偽ってもか？」

「自分を偽る……？」訝しげに顔を傾けた。

「私はお雪の気持ちをずっと前から知っていた。君の心の中には左近殿がいる」

お雪は驚いたように、涙に濡れた目を見開いた。

「……それが旦那様の、あたくしめを拒む、本当の理由にございますね」

「違う。これは私の妻への愛の証だ。君でなくとも同じだ」

「旦那様は、この国のことをご存じない。武家に嫁いだ女子が子を産まねば、離縁するか、子を産むために側室を置かねばなりません」

「なぜだ？」

「大殿が申されたように、旦那様の子を産むためです。家を子々孫々と続かせる。それが嫁いだ女子の役目にございます。十八と少し薹《とう》が立っていますが子はできます、いえ、産んでみせます」

十八歳……！　二十歳も下だ。――いや、そんなことより、女を、農場の雌羊《めひつじ》や牝牛《めうし》のように扱う家康にますます怒りを覚える。

「自分の気持ちは、それでよいのか。愛してもない男と一緒になって。君の心の中の」

「――もう祝言は済みました！」言下に遮った。「あたくしめは旦那様の妻です。旦那様の子を産むことが、あたくしめの運《さだめ》です！」

帯を解こうとしたお雪の手を、ウィリアムは素早く両手で押さえた。

「――お雪！　やめろ。やめるんだ。私は生きたい。生きてイギリスに、愛する妻と子供たちの許に帰りたい。君を抱けば……それができなくなる。わかってくれ。お願いだ」

ウィリアムを見つめるお雪の目から大粒の涙が溢れた。

五

年が明けた、一六〇三年三月十四日（慶長八年二月十二日）――。

徳川家康は「将軍」という皇帝の位に上り、政権を掌握《しょうあく》。江戸を首都とし、政治を司《つかさど》る組織「幕府」を置いた。

江戸城の東、「日本橋」と名付けられた橋が完成した三月末、ウィリアムはお雪や下男下女数人と共に御船手奉行向井正綱の屋敷を出て、日本橋近くに新しく建てられた屋敷に移り住んだ。

これを機にウィリアムは小袖に袴という侍の姿に変え、髪型も後ろで束ねる総髪《そうはつ》にし、刀も出歩く時は腰に差している。これも家康の目を欺く、日本で生き伸びる術《すべ》だった。

それが功を奏したのか、年俸は銀十二ダカットから七十ダカット（約十四両・英国換算で七ポンド）へと昇給した。米は相変わらず、一人につき一日二ポンド（約六合）を支給されているが、お雪や使用人が増えた分、加増されている。

気になる左近だが、結婚後も相変わらずウィリアムの護衛に付き、同じ屋敷に入った。しばらくしてから左近にお雪の思いを伝えると、「無用な気遣い」と苦笑した。

日本では恋心は浮ついた気持ちとされ、厳格な侍は嫌う。まして剣に生きる侍には女は不要と断言。理由は剣に命を賭ける侍は、いつ剣に倒れるかわからない宿命にある。そんな男が妻帯すれば、主君が襲われた時に一瞬、家族を思い、身を危険に晒すことに躊躇いが出る。その一瞬の遅れが死に繋がるばかりか、主君を護れなかった折の死は不忠となり、妻子にも不名誉を残すことになる。それは真《まこと》の侍にとり、この上ない屈辱という。さらに、どうしても女が欲しい時は、「遊郭《ゆうかく》」と呼ぶ売春宿の娼婦で十分と笑った。

左近の真意はともかく、お雪とは何とも言いようのない気まずい新婚の始まりだった。

同じ時期、ヤン・ヨーステンも江戸城の東にある和田倉《わだくら》門から東へ四百ヤード（約三百六十五メートル）ほどの場所に屋敷をもらい、ロースやミッシェル、ヘリッツら砲手組と妻にしている女たちを引き連れ入った。

そのことが、正綱の屋敷に残ったクワケルナックには、かなりの衝撃だったらしい。今まで部下だった連中が、挙って家康に重用されたのだから無理もない。リーフデ号を失って以降、ぼんやりと日々を送っていたクワケルナックだったが、ここにきて突然、祖国に戻りたいと毎日のように正綱に詰め寄っているという。

それを知ったのは暑い夏が過ぎ、秋に入った九月だった。同じく正綱の屋敷に残ったメルヒヨールが、ウィリアムの屋敷を訪れ話してくれた。

正綱は、よほどしつこく詰め寄られ辟易したとみえ、十月にクワケルナックとメルヒヨール、塡隙工ヤコブの三人をウィリアムの屋敷に引き取ってくれと言ってきた。

願ってもないことだった。婚儀の後、お雪とはぎくしゃくしており、仲間から離れ、話す相手もいないウィリアムは三人を快く引き受けた。

久しぶりに会ったクワケルナックは以前より老けていた。目に力はなく、身なりも船長としての威厳もない。ウィリアムが引き取ったことが、かえって不愉快だったらしい。

屋敷に来てからは長かった航海を懐かしむように、リーフデ号にあった三十分砂時計を引っくり返しては、ぼうっと眺めて酒を飲み、ウィリアムを避け続けている。

メルヒヨールもクワケルナックが気掛かりらしく、屋敷に移って十日ほど経った午後、ウィリアムの部屋を訪ねてきた。

メルヒヨールはクワケルナック同様、オランダ人の誇りなのか、着物や袴は着ていない。豊後に着いた時と同じ、ギャザー襟の白いシャツに焦げ茶のジャーキンと同色のホーズ姿だ。

開口一番、メルヒョールは、家康にクワケルナックだけでも本国オランダに帰れるよう頼んでくれないかと要請してきた。

「……わかった。頼んでみる。ただし、大殿からの呼び出しがない限りは会えない。今月初めに、ようやく京から戻られたそうだから何かとお忙しい。何しろ、将軍になられたからね」

　メルヒョールはウィリアムの姿を冷ややかな目で見て、薄く笑った。

「アダムスさんは、身なりから頭の中まで、もうすっかり侍ですね」

「それは嫌味かね」

「いいえ。ただ……正直に言えば、僕もアダムスさんが羨ましい。老王に目を掛けられ、こんな立派な屋敷と、それにあんなに美しい奥様に、大勢の召使いたちだ。日本に来て成功したのは、あなたとヤン・ヨーステンさんたち四人ですよ」

　ヤン・ヨーステンの屋敷は、ウィリアムの屋敷からは十分ほどのところにあり、たまに顔を出して話をする。江戸での待遇と日本人妻に満足しているらしく、日々の暮らしを楽しんでいた。

「彼ら四人はオランダには戻らないと言っています。もっとも、オランダを出て五年も過ぎていますからね、皆、死んだと思っているでしょうけど」

「あれから、もう五年か……。時の経つのは早いものだ」

ふとメアリーのことを思った。ウィリアムより八歳下だから三十一になる。

「アダムスさんも、イギリスには帰らないんでしょう？」

「いや、いずれは帰る。祖国で家族が待っているからね」

「帰る？」メルヒヨールの声が急に気色ばんだ。「それなら、なぜ、結婚したんです」

「なぜ……？　大殿からの申し出を断れるわけがないだろ。断れば死罪だ。腹は立つが、それが侍として家来になるということだ。だからと神や、本国で待つ家族を裏切る真似はしていない。結婚は大殿の目を欺く形だけのものだ」

「では、まさか……」メルヒヨールは目を瞬かせた。

「ああ。彼女には指一本、触れてはいない」

お雪とは会話らしい会話もないが、使用人たちの手前、夫のように振る舞っている。

夜は同じ寝室だが、二人の布団の間には、間仕切りの屏風《びょうぶ》を立てていた。

「私は聖人君子ではないし、女に興味がないわけではない。だが、神に対してだけでなく、夫としても親としても恥ずかしくない生き方だけはしたい。それが私のイギリス人としての誇りであり、家族への愛情の証だよ」

「指一本、触れてはいないことが、イギリス人の誇りですって……」呆れたように大きく溜め息を吐いた。「何ということだ。可哀想なマリアさん」

「何でそんなに私を非難する……いや、どうして君が本国にいる私の妻の名前を知っている」

「メアリー」はオランダ語では「マリア」と発音する。メルヒヨールは目を尖らせた。

「あなたの本国にいる奥さんの名前なんて知らない。僕はお雪さんのことを言っているんだ！　彼女がカトリックなのはご存じでしょう。洗礼名はマリアですよ」

――何！　お雪がメアリー……！

ウィリアムは、突然、雷に打たれたような衝撃を受け、体が自然に波打った。

地球の裏側の異文化の日本に来てまで、こんな偶然があるだろうか。人知を越えた力というより、神の差配以外にあり得ない。いや……。

ただの偶然に過ぎない。マリアという洗礼名は珍しくはない。おそらく神が試しているに違いない。――これも試練か。

ウィリアムがメルヒヨールに目を向けると、薄っすらと涙を浮かべていた。

「あんなにはつらつとしていたマリアさんが、口紅も差さず、いつも悲しげに空を見上げている謎がようやく解けましたよ。アダムスさん。あなたは自分のことしか考えていない、最低な人だ」

「何で君に、そこまで罵《ののし》られなければならない。ん？　もしかして君はお雪を……」

メルヒヨールは悔しげな顔で静かに頷いた。

「彼女に出会った時、僕は心を奪われた。こんな東のはずれの島で、あんなにも魅力的な女性に巡り会えるなど奇跡に思えた。だけど、彼女の心の中には……左近殿がいたんです」

やはり気づいていたのか。それほどお雪の恋はわかり易かったのかもしれない。

「正直に言えば、この屋敷に来たくはなかった。幸せそうなマリアさんを見るのが辛くて。それが、あなたが原因で、マリアさんを悲しませているとは思いもしなかった」

望んで結婚したわけではないし、好きで侍になったわけでもない。戦に駆り出されてからというもの、首を取り合う侍が恐ろしかった。正体不明の侍集団に襲われ、仲間が殺され掛けたことで、余計、生きることに執着した。亡くなった弟や友人ショッテンの分まで生きなければ、生きてメアリーの許に帰らねばと、すべて生きるためだけを考えてきたと言っていい。

「私もキャプテンと同じだよ、一日も早く家族が待つ祖国に戻りたい」

「――あなたにはもう帰る資格はない！」メルヒヨールは遮るように立った。「神に対して、夫としても親としても恥ずかしくない生き方をしたいですって？　あなたはそれで満足でしょう。だけど、若い彼女はこの先、どうなるんです！」

「待ってくれ。私は妻子がある身だぞ。祖国も神も重婚は許していない」

「今さら何を言っているんです。あなたはすでにこの日本で、マリアさんと結婚したんですよ。あなたには日本に留まって、彼女を幸せにしなければならない責務がある。それをしなければ、神はあなたを絶対に許しはしない！」

メルヒヨールは吐き捨てるように言うと、もう一度、ウィリアムを睨んで部屋を出ていった。

「お雪を幸せにしなければならない……それが私の責務」

きょうまで生きて祖国に帰ることだけを考えてきた。が、確かにメルヒヨールの言うとおりだ。家康や自分の思惑がどうであれ、また、形だけとはいえ、結婚した以上はお雪を幸せにしなければならない。それを成し遂げてこそ、堂々とロンドンに帰る資格がある。ましてや――。

お雪の心情を思うと心が痛む。前皇帝に父親を処刑され、その追手から匿ってくれた家康の恩に報いようと、ウィリアムとの結婚を承諾したのではなかったか。

おそらくカトリックを信仰するお雪は神の意志として受け入れたに違いない。だが、夫婦となったものの、それは家康を欺く偽りだった。お雪は今、この広い屋敷の中で、ウィリアム以上の孤独を味わっている。ただ……。

それでも運命を受け入れられない、自分がいる。たとえお雪との結婚が神の意志であろうとも、ロンドンで待つ家族を裏切るような背徳な振る舞いだけはしたくはない。それほどメアリーや子供たちを愛しているからだが、そのためにお雪を不幸のどん底に落としてしまったのも事実だ。

ふいに脳裏に、一年前の婚礼の晩、涙に濡れたお雪の顔とともに言葉までもが蘇った。あたくしめは旦那様の妻です。旦那様の子を産むことが、あたくしめの運《さだめ》です——。

「……どうすればいいんだ。——くそっ！」

ウィリアムは答えが見出せない中、メアリーを思う望郷の念と、お雪へのすまなさとの狭間《はざま》でもがく自分に厳しく罰を与えるかのように、思いっきり頭を床に打ちつけた。

六

十一月半ば、家康から登城するよう使者が来た。

ウィリアムは、辰《たつ》ノ刻とよばれる朝八時頃、江戸城に出向き、大広間に入った。家康に会うのは、ほぼ一年ぶりだ。将軍職に就いたからか、壇上の家康は、またひと回り貫禄が備わったように見える。

近くには太刀持ちの小姓と護衛の側近が四人。それにきょうは、打掛《うちかけ》――と呼ばれる煌《きら》びやかなドレスをまとった若い姫に、侍女四人が座り、その中の二人が赤児を抱いていた。

深謀遠慮《しんぼうえんりょ》な家康だ。こういう時は必ず意味がある。それだけに、家康の前では気が抜けない。

ウィリアムがたどたどしい日本語ながら、将軍就任の祝辞を左近から教わったとおりに述べると、家康は満足げに頷いた。

「かなり言葉が達者になったのう。侍姿も様になっておる。これも嫁を取った賜物《たまもの》やもしれぬな。お雪は息災《そくさい》か」

「……あ、はい。元気にしています」

メルヒヨールから指摘されて以降、お雪を見る目が変わった。

お雪を幸せにしなければならないという責務からではない。若いお雪の寂しげな姿を見るたびに心が痛み、罪悪感を覚えたからだ。確かに初めて会った頃のような明るさは、今のお雪にはない。その点では自分のことしか頭になかったと言っていい。

　近頃は「メアリー」という洗礼名を持つお雪との出会いも神の差配と受け入れ、関係を良くしようと努めている。寝室の、二人の間に置いていた屏風は取り除いた。それでもロンドンで待つメアリーや子供たちに後ろめたさを感じるからか、未だにそれ以上の行為には至っていない。

　中途半端だと思う。だが、自分にはどうすることもできない。それだけに毎日がお雪に対する贖罪《しょくざい》の日々だった。

　家康は赤児を抱く侍女に目を移した。

「アダムス。この赤児は、いずれもわしの倅たちぞ」

「——ハァ？　ボウス・ユア・チュウドレン？（Ha? Both your children?）」あまりの驚きで、思わず母国語が口を衝《つ》いた。「あ、いや、二人とも？」

　家康は六十過ぎ。いくら戦で日本を制し、将軍職に就くほど元気だからといって、まさか子を産ませる精力が未だに残っているとは信じられない。

「こっちが昨年生まれた長福丸《ちょうふくまる》（後の頼宣《よりのぶ》）。隣が今年の八月に生まれた鶴千代丸《つるちよまる》（後の頼房《よりふさ》）ぞ」笑みを納め鋭く睨んだ。「アダムス。そなたは、この一年、何をしておった。子は家の繁栄の元ぞ。早うお雪に子を産ませい。お雪に子ができぬようであれば別の女子を用意させるが」

きょうはそのために、わざわざ生まれたばかりの息子二人を披露したらしい。

「お雪で大丈夫。問題は私に……いえ、もうしばらく待ってください」

必死だった。これで別の女を妻に迎えれば、お雪をさらに傷つけてしまうばかりか、また不幸な女を一人つくることにもなってしまう。

「それほどまでに言うのであればよいが。やはり南蛮人や紅毛人は、肉を食《しょく》さねば精が付かぬようじゃのう……ん？　アダムス、顔の色艶《いろつや》がようない。どこか、具合でも悪いのか」

「い、いえ……大丈夫です」

「したが、そなたに元気がなくば、お雪に子は授からぬ。精の出る薬でもこさえてやろう。まずは蝮《まむし》と高麗人参がよかろう。――否、この寒い時季はスッポンに限る。後で届けさせよう」

「あ、有り難き、仕合わせにございます」

家康は医学にも造詣《ぞうけい》が深い。中国医学にポルトガル人から得た西欧医学を取り入れ、独自の薬を調合して飲んでいる。長生きがしたいのだろうが、子供までつくるとはさすがに驚かされる。

「つくるといえば、アダムス。一つ、そなたに頼みがある。実はの、日ノ本の後々のことを考え、そなたらが乗ってきた南蛮船をつくろうと思うておる」

　子づくりの話題から離れ、ほっとした。

「南蛮船……？　ガレオン船ですか」

「そうじゃ。そなたは確か幼い頃、十二年ほど船大工の許で働いておったと言うたの」

「しかし、かなり前で、もう覚えてはいません。道具のないこの国でガレオン船はつくれない」

「道具はつくればよい。仲間もおるではないか」

屋敷にいるクワケルナックやメルヒヨールはもとより、ヤン・ヨーステンら砲手四人も船大工の経験はない。船大工のピーテル・ヤンスゾーンは侍になるのを嫌い、仲間と共に大坂や長崎を目指して江戸を出ており、今は行方すら知れない。塡隙工ヤコブは船底の修復には長けているが、こちらも船大工ではない。

「船手奉行の向井や船大工たちにも手伝わせよう。早うつくれなどと無理は言わぬ。これはのう、そなたを幕閣に取り立てるためでもある」

「バッカク……？」

きょうは、説明してくれる家老の本多正信はいない。が、昇格ということはわかる。

家康は顔をしかめ、面倒臭そうに継いだ。

「今は、わからずともよい。それを楽しみに取り掛かれ。侍は手柄がなくば上には上がれぬし、それなりの手柄を立てねば他の者も納得せぬ。それゆえ、誰にもつくれぬ南蛮船をと申しておる。日ノ本の船大工たちに南蛮船の技を伝授してやってくれ」

家康の組織づくりの公平さと、先を見通す眼力を垣間見たような気がする。だが、それは同時にウィリアムを手放さないという固い意志とも受け取れる。となれば――。

ウィリアムはこの時とばかりに、クワケルナックの帰国を願い出た。一人でもオランダに帰れば必ず迎えの船を出す。オランダ船が来航すれば、全員の帰国の道も開けるかもしれない。

「あの者＋が国に帰りたいと言うておるのは、向井からも聞いておる。そういう者が側においてはアダムスも里心がつくか」

「違います。我々が無事に日本に辿り着き、ここで暮らしていることを伝える証人が帰らねば、日本がオランダやイギリスと交易することは永遠にできません」

ウィリアムは必死だった。

「……なるほど、それは一理ある。相わかった。あの者は国へ戻ってもよい」

「――本当ですか！」

「――ただし」と言下に言葉を被せ、じろりと睨んだ。「そなたの帰国はならぬ」

やはりだ。であれば、オランダ船が来るまでの間、与えられた運命を一つひとつ片付けていくよりない。お雪のことも、その一つだ。

「私には、やらねばならないことがあります。それが終わるまでは帰りません」

「やらねばならぬことじゃと……？　ああ、交易のことか」

「それは勿論のこと。それと、もう一つ。妻を幸せにすることです」

言った側から、お雪とメアリーの二人の顔が同時にまぶたに浮かんだ。二人が、どちらだと確かめるようなまなざしを向けている。それを打ち消すかのように家康は大声で笑い飛ばした。

「あ、ははは……。何かと思えば、ぬけぬけとわしの前でよう言うた。どうじゃ、お万（後の養珠院《ようじゅいん》）」近くにいた二十半ばの、「側室」と呼ばれる妻に目を向けた。「このように女房を幸せにするなどと公言する一途な侍は、日ノ本にはおらぬな」

お万は袖で口元を隠し、微笑んだ。

「何を仰せにござります、大殿。お世継ぎ様（秀忠）も、お江《ごう》殿一途にて」

「秀忠なぞ、一途なものか。こそこそと陰で隠れてやっておるわ。お江は姉の淀殿に似て悋気《りんき》（嫉妬）持ちで気が強い。それゆえ側室も置けぬ体たらく。倅ながら何とも情けない奴よ」と吐き捨てた。「ともあれアダムス、南蛮船を頼む。早うエリザベス女王とやらに煌びやかな西陣織の打掛を贈り、親書を交わしたい。オランダばかりか、エゲレスとも交易がしたいでのう」

「まぁ、呆れたこと。大殿の女子好きは底なしにござりまするな。今度は異国の姫にまでお手をお出しになるおつもりでござりまするか」

「ばっ、馬鹿を申すでないわ、お万。相手は女子とは申せ、一国の女王ぞ。国と国とを繋《つな》ぐには、まずは物を贈り友好の親書を交わす。それが手順というものぞ。のう、アダムス」

「はい。東の皇帝と西の女王が手を結べば、きっと二つの国が豊かになります」

ウィリアムとしてはまず、どういう形であれ、側にいるお雪を幸せにしなければ先に進めない。そして、ガレオン船をつくる。それも与えられた運命なら受け入れ、従うしかない。

――すべては生き抜くため。メアリーの許に帰るためだ。

ウィリアムは決意を新たに退席した。

七

「――それは本当かね！　アダムス君」

クワケルナックの歓喜した声が、屋敷の一室に轟いた。

夕刻、ウィリアムは城から戻ると、船長のクワケルナックとメルヒヨールに、家康から帰国の許しを得たことを伝えた。その途端、虚ろだったクワケルナックのまなざしに生気が宿った。

「本当です。大殿は約束してくれました。そのためのガレオン船を我々につくれとの命です」

「ガレオン船……？」クワケルナックは急に悲しげな顔になった。「私を馬鹿にしているのかね。この日本でガレオン船などつくれるわけがない。結局は帰れないということではないか」

「船は私がつくります。私はロンドンで十二年、船大工として働いていました」

クワケルナックは嫌味な笑みを口元に漂わせ、苦り切った顔を横に振った。

「ガレオン船だぞ。一人でつくれると思うのか。いや、何年、掛かるんだね。私はもうすぐ五十に手が届く。すでに長い航海は無理な年齢だ」

「向井殿や日本の船大工も手伝ってくれますので、二年以内には、いや、必ず一年で」

「――無理だ！」言下に遮った。「君も見ただろう、竜骨もない一本マストの憐《あわ》れな日本の船を。中国のジャンク船よりお粗末だ。そんな国でガレオン船をつくるなど夢の夢。いや、愚にも付かない馬鹿げた話だ。だいたい帰国を許すのなら長崎に行けと言うはずだ。ツズ・パードレの話では、中国のジャンク船やポルトガルのカラック船が何隻も来ているそうだ。金さえ出せば、喜んで船に乗せてくれる」

「何を言っているんですか、キャプテン。ツズ・パードレはポルトガル人です。オランダの敵ではないですか。敵の船で日本を出れば、命の保証はない」

「ツズ・パードレは君やヤヨースの存在に脅威を感じている。将軍にあまりに近いから一人でも多く我々オランダ人を、この日本から追い出したいはずだ。勿論、イギリス人の君もだ」

江戸城の廊下でツズとすれ違った折、「上に取り入るのが上手いのは、イギリス海賊のお家芸らしい。あの悪名高きフランシス・ドレークも、エリザベス女王に『私の海賊』とまで言わせたそうではないか。アダムス殿もやがては『将軍の海賊』と呼ばれるのではないのかね」と、皮肉たっぷりに言っていたことを思い出す。

「それなら尚のこと、ポルトガル船に乗るのは危険です。彼らポルトガル人が最も恐れているのは、オランダやイギリスの交易船がこの日本にやってくることですよ。彼らがこの日本を占領しようとしている時に、取って代わるかもしれないオランダへキャプテンを送り届けるはずがない。途中で殺すに決まっている。確実に本国に戻るには、我々自らがつくる船が一番だ。私を信じてください、キャプテン。私はこの日本で、オランダの船が来るのを待っています」

「待っている？」とメルヒヨールが言下に訊ねた。

「私は帰れない。大殿の許しが出ないんだ。それに、私には船づくり以外にやらなければならないことがある」その言葉にメルヒヨールは深く頷いた。「キャプテンにはオランダ、イギリスとこの日本との交易の架け橋になってもらいたい」

　クワケルナックは、自分に活を入れるように額を手で叩いた。

「……そうだった。それを忘れていた。我々が日本を目指した目的は交易だった。自分のことばかりにかまけて目的を見失うところだった。すまない、アダムス君。私もガレオン船つくりを手伝う。いや、手伝わせてくれ。ところで……本当につくれるのかね」

「私は江戸の浜に朽ち果てているリーフデ号を手本に、つくろうと考えています。船板は船喰虫に食べ尽くされていますが、マストや竜骨などの骨組みは残っていますので仕組みはわかります」

「――それがあったか」

「メル、計測や設計図を起こす手伝いをしてくれないか」

メルヒヨールの青い目は生気が戻ったように輝いていた。

「勿論、喜んで手伝わせてもらうよ」

その時、襖の向こうの廊下から「旦那様」と呼ぶ、下男のアンソニー善吉《ぜんきち》の声がした。

使用人は教会で洗礼を受けてはいないが、ウィリアムにとり日本の名前は覚え辛く似ているので、下男下女に愛称としてイギリス風の名前を付けている。

「どうした、アンソニー」

「ヤヨース様が奥様やお仲間を連れられ、たくさんの葡萄酒などを持っておいでです」

「ヤヨースさんが……？　わかった。すぐ行く。客間に通しておきなさい」

クワケルナックとメルヒヨールと共に客間に行くと、ヤン・ヨーステンほか、ロースやミッシェル、ヘリッツら四人が笑顔で待っていた。

「どうしたんです、ヤヨースさん」

「私は正式に、その『ヤヨース』という名を将軍から頂いた。これも君が愛称で呼んでくれたお蔭だ。日本の文字で、こう書く」

ヤン・ヨーステンは胸元から紙を取り出し、広げて見せた。

紙には墨で〈耶《ヤ》楊子《ヨウス》〉とあった。さらに、かつて大砲の練習をしていた江戸城の東にある、和田倉門前から南の日比谷村に広がる海岸が、ヤン・ヨーステンにちなんで「八《や》代《よ》洲《す》海岸」と命名されたと自慢げだった。

「よもや私の名が、この日本で地名になろうとは思ってもみない。私の名は永遠にこの地に残る。感無量だよ。実は昨日、将軍とタカガリ（鷹狩り）に行った折、頂いたんだ」

「タカガリ？」

「鷹を放ち、鶴や鴨などを獲る狩りのことだ。この国の狩りは実にユニークだよ。マスケット銃で撃てば簡単に撃ち取れるものを、わざわざ鷹を調教して獲らせる。しかも、獲った鳥は家来に分け与えるのが、この国の習わしらしい」

昨日、家康から鶴を三羽もらい、きょうのために取っておいたという。今、ヤン・ヨーステンらの妻や下男たちが台所で調理をしているとのことだった。

「将軍はお若い。足腰も丈夫で、未だに何人もの若妻に子供を産ませるんだからね。あれなら、もう十年は生きられよう。その間に私は旗本になる」

旗本――とは、以前、本多正純から聞いた話では、大名の下ながら、将軍の直属の家来を指す。

さしずめイギリスで言えば、ジェントリーより上の、ナイトだろうか。この四人は誰より侍になったことを喜んでいたので、家康が健在なうちに少しでも地位を上げておきたいらしい。

「それより、アダムス君。きょうは十二月六日だぞ」

「ん……？　オランダの独立記念日ですか」

「何を言っている。きょうは聖ニコラスの日（後のクリスマス）ではないか。しかも一年前、君とマリアお雪が結婚した日だ。航海士だろう。航海日誌ぐらいは陸に上がっても付けておきたまえ」

航海日誌は付けてはいる。が、ウィリアムにはどちらも、はっとするほどのことではなかった。

オランダで航海の守護聖人として祀る聖ニコラウスは、イギリスでは馴染みが薄い。加えて、日本では結婚記念日を祝う習慣はなく、結婚したのは日本の暦で十一月三日であって、きょうは日本では十一月十四日だ。とっくに過ぎている。まして、未だに夫婦という実感がないからか、結婚した日すら気にも留めていない。

「それできょう、わざわざ？」

「ああ。誇り高きわがローデンスタイン家では、聖ニコラスの日を家族や友と共に祝うのが恒例でね。それで君たち夫婦を囲んでパーティをしようと、ワインと鶴を持ってきたというわけだ。我々は、この遠い日本では家族のようなものだからな」

「――嘘つけ！」とロース。「本当は将軍様から名前と鶴をもらったことを自慢したかったのさ。しかもこの高級ワインはポルトガル商人から、ダイス（サイコロ）で巻き上げたものだぜ」

賭け事好きのヤン・ヨーステンが、城下の賭場《とば》に出入りしているとの噂はよく耳にする。

「いいじゃないか、自慢も」とクワケルナック。「実は我々にも、いい報せがある。このたび、大殿から船をつくるよう命令を受けた」

「船を？」

「ああ、ガレオン船だ。私が祖国オランダに帰るためのね」

「オランダに帰る……では、キャプテンは将軍から帰国を許されたのですか」

クワケルナックは嬉しそうに小刻みに頷いた。

「君たちも、よければ一緒に帰るかね」

ヤン・ヨーステンが大仰に両手を広げた。

「せっかくだが遠慮するよ、キャプテン。私は何の柵《しがらみ》もない、この日本が気に入っている」

「気に入っているのは、日本娘の肌だろう」

「勿論。あんなにしっとりした肌を抱けば二度と離れられない。この三人もそうさ」

ローズとミッシェル、ヘリッツはまんざらでもない様子で頷いている。

「ところでアダムス君。細君のマリアお雪は顔を見せないが、どうしたんだね」

「ああ、お雪なら奥で何かしていると思う。今、呼んできますよ」

「それなら去年と同じように着飾ってくれ。今夜の主役は君たちだ」

ウィリアムは無理に笑顔を返して、広間を後にした。


夜半過ぎ——。パーティは終わり、酔い潰れたヤン・ヨーステンは仲間三人に担がれ、一緒に来た彼らの妻や下男たちと帰っていった。

クワケルナックも久しぶりの肉とワインに酔いしれ、メルヒヨールと共に部屋に引き上げた。

祖国に帰れるという希望が出てきたからだろう。クワケルナックは終始、機嫌よく、誰彼《だれかれ》構わず摑まえては故郷オランダの話にふけり、帰国後の夢を語っていた。

ウィリアムも久しぶりにワインや日本の酒をかなり飲んだ。

ただ、魚の小骨が喉に刺さったような居心地の悪さで、まったく酔っていない。隣に座ったお雪のことばかり気に掛けていたからだ。交わす言葉といえば、仲間からの問いにお雪に合わせて答えるだけ。ヤン・ヨーステンや仲間三人の妻たちが、時々、妙な視線を絡ませていた。おそらく旨く行っているようには見えなかったに違いない。

先日、剣にしか興味を示さない無口な左近ですら、江戸城からの帰り道に降っていた雪を眺め、「積もった雪は、放っておけば硬い氷となる。されど両手で包み込めば水となる」と忠告してきた。

さすが剣の達人だけあって旨い。さりげなくお雪の心を雪になぞらえ、教授してくれている。

ウィリアムはひと足先に寝室に入り、お雪が入ってくるのを待った。

まずは一年間のことを心より謝りたい。幸い今夜は、そのきっかけを能天気な性格のヤン・ヨーステンがつくってくれた。

いつものように襖が静かに開き、お雪が入ってきた。

ウィリアムは布団の上で正座した。

「お雪。話があります」

「船をおつくりになることなら、キャプテンから聞いといやす」

お雪は婚礼の夜以降、「京言葉」をわざと使っている。ポルトガル語も話さない。それがお雪のウィリアムに対する、せめてもの抵抗だとは気づいていた。

初めは何を言っているのか、さっぱりわからなかった。が、近頃では何とか内容は理解できる。ラテン語がわかれば、ポルトガル語やスペイン語が理解できるのに似ているかもしれない。

「船の話ではない。私たち夫婦のことだ」

お雪は布団の上で、こちらを向いて座ったものの、目を合わせず、視線を落とした。行燈の薄明かりの中、白い着物姿は一年前と同じ。口に赤い紅は付けていないものの、見た目には何も変わっていない。

「私はお雪と結婚しました。それを受け入れようと思います」日本式に頭を下げた。

「私が悪かった。今までのことを許してください」

ポルトガル語なら、もっと自分の思いを伝えられたかもしれない。だが今夜は、あえて日本に残る覚悟を示したくて、精一杯の日本語で話した。

「大殿は旦那様にイギリスに戻ることを許されんかったそうどすな。それで仕方なく、ヤヨース殿など仲間まで大勢呼んで」

「――違う、メアリー」言下に出た言葉に自分でも驚いた。

先ほどヤン・ヨーステンが酒に酔い、何度も「マリアお雪」と言っていた言葉が耳に残っていたらしく、思わず出てしまった。

案の定、お雪は「メアリー？」と猜疑に満ちた声で鸚鵡《おうむ》返しに言うと、薄く笑った。

「それはうちのことどすか、それとも」

「勿論、お雪のことだ。私はお雪を必ず幸せにする。日本にいる間、本当の夫婦になる。子供が欲しいのなら……つくる」

「勝手な言い分どすな。国許にいる奥様のメアリーさんやお子たちを裏切りとうはない。うちを抱けば、国許へ戻れなくなる言うたのは、どなたはんどす」

「私だ。だから謝っている」

「日本にいる間、本当の夫婦になる。子供が欲しいのならつくるどすって。一年も放っておいて何を今さら。うちの心は……そないに簡単やおへん。――馬鹿にせんとおくれやす！」唇が微かに震え、きっと睨んだ目から涙が溢れ頬を伝い落ちた。「今度は旦那様が……うちを待っておくれやす」

お雪は布団に入ると、拒絶するように背を向けた。

拒むのも当然だ。言葉や習慣の違いもあるが、何といっても一年という長さが二人をより他人にしていた。これも運命という、神の差配を素直に受け入れなかった報いだろう。

「……わかりました。私は何年でも君の許しを待つ」

布団から出ているお雪の肩が、微かに震えていた。

八

お雪との仲がまったく進展しない中、ウィリアムはメルヒヨールと共に江戸の海岸で朽ち果てたリーフデ号の測量を始めた。その際、まだ使えそうな滑車やロープ、タールのほか、船底に溜まった海水を汲み上げるビルジポンプや、錨を引き上げる時に使うキャプスタン（車地）などの器具は塡隙工のヤコブに取り外させ、回収した。

船の設計図を描き上げたのは年が明けた、日本の暦で一月半ばだった。ウィリアムの付けている航海日誌のユリウス暦では、一六〇四年二月四日となっている。

ウィリアムは船の設計図を持って、江戸城の東を流れる大川の河口付近にある、向井正綱の屋敷を訪ねた。あいにく正綱は江戸城に出掛けており、代わりに正綱の嫡男忠勝が出てきた。

忠勝は二十歳過ぎとまだ若いが、正綱同様、江戸近辺の海に詳しい。かつてリーフデ号を大坂から江戸へ運べとの命を家康から受けた折も、回航を手伝っている。

忠勝は十畳の部屋に広げられた船の設計図を、食い入るように見ていた。向けられた頭部は綺麗に剃られ、両脇の髪をきちんと一つに後ろで束ね、紐で結んである。侍だけでなく、城下で見掛ける男たちのほとんどがこの髪型だ。日本では極《ごく》一般的だが、これだけはどうも馴染めない。ウィリアムは単に後ろで一本に束ねる、総髪と呼ばれる髪型にしていた。

忠勝は体を起こすと、腕組みして深く頷いた。

「これが南蛮船にござるか。あばら骨のような骨組みといい、木の使い方といい、何もかも違う。果たして、この絵図のように木が曲げられるのでござろうか」

ポルトガル語と日本語を交えて旨く説明したつもりだが、忠勝にはわからなかったようで険しい顔だった。そのことがウィリアムを不安にさせた。

「ところでアダムス殿、この数字の後の、奇妙な文字は何でござる」

「それは長さの単位でござる」

in（インチ）は手の親指の幅。ft（フィート）は足のつま先からかかとまでの長さ。

fath（ファゾム）は両手を広げた幅と説明した。すると、忠勝はますます険しい顔になった。

「やはり父上が心配しておられたとおりじゃ。アダムス殿。これでは、この国の船大工には寸法がわからぬ。わしらが使うておる長さの尺度は寸《すん》や尺《しゃく》、間《けん》だからのう」

予《あらかじ》め用意していたらしく、忠勝は傍らに置いていた一ヤード（約九十一センチメートル）ほどの平らで細長い棒を出してきた。表面に細かく線を刻んだ、竹のメジャーだった。

「されど、面白いものでござるな。わが日ノ本も長さの元は、南蛮と同じ、体から取ったもの。寸は手の親指の幅。尺はその十倍で、一間は一尺の六倍でござるよ」

ウィリアムは頷きつつも、懐から矢《や》立《た》てと紙を出し書き込んだ。〈矢立て〉は、筆と墨壺《すみつぼ》が一緒になった日本独特の携帯用の筆記具だ。便利なので、いつも持ち歩いている。

「されば、アダムス殿。すまぬが、寸法のところを書き直して頂きたい」

「心得た」

「で、実際の船の大きさはどれほどに。やはり江戸前の浜にある南蛮船ほどにござろうか」

「リーフデ号の半分より小さい……そう、日本の小さい千石船とほぼ同じ」

「ほう。千石船で小さいと申されるか。やはり南蛮の技は大したものじゃ」

設計したのは、リーフデ号のような大型ガレオン船ではない。八十トンのブリガンティン船だ。全長は約九十フィート（約二十七メートル）。船幅は約十六フィート（約五メートル）。マストは二本。フォアマストが横帆で、メインマストが縦帆となる。イギリスの海賊の多くが好んだ帆船の一つだ。操作もさほど難しくなく、船員もガレオン船ほど多くはいらない。帆船としては小さいが、運航技術を習得するには最適な大きさと言っていい。

ウィリアムはライムハウスで働いた経験を元に、ガレオン船の造船と運航の難しさを説いた。

「南蛮船の技を学ぶにも一朝一夕には参らぬか。かなり厄介でござるな。ともかく、この船で南蛮に辿り着ければ万々歳じゃ」

「一隻では無理にござる。まずは南蛮船づくりのやり方を覚えてもらう。それが目的にござる。後は船大工たちがどんどん南蛮船をつくっていけばよい」

「なるほど。南蛮の技を、船をつくりながら覚え、さらに伝承していくということにござるな」

「御意。それより忠勝殿。ドック——船をつくる場所だが、それがしは、リーフデ号が座礁した、伊豆がいいと考える」

「伊豆の下田にござるか。何とも遠い場所を選ばれる。江戸の近くではできまいか」

ウィリアムは、船をつくる手順とドックに必要な条件を説いた。

船をつくるにはまず、海に注ぐ川の河口付近の砂浜に、船より二回り大きな穴を掘らなければならない。その中で船底の背骨となる竜骨からつくり出す。竜骨はオークのような硬い木を使い、そこに蒸して曲げた木を何本もあばら骨のように組み、オークの船板で覆っていく。船底にマストとなる帆柱を立てバラストの石を入れ、船の上部をつくれば完成となる。

船が出来上がったところで、側を流れる川を堰《せ》き止める。船の前後を掘り、出来上がった船の堀に、堰き止めた川の水を一気に流し込むと船は進水する――というやり方だ。

「伊豆は砂浜で掘り易い。近くには川もある。山には木がたくさんあった」

「それなら、わが領地、浦賀になされよ。浦賀にも砂浜もあれば、川もある。船に使う木材は、どこからでも船で運ばせることができるし、何といっても浦賀は腕のいい船大工が揃うておる」

そこへ、正綱が入ってきた。外は雪が降っているらしく、正綱の袴の裾《すそ》が濡れていた。

正綱は四十半ば過ぎだが、三年前の関ヶ原の合戦に間に合わなかったことで家康に叱責されてから急に老け込んだように思う。今は家康の怒りも解け、御船手奉行に復帰。再び江戸近辺から伊豆辺りまでの海上警備に当たっている。

忠勝が素早く立ってウィリアムの横に座ると、正綱は上座に座し、手に持っていた紫色の包みを傍らに置いた。

「おう。これは南蛮船の図面じゃな」

「はい。只今、これをつくる場所を何処《いずこ》にしようか話しておったところ。アダムス殿は、かつて南蛮船が座礁した伊豆下田辺りがよいと申されておりますが」

「伊豆下田……？」

忠勝はウィリアムから聞かされた船の材質やつくる手順を説いた。

「そこで、それがしは江戸にも近いわが領地、浦賀がよいと思うたのですが。浦賀には腕のいい船大工が揃うておりまするゆえ」

正綱はウィリアムの顔を見てにやりとしてから、深く頷いた。

「伊豆下田か。やはりアダムス殿は海の男。転んでも、ただでは起きぬの。あの座礁した下田を南蛮船づくりによいと思うとは大した勘じゃ」

「勘……？」と忠勝がやや不機嫌に訊ねた。

「若い忠勝にはわかるまい。伊豆下田にある天城山《あまぎやま》は和船に使う杉や檜《ひのき》、松ばかりか、樫《かし》や欅《けやき》、栗など硬い木が豊富にある。加えて、鎌倉の世から船づくりが盛んで、腕のいい船大工も多い。昔、わしが武田水軍を率いておった頃も、その後にあった小田原征伐も軍船は皆、伊豆下田でつくったものよ」

「さようでござりましたか。されば伊豆下田で」

正綱は何かを思い浮かべるように目を細めた。

「そうよのう。伊豆下田の春は暖かいゆえ、三月早々に取り掛かれよう。大工頭の与十《よじゅう》郎《ろう》と水手頭《かこかしら》の鹿之助《しかのすけ》に仕度に掛かれと申し伝えよ、忠勝」

「はっ。では早速」

忠勝が退室すると、正綱は腰の小刀を鞘ごと抜き、脇に置いた大刀と揃え、目の前に置いた。

「南蛮船づくりの前に、アダムス殿に侍の心得を伝授いたす」

「侍の心得……？　にござりますか」あまりに唐突だったので訊き返した。

「侍がわかってはおらぬようでの。これは上役としてではない。同じ海の男としてだ。アダムス殿、侍が何ゆえ大小の刀を差すか、おわかりか」

「長い刀は敵と戦うため。短いほうは長い刀が折れた時の予備と考えています」

「半分は正しいが、やはり侍の心がわかってはおらぬ。長い刀は大殿をお護りするため大殿の敵に向ける。大殿に刃向かえば身内とて容赦はない。時には妻や倅を斬らねばならぬこともある」

——妻と子供を……！　ウィリアムは絶句した。

「短い刀は、そなたが申すとおり、いざという時の備えじゃが、己にも向けられる」

「己に……！」

「侍は、上命下服、一所懸命——というても紅毛人の、アダムス殿にはわかるまい。侍というは、上の命令には黙って従い、与えられた所領は命を懸けて護り抜く。与えられたお役目もしかり。命を懸けて成し遂げてこそ侍——武士じゃ」

武士に二言なし——。信義と面目を重んじる武士は、一旦、口にした言葉を取り消したり、約束を破ったりしてはならない。それが侍の覚悟と説くと、すくっと立った。

懐からロープの束を取り出し、上を見上げるや、太く曲がった梁《はり》にロープの束を投げ垂らした。

「アダムス殿。この麻紐《あさひも》を、そなたの刀で斬ってみよ」

ロープを斬る？——意味がわからない。

「それと侍の心得と、どんな関係があるのですか」

正綱はそれには答えず、目で斬るように促した。

ウィリアムは立って大刀を腰に差すと、日頃、庭で剣の鍛錬に励む左近の姿を思い浮かべ、見よう見まねで刀を抜いて両手で構えた。大きく振りかぶり、斜めに刀を振り下ろした。だが――。

ロープは大きくしなるだけで、斬れなかった。

「やはりの」と正綱は呟くや、腰を落とし構えたかと思うと、刀を抜きざまに斬り、返す刀で斬って素早く刀を鞘に納めた。床には斬られたロープが二本落ちていた。

「アダムス殿。何ゆえ、そなたが斬れなかったか、わかるか」

「刀を使い慣れていないからです」

「違う。刀は誰でも斬れるよう反りがある。麻紐ぐらいであれば女子供でも斬れる。さしずめ左近なら四本にしたであろう。そなたが斬れぬのは、腹が決まらず、心に揺れがあるからじゃ」

「心に揺れ……？」

「刀を人斬りの道具と嫌うておるようだが、刀は心を一つに整え、それを試すには何よりの道具。わしはそなたに、これまでのことをすべて断てと申しておる。そのために刀を使えと」

何を言っているかはわかる。イギリス人としての過去だ。

正綱はその場に座すと、傍らにあった紫の包みを前に出し、ほどいて広げた。

中には、金糸や銀糸で模様をあしらった、オレンジ色の着物が折り畳まれていた。

「アダムス殿。大殿が、これをお雪殿にと下された」

「お雪に……？　何ゆえ」

「大殿は何もかもお見通しだ」正綱は渋い顔で笑った。「大殿は、お互い目の色も言葉も違えば、心の物差しも違うであろう。心に錘《おもり》を抱いたままでは船は沈む。まずはこの打掛で帆を張れとの仰せじゃ。アダムス殿なれば、大殿が何を申されておられるか、おわかりであろう」

やはり家康だ。どんなに言葉で取り繕ったつもりでも、お雪と旨くいっていないとわかったらしい。家康はウィリアムに本当の夫婦になって南蛮船づくりに打ち込めと言いたいに違いない。

囚われの身としての理不尽さには憤りを覚えるものの、お雪とのことを、これほどまでに親身になって心配してくれている。おそらく正綱は、ウィリアムの心のうちを確かめる意味でロープを斬らせたのだろう。

「こたびの南蛮船づくりは、上命下服、一所懸命。そう心して掛かられい。失敗すれば、お雪殿だけでなく、大殿を悲しませることになる。意味はわかるの」

失敗は自らの命で償なわなければならない。それが侍であり、こたびの造船も同じだと説いている。そこには、ロンドンで待つ妻子への憐憫《れんびん》の情を差し挟む余地など一切ない。正綱は、家康からの命令を安易に考えるなと苦言を呈しているのだ。家康もかつて「このわしに逆らい続ければ……」と似たようなことを言ったことを憶えている。

今にして思えば、メアリーという洗礼名を持つお雪との出会いは、もう祖国イギリスには戻れないとの神の啓示だったのかもしれない。だからだろう。近頃はメアリーや子供たちの顔すら思い出せないばかりか、夢にも出てきてくれない。侍になったのも神の啓示とすれば、すべてを受け入れ、お雪と共にこの日本で侍として生きていくしか道はない。しかし……。

心には未だに納得し切れていない、もう一人の自分がいる。これが正綱のいう「心の揺れ」だ。

そんなウィリアムの心の躊躇いが顔に出たのだろう。正綱は活を入れるように語気を荒らげた。

「そなたはすでに侍。大殿の家臣なるぞ！」

ウィリアムは気圧されるように平伏した。

「……はっ。向井殿、侍の心得を教えて頂き、かたじけのうござる。心して伊豆に向かいます」

九

二月半ば、ウィリアムは向井忠勝が指揮する和船で、クワケルナックやメルヒヨール、塡隙工のヤコブほか大勢の浦賀の船大工と共に伊豆に向かった。

お雪との仲は、家康から贈られた打掛と言《こと》づけで、日々、良くなっている。

改めてお雪の美しさに惹かれ、というより、今は完全に魅入られているといったほうがいい。一つの布団で夜を共にするまでには至っていないものの、笑顔も増え、会話も以前のようになり、人前では本当の夫婦のように振る舞えるまでになった。

お雪も、きっかけを探していたのだろう。その証拠に伊豆に向かう朝、口に真っ赤な紅を差し、周りの家人たちには覚られないよう、ポルトガル語で「必ず無事に戻ってきて」と頬を赤く染め、送り出してくれた。ただ……。

心は未だ侍には成り切れていない。心は揺れ、どっち付かずだ。

正直、後ろめたさもある。やはりロンドンで待つメアリーや子供たちを忘れることができない。

もっとも、それほど簡単に心の整理がつけば苦労はない。それだけに今度の伊豆行きは、お雪と離れられることもあって少し気が楽だった。反面、侍として生きなければならなくなったからか、死をより身近に感じ、心は鉛を抱いたように重い。

ウィリアムは一端、すべてを忘れ、船長クワケルナックのために、船をつくることだけに専念することにした。

江戸を出て二日後の午後――。ウィリアムは伊豆の海岸に降り立った。

伊豆は江戸より暖かいものの海風が強い。時折、海岸の白い砂を巻き上げていた。

船をつくる場所は、松川という川の河口付近の砂浜だった。

海岸には船に使う木材が所々に積まれていた。驚いたことに浜にはすでに造船用の大きな穴が掘られ、伊豆の船大工たちが早々と作業を始めている。船の設計図は前もって渡してあるので頷けなくもないが、ドックの作り方までは描いてはいない。さらに驚いたことに、それを指揮しているのは、白いシャツにホーズをはき、頭に羽根付きの帽子を被った、見るからにヨーロッパ人風の男だった。

メルヒヨールも気づいたらしく「誰だ、あれは?」と呟くと、クワケルナックが「帽子に付いている孔雀の羽根でわかるじゃないか」と言って名前を叫んだ。

「ピーテル!」

――えっ! 船大工のピーテル……?

ピーテル・ヤンスゾーンは一年前、五万レアルの銀を分配するようクワケルナックに迫り、アベルソンとギルベルトらと共に大坂や長崎に向かい旅立っていった男だ。

「どうして、彼が?」とのウィリアムの問いに、クワケルナックが苦笑して答えた。

「日本のどこへ行こうと構わないが、落ち着いたら、場所だけは報せてくれと言っておいたのさ。我々はどこにいようが、リーフデ号の仲間であることに変わりはない。今年の初めに大坂にいると便りが来たので報せておいたんだ。船をつくるとなれば、やはりピーテルは欠かせない」

ピーテルは笑顔で走ってきた。風が強いからか、孔雀の羽根の付いた帽子の鍔《つば》を指で摘まんでいる。白い砂が焦げ茶色の髭に絡みついていた。

「キャプテン。このたびは報せてくれて、ありがとうございます。まさかこの日本で船をつくれるとは、夢にも思いませんでしたよ」

「私もだ。手紙にも書いたように、私が祖国に帰るための船だ。しっかりとつくってくれよ」

「わかりました」ピーテルはウィリアムに顔を向けた。「ウィル。君が描いた設計図は、少し長さに間違いはあるが、なかなか大したものだ。やはり十二年も修行しただけのことはある。八十トンと小さいが、よくできているよ」

「リーフデ号を手本に、メルと二人で計測して設計図を起こしたんだ。言っておくが、失敗は許されない。まずはこの船づくりで、日本の船大工に帆船づくりの基礎をしっかりと覚えてもらう。長さの違いは、日本の長さの単位に直したからだ。ここではインチもフィートも使えないんでね」

　ピーテルは深く頷いた。

「そうだったのか。それじゃ、ここの船大工たちに何度言っても、話が通じないわけだ。でも、嬉しいよ。俺は根っからの船大工らしい。船づくりが楽しくて堪らん。ヤコブも来たのか。勿論、リーフデ号に積んであったタールは忘れずに持ってきただろうな」

　ヤコブは一言も発せず茶色い髭に覆われた口を真一文字にすると、自慢げに胸を叩いた。

「それなら結構。キャプテン、この分なら、遅くとも九月初めには出来上がりますよ」

　クワケルナックは指を折って数え出した。「ほう。七ヵ月で?」

「八ヵ月ですよ。イサベラによれば——あ、イサベラは船大工の娘で通詞です。彼女も村の教会のパードレから教わったそうで、ポルトガル語はぺらぺらです。我々の日本語では日本の船大工に通じないこともあるので。彼女の話では、今年は閏年《うるうどし》で八月が二回。八月の次に閏八月というのがあるそうですよ」

「閏八月だって……？」

「そうなんです。しかも困ったことに、一週間という数え方がないので、日曜日の休みもない」

「じゃ、休みは取らないのかね、日本の船大工は」

「イサベラによると、休みは一と六が付く日だと聞いたんですが、よくわからない。突然、きょうは休みだと酒盛りをはじめるんですから。ウィルじゃないが、日本はまったくミステリアスだ。数字や長さの単位、時の長さ、暦も違えば、船のつくり方や道具に至るまで、何から何まで違う」

「似たところはあるよ、ピーテル。一ファゾムは日本の一間とほぼ同じだし、一フィートと一尺、一インチと一寸もほぼ同じ長さだ」

「そうなのか、ウィル。じゃ一ファゾムを一ケン、一フィートを一シャク、一インチを一スンと覚えればいいのか」

「それでも不安だから、竹でできた日本のメジャーを百本持ってきた。これで食い違いは起きない」

「さすがアダムス君だ」とクワケルナック。「それにしても、こんな村にまでパードレが来ているとは驚く」

ピーテルは苦り切った顔を横に振った。

「ポルトガル人は日本中、どこにでもいますよ。大坂や京にもいたし、ここから西の駿《すん》府《ぷ》という町には大きな教会が二つもある。数年後にはポルトガル人とスペイン人が日本に攻めてきて、日本中の信者たちを煽り、この前のような大戦を起こして日本を乗っ取るかもしれませんよ」

あり得なくはない。彼らはそうやって多くの国の人々を洗脳し、国を統治する王に刃向かわせ、東インドや南北アメリカの新大陸を次々と奪ってきた。家康も、その脅威は感じている。かつて江戸城で言った家康の言葉は今も胸にある。

不安を煽り、ありもしない世界を語り、悪戯《いたずら》に夢と望みを抱《いだ》かせていく。それが宗教を利用する邪な輩の手口よ。世の中を知らず疑うこともしない、心が未熟な者ほど魅入られる。念仏さえ唱えれば、幸せになれると本気で信じておる。本当の幸せというは祈りだけでは断じて得られぬ。己に課せられた運命を受け入れ、困難を乗り越えた先にこそあるものぞ――。

　クワケルナックが大きく溜め息を吐いた。

「彼らに乗っ取られる前に、祖国オランダやイギリスの船を、この日本へ連れてきたいものだよ」

「同感です。ところで、乗っ取るといえば、メル。意中のマリアお雪を口説き落としたのか」

　メルヒヨールは顔を真っ赤にした。

「とっ、突然、何を言い出すんです、ピーテルさん」

「そのために江戸に残ったんだろう。マリアお雪に結婚を申し込むと意気込んでたじゃないか」

「お雪さんは今、アダムス夫人です！」

「えっ、ウィルが結婚……！　でも、ウィルはロンドンに」

「――ピーテル！」クワケルナックが遮った。「アダムス君はイギリスには戻らない」

「戻らない……？　本当か、ウィル」

　正確には戻れない。ウィリアムは頷いて見せた。

「そ、そうか……戻らないんならな」誤魔化すように目を背けた。「ま、こんなにも遠い日本だ。祖国を出て六年だ。向こうでも……いや、実をいうと、俺も大坂で結婚したんだ。ほら、大坂で世話してくれた娘の一人、マルガリータだ。江戸を出たのは、それもあったんです、キャプテン。今、彼女のお腹には俺の子供がいて、辛いけど、ここへは独りでやって来たというわけです」

「ほう。子供が。やったな、ピーテル。おめでとう」

「あ、ありがとうございます、キャプテン……。ま、とにかく、まず荷物を寺に置いてからだ」

ピーテルは気まずい空気から逃れるように背を向けると、遠くにいる娘を呼んだ。

「イサベラ！　皆を寺へ案内してくれ」

船が完成するまでの間、近くにあるいくつもの寺に分散して寝泊りすることとなった。

ウィリアムたちと向井忠勝ら護衛の侍ほか、船大工が五百人と、材木を運ぶ人足が二百人ほどだ。

ピーテルが愚痴を言うほどの心配はなかった。イギリス人やオランダ人とは違い、日本人は恐ろしく手が器用で木の曲げ方や組方など、一度、教えるだけで、後は大工頭が弟子たちと共に分担して作業を進めていく。しかも段取りがよく、仕事も丁寧で食事以外は休もうともしない。こういう勤勉さは、イギリスの職人に似ているかもしれない。ついライムハウスで弟子入りしていた頃を思い出してしまうほどだった。だからだろう。クワケルナックなどオランダ人が懸命に働いていても、遊んでいるようにしか見えない。ことにブロンドのメルヒヨールは日本人には珍しいらしく、伊豆や江戸から連れてきた賄いの娘たちに初めは敬遠されていたものの、近頃では常に囲まれ、とても働いているようには映らない。

メルヒヨールも「僕も日本に永住したくなりましたよ」と楽しんでいる様子だった。

十

未だ日が昇らない早朝――。

ミゲル兵庫こと大崎兵庫は、海風と潮騒《しおさい》だけが聞こえる伊豆の海岸を一人、江戸を出る折にツズ・パードレに告げられた言葉を思い出しながら歩いていた。

「リーフデ号の連中は今、伊豆で南蛮船をつくっている。船長を本国に帰すための船だ。船長が帰れば、必ず邪教徒のオランダ人が船団を連ね大勢やってくる。我がイエズス会のセルケイラ司教は大変ご立腹され、何としても阻止したいと申されておられる。今、君のフランシスコ会やドミニコ会はローマ教皇を無視して、この日本で布教活動をしている。セルケイラ司教は日本からの追放の裁断を下されようと準備中だ。ここでフランシスコ会の君が彼らの南蛮船づくりを阻止すれば、セルケイラ司教のお考えも変わる。どうだね、やってもらえないかね。

それともう一つ。これは君にとって重要な報せだ。オランダ人砲手組の妻になった我々イエズス会の会徒から報せてきたことだが、あのイギリス人のアダムスとお雪は表面上、夫婦を装ってはいるが、実際は違うようだ。アダムスには祖国イギリスに妻子がいて、それを知ったお雪はアダムスを拒み続けているらしい。

しかもだ。お雪は君のことを憶えていて、密かに助けて欲しいとまで言ってきたそうだ。

お雪の君を思う切ない気持ちは、私でも痛いほどわかる。幸い左近という剣の達人は江戸の屋敷でお雪の警護に付いて伊豆には行っていない。これはデウス様がお与えになられた、千載一遇《せんざいいちぐう》の機会だ。それでも君は、侍の掟や、敵対する者を愛せよという教えに従うのかね。

デウス様は救いを求める人々に手を差し伸べているというのに、同じフランシスコ会の会徒を助ける勇気もない。いや、君に救いを求めているお雪を見捨てるのか。このままでは一生、後悔するぞ！——」

一生、後悔する——。最後のツズ・パードレの言葉が兵庫を突き動かした。そこには侍の掟も信仰もない、純粋にお雪への思いだけだった。

まぶたには、少女だった頃の、穢れのないお雪の顔がはっきりと浮かんでくる。

「ミゲル」と十二歳のお雪が言い、二十四歳の兵庫が「マリア」と呼び合い、笑みを浮かべた。互いに洗礼を受け、洗礼名を授けられたことが嬉しくて、セミナリオの裏庭で夕日を眺めた、あの日の光景だ。あの頃は可愛い妹ぐらいにしか思えなかった。それが——。


江戸を出る前、日本橋近くのアダムスの屋敷の門から出てきたお雪は、一目で兵庫の心を奪うほど美しい女に成長していた。

——そのお雪が、自分に助けを求めている。

あの我慢強く芯のしっかりしたお雪が、他に助けを求めているとはよほどのことだ。

いくら将軍家康の命でも、邪教徒とは交われない。まして重婚は神に背く行為だ。二つの罪を犯すことは、敬虔なお雪には絶対にできない。とはいえ、自殺を禁じているカトリック。出口のない地獄のような日々を送っているお雪の心を思うと、やりきれなくなる。

その時、天上の神が啓示するかのように、顔に光が射した。

遙か彼方の水平線から、太陽が昇り始めていた。

――デウス様も、お雪を助けよと命じておられる！

「マリアお雪……ミゲル兵庫が神の御名において、汝を助ける。待っていてくれ。エウ、エスト　コン　デウス」

兵庫は力強く海岸の砂を蹴り、足を速めた。

十一

伊豆にきて半月ほどが過ぎた頃、家康が三リーグ（約十四・四キロメートル）ほど北の熱海《あたみ》という町にいるので、ウィリアムに出向くようにと使者が来た。

ウィリアムは昼過ぎ、使者の乗ってきた和船で熱海の家康の泊まっている宿に着いた。

将軍ともなると警備も違う。宿の周りを屈強な兵たちが大勢で護っている。

宿に入る早々、取次役の侍に宿の温泉に行くように命じられた。

温泉はイギリスにもある。ロンドンの西、遙か三十リーグ（約百四十四キロメートル）余り行ったイングランドの端、バースにあると幼い頃に聞いた。だが、今まで一度も入ったことはない。

ウィリアムは大小の刀をはずし、薄物をまとった女の案内で露天風呂へと入っていった。

露天風呂の広さは、二十五スクエア・ヤード（約六坪）ほど。三方を太い丸太を縦に並べた塀で囲み、海に面した一面だけが開け放たれている。その中に、大きな石で囲んだ池のような十スクエア・ヤード（約二・五坪）ほどの風呂があった。風呂の隅にある岩の間から温泉が流れ込んでいるらしく、冷たい海風に煽られ湯煙を上げていた。

家康は裸で風呂の中ほどで腕組みをし、半身だけを湯に浸け、外を眺めていた。

ウィリアムに気づくと、満面の笑みを浮かべた。

「おう、アダムス。そなたも早う、こっちに来て湯に浸かれ。春が来たとはいえ、まだまだ寒い。こういう時は温泉に限る」

ウィリアムは言われるままに裸になった。

温泉の湯は透きとおっており、湯気を上げている。

湯の中に一歩、足を入れた途端、指先に痛みが走った。——おおっ！

熱くて堪らない。思わず石の上に飛び出ていた。

そんなウィリアムをよそに、家康は眼下にある大海原に目を向けている。

侍は上命下服だ。上の命令には黙って従わなければならない。

ウィリアムは手で湯をすくって足に掛け、少しずつ馴染ませ、何とか堪えて胸まで浸かった。

熱さは感じるものの、冷えた体には心地いい。肩まで体を沈め、ほっと息を吐いた。

「お雪とは、その後、どうじゃ。旨くやっておるか」

「大殿から頂いた打掛……大変、喜んでいます。かたじけのうございます」

やはり日本語だと、未だに旨く伝えられない。

「そのようなことは、どうでもよい。子はできたかと問うておる」

「それが未だ……。こたびの南蛮船づくりで、とても忙しいので」

「なれば、お雪も連れてくればよかったものを。ま、いい。仲睦まじゅうしておれば、やがては子もできる。そのためにも一日も早う南蛮船をつくらねばのう。で、南蛮船は旨くいきそうか」

「あ、はい……」湯には慣れたものの、やはり熱くて堪らない。「船大工のピーテルも大坂から来ました。九月の初めにはできます」

「されば、閏八月に京を出れば間に合うの。新しくできた南蛮船に乗って江戸に向かうのも悪くはない。うん。そうしよう。江戸の民を、あっと言わせるのじゃ、アダムス」

家康は満足げに頷くと、また海に目を向けた。

「アダムスよ。天下は定まったとはいえ、泰平の世づくりは未だ道半ば。泰平の世になるには、この日ノ本を、もっと豊かにせねばならぬ。それにはやはり交易しかない。実は二年前、そなたも存じておる寺沢に命じ、バテレンに親書を持たせルソンに行かせたのよ」

「ルソン島に……?」

ルソン島は日本の遙か南、北緯十六度に位置するスペイン領と記憶している。

家康によれば、これまで何度かルソンの総督と書面で通商を計っているという。ただ、マニラ総督は過去に秀吉が長崎でキリスト教徒二十六人を架刑にしたことを知り、加えて、詳しくは話さなかったが、四国土佐に寄港したスペイン船との二度に渡る諍いなどで日本に対し疑心暗鬼となっていたという。

それをフランシスコ会のヘロニモ司祭が仲介役となり、家康の意向を届けにルソンに出向き、誤解を解いてくれた。しかし、これからという時に、ヘロニモ司祭が亡くなってしまった。

近年、久しぶりに返書が届いたのものの、それは友好的なものではなく、ルソンに来る日本人商船のあまりの多さと、〈八幡大菩薩《はちまんだいぼさつ》〉の旗を掲げた「八幡船《ばはんせん》」と呼ばれる日本人海賊の横行を何とかしてくれないかとの苦情だった。

そこで家康は海賊を取り締まる策として、前皇帝の秀吉がやっていたようにルソンに向かう日本船には朱印《しゅいん》の渡海許可状を与え、それを持つ船以外とは交易をしない〈朱印船貿易〉を提案し、改めてルソンからのスペイン船の寄港を希望し、ノバ・イスパニア——日本名「ノビスパン」との交易を望んでいる旨を伝えに行って欲しいという。

「ノバ・イスパニア——ノビスパンと交易……！」

「もうバテレンどもの使者では埒《らち》が明かぬ。わしの意を知る家臣が直に伝えなければ、話が旨く通じぬ。そなたらの国とは敵対しておるが、国が豊かになるには、いかなる国とも交易をせねばならぬ。勿論、やがてはそなたの国エゲレスや、耶楊子《ヤヨウス》のオランダとものう。とりあえずはノビスパン。それと、よい生糸を持つ支那《しな》（明）じゃ」

近年、佐渡金山や石見銀山からの採掘量が増え、今年に入り、東北陸奥《むつ》の白根《しらね》でも銀が見つかり、さらに今、各地で多くの金山・銀山を探させているという。

まさに黄金の国ジパングだ。その金銀を元手に、ノバ・イスパニアの羅紗や毛織物、ミラノの革製品、フランスの葡萄酒などヨーロッパの珍しい品々を得るだけでなく、日本とは国交のない中国の生糸や陶磁器、東インド諸国の香料や麝香《じゃこう》なども交換したいとのことだ。

「そなたはかつてわしに、大砲や鉄砲で攻められた民が、その国の人々を受け入れ、物を買うと思うかと問うた。憶えておるか」

「はい」大坂で尋問された折、必死に訴えたことを憶えている。

「以前、この日ノ本を治めておった太閤は、周りが止めるのも聞かず、他国を攻め取ろうと戦を仕掛けた。愚かなことよ。戦は他国の民を苦しめるばかりか、己が国を疲弊させ、民を苦しめる。そこで、わしは金銀を使い、商いで己が国も他国も豊かにしようと考えておる。豊かになれば、戦なぞしようとは思わぬものよ。さすれば、やがてこの丸い地球はすべて泰平の世となっていく」家康は振り向いた。「アダムス。わしの夢は、この世から戦を無くすことぞ」

東の端で、全世界の平和を真剣に考えている男がいる——。

驚き、というより、感動だった。

未だかつて、このような国王がいただろうか。侵略や略奪を目的とする国王は多いが、家康は他国のように武力をもって支配する単なる皇帝ではない。世界を大きく捉え、他国と戦をせず、交易によって如何に国に利益をもたらすことができるかという商人の思考をも持っている。しかも西と東をつなぐ交易まで考えているとは凄い。

　確かに家康の言うとおりだ。満足に食べられないから、自国にないものが他国にあるから、他国に攻め入り奪おうとする。交易で国と国とを結び、旨く分け合うことができたなら、戦のない平和な世界が訪れるかもしれない。

　かつて家康が言った「天下泰平の世」とは日本だけのことではなく、全世界の平和だったのだ。あの折は、殺されるかもしれない囚われの身だったので気づきもしなかった。それだけに、今初めて侍になれたことを誇らしく思えたばかりか、この偉大な王に仕える運命を授けてくれた神に感謝せずにはいられなかった。こんな思いは、これまで一度として感じたことはない。

「これも皆、そなたが地球の裏側で起きていることを教えてくれたお蔭ぞ。今ではパードレどもも、包み隠さず話すどころか、どうすれば、このわしに旨く取り入れるかを考えておる」

「それで……ノビスパンのことを知ったのでございますか」

　家康にノバ・イスパニアを教えた裏に、なぜか、パードレの陰謀があるように思えてならない。が、湯の熱さで頭がぼうーっとして考えがまとまらない。

「そなたは、わしの家来になったからには、もうエゲレスもオランダもない。ゆえにポルトガルもスペインも、ノビスパンも敵ではない。泰平の世づくりは刀や鉄砲ではなく、金や銀ぞ。命を取り合う戦より、よっぽどいい。命は何物にも得がたい宝だからのう。わしはノビスパンとも交易で結ぶ。そこでアダムス、ルソンに行ってもらいたい」

「私がルソン島へ……！」

「ルソンで捕まえた八幡船の海賊どもを引き取りに来いと申しておる。殺せば事済むものをわざわざ申し出てくる裏には、この日ノ本、というより、わしの力量を見たいのであろう」

「それで南蛮船をつくれと……」

「以前、耶楊子が、日本の船ではポルトガル人やスペイン人に舐められると言うておったでのう」

ヤン・ヨーステンなら、そんな助言はする。ただ……、

ノバ・イスパニアと日本を結ぶなど、果たして自分に成し得るのだろうか。

あまりの大役と、温泉の熱さでますます頭が朦朧《もうろう》として考えがまとまらない。

「ノビスパンとの交易の港は、浦賀にしようと思うが……如何した？　アダムス」

「だ、大丈夫……」突然、目の前がくらんだ。「う、浦賀は、とてもいい位置に……」

ウィリアムは立ち上がろうとした途端、闇の中に引きずり込まれていった。

目を開けると、そこは懐かしいイギリス・ケント州ジリンガムにある海岸だった。暗い曇り空の下、メッドウェイ川が流れ込む湾に多くの漁船が並んで停泊していた。海岸では数人の漁師が焚火《たきび》を囲み、安酒を呷っている。幼い頃、よく見た光景だ。近所の知った顔もある。誰もが髪も髭も伸び放題で、着ているものはボロに近い。今朝も不漁だったらしい。焦点の定まらない沈んだ目で焚火を眺めている。

ウィリアムが声を掛けようと一歩踏み出そうとした時だった。

「よせ！」と肩を掴まれた。「お前はもう、あいつらの仲間に入っては駄目だ」

振り返ると、父フランクが立っていた。

十一歳の時、家から出ていった姿のままだった。革の焦げ茶色のジャーキンを羽織り、下は黒のベネチアン・ホーズ。頭には、白い羽根の付いた縁のある深緑色の帽子をかぶっている。すべて昔、祖父が着ていたものだ。

「ウィル。父さんの口癖を憶えているか」

「勿論だよ。人の価値は地位でも金でもない。自分の夢に向かって挑戦できたか、どうか。人生、こつこつ真面目にやれば成功するってもんじゃない。時には大博打も必要だ

――だろう？」

「そうだ。とはいえ、自分の夢を叶えるには、俺たち平民は一人ではできない。誰に仕えるかだ。力のある主人に出会えたら、絶対、離れるな。何があろうと、とことん付いて行くんだ。そうすれば必ず夢は叶う。わかったな、ウィル」

「僕はもう出会っているよ。今、日本の皇帝、家康様に仕えている。この皇帝は凄い。全世界の平和を考えている。驚くだろう。だけど、一生、付いて行こうか、今、迷っている。ロンドンで待つメアリーや子供たちに寂しい思いをさせてしまうからね。……実を言うと父さん、僕はこの日本でも結婚したんだ。二十も年下で、名はお雪。でも、まだ形だけで本当の夫婦じゃない。嫌いなわけじゃない。メアリーには秘密だけど、彼女の美しさに心を奪われている。いや、正直に言えば、本当の夫婦になって、このまま日本で暮らしたい……父さんは、どう思う？」

　父は笑みを浮かべると、そんなことは自分で決めろと言いたいのか、それとも、もう答えは心の中にあるだろうとでも言いたいのか、自分の胸を叩いた。

　ウィリアムは頷きながらも言葉を継ごうとするや、それを拒むかのように徐々に父の姿が闇の中に消えていく。と同時に、辺りが急に明るくなったかと思うと、突然、顔に冷水を浴びた。

気がつくと、床に寝かされていた。

ぼんやりとした視界に、裸の家康と薄物をまとった女の顔があった。今、見ていた光景は夢だったらしい。

「――大丈夫か、アダムス」と家康が覗きこんだ。

「……大丈夫でござる」

「黙って、じっとしておれ。湯あたりじゃ。お梅（後の蓮華《れんげ》院《いん》）。今一度、水じゃ」

差し出された茶碗を手に取って飲んだ。

「ふぅ……リヴァイブド（Revived）――生き返った」

「あ、ははは……。紅毛人は日本人とはまるで逆じゃのう。日本人は熱い温泉に浸かると『生き返る』というが、そなたら紅毛人は温泉から出て水を浴びると生き返るか」

「とても熱い。長いのは無理でござる」

「長いのは無理か」家康は目線を落とした。「おうおう。こっちも長い一物《いちもつ》じゃのう。これならお雪に、たくさん子を産ませられるわい」

家康の言葉に近くにいたお梅が覗きこんだ。

「まあ！　ほんに長くご立派なこと」

——おう！　ウィリアムは思わず両手で股間を覆った。

「ははは……。こら、お梅。物欲しそうに、じろじろ見るでないわ。下がっておれ」

お梅が出ていくと、家康は小太りの体を海に向けた。

「アダムス。世界は途《と》轍《てつ》もなく広い。海の向こうには大国スペインに、エゲレスやオランダ、ヲロシア、支那、インド、アラビアなど様々な国がある。戦の絶えぬ世の中じゃが、西の世を知るそなたと、東の世を知るわしとが手を組めば、天下無敵。それらの国々と仲よう交易をして、この国を世界一泰平で豊かな国にする。その手伝いをせよ。されば、エゲレス人であることを忘れ、この国の者として生きてくれぬか」

——父さん。僕は決めた。この皇帝に付いて行く。そして、お雪と本当の夫婦になる。

「……大殿。今より私は日本人です」

「——その返事を待っておったぞ！　きょうからわしとそなたとで戦のない泰平の世づくりじゃ。そのためには、お互い長生きしようぞ、アダムス」

家康は熱い視線を押し付けた。

はっ——。ウィリアムも、それに応えるように家康を直視した。

十二

ウィリアムは早朝、誰よりも早く起きてドックのある伊豆の海岸に出て、刀を振っていた。

侍となる決心が付いたからだ。家康に付いていくと決め、お雪と本当の夫婦となると決意した今、もう迷いはない。

向井正綱から「刀は心を一つに整え、それを試すには何よりの道具」と教わった。それで今朝、自身で試そうと、海岸近くの木にロープを吊るしたのだった。

心の揺れを断る——。

ウィリアムは腰を落とし、鯉口《こいくち》を切って構えた。こうすることで素早く刀が抜けると、左近から教えられた。

目の前のロープは伊豆の潮風に煽られ、左右に激しく揺れ、少しも静止してくれない。極一瞬、静止はするものの、刀を抜く瞬間がまったく摑めない。

だが、どうしてもきょうは斬りたい。いや、斬らねばならない。斬って、イギリス人であった過去を断ち切る。そうしなければ、決意したことも揺らいでしまい、これからの人生は、どっちつかずの中途半端なものになってしまう。

屋外でロープを吊るしたことをやや後悔しながらも、これからの困難を考えると、海風を操り荒海を乗り越えてきた自分に相応しいような気がした。

ウィリアムは目の前で揺れ動くロープに全神経を集中させた。

ロープは激しく左右に揺れては一瞬止まり、また激しく揺れる。それを繰り返している。

しばらく睨んでいるうちに、潮風に呼応し揺れていることがわかった。

大きく深呼吸をして目を閉じ、耳を澄ませた。

耳をかすめていく潮風が大きな獣《けもの》の呼吸のように大きく吹いては止み、また吹くといった動作を繰り返していく。心を鎮めると、それがよりはっきりとわかる。

激しく砂を巻き上げた潮風が顔に吹きつけ、止まった。――今だ！

ウィリアムは素早く刀を抜き放ち、一撃のもとに振り下ろした。

斬ったという感触はなかったが、目を開けると、砂浜にはロープが二本、落ちていた。

「――ついに断った！　これで心は一つ。一所懸命の、侍だ」

その時だった。背後から「その程度で侍になったとは笑止」という声がした。

振り向くと、若い侍が一人、立っていた。

黒っぽい着物に、下はふくらはぎを絞った袴をはき、刀を二本差している。日本人にしては目鼻立ちがはっきりしているが、どこかで出会ったような印象がある。

侍は薄く笑った。

「イギリスから来た、ウィリアム・アダムス殿とお見受けいたす」

「如何にも。私がウィリアム・アダムスだ。そなたは誰だ」

「それがしは、四年前、関ヶ原の戦の最中にお会いした、ミゲル兵庫という者だ」

「四年前、関ヶ原の戦の最中……ミゲル兵庫？」

あの場で憶えている男といえば、空砲を撃った後に襲ってきた侍集団だ。中でも震撼させられたのは、ウィリアムの目の前で左近の刀と敵の侍の刀が交差していたことだ。あの時、左近が刀で食い止めてくれたから助かったものの、そうでなかったら、ウィリアムの首は胴体を離れていた。それだけに、左近が「――ヒョウゴ！」と叫んだことは今もはっきり憶えている。

「……では、あの時の」

「思い出してくれたようだな。あの時、そなたは丸腰であった。だが、今は違う。侍となったからには遠慮はいらぬ」

兵庫は刀に手を掛け構えた。

「待て。戦は終わった。なのに、なぜ、私の命を狙う。私は将軍の命を受け、南蛮船づくりをしている。私を殺せば死罪だぞ。わかっているのか」

「侍に問答は無用。それがしはそなたを斬りに来た。ただそれだけのこと。お覚悟召されぃ」

兵庫はするりと刀を抜いた。

ウィリアムは思わず刀を前に出して構えた。

何という皮肉だろう。心が決まり、侍として生きる決意をしたその後に、刺客が現れるとは。

ただ、どう考えても勝ち目はない。向こうは人殺しを生業にしている、本物の侍だ。こちらはようやく吊り下がったロープを斬った、にわか侍なのだから。となれば——。

逃げるしかない。しかし、仲間のいる宿舎の寺は、ここから少なくとも一マイル（約一・六キロメートル）はある。ウィリアムは四十歳だ。相手は自分より若い。逃げ切れるとも思えない。

周りを見た。約百ヤード（約九十一メートル）のところにある浜辺には、深く掘られたドックがあり、その中に建造中の船があった。

竜骨にあばら骨のように伸びた骨組みの中にマストが二本立っている。横帆を張る二本の帆桁は未だないが、高さは四十ヤード（約三十六・五メートル）のメインマストの上部には見張り台がすでにできていた。

この侍に勝てるとしたら、マストによじ登るぐらいだ。ドックまで走って、メインマストの見張り台までよじ登り、大声で助けを呼べば、寺にいる誰かが気づいてくれるかもしれない。だが、果たして、そこまでも逃げ切れるか、どうかだ。

その時、風の音とともに、江戸で待つ、お雪の声がどこからともなく聞こえてきた。

必ず無事に戻ってきて――。

――ここで死ぬわけにはいかない。何としてでも逃げなければ……。

風は西から吹いている。ウィリアムは西を背にして、ドックに近い風上に立った。

朝日が目に入り顔をしかめると、兵庫は勝ち誇ったように口元に笑みを漂わせた。

「やはりにわか武士だ。立ち合い方も知らぬ。果し合いをする時は、日を背にするが優位。あの関ヶ原の合戦でも、東を背にした東軍が勝ったではないか」

――侍が東の太陽を味方にするなら、船乗りは西風だ。

潮風が止まった。すぐに吹き出すのはわかっている。吹き出す時が勝負だ。

――今だ！　ウィリアムは腰を落として刀をその場に投げ出すと、両手で砂をすくい顔にめがけて放った。

砂は風に吹きつけられ、塊となって兵庫の顔を襲った。

「――うっ！」

案の定、兵庫の目に砂が入ったらしい。ウィリアムはここに来て以降、砂埃に悩まされ続けており、その痛さはわかる。砂の痛みを拭うには海に入って洗うより手はない。

ウィリアムは一目散にドックへと走った。

「――逃げるか、卑怯者！　それでも侍か」

ドックまで五ヤード（約四・五メートル）というところで、砂に埋まった、帆を張る時に使うロープに躓《つまず》いた。舌打ちして起き上がろうとした刹那、刀が側に刺さった。

ウィリアムの刀だった。

「アダムス殿。姑息な手を使って逃げても無駄なこと。さ、侍らしく刀を取れ」

ウィリアムは構わずドックの南蛮船に飛び乗ると、梁を渡り、メインマストのところまで行き、見張り台から下がっているロープを使い、よじ登った。

「無様な男よ。これではお雪殿が、おぬしを拒むのもわかる」と下から蔑む声がした。

お雪が拒んだ……？――いや、それは昔の私だ。今は違う。

心に湧いた微かな疑念をすぐに打ち消し、尚も登り続けた。

見張り台の上に立った。眼下では兵庫が呆れたように見上げている。

「——兵庫！　私はここで死ぬわけにはいかない。この日本で皇帝のため、愛する妻お雪のために生きることを決めた。それでも殺したければ、ここまで登ってこい。相手になってやる」

海の男はマストの上は慣れている。腰に差している予備の短い刀を抜いた。

その時だった。後ろから「アダムス殿！——」と呼ぶ声がした。

振り向くと、八十ヤード（約七十三メートル）ほど離れた砂浜で向井忠勝ほか数人の護衛の侍とクワケルナックやピーテル、船大工や人足たちが大勢で見上げていた。

——助かった！

「そこで何をしておられる」と忠勝の問いに刀で前を指した。が——。

そこにはもう兵庫の姿はなかった。

辺りを見回すと、風が巻き上げる砂埃の中、遥か東の海岸沿いに走る黒い影があった。

ウィリアムは苦笑しながら振り向いた。

「伊豆の地形を知りたくて、眺めておったところでござる」

水平線から顔を出した太陽は伊豆の海岸を隅々まで照らし、ほんのり赤く染めている。

美しい翡翠《ひすい》を思わせる近海の奥には深く青い大海原が広がり、海岸の白い砂浜には長く白い波が優しくゆったりと押し寄せていた。

ここに来て二ヵ月余り。見慣れた景色のはずが、今は新鮮に心に映る。

「これが、これから私の故郷となる、日本だ」

ウィリアムは刀を鞘に収めると、朝の空気を思いっきり吸い込んだ。

――きょうから私は日本人だ。

十三

年が明けた、慶長十年一月五日（一六〇五年二月十二日）――。

昼過ぎ、ウィリアムは元旦参賀のため、江戸城に登城した。

大広間には家康と共に子息秀忠や、本多正信父子など多くの側近衆と僧侶のほかに、大勢の煌びやかな打掛を羽織った女たちが並んで座っている。

ウィリアムが座すと、壇上の家康は柔らかな笑みを浮かべた。

「おう、アダムス。烏帽子《えぼし》もなかなか似合《にお》うておるではないか」

正月という日本の特別な期間とあって、ウィリアムは侍烏帽子と素襖《すおう》という恰好で臨んだ。

「お褒め頂き、恐悦至極《きょうえつしごく》に存じます」昨夜《ゆうべ》、お雪から教わったとおりに両手をつき、覚えたての口上を述べた。「謹んで新年のおよ……お喜び、ご挨拶を申し上げます。新しく年を迎えて、徳川将軍家のますますのご繁栄と、ご……タコを」

「蛸《たこ》ではない。多幸《たこう》じゃ」と正信。

「そう。ご多幸を心よりお祈りするとともに……本年も尚一層のお引き……」

「もう、よい、アダムス。そなたの心はわかっておる。それより、その顔はお雪と旨くいっておるようじゃな。やはり伊豆に行って、少し離れたのが良かったか」

「はい。しっぽりでございます、大殿」

言った側から、あの日のことが脳裏に蘇ってくる。


伊豆でつくっていた船は九月初めに完成し、「国進丸《こくしんまる》」と命名された。

ウィリアムは京から戻ってきた家康一行を熱海で乗せ、船手奉行の向井正綱父子率いる軍船五隻と共に江戸湾に入ったのは、九月下旬だった。

国進丸はリーフデ号のようなガレオン船ではないものの、八十トンのブリガンティン船の優美な姿は、家康ほか多くの家臣たちを心服させた。

横帆や縦帆を通常の白ではなく、目立つオレンジ色にしたのも功を奏した。

家康から下賜されたオレンジ色の着物と、「この打掛で帆を張れ――」という家康の言葉から思いついたもので、豪商茶屋四郎次郎につくってもらったものだ。普段は質素を旨とする家康だが、七月に息子秀忠に男子が生まれたこともあり、終始、上機嫌だった。

感動していたのは日本人ばかりではない。船長として乗船したクワケルナックも同じだった。風を受けて膨らむ帆を見上げながら「これで祖国に帰れる」と涙を流し、何度も呟いていた。

オレンジ色の帆船は、新し物好きの江戸の町人たちを驚かせるにも十分だった。和田倉門前の八代洲海岸は、一目見ようと大勢の見物人でごった返した。

江戸城からの出迎えには秀忠ほか、幕閣など五百人以上が顔を揃えていた。その中にはヤン・ヨーステンら砲手組の姿もあった。

日本初の帆船のお披露目は、家康の思惑どおり大成功だった。

もっとも、帆船を完成させたことで、誰よりほっとしているのはウィリアム自身だ。武士としての役目を果たし、クワケルナックや仲間に生きる希望を与えることもできた。が、何よりも嬉しかったのは、お雪のいる江戸に無事に戻れたことだ。

八代洲海岸に降り立ったウィリアムは江戸城に向かう家康の行列を見送った後、話し掛けようとするヤン・ヨーステンを振り切り、道に溢れる人垣を掻き分け、日本橋の自邸へと走った。

帆船づくりという大役から解き放たれたからだろう。心が無性にお雪に会いたがっていた。

それはお雪も同じだったらしい。屋敷の門をくぐると、お雪は玄関先に座り、ウィリアムの帰りを待っていた。白い着物を着、その上に家康から贈られた鮮やかなオレンジ色の打掛。口には真っ赤な紅を差し、お雪の美しさを、より魅惑的なものにしていた。

ウィリアムは大小の刀を玄関に投げ出すと、有無も言わさず、お雪を抱きしめた。あっ――と、わずかにお雪の口から驚きの声が漏れたものの、今までとは違い、ウィリアムを求める熱いまなざしだった。ウィリアムは堪《たま》らず、周りに下男や下女がいることも忘れ、人目も憚《はばか》らず唇を重ねた。

思っていた以上にお雪を欲していた。あまりの甘美な抱擁《ほうよう》に時も忘れるほどだった。

ウィリアムはそのままお雪を抱き上げ、二人の寝室にしている奥の部屋に入った。

「あ、ははは……。しっぽりとはよい物言いよ。そうじゃ、アダムス。女子は泣かせてはならぬ。丁度よい。きょうは倅の秀忠を引き合わせておく。今後は、そなたも何かと秀忠と関わってゆかねばならぬでな。秀忠、これが先ほど話しておった、ウリアン・アダムスじゃ」

　家康の横に座っている秀忠は、二十半ば過ぎほど。家康に似た精悍な顔立ちだが、やや神経質にも見える。ウィリアムが直視していると、近くにいた正信が咳払いして「アダムス殿」と声を落とした。「挨拶をしろ」との催促のまなざしだ。すぐさま平伏した。

「ご尊顔《そんがん》を拝《はい》し奉《たてまつ》り、恐悦至極に存じます」

　この常套句《じょうとうく》は左近から最初に教わった、日本語の挨拶の一つだ。意味はよくわからないが、武士の挨拶の中でも、初対面の王に対しては欠くことができないものらしい。これを言った後は、声が掛かるまで平伏のままでいる。それが服従の証であり、武家の作法と教えられた。

「その方がエゲレス国とやらから来た者か。面《おもて》を上げよ。ほう、目も髪の色も違うのう。これからも父上の手足となり、徳川家に忠義をつくせ」

「ははっ。有り難き仕合わせにござりまする」

「挨拶もできるようになったか」と家康。「それでよい。アダムス。秀忠は今年、将軍になる」

「――大殿！」と正信が言下に遮った。

「よいではないか、正信。いずれはわかること。それにアダムスも幕閣となる。徳川家を背負い、この日ノ本に骨を埋める覚悟ぞ。のう、アダムス」

「はっ。……で、大殿はこれから何をされるのでございますか」

「わしは隠居じゃ。というても形だけのな。熱海の湯で言うたように、わしの目は日ノ本の外に向いておる。外のことはわしが担い、内のことは秀忠が取り仕切る」

なるほど。将軍はあくまでも日本国内の武士の王に過ぎない。家康は改めて外に対しての皇帝という位に就くということだろう。そうでなければ、スペインやイギリスなど、西欧諸国の王と対等には渡り合えないと考えたに違いない。

「ところで、アダムス。きょうは、昨年つくった南蛮船の褒美を取らす」

家康の後を引き取ったのは正信の息子、正純だった。

懐から折り畳んだ封筒のような物を取り出し、読み上げた。

「相州《そうしゅう》郡逸見《へみ》村二百五十石、知行《ちぎょう》申し付けるの事。これ領地にすべきの状、以《もっ》て件《くだん》の如し。慶長十年正月。源氏長者、源《みなもとの》　家康――」

ウィリアムには何のことか、さっぱりわからない。

正純は読み上げた紙を丁寧に白い紙に包み、ウィリアムの側に歩み寄り顔の前に差し出すと、顔を露骨にしかめた。

「これ。大殿に頭を下げて、礼を申し上げぬか」

「ははっ。……有り難き仕合わせ」

「意味がわからぬようじゃな」と家康。「きょうよりそなたは、二百五十石の所領を持つ旗本。三浦の領主になったということよ」

――旗本！

「私、いや、それがしが……！」

一石とは大人一人が一年間に食べる米の量だ。つまり、二百五十石ということは二百五十人分の米を支給されるということで、それは同時に、多くの家来や使用人を持つことを意味する。

「名も授ける。きょうより『ミウラ・アンジン』と名を改めよ」

「ミウラ・アンジン……？」

横にいた正純が、また懐から紙を出して広げた。

紙には〈三浦按針《あんじん》〉と書かれている。その左には、イギリスを出る頃にロンドンで流行り出したカードゲームの、スペード（♠）のような模様が、太い線で描かれた円の中に記してあった。イギリスなどヨーロッパ諸国ではスペードは剣を表し、王侯貴族の象徴でもある。

「按針とは、水先案内人のことぞ。家紋は徳川〈三つ葉葵《あおい》〉から一枚を取った〈葵一葉《いちよう》紋《もん》〉を使うことを差し許す。すべては、そこにおる天海僧正《てんかいそうじょう》が考えてくれたことぞ」

家康は、右側の列の上座にいる赤い（緋色）衣を羽織った僧侶に目線を流した。

かなりの高齢で温厚そうな老人に見えるが、ウィリアムを見る眼光は鋭い。

ウィリアムが慇懃に会釈するや、家康は言葉を続けた。

「そなたは、もうウリアン・アダムスではない。今より三浦按針じゃ。わしが何を言いたいか、今さら申すこともなかろう」

ここにいるのは、「ウィリアム・アダムス」というイギリス人ではない。「三浦按針」という日本人だ。「三浦按針」でいる間は、日本という船を平和な海に導いて行け――との意だ。

おそらく家康は、祖国イギリスにいる家族を憂うウィリアムの胸の内を察し、日本名を与えることで祖国と決別させ、すべてに決着させようと考えたに違いない。思いも寄らない解決策に、感謝せずにはいられなかった。

――きょうから私は、三浦按針だ。これで、本当の日本人として生きていける！

ウィリアムは覚悟を示すように両手をつき、家康に目を向けた。

「御意。按針の名に恥じぬよう、日本のため、大殿のため、水先案内人を務めまする」

「頼んだぞ、按針」

ははっ――。ウィリアムは平伏しながら、紙に書かれた〈三浦按針〉の文字を心に焼き付けた。

――これでお雪のことも、誰に遠慮することなく、心から愛してゆける。

目の前にぼんやりと、お雪の微笑む顔が浮かんだ。

十四

四月半ば、家康は将軍職を秀忠に譲り、「大御所《おおごしょ》」と呼ばれるようになった。

それが、どんな位なのかは、ウィリアムこと按針にはわからない。が、世の中が新しく生まれ変わる兆《きざ》しのように思えた。

クワケルナックは正式に渡海許可の朱印状をもらい、帰国を許された。

乗っていく船は伊豆でつくった国進丸ではない。平戸の大名が用意した、中国のジャンク船だ。

というのも、家康からオランダ国王への親書を託されたからだ。家康も、大砲もない小型の南蛮船での渡海は危ういと見たらしい。また、クワケルナック一人では心もとないとの判断なのか、メルヒヨールも帰国を許され、警護の侍たちと共に長崎へ旅立っていった。

按針はメルヒヨールに、ロンドンにいる妻メアリーへの手紙を託した。これまでの経緯とともに、もう戻れないかもしれないことを匂わせた、何日も悩み抜いた末に書いた手紙だった。

メアリーを嫌いになったわけではない。だが、神が与えた運命では、どうすることもできない。

故郷イギリスを出て七年。すでに死んだと思い、別の男と結婚しているかもしれない。その時は手紙を渡さず破棄するように伝えてある。身勝手かもしれないが、戻れない今となってはメアリーと二人の子供の幸せを祈るしかない。

メアリーに別れの手紙を出し、名前を按針と変えたことで何もかもが吹っ切れた。だからだろう。心の底から日本人になれたような気がする。屋敷からクワケルナックとメルヒヨールがいなくなったこともあり、今ではお雪を心の底から思う存分、愛せるようになった。

というより、もうお雪を放したくない。女好きのヤン・ヨーステンではないが、自分を制することができないほど、若いお雪の美しさに魅せられ、のめり込んでいる。

旗本となり、一月に上方に向かった家康が六月に入っても未だ江戸に戻らず、時間に余裕ができたこともある。お雪と暮らす日々は、これまで味わったこともないほど楽しく夢のようだった。

六月下旬――。きょうは家康からもらい受けた三浦郡の逸見村を見るため、お雪と共に船で、御船手奉行の向井忠勝の案内でやって来た。船は帆船ではなく、大勢の男たちが櫓《ろ》で漕《こ》ぐガレー船（関船）だった。

三浦郡の逸見村は、向井正綱父子の所領の近くという。正綱は按針が旗本になって以降も、旗本としてのしきたりを教えてくれたり、家来や使用人などを選んでくれたりと、何かと面倒をみてくれている。

旗本になると、登城もこれまでのように左近と二人で気軽に出掛けることはできない。馬上を許される二百石以上の旗本が登城する際は、供侍《ともざむらい》二人、具足《ぐそく》持ち一人、槍持ち一人、挟《はさ》み箱持ち一人、馬の轡《くつわ》取り一人、草履《ぞうり》取り一人、小荷駄《こにだ》二人など、旗本の威厳を保つために人数を揃えなければならない。

　また、賜った所領には必ず屋敷を建て、そこに家来を置くことが義務付けられている。按針は塡隙工のヤコブを一月末に逸見に行かせ、屋敷を建てる監督をさせていたのだが、先日、ようやくできたと報せてきた。

　按針たち一行は浦賀の港で船を降りた。

　逸見は山間の狭い土地だった。屋敷は、海岸から大よそ三百ヤード（約二百七十四メートル）ほど入った、丘の上にあるという。按針は水色の着物を着たお雪の手を引き、二十人ほどの家人たちと共に坂道を上った。

　日本は「梅雨」の時季が終わると急に暑くなる。五月蠅《うるさ》いほどの蟬《せみ》の声が聞こえる中、編笠《あみがさ》を被った男たちは皆、頬や首筋から汗を流していた。

　屋敷に続く道の途中で、先頭の案内役の忠勝が振り向いて眼下に目を向けた。

「按針殿。向こうの山との間が所領でござる。戸数は九十戸。領民は女子供《おんなこども》まで入れて、五百人ほどといったところでござろうか。狭きところなれど、ここは美味《うま》い魚も獲れる」

　按針も見下ろした。

　海から吹く潮風が気持ちよかった。海は青々とし、遠くの半島の上には、いくつもの積乱雲《せきらんうん》が見えている。家康が言うように交易の港に適している。故郷ジリンガムにも似た入りくんだ地形は風待ちや嵐避けには持って来いだ。さほど広くはないが川もある。ライムハウスのようにドックをつくるにもいい。

按針はやおら足許の土を手に取った。

「忠勝殿。一つ訊ねたい。所領であれば、何を植えても構わぬのであろうか」

「按針殿」忠勝は苦笑した。「所領を手にして田畑を増やしたい気持ちはわからぬではない。だが、無駄なことはなさらず、武士としての務めに励まれよ。さすれば、また加増される。按針殿は大御所様の覚えもよいゆえ、直《じき》に増えましょうぞ」

「向井様の申されるとおりどす」とお雪。「旦那様。三浦家の当主としてのお働きを」

「トウシュ？」

わからない単語はすぐにお雪が訳してくれる。お雪は笑みを浮かべ答えた。

「カピタン――旦那様がよう言うてはる、キャプテンのことどす。旗本三浦家のキャプテンの務めと、領民の務めは違います。まして旦那様は幕閣であられます。大御所様のために立派な働きをし、三浦家を次に続く子たちに渡すのが使命。領民は旦那様のために、ぎょうさんの米や野菜をこさえるのが役目どす」

おそらく狭い土地に按針ががっかりしたと思ったのだろう。少しでも収穫量を増やすために、領民に開墾を推奨しようとしていると誤解したに違いない。

「私が、いや、それがしが言ったのは、そういう意味ではない。実は……」

言葉を続けようとした時、門からヤコブが数人の村人らしき男たちと共に出てきた。

「旦那様。待っていた」と、按針同様、おぼつかない日本語ながら笑みを浮かべ迎えてくれた。

あれほど無口だったヤコブが日本語を覚えるようになってからは、人が変わったように明るい。按針より五歳年上だが、按針が旗本となったことを自分のことのように喜び、自ら家来になると申し出、日本語で「旦那様」と呼んでいる。ヤコブも日本が気に入っているらしく、縮れた髪を後ろで縛り、日本の小袖を羽織っていた。

「きょうは村人も大勢来ている。ご馳走もある」

ヤコブは後ろに控える村長はじめ、村の主だった顔役に按針を紹介した。

「それがしが、三浦按針にござる」と名乗るや、村人たちは一斉に地面に膝をつき、平《ひれ》伏《ふ》した。

あまりの光景に言葉もなく驚いていると、一番前にいる黒い着物と袴をはいた村長が長々と口上を述べた。次々と顔役が同じように挨拶を述べてはいるが、「宜しくお願い申し上げまする」以外、何もわからない。お雪にもそれがわかったらしく、按針を見て笑っていた。

「もういいでござる」按針は途中で遮った。「それより、麦や葡萄《ぶどう》は知っていますか」

「麦は稲の後に植えるだ」村長が答えた。「じゃども葡萄なんてもんは、この辺りにはねぇです」

「按針殿」と忠勝。「何をお考えじゃ」

実は――と、按針はここに着いて思い付いたことと、この浦賀の地の利点を説いた。

浦賀がノバ・イスパニアとの交易港となれば、スペイン人を迎え入れるだけでなく、日本人も出て行くことになる。そうなれば、日本もイギリスやスペイン同様、大航海の時代に入っていく。太平洋という果てしない大海原を越えるには、すぐに腐ってしまう水より、長持ちするビールやワインが必要となる、と。

「それをつくる麦や葡萄をここで作れないかと、土を掴んで思ったのでござる」

「左《さ》様《よう》でござったか。ここへ着く早々、そのようなことを思い立つとは、さすが大御所様が頼りとされる按針殿。葡萄は安心なされよ。父上が昔、仕えておった甲斐の国にあると聞いたことがござる。父上から手を回してもらい、葡萄の苗木を分けてもらえるよう手配しておきまする」

「忠勝殿。かたじけない」

「何の、お安い御用じゃ。それより、まずは屋敷に入って、この者たちが用意した馳走にあずかろうではござらぬか。腹が減って死にそうじゃ」

それに応えるように村人たちが「ささ。御領主、按針様」と道を開けた。

塀で囲まれた屋敷は、江戸にある屋敷ほど大きくはないが、しっかりとしていた。

村人たちが平伏する中、按針はお雪の手を取り、忠勝やヤコブと共に進んだ。

気分はまるでイングランドの貴族だった。

――これが旗本。ナイトになったということか。

十五

昼過ぎから始まった宴会は、夕方になってもまだ続いていた。

按針の歓迎もあったが、半分はヤコブの祝言だった。

相手は、ヤコブと親子ほども歳が違う、村長の十六歳の娘だった。どんな経緯かはわからないが、ヤコブが屋敷を建てるために逸見村に来てまもなく恋仲になったという。お腹にはすでに子供までいる。それもあって宴会は大盛り上がりとなり、終わりそうになかった。

途中、お雪が酒を飲み過ぎたのか、気持ち悪いと言い出したので、按針は門の外に連れ出した。

西の空は赤い夕焼けに染まり、眼下の海岸は山陰にすっぽり入っていた。

海からは心地いい涼しい風が吹き寄せてくる。

按針は小道の脇を流れる小川の側で、嘔吐するお雪の背中を優しく擦った。

「大丈夫ですか、お雪。酒を飲み過ぎたのではないか」

近頃は二人の間でも日本語で話す。

「……うち、お酒は嫌いどす。せやから、一滴も飲んではおまへん」

お雪は素の自分を知って欲しいらしく、京言葉のままだった。

「では、何か悪いものを……。どこか具合でも悪いのですか」

お雪は小川の水を手ですくって口をすすぎ懐紙《かいし》で拭うと、にっこりと笑った。

「きっと……うちのお腹にも、お子ができたんやと思います。近頃、月のものもおへんし」

「んん……？　お雪。今、何と言いました」

「せやから、うちのお腹にも子がでけたんやと言うたんどす」

「子供が……？」按針はお雪のお腹を見た。「本当に？」

「旦那様のお子どす」

――おう、神よ……。

自然と涙が込み上げてくる。按針は思わずお雪を抱きしめた。

「お雪……ありがとう。だけど、そんな体で、こんなところへ来てはいけない」

「大丈夫どす。生まれるのはまだまだ先どすよって」

「でも、なぜ、言わない？」

「うちには子ができないと思うてましたし、正直、無事に生まれてくるか、今も不安どす」

理由はお雪がカトリックで、按針がプロテスタントだからという。以前、パードレに、カトリックの洗礼を受けた者は異教徒と結ばれても子は授からないと教えられたとのことだ。

これも宗教の弊害だろう。宗教を悪用する者たちは常に自分たちの都合のいいように教義を曲げ、信者たちを洗脳していく。

お雪は不安げに薄く笑った。

「もし無事に生まれおしたなら、両方の神様が二人を夫婦として許した証どすな」

思わず苦笑してしまう。プロテスタントはカトリック教会から分離独立したキリスト教なので、信仰している神は同じ。もっとも、日本人のお雪にわかるはずもない。

按針はどちらも同じ神だと教え、カトリックは聖人を崇拝し、プロテスタントは聖書の教えを尊ぶなどの違いを説いた。

「カトリックもプロテスタントも、同じ神様……？」お雪は驚いたように目を向けた。

「ほな、何であないに憎しみ合うんどすか」

「どちらも、自分の教義こそが正しいと譲らないからだ。兄弟喧嘩《げんか》のようなものだよ」

「カトリックが先に生まれた兄で、プロテスタントが後から生まれた弟どすやろか」

「兄とか弟とか、上下を付けるから争いが起こる。キリストの教えに上も下もない。解釈に違いがあるだけだ。お腹の子は、神から授かった私たちの子だ。お雪が言うように、神が二人を夫婦として認めてくれた証だよ」

お雪が熱いまなざしで按針の目を見つめ、唇を重ねようとした時だった。それを邪魔するように「それはどうかな」という声が横から聞こえた。

横を向くと、小道に侍が立っていた。

ミゲル兵庫だった。荒れた暮らしをしているのか、以前とは違い、身なりは薄汚れ顔色も悪い。

按針はお雪を後ろにし、刀に手を掛けた。

「またお前か。何の用だ。私は旗本になった」

「だから、どうだというんだ」

「私には多くの家来がいる」

「ふふふ……。家来が屋敷から出てくる前に、おぬしの命は消える」

兵庫が刀の鯉口を切ると、後ろにいたお雪が前に出てきた。

「あなた様は、大崎兵庫様どすな。何ゆえ、旦那様の命を取ろうとしはるんどす」

「お雪殿、目を覚まされよ。この者は邪教徒だぞ。間違いは誰にもある。腹の子は堕ろせばよい。そして、ツズ・パードレに許しを請い、体を清めてもらえば元の体に戻る。さぁ、その異国の邪教徒から離れ、それがしの許に参られよ」

「嫌どす。旦那様は『三浦按針』という日本人になったんどす。殺さすわけにはいかしまへん」

「お雪殿！　そなたは穢れた邪教徒の子を宿して、デウス様の教えまで忘れたか。我らの使命は、地の国を神の国にすることぞ」

「そのために人を、旦那様を殺すのどすか。それがデウス様の教えどすか」

「この者はこの日本の地を穢す」

「穢しているのは兵庫、おぬしだ」と、言下に男の声がした。

小道を登ってきた、左近だった。

袖なしの黒い革羽織に、黒っぽい着物と裾を絞った袴姿で立っていた。

「誰の指図かは知らぬが、将軍家に刃を向けるは柳生の剣に非《あら》ず」

「わしは柳生の剣を捨てた」

「されば、武士も捨てさせてやろう。わしが相手だ」

左近は刀の鯉口を切り、お雪と按針の前で構えに入った。

相手が左近だからか、兵庫はなかなか刀が抜けないでいる。兵庫の目に自信の無さが浮かんでいるのは按針でもわかった。

潮風が頬を拭った時だった。兵庫が刀を抜き振り下ろし、一瞬、遅れて左近が抜刀して同じく刀を合わせるように振り下ろした。

二人は振り下ろしたままで動かない。が、按針には左近が斬られたかに見えた。

しばらくして、すくっと立って刀を鞘に納めたのは左近だった。

兵庫は——と見ると、刀を持った右手の親指と人差し指の間が斬られ、血が噴き出ていた。

「これで、もう刀は持てぬ。神に仕える者に刀は不要じゃ、兵庫」と左近が言ったが、兵庫は憎々しげに見上げ、尚も左手だけで刀を打ち込んだ。

左近はさらりとかわし、刀を抜きざまに兵庫の左手の甲を斬り、刀を落とさせた。

「――未熟者めが！　ここで死のうと思うたか。生きて己の心をしかと見つめよ！」

兵庫は両手から血を流しながらも恥じ入るように、その場から逃げ出し、小道を下っていった。

「遅くなってすまぬ、按針殿」

「いえ。それより、私は左近殿が、一瞬、刀を抜くのが遅れたので斬られたと思った」

左近はにやりと笑みを浮かべた。

「〈合撃《がっし》〉という柳生新陰流の極意でござるよ」

左近曰く〈合撃〉とは、真正面で敵と向かい合った時、打ち込む敵よりも少し遅らせ、敵の体の中心線を真っ直ぐに斬ると、敵の刀に打ち乗ることができるという、高等な技だった。本来なら頭から体までを斬ってしまうが、わずかに一歩下がって刀を持つ手首を狙ったという。

「さすが左近殿。されど何ゆえ、あの男を殺さなかったのでござるか」

「ここは戦場《いくさば》に非《あら》ず。まして柳生の剣は殺人刀《せつにんとう》ではなく、活人剣にござれば」

「カツジンケン？」

「左様。人を活かすための柳生の、誇り高き剣にござる。あの者は邪念にとり憑かれ己を見失い、武士の何たるかを忘れたゆえ、武士を捨てさせたまでにござる」

左近は按針の後ろにいるお雪に目をやると、何かに気づいたように「肩慣らしをしたせいで腹が減ったわ。では、これにて、ご免」と言って門の中へ入っていった。

振り向くと、お雪は涙に潤んだ目を向けていた。

「旦那様……。うちは、うちは本当に、旦那様が殺されるかと……」

気丈に振る舞っていても、目の前での斬り合いはやはり怖かったらしい。体を震わせている。

按針はお雪を抱き寄せ、しっかりと胸に抱いた。

「もう心配ない。神が私たち夫婦を護って下さる。お雪は立派な子を産むんだ」

按針は心の内で祈った。

――神よ、お腹の子に祝福を与えたまえ。そしてこの子が将来、日本の皇帝、家康様が目指す、泰平の世づくりを引き継いで行ってくれますように。アーメン。

二頭のライオン

一

按針は甲板の上で、緯度を計るアストロラーベを久しぶりに握り締めた。

今、船は駿河を出て、日本の遥か南にあるルソン島に向かっている。家康の命で書簡をマニラ総督に届けるためだ。

乗っている船は昨年（一六〇七年・慶長十二年）、船大工ピーテルや日本の船大工と完成させたガレオン船、「按針丸」百二十トン。三本マストで、全長約百二十フィート（約三十六・六メートル）、船幅は二十三フィート（約七メートル）ある。

船にはリーフデ号が積んでいたカルバリン砲八門と、小型のセーカー砲二門を装備している。三百トンのリーフデ号には及ばないものの、船首には黄金の、龍頭に乗った獅子の座像の彫刻が取り付けられており、スペインやポルトガルのずんぐりしたカラック船と比べても見劣りしない出来映えだった。

とはいえ、ガレオン船を動かすのは、そう簡単ではない。多くの船員と技術がいる。航海士の指示一つで操舵手が舵を切り、船員は帆を広げたり畳んだり絞るなど、一糸乱れず出来るようにならなければ、突然の敵や嵐に遭遇した時には対処できない。日本人水夫の訓練にはピーテルほか、砲手組のロースやミッシェル、ヘリッツの三人も手伝った。

初めのうちはロープの縛り方も知らなかったが、さすが手の器用な日本人だ、二ヵ月余りで試運航まで何とかできるようになった。

試運航には御船手奉行の向井忠勝も同乗した。伊豆から出港し、大坂の港までピーテルを送り、そこから江戸に向かいロースら砲手組を降ろした。オランダ人を連れて行かないのは、すでにマニラ総督アクーニャの書簡に、パードレからの情報でオランダ人が日本にいることを知り追放を求めており、彼らが一緒では話どころではなくなるからだ。

江戸では自邸に寄り、警護役の左近を乗せた。その折、マニラに行くことはお雪には伏せた。二人目となる、娘スザンナを産んだ直後だったこともあり、無用な心配は掛けたくなかった。

按針丸が駿府からマニラに向け出港したのは、今年（一六〇八年・慶長十三年）四月

——。

船長は向井忠勝がなり、按針は航海士、及び使節団の長を務めた。

三月から四月にかけての日本近海は、冬の北風と夏の南風とが入れ替わる時季なので穏やかになるものの風向きは安定しない。その上、厄介なことに南から北へ○・五ノットの海流が流れている。ただ、何でスペイン船が日本近海に北上してくるかもわかり、日本がルソン島とノバ・イスパニアを結ぶ中継地点に最適であることに気づいた。

北から吹く安定した風を捕まえたのは、途中の琉球（沖縄）で水や食料を調達した後、アストロラーベの針が北緯二十三度四十六分を指した、フォルモサ島（台湾）を過ぎた辺りからだ。

航海は順調そのもの。嵐も敵の攻撃もない。将軍家の家紋〈葵の御紋〉の旗を掲げ、寺沢広高の助言でポルトガル船が使っている〈白地に赤十字〉の帆を張ったのが功を奏していたらしい。ところが——。

ルソン島付近では、スペインのピンネース船（小型帆船）四隻に前後左右を囲まれた。

向井忠勝の家来たちは初めてのことで不安げだったが、按針はさほどには心配していない。

ピンネース船は主にガレオン船などの大型帆船を港に誘導するための船で、四隻は大砲を備えてはいるが小型砲だ。しかも鉄製の旧式で、砲身が赤く錆びていた。おそらく威嚇のための飾りだ。あれなら四方を囲まれても、カルバリン砲で瞬く間に潰せる。が、戦いに来たわけではない。

　按針が船尾のプープデッキに上がり、大声で日本の皇帝の使者として書簡を持ってきたことをスペイン語で伝えたので攻撃はしてこなかった。

　按針丸が四隻のピンネース船に誘導され、マニラの港に入ったのは六月末だった。マニラは、江戸と似たような地形だった。二つの大きな半島に挟まれた湾の奥にあり、湾では、平戸と同様、中国のジャンク船が何隻も行き来していた。

　総督府らしき建物は大坂城に似ていた。淀川のような大川（パシグ川）の側に高さ二十フィート（約六メートル）の石の城壁で囲まれ、城壁の中には大坂城には敵わないものの、城らしき建物があった。城壁の前には、海からくる敵を迎え撃つために所々に大砲が備えられている。これも近年使っていないらしく青銅砲が青々と錆びており、かなり旧式のものだった。

　按針丸は一隻のピンネース船に従い、城壁の側を流れる大川の河口を上り、城壁が途切れた所にある船着き場で錨を下ろした。

港には中国のジャンク船が所狭しと埋め尽くし、その間を三角の編笠を被った人々が小舟に乗り行き来している。驚いたことに港に集う多くが中国人だった。それだけに活気がある。市場では魚や果実、壺などの陶磁器や象牙の彫刻品、雑貨などを売る露店が軒を連ねていた。

港に降り立った按針は、大使として、出迎えた総督府のスペイン人たちと挨拶を交わし、家康から総督への贈り物の入った、長持五箱を目録と共に渡した。

出迎えたスペイン人は日本の侍は見慣れているようで誰も見向きもしないものの、二本差の侍姿の按針がスペイン語を淡々と話すのを見てヨーロッパ人とわかったらしく、驚きの目を向けていた。

マニラ総督との拝謁ができたのは、入港して三日後だった。

総督府へは按針と向井忠勝、左近の三人で向かった。大小の刀を外すことは強要されなかった。三人はスペイン人の役人の案内で二十人の武装した兵たちに囲まれ、総督府の城壁の中へと進んだ。

城壁の中は、外の無秩序な景色とはまるで違っていた。城壁に平行して多くの回廊があり、街並みはイギリスやオランダとは異なるもののヨーロッパ風で、オレンジの屋根と白壁の建物はスペインの香りがする。ゴシック様式の尖った三角屋根の石造りの大聖堂の奥に、ハプスブルク家の紋章の入った旗を掲げた総督府の宮殿があった。

出迎えの執事に案内され、宮殿の中へと進んだ。

大広間は天井が高く、様々な格調高い模様の彫刻が施されている。さすが「太陽の沈まぬ帝国」と呼ばれるだけのことはある。壁にはスペイン・ハプスブルク家の王や女王の肖像画が掲げられていた。

三人は大理石の廊下に敷かれた絨毯《じゅうたん》を執事の後に進み、大広間に入った。中央で待っていると、多くの側近と共に総督らしき男が入ってきて、一段高い壇上の玉座に着いた。

総督の歳は按針と同じ四十半ばほど。額が広く髪は茶色で口髭《くちひげ》と顎鬚《あごひげ》がある。赤地に金糸をふんだんに使った上着の上に、総督としての権威なのか、赤いマントを羽織っている。下は細かな柄の入った黒の短い梨型のホーズに、白いショース（靴下）を履いていた。

按針がスペイン語で挨拶し、秘書官に親書の入った文箱を渡すと、総督は薄く笑みを浮かべた。

「日本の王からの数々の贈り物に、心より感謝の意を表する」低く威圧的な声だった。

「私はマニラ総督の、ロドリゴ・デ・ビベロ・イ・ベラスコだ」

「ん……？　総督は確かドン・アクーニャ総督と聞いていますが」

「ドン・アクーニャ総督は一昨年、病に倒れられた。私が臨時の総督を務めている。だからと心配しなくてもいい。引き継ぎはされている。私はこのヌエバ・ビスカヤ（ルソン島）の軍司令官でもある。あなたはミウラ・アンジンと申されたが、日本人にしてはスペイン語が巧い。日本にいるパードレの話ではイギリス人と聞いているが」

「私は今、日本の皇帝に従う侍です」

「海賊は辞めたということか」ロドリゴはにやりとした。「さて、日本との交易だが、これまでにドン・アクーニャ総督に届いた日本の王からの書簡では、何が書いてあるのか、さっぱりだ」秘書官が受け取った文箱の親書をロドリゴはぞんざいに開いた。「これもまったく読めない」

　長年に渡る家康からの要求を反故《ほご》にしようという腹だ。なかなか手強い。

「だから、私がマニラにやって来たのです」

按針は家康が望んでいることをわかり易く口頭で伝えた。

　スペイン船は、いつでも日本の港に入ることができる。船は攻撃されることはなく、積み荷は強奪されることもない。日本船もノバ・イスパニア、およびマニラにおいて同等の扱いを受ける。ただし、日本発行の〈渡海朱印状〉を持って入港する船のみとする。また、スペイン船は日本のどの港でも積み荷を売ったり、水や食料を買い付けたりすることができ、スペイン人は日本のどこにでも住むことができる。ただし、布教活動をしてはならない。

家康によれば、これまで何度もアクーニャ総督に書状で伝えた内容だった。

「〈渡海朱印状〉とは、この赤い印の押してある書簡かね」

「将軍のサインと印です。これで厄介な倭寇《わこう》も取り締まれる。もっとも、倭寇のほとんどは中国人ですが」これは将軍家御用達商人の茶屋四郎次郎から得た情報だ。「あ、そういえば、そちらで捕まえて頂いた倭寇は我々が引き取ります」

ロドリゴは渋い顔だった。

「それには及ばない。こちらでもよくよく調べた結果、中国人であったので、全員、死罪にした」

——やはり日本を試すためだったらしい。

「そうでしたか。ま、どこの国にも悪人はいる。ところで、ここへ来る折にわかったのですが、太平洋はこの島から日本に向かって潮が流れている。まるで大西洋の〈ボルタ・ド・マール〉だ。日本はノバ・イスパニアへの途中にある。水や食料を調達するのには、非常に都合がいい位置です。日本で水や食料を調達すれば、もっと楽に行けるのではないですか」

〈ボルタ・ド・マール〉――ポルトガル語で「海の回転」という意味で、ヨーロッパから大西洋を帆船で新大陸の島々に向かう折、回転している海流に乗り戻ってくる航海技術で、ヨーロッパの航海士の間では広く知られている。

「ほう。それに気づくとは大したものだ。左様。太平洋のは〈ウルダネータ航路〉と呼んでいる。確かに日本はアカプルコに行く途中で都合はいい。ところで一つ訊ねるが、こちらからは日本に行けるが、日本の船が果たして太平洋を渡れるのかね」

「私が乗ってきたガレオン船は日本でつくったものです。日本人はとても優秀です。侍の怖ろしさはよくご存じだろうが、大砲を撃つ技術にも優れている。もうご覧になったとは思うが、港に停泊している私の船には八門のカルバリン砲がある。それを五分以内に撃つことが可能です」

側にいる左近は話の内容が少しわかったのか、深く頷いた。

「ここまで来て、私を脅すとは大した度胸の持ち主だ」

「脅しではない。我ら三人が四時間経っても船に戻らなければ一斉射撃をする。侍は死を厭《いと》わない。勿論、我々が死ねば、皇帝は黙ってはいない。皇帝の軍隊は倭寇どころではない。何十万の軍勢だ。拝見したところ、城壁にある大砲は錆びて使い物にはならない。ここで、たった一隻の日本船が元で日本と戦争を起こしたとなると、軍司令官のお立場としては拙《まず》いのではないですか」

あ、ははは……。ロドリゴは声を上げて笑うと、態度をやや軟化させた。

「あなた方を見くびっていたようだ。さすが死を恐れぬ日本の侍だ」

「総督。我々は脅しに来たのでもなければ、戦いに来たわけでもない。望むのは交易だ」

「日本が欲しいのは中国の絹――生糸だろう？」言下に見透かしたように言った。「中国は〈海禁令〉で日本と交易はしていないからね。中国人は我々がアカプルコから運んでくる銀を目当てに、生糸をジャンク船で運んでくる。城壁の外――エストラムロス地区を見ただろう。中国人は城壁内のイントラムロス地区に住むスペイン人を遥かに超えているよ」

スペインの優位を示したつもりだろう。按針は思わず笑った。

「何がおかしいんだね」

「強欲な中国人が〈海禁令〉を恐れるはずがない。日本は黄金の国です。金も銀も日本には豊富にある。京の都には金の寺まで建っている。日本の平戸は中国のジャンク船で溢れていますよ」

「金も銀も豊富……ほう」ロドリゴは負けじとじろりと見て冷笑した。「それなら日本に行くこともない。ノバ・イスパニアにはポトシ銀山もあれば、ルソンには金山もある。〈アマルガム法〉で、これまでの四倍も採れるようになったのでね」

〈アマルガム法〉とは水銀を使い、金や銀の鉱石から効率よく銀を取り出す方法で、格段に抽出量が増えるという。ここでもスペイン人の優秀性を自慢したかったのだろうが、この情報だけでもマニラに来た甲斐はある。

按針は余裕の笑みを浮かべた。

「もう自慢合戦はやめにしませんか、総督。私は、どちらの国が上だの下だのを確かめに赴いたわけではない。ただ、スペインが優秀と言うなら、その〈アマルガム法〉を日本で試してみては如何です。スペインは大国とはいえ、金や銀はいくらあっても困るわけではない。副王もきっと日本との交易をお望みになるはずだ」

「それには、こちらの要求も呑んでもらいたい。対価なくして、交易などあり得ない」

ようやく核心に辿り着いた。何を求めているか、わかっている。

布教だ。もっとも、これについては予測していたので、家康とも何度も協議を重ねた。家康は断固拒否の姿勢を崩さなかったが、それではスペインが受け入れないとして、按針は領内に修道院を建て監視するという妥協点を何とか引き出した。

「総督。皇帝は、私の領地の三浦に修道院を建ててもよいと申された」

「あなたの領地に修道院を……ほう。つまり、布教活動を認めるということかね」

「お互い要求を突きつけているだけでは進展はない」

ロドリゴはようやく納得した顔で頷いた。

「確かにこれまでの書簡では互いに要求を言い合うだけだった。その条件なら、副王からのお許しも出よう。按針殿はなかなかの交渉人だね」

「総督。わが皇帝は、交易でお互い無いものを補い、共に豊かになろうと申されております」

「同感だ。皇帝とは長く付き合えそうだ。こういうのを中国人は『友、遠方より来たる。また楽しからずや』と言うらしい。今宵、交易が旨く運ぶよう、晩餐の席を設けたい。日本の友人を心より歓迎する、按針殿」

「喜んで、出席させて頂きます、総督。お互いの国に神の祝福あれ」

向井忠勝は緊張していたのだろう。二人が笑顔で頷いたのを見て、大きく息を吐いた。

二

一六〇九年（慶長十四年）――。按針は四十五歳になり、日本に来て丸九年が経った。ルソン島への航海の成功は大きかった。日本でつくったガレオン船が、世界の海に通用することを証明できたからだ。按針ばかりか、日本の船大工たちにとっても大きな自信となった。が、何よりの功績は、これまでまったく進展しなかったノバ・イスパニアとの交易が歩み出したことだ。

これでまた家康の夢「泰平の世」に一歩近づいたことになる。

「三浦按針」という日本人となり、旗本になって早四年。これまでになく幸せだった。仕事も家庭も充実している。家康の側で幕閣として働いているため長く留守にすることもあるが、屋敷に戻れば、愛するお雪に四歳の息子ジョゼフと三歳の娘スザンナが迎えてくれる。

すべては家康という皇帝に巡り会えたからに他ならない。そんな素晴らしい出会いを与えてくれた神に、感謝せずにはいられなかった。近頃はジョゼフに三浦家を継がせ、幕臣として揺るぎない地位に付けたいとさえ思うほど、すっかり侍の心となり日本人になっている。

按針が身も心も変わったように、家康が将軍の座を息子秀忠に譲り大御所となってから、日本も徐々に変化を見せ始めた。

一六〇七年（慶長十二年）、家康は拠点を江戸から駿府に移した。

按針は今、駿府城下にもらった屋敷に、単身で来ている。

駿府は江戸から四十二リーグ（二百一キロメートル）ほど南西に行った、江戸と大坂の中ほどに位置する。家康が移って二年ほどだが、全国の道や河川を整備する「天下普《ふ》請《しん》」の政策もあり、駿府の街は活気づいている。その活気に呼び込まれたように、按針にも嬉しい報せが届いた。

今年（一六〇九年・慶長十四年）七月、待望のオランダ船二隻が平戸に入港した――。報せてきたのは四年前にクワケルナックと共に帰国を許された、メルヒヨールだった。

メルヒヨールの手紙によれば、今年の初めオランダとスペインが停戦協定を結んだことにより、オランダは完全に独立国と認められたという。その代表団の上級商務員がオランダの親書を携え、交易の許可を得にやって来る。手紙にはメルヒヨールが代表団二人の道案内をして七月末に平戸を発つので、駿府には八月に着くとあった。

それが今朝、午後に着くと早馬で報せてきた。

昼過ぎ――。按針は左近ほか家来二十人ほどを引き連れ、駿府城から半リーグ（約二

・四キロメートル）ほど南にある安倍川《あべかわ》の橋のたもとで代表団を待っていた。

安倍川も「天下普請」により治水工事がなされ、いくつもあった川筋が一本にまとめられ橋が架けられた。その両側に伸びる、江戸と上方を結ぶ東海道も整備され、一リーグよりやや短い、一里（約四キロメートル）毎に一里塚を置いている。

面白いのは「天下普請」をすべて、関ヶ原の天下分け目の大戦で負け、存続を許された大名と前皇帝の豊臣家の家臣に命じていることだ。二度と刃向かわないよう財力を削ぎ落すのが狙いだ。実に賢いやり方だと思う。

太陽で眩しく輝く安倍川の流れを眺めていると、ふいに家康の自慢げな顔が浮かんだ。

これが戦のない泰平の世づくりじゃ、按針――。

按針がほくそ笑んで相槌《あいづち》を打った時だった。

「見え申した」と、背後で左近の声がした。

振り向くと、熱い日差しの中、橋を渡ってくる一団があった。騎馬武者を先頭に、この国では大名や公家、その妻しか乗らない「輿《こし》」がいくつも続いていた。

按針に気づき列の先頭に出てきたのは、メルヒョールだった。

按針はいつものようにオランダ語で話し掛けた。

「メル。元気なようだな。どうしたんだ。平戸から来るなら、船のほうが早いだろう」

馬上のメルヒヨールは暑いからか、ジャーキンは着ておらず、ギャザー襟の白シャツに焦げ茶のホーズ姿だった。長いブロンドの髪を後ろ手に縛っているのは変わらないが、日差しが強いこともあり、黒っぽい革の縁《ふち》のある帽子を被っている。

メルヒヨールは下馬するや、薄く笑った。

「そうしたかったんですが、オランダから遙々やって来た方々は日本をしっかり見たいんですよ。それに、例によって町を通る度に囲まれ、思うようには進めなくて」

日本ではヨーロッパ人が珍しいこともあり、どの町を進んでも群衆に囲まれた。ことに子供たちが、どこまでも付いてきた。侍姿になった按針ですら、未だに辟易させられている。

メルヒヨールは少し照れたように続けた。

「それに僕も、堺まで迎えにきてくれた、イサベラに会いたかったので」

憶えている。伊豆でメルヒヨールを囲んでいた娘たちの一人、船大工頭の娘だ。ごく自然に恋に落ちたというが、イサベラの顔が何となくお雪に似ていたので、メルヒヨールが惚れたことは容易に想像がつく。

ところが、クワケルナックが帰国を許され、メルヒヨールは同行するように命じられてしまった。仕方なく平戸から出航したものの、イサベラのことが忘れらず、パタニ

(現・タイ)でクワケルナックと別れ、昨年の二月に平戸に戻ってきたという。

「女の美貌は牛より引く力が強い——という諺《ことわざ》は、メルにも当てはまるな」

メルヒヨールははにかんだ笑みを浮かべた。

「ヤヨースさんとピーテルさんにも、オランダ船が平戸に着いたことを手紙で報せておいたので、一緒にイサベラも連れてきてくれたんです。今、堺のピーテルさんの屋敷に娘と……。驚いたことに日本を出た後に、僕の娘が生まれていたんです。ブロンドの髪と青い目なので驚きましたよ」

「そうか、メルにも家族ができたのか。おめでとう。では、キャプテンは今もパタニに？」

「詳しくは知らないんですが……」と急に顔を曇らせた。

メルヒヨールが聞いた話では、パタニのあるマレー半島でも三年前、日本であった関ヶ原のような大戦があり、ポルトガル人の島の砦《とりで》をオランダが包囲し、攻防戦を繰り広げたという。

オランダ側は帆船十一隻と、マレー半島に住む王七人が率いる兵一万六千。

対するポルトガル側は帆船三十六隻と、島の一部の王と日本人武士団だった。

帰国途中のクワケルナックは、数で圧倒するポルトガル船団を前に司令官に口説かれ、やむなく船長として参戦。開戦まもなくオランダはイギリス製の大砲でポルトガル船二十三隻を沈め、敵兵四千人を殲滅した。オランダの被害は船二隻と死者七百人ほどと圧倒的な勝利だった。

しかし、陸上戦では日本人武士団に負け、ついにポルトガルの砦を落とすことができなかった。そんな中、クワケルナックはマラッカ海峡で、ポルトガル船との海戦で戦死したとのことだった。

「――キャプテンが亡くなった！」

メルヒヨールは頷きながらも、胸元から手紙を取り出した。

パタニのオランダ商館長からの、按針宛の手紙だった。それにはクワケルナックが戦死したことや、死の直前に日本の皇帝から託された親書を受け取ったことのほかに、オランダ公の返書を届ける使者を、日本で待つ按針の許に寄こす旨が書かれてあった。

「あのキャプテンが三年も前に……」

江戸を発つ時に見せたクワケルナックの顔がまぶたに浮かんだ。

アダムス君。将軍の親書をオランダに持って帰れば、私もイギリスで言う、ジェントリーぐらいの暮らしはできる。あとはのんびりと余生を過ごすよ――。

「もう少し早くオランダとスペインが停戦していれば、あの戦もなかった。そうすれば、今頃、生きて本国に戻れたはずです。それだけに残念です」

家康の言うとおりだ。戦は他国の民ばかりか、自国の民をも苦しめ誰も幸せにしない。

「キャプテンは人が良すぎる」按針は手紙を握りしめた。「親書を届ける任務があると断ればよかったものを」

「キャプテンは頼まれると、嫌とは言えない人でしたから」

「ではメル、私が訳した大御所様の親書は、パタニの商館長から本国に？」

「だから、オランダ公から親書が届いたのではありませんか。——あ、勿論、アダムスさんの奥さんへの手紙も、きっと無事にイギリスに届いていると思いますよ」

一瞬、こちらに向けたメルヒヨールの青い目が、ロンドンにいる妻メアリーと重なっていく。

——私は三浦按針。日本人だ。

按針は自分に言い聞かせると、メアリーの残像を振り切るように踵を返し、駿府城を指差した。

「メル。あれが大御所様のおられる、お城だ」

遠くにある駿府城の五層の天守が青空を背景に、くっきりと見えていた。

「さすが元将軍。大きなお城だ。……アダムスさんは、いや、確かアンジンさんでしたね。名前まで日本名に変わったからか、すっかり日本人ですね」

かつては嫌味に聞こえた言葉も、泰平の世づくりという、家康の夢の手伝いをしているという自負があるからか、今は胸を張って受け止められる。

「私は心も侍だよ。さ、急ごう。大御所様がお待ちかねだ」

按針は城に向かって歩き出した。

三

駿府城に入ったオランダからの使者、アブラハム・ファン・デン・ブルークとニコラス・ポイクの二人は、すぐに家康との謁見が許された。

メルヒヨールが駿府に着くまでに、二人にしっかりと日本での拝謁の作法を教えてきただけあって、按針とメルヒヨールの立ち合いの下、両国の通商交渉は滞りなく終わった。

家康はオランダからの親書と献上の品々に終始笑顔だった。

日本側から出された交易の条件は、オランダは日本のどの港も出入り自由で、商館もどこに建ててもよく、船舶、並びに船員は幕府が護るというものだった。

オランダの使者二人は日本のもてなしに満足し、渡海認可の朱印状を受け取り、再びメルヒョールの引率で平戸に帰っていった。

そのメルヒョールから、無事に平戸に着いたという手紙が届いたのは、十月だった。使者二人は按針と家康との関係に驚き、オランダ商館ができた折には顧問になって欲しい旨が書かれてあった。按針は家康に仕えている身なので今は無理だという、返書を送った。

オランダとの通商が結ばれて、ほっとする間もなく、房州《ぼうしゅう》（千葉県）へ向かうよう、家康から命がきた。上総《かずさ》沖でスペイン船が嵐に遭い座礁したという。マニラ総督ロドリゴが出した商船であることは大よそ予想できた。

家康からの命は、スペイン一行を丁重に駿府城に連れてくることだった。

家康の目的はわかっている。ノバ・イスパニアとの交易の他に、按針がマニラで聞いた、金や銀を効率よく抽出する〈アマルガム法〉の冶金《やきん》職人の派遣だ。この精錬技術は今後の交易を考えると、金山・銀山を多く持つ日本には欠かせない。

按針は船で上総岩和田《いわわだ》村に行き、座礁したサン・フランシスコ号の船長と面会した。

驚いたことに船長は、ルソン島のマニラ総督ロドリゴ本人だった。次期総督との交代のためと、正式に日本との交易認可を得るための帰路の途中だという。

按針がロドリゴ一行と江戸の二代将軍秀忠との拝謁を済ませ駿府城に着いたのは、翌一六一〇年（慶長十五年）五月だった。

時間を要したのは、ロドリゴほか乗組員三百余人の回復にひと月余りも要したからだ。助けに出た岩和田村の村長の話では、海岸に打ち上げられた四百人近い船員を、村の漁師や海女《あま》が裸で体を温め献身的に救助したため、死者は五十人ほどだったという。ロドリゴは、こんな素晴らしい国は世界のどこにもないと涙を流し感動していた。

時間がかかった理由は他にもある。ロドリゴは体力が回復するまでの間、何のために家康と会うのか冷静な判断ができたらしく、按針以外の通詞を求めてきたからだ。

按針は江戸にいた本多正信の勧めで、ロドリゴと同じルソンで日本人切支丹から日本語を学んだという、フランシスコ会のスペイン宣教師ルイス・ソテロを付けた。

駿府に着いたロドリゴ一行は、オランダの使者同様、手厚い歓迎を受けた。

ロドリゴは軍司令官で臨時のマニラ総督を務めただけあり、家康と拝謁しても臆すこともない。家康からの、銀精錬の冶金職人の派遣要求と、日本使節団のノバ・イスパニア派遣の約束をした上で、スペインの代表として要求も明確に提示した。

スペイン船の日本の港の入港許可と、全国でのキリスト教布教の容認。さらには日本にいるオランダ人の追放だった。追放理由は、元スペイン王の臣民だったオランダ人は騒擾《そうじょう》を好む野蛮な海賊なので、日本からも追放して欲しいという。

　家康はオランダ人の追放だけは退《しりぞ》けた。代わりにロドリゴほか乗組員三百余人が無事、祖国に帰還できるよう、按針が伊豆でつくったガレオン船「按針丸」を提供した。ただ、百二十トンの中型船なので全員が乗れるわけではない。そこでもう一隻、中国のジャンク船購入費用として銀四十貫匁《かんめ》（八百両・スペイン換算四千ダカット）を貸し与えた。

　これにはさすがにロドリゴも驚いたらしく、家康の好意に深く感謝して帰っていった。

　ロドリゴが船員三百余人と日本使節団二十二人を按針丸とジャンク船に乗せ、ノバ・イスパニアに向けて出港していった、六月半ば――。

　按針は、家康や正純ほか側近衆と共に、駿府城の七階の天守の最上階にいた。

「待ち人来たりと思うたが、按針丸のように旨くは前に進まぬのう」家康は一リーグほど先の太平洋を見ながら溜め息を吐いた。「布教の扉を少しばかり開けると、もっともっとと言うてくる。布教の名の下に国を乗っ取ろうとしておるだけに厄介よ。もっとも、親しげな顔で近づいてくるオランダも腹の内はわからぬが。わしにはいずれも、日ノ本を食らおうとする二頭の獅子に見えてならぬ」

獅子とは日本ではライオンを指す。確かに家康から見れば、布教と称して侵略を企むスペイン人やポルトガル人も、交易で乗り込んできたオランダ人も、日本を狙うライオンでしかない。

「正純。あのロドリゴという男、わしの求めに応じ、冶金職人を連れてくるかのう」

「南蛮人の腹の底は読めませぬが、京商人の田中（勝介《しょうすけ》）殿も付いておりますゆえ、心配はないかと。おそらく大御所様が貸し与えた銀四十貫匁が呼び水となりましょう」

「したが、勝介も耶蘇《やそ》（キリスト）教にかぶれておる。按針は、どう見る。ルソンでも会うておるし、紅毛人のそなたなれば、少しはスペイン人の心が読めるのではないか」

「畏れながら、それがしはすでに侍。日本人にござる」日本に来て九年も経つと、日本語も普通に話せるまでになった。「されど、ドン・ロドリゴの考えることはわかります」

按針は、これまでのスペインの侵略のやり方を元に答えた。

来年あたり、親書を携えたスペインの使者団がやって来る。だが、代表はロドリゴではなく、家康の要求した冶金職人五十人も連れてはこない。代わりに来る代表はロドリゴと家康との話を反故にし、多くの宣教師を連れてくる。その一方で、測量士や銀山を探し当てる採掘師も連れてくるだろうと推量も付け加え、これこそスペインが国を乗っ取る常套《じょうとう》手段であると説いた。

「つまり、スペイン人は信用ならぬということか」

「ドン・ロドリゴとルソンで酒を酌み交わしてわかったことですが、スペインは今も大海の覇者と思っています。おそらくは按針丸も、銀四十貫匁も、田中殿も、スペイン国王への貢ぎ物と」

「——何！　無礼な」正純が言下に声を荒らげた。「座礁して助けた者に貢ぎ物をする者が、どこにおる。スペイン人とは助けられた恩を徒《あだ》で返す恩知らずか」

「正純」家康は諫めるように遮った。「人はどんなに辛い目に遭おうが、喉元を過ぎれば熱さを忘れる。恩は恩よ。今まで書状で何度、ルソンにノビスパンとの交易を求めても袖にされたが、これでようわかった。日本を、否、このわしを下に見ていたということじゃ。交易で国がいくら豊かになったとて、対等になるにはやはり武《ぶ》は欠かせぬか。ならば按針。次は、どう迎える」

「まずは、オランダを通じてイギリスの大砲を備えます」

「戦仕度をせよと申すか」

「さに非《あら》ず。左近殿によれば、兵法は戦わずして勝つ——が最上の策と」

かつて按針が江戸に住んで間もない頃だ。江戸城の帰り、日本橋の橋の上で侍の集団とすれ違った折、按針が周りの風景に見とれ、ぶつかってしまった。すぐに謝ったものの、相手は按針を異国人と見るや、「無礼者が！」と一喝して刀に手を掛けた。その時、護衛役の左近が前に出て、目だけで周りの侍たちを去らせてしまった。

侍たちが去っていった理由を左近に訊ねると、「構えだけで敵に剣の腕を覚らせ、戦意を失わす。それが、柳生の剣の極意」と教えてくれた話を家康に聞かせた。

「按針が、わしの前で柳生の剣を語るか」

家康が嬉しそうに言うと、周りから失笑が漏れた。理由は知っている。左近によれば、家康は剣術顧問の柳生宗矩《むねのり》から柳生新陰流を直伝され、その技を会得しているという。

「左近殿によると、柳生の剣は人を殺すことに非ず。人を活かすことにあると。イギリスの大砲はスペインやポルトガルより優れています。それを各港に備えれば、攻めては来られませぬ」

「したが」と正純。「かつての元寇《げんこう》のように何百もの船で攻めて来たら何とする」

「大丈夫。船が沖にいられるのは、せいぜい三ヵ月。日本にやって来た、それがしが言うので間違いはない」そして拳を掲げた。「日本という船は大御所様がいる限り沈まない。勝つは我ら」

あ、ははは……。家康は空を仰いで大笑いした。

「正純。按針に一本取られたのう。按針は名軍師であり、商売上手よ。エゲレスの大砲を買い入れて港《みなとみなと》　港に備えるか。按針の申すとおり、この大八州《おおやしま》はまさしく大海に浮かぶ日本丸。断じて沈みはせぬ。万が一、海で負けても陸の上の戦では、わしは断じて負けぬ。よき策ぞ。されば早速、平戸のオランダ商館に、エゲレスの大砲を買い入れるよう手配せよ。一門辺り如何ほどじゃ、按針」

「イギリス軍がスペイン艦隊アルマダを破ったカルバリン砲で二百両ほど。おそらく今は新型になったと思いますので、三百両ほどかと」

　イギリスとオランダとの間では、カルバリン砲一門は三百四十ポンドほどで取引される。日本の貨幣に換算すると一両は二ポンドほどなので、カルバリン砲一門は約百七十両。だが、一年余費やして海を渡ってくるとなると、二倍近く金を出さなければオランダ商人は商談に応じない。

「なかなか値が張るのう」

「イギリスの大砲なら、ヤヨース殿が教えた砲手隊もすぐに使えます。後は、イギリスの大砲を真似てつくる。ポルトガル人から渡った二挺の鉄砲で何万挺もつくった日本人。必ずつくれます」

「嬉しいことを申す。されば江戸と浦賀、それにここ駿府と平戸じゃ。とりあえず四門。いや、大坂の護りも入れて計五門じゃ。それと、そなたらが乗って来た船にあった大砲で固めよ」

「わかりました。すぐにオランダ商館に大砲五門を注文します」

家康は軽く頷くと、厳しい顔を正純に向けた。

「後は按針の申すようにエゲレスの大砲を手本に国友《くにとも》（現・滋賀県長浜市）でつくらせよ、正純。江戸の秀忠と正信にも、その旨を報せておけ。弾薬も買い集めておけと申せ」

「はっ――」

四

慶長十六年（一六一一）四月、七十歳を迎えた家康は、再三にわたり上洛を拒んでいた秀吉の遺児豊臣秀頼をようやく京二条城に参内《さんだい》させ、まがりなりにも臣下の礼を取らせることができた。

ほっとして駿府に戻ったのも束の間。五月に入ると、江戸にいる秀忠から、四月末に浦賀にノビスパンの船が入港し、遭難救助の返礼の使節団を江戸城に迎えたとの書状が届いた。

按針が推測したとおり、ロドリゴは来ていない。秀忠は、ノビスパンのことは江戸では判断できないので、駿府に向かうよう命じたと書いてきた。

五月二十四日、昼巳《み》ノ刻（午前十時頃）――。

家康は駿府城の大広間で、正純や按針など側近衆を周りに置き、ノビスパン副王の派遣したセバスチャン・ビスカイノほか使節団を連れてきた商人、田中勝介の話に耳を傾けていた。

勝介は、海の向こうのノビスパンにあるアカプルコという街が、どれほど壮大で素晴らしいかを説いてはいるが、家康にはスペインの力が如何に巨大かを喧伝する片棒を担いでいるようにしか聞こえない。その証に、ノビスパン副王から贈られた三枚の南蛮画や時計など、日本では目にしたこともない品々がどんなに高価であるかを説き、褒めちぎった。

技術の高さは説かれずともわかる。南蛮画の肖像画は色も鮮やかで、今にも動き出しそうだ。時を刻むという時計は細工も見事ながら、生き物が脈打つように微かな音を立ている。それらの南蛮の術を日本に取り込むことが、こたびの交易の目的でもある。

にもかかわらず、家康が要望した銀を精錬する冶金職人は一人も連れて来てはいない。それどころか、相変わらず布教を求め、各地に教会を建てることを求めてくる。昨年、肥前長崎で有馬《ありま》晴信《はるのぶ》が幕府の指示に従わないポルトガル船を攻撃して以降、スペインとの交易が途絶えているだけに、ノビスパンとの交易は何としても取り付けたかった。

目の前にいるビスカイノの不遜《ふそん》な態度は不愉快だが、一昨年の海難救助をした返礼としての、ノビスパンの真摯な対応には好感が持てた。ノビスパン副王の、友好的に交易を進めたいという気持ちの表れだろう。贈答品とは別に、昨年、ロドリゴに貸し与えた按針丸の代金と、同じくジャンク船購入のために与えた銀四十貫匁に相当する額をスペイン銀貨で返還してきた。

家康は手を上げて、雄弁な勝介を制した。

「そなたの話はもうよい。あとはビスカイノ殿の話を聞くゆえ、そなたは通詞をせよ」

「これはご無礼を」

家康はビスカイノに目を向けた。正座ができないため、床几《しょうぎ》を使わせている。

セバスチャン・ビスカイノ――。按針と同じく鼻が高く、目のくぼんだ面長の顔だった。茶色い口髭と顎鬚に覆われているので表情はわからないが、歳は六十ほど。ノビスパンの礼服なのか、色鮮やかな鳥の羽根の付いた黒い帽子を被り、白い薄物の長袖の上に、細かな刺繍の入った真紅《しんく》の裃《かみしも》のような物を羽織っている。終始、親しみのあるまなざしを向けてはいるが、背後にスペインという大国があるからか、見下したような傲《ごう》慢《まん》さは否めない。

「ビスカイノ殿。数々の返礼の品々、痛み入る。じゃが、わしが昨年、マニラ総督のロドリゴ殿に望んだ、冶金職人は連れてはおらぬようじゃが。如何なるゆえんじゃ」

勝介が訳すると、ビスカイノは深く頷いて答え、勝介が即座に訳した。

「ビスカイノ殿が申されるには、冶金職人はノビスパンにとっても大事な職人とのこと。それゆえ、長い船旅の末に辿り着いた日本という国が、神が護る安心できる場所なのか。また、お祈りのできる教会が、どこの町にもあるのか、と不安がっているとのことにござります」

「どこの町にも……教会を建てよと申すか」――なかなか知恵が回る。

「それだけやおまへん。向こうに行ってわかったことどすが、ノビスパンの人々はルソン周辺で荒らし回っていた倭寇のことや、その昔、太閤殿下のなされたサン・フェリペ号の処置を未だに憶えてはり、日本人を怖がっておます。勿論、あの当時と今は違いますが、ノビスパンの人々は今も同じ皇帝がこの日本を治めていると思うております」

サン・フェリペ号——文禄五年（一五九六）に、土佐に漂着したスペイン船の名だ。

この時、対応にあたったのは豊臣家家臣、増田《ました》長盛《ながもり》だった。長盛は積荷を着服したことを隠すため、スペイン船を「海賊」と歪めて秀吉に伝えた。捕縛された船長は不当な扱いに、腹立ちまぎれに秀吉の前で「スペインは大国だ。ドン・フェリペ国王は世界中に宣教師を送り、各地を征服してきた。いずれ日本も呑み込まれるであろう」と暴言を吐いたという。

キリスト教の布教を日本征服の手段と確信した秀吉は、船長一行を国外追放にするとともに〈バテレン追放令〉を発布。慶長元年（一五九七）暮れ、キリスト教徒二十六人を十字架に架けて処刑したのを皮切りに、秀吉の切支丹への弾圧は激しさを増していく。

慶長七年（一六〇二）十月、同じくルソンからノビスパンに向かっていたエスプリッツ・サント号が遭難し、四国土佐の清水港に入港した時も同じ。〈バテレン追放令〉の下、山内一豊《やまのうちかずとよ》が多くの船で囲んで捕獲しようとしたため戦闘となり、エスプリッツ・サント号が強行突破して逃げた過去がある。これも日本人を怖がる一因なのだろう。

「ひとたび失うた信を取り戻すには刻《とき》を要すか……」家康はひとつ溜め息を吐いた。

「それで交易を始める前に、まずノビスパン側の要求をすべて呑めと言いたいのかな」

勝介はビスカイノに確認を取るように話すと、深く頷きながらも言葉を続けた。

「もう一つ、お願いがあるとのこと。日本という国は地球儀にも海図にも小さく、はっきりとは書いてまへん。どこに港があり、江戸や京、大坂が、どこかもわからしまへん。それでは日本に教会ができ神が宿っても、冶金職人をどこの港で降ろせばよいか、わからないと申されております」

「なるほど、道理じゃ。で、大八《おおや》洲《しま》の地図を出せと申すか」

「畏れながら」勝介は渋い顔で平伏した。「日本の地図は南蛮人の使う地図とあまりに違い過ぎて役には立たんそうどす。それは按針殿も、ようご存じのはず」

家康が左列の下座に目をやると、そこに控えている按針は神妙な顔で頷いて見せた。

おそらく地図の測量も、銀の冶金や造船技術同様、南蛮から遅れているに違いない。

「されば、ビスカイノ殿は如何にせよと申されておる」

「日本の海岸の、測量のお許しを得たいと。勿論、地図が完成した暁には、元の地図を大御所様が。写しはビスカイノ殿のノビスパンが持ち、両国で使うとのことにおます」

昨年、按針が推測したことと符節を合わせたように同じだ。が、測量技術を知るにはいい機会だ。

「相わかった。測量を許す。同じ地図であれば、行き違いもなかろう」

その時、下座に控える按針が驚きの顔を向け、首を横に振って見せたが、家康は目で制した。

その様子をビスカイノも目にしたらしく、勝介の訳す言葉に満足げに頷きながらも按針のほうを見て語気を強めた。

「如何した、勝介」

「ビスカイノ殿は何ゆえ、異教徒がこの城におるのかと、不機嫌なご様子。もし今後も大御所様がエゲレス人を雇うなら、スペイン国王はご立腹されはると申しておられます」

イギリス艦隊のスペイン無敵艦隊を破ったという事実が未だに尾を引いているらしい。イギリスがスペインにとって如何に脅威かがわかる。理由はおそらく按針も自慢した、イギリスの大砲の威力に違いない。

家康は苦笑しながら言葉を継いだ。

「ビスカイノ殿、心配はご無用。あの者はすでに日本人。妻はスペインと同じカトリックぞ。按針はその妻にぞっこんでの、尻に敷かれておる。しかもルソン総督ロドリゴ殿との約束を守り、己の領地の浦賀に修道院まで建てた律義者。のう、按針」

「それがしは大御所様に忠節を尽くす、侍にござる、ビスカイノ殿」と日本語で言った。

勝介がビスカイノに家康と按針の言葉を訳して伝えているさ中、勝介の側に控えていた宣教師、ルイス・ソテロまでもが口を挟んできた。

「されど大御所様はオランダにも交易の許可を与え、平戸に商館まで建てております」

「――大御所様の御前なるぞ！」と言下に正純。「許しもなく口を挟むは無礼千万。慎しまれい！」

「まぁ、よい。正純。したが、ソテロ。オランダの使者の話では、スペインとオランダは二年前、エゲレスの仲裁で和議を結んだと聞いたが、それは如何に」

「そ……それは確かに、そうではございますが」

「和議を結んだ後も敵視するがカトリックの教えか。まして、スペイン国王が未だにエゲレスやオランダを、敵だ、異教徒だと申すような、そのように器の小さき御仁であろうはずがない。スペインは確か『日の沈まぬ国』というほどの大国と聞いた。まさかとは思うが、その使者のビスカイノ殿までもが未だに、小さきエゲレスやオランダを敵視しているとも思えぬがのう」

勝介が家康の言葉をすぐに訳して伝えたらしく、ビスカイノは按針と家康に交互に視線を向け苦笑しながら囁《ささや》いていた。

「大御所様。ビスカイノ殿は長い航海の疲れで按針殿を見間違えたとのことで、確かに按針殿は日本の侍だと申されております。尚、測量のお許しはドン・フェリペスペイン国王に成り代わり大御所様に深く感謝し、神のご加護があらんことを心よりお祈りしておると申されております」

「長旅の疲れで見間違うことはようあること。お互い誤解が解けて何より。これからは過ぎた昔を振り返らず、ともに前を向いて進もうぞと、くれぐれも宜しくと申し伝えよ」

はっ。勝介は即座に訳すと、ビスカイノは老獪《ろうかい》な笑みを浮かべ、軽く頭を下げた。

五

ウィリアムが生きている——衝撃だった。

ウィリアムが家を出て、十三年目にして届いた報せだった。

ロンドン郊外に住むメアリー・アダムスの許に手紙が届いたのは、一六一一年四月十二日——。

その日は、丁度、五年前の一六〇六年に、イングランドとスコットランドの統一の証として〈ユニオン・フラッグ〉が制定された記念日であり、娘デリヴァレンスが初めて産んだ娘の一歳になる誕生日でもあった。内輪だけのささやかなパーティを開いていた夕方で、娘夫婦と、家を出て独立していた息子のジョンも久しぶりに顔を見せていた。

アパートの玄関に出たメアリーは、突然、渡されたウィリアムからの手紙に、あまりの驚きで床に座り込んでしまった。

手紙を持ってきたのは、最近できたという東インド会社の総裁トーマス・スマイス卿《きょう》の使者。ウィリアムの妻メアリーであることを確認してから手紙を渡すと、今月、イギリスの船が日本にいるウィリアムの許へ向かうことを簡単に伝え、逃げるように帰っていった。

「愛する妻よ、私たちが離れ離れになったあの日から、私に起きたすべてのことを貴女に話さなければならない――」で始まる手紙は、確かにウィリアムの筆跡だった。

あまりの懐かしさに涙が溢れた。手紙は六年前の一六〇五年に書かれたもので、一五九八年六月二十四日にオランダのテセル港を出帆してからのことが詳細に記されている。枚数は五枚ほど。

デリヴァレンスもジョンも、父親が生きていたことがよほど嬉しかったのだろう。テーブルの上に並んだ料理を前に、嗚咽しながら手紙を読んでいる。

思えばあの日も、こんな夜のとばりが下りる夕暮れだった。仄かに漂うバラの香りの中、ウィリアムの友人と義弟トーマスの四人で夕食を兼ねた歓送会をしたことを憶えている。

今年は例年とは違い暖かいこともあり、あの時と同じく、庭の赤いバラもすでに咲いている。

今のロンドンの風景は十三年前の、あの頃とはがらりと変わった。大砲づくりの工場がそこかしこに建ち並び、赤レンガでつくられた煙突が何本も立っている。石炭を一年中、燃やしているからか、常に異臭が漂い、空は曇《どん》よりと重く暗い。

変わったのはロンドンの風景だけではない。涙を流しながら送り出した、二十六歳と若かったメアリーもだ。来年で四十歳になる。当時、おませな八つだったデリヴァレンスは二十一歳となり、一児の母になった。人一倍好奇心が強く手に負えなかった六つのジョンは十九歳となり、家を出て独立している。

これは僕の最後のチャンスなんだ。わかってくれ、メアリー。僕は必ず戻ってくる——
——。

そんなウィリアムの言葉を信じて待ったメアリーだった。だが……。

その望みは出航した翌年、五隻の船団の一隻、ヘローフ号がテセル港に戻ってきたことで、あっさりと打ち砕かれてしまう。ただ、遺体を目にしていないこともあり、心はウィリアムの死を認めてはいなかった。というより、当時は悲しんでいる余裕すらない。
——そう。食べ盛りの子供二人を、女手一つで育てなければならなかったからだ。

メアリーは毛織物工場で一日十二時間、わずか八ペンスを得るために必死に働いた。

中でも辛いのは一年に一度、刈り取った羊の毛を洗う作業だ。いつも春先の、この時季に行う。

とても女の仕事とは思えないほどの重労働だ。水洗いして乾かした羊の毛をほどくにも、かなりの力がいる。それを均等な太さの毛糸に紡《つむ》がねばならない。それが終われば手織りの作業だ。毎年、同じ作業の繰り返し。だが、一年働いても十ポンドにもならない。家族三人、暮らしていくのがやっとだった。

手紙を読み終えたメアリーが思わず「ライク・サー・ドレーク」と、あの当時、ロンドンの男たちが口にしていた言葉を溜め息まじりで呟くと、ジョンが涙を拭い苦笑いした。

「それを言うなら、ライク・ア・フロッグ（蛙のように）だろう、母《かあ》さん。よく父《とう》さんのことを、そんなふうに言っていたじゃないか」

憶えている。一攫千金を夢見て海に出ていく男たちを、陸では生きられない蛙に譬えていた。

そんな蛙だった男たちの生き方も、今は一転。海ではなく山に向かい、モグラのように石炭を掘っている。息子のジョンも炭坑夫になった。

「ウィルが生きていたとは……。それも、黄金の国ジパングにいただなんて」

「黄金の国か……。手紙を出せるくらいだ。父さんは今頃、ジパングで大金持ちになっているかもしれないね、母さん」とジョンが目を輝かせると、「でも、変じゃない？」とデリヴァレンスが言下に言った。

「この手紙だと、父さんは皇帝の宮殿の牢に入れられたところで終わっている。私には、まだ続きがあるように思えるんだけど」

東インド会社の使者が逃げるように帰ったのは、それが理由だったのかもしれない。

「きっとジパングの位置が記してあったんだと思う。近く、イギリスの艦隊がジパングへ向かうと、手紙を持ってきた使者の方が言ってらしたから」

「じゃ、父さんは生きているのね」

メアリーはにっこりと笑みを返したが、思いは複雑だった。

死んだと思っていた夫が今も生きていると知ったからか、何とも言えない怒りが腹の底から込み上げてくる。ロンドンでは昔から「貧乏がドアから入って来ると愛は窓から逃げて行く」と言うが、もうウィリアムに対する愛はない。あるのは憎しみだけ。あの時、航海さえ断念してくれれば、メアリーはこれほどの苦労を背負うことはなかった。

メアリーはテーブルの上の手料理に目を向ける振りをしながら、自分の手に目を落とした。

毛織物工場で十年以上も手を酷使《こくし》したため指は硬く節《ふし》くれだち、皮膚はかさかさで皺だらけ。とても女の手には見えない。おそらく顔もだろう。ウィリアムが出ていったあの日以降、ドレスを新調したこともなく、化粧することも忘れ、なりふり構わず働いてきたのだから当たり前かもしれない。そんな老いて薄汚れた女にしたのは、――そう、ウィリアムに他ならない。

「ねぇ、母さん。もう働くのは辞めて、家で父さんの帰りを待ったら」

デリヴァレンスが、さりげなく声を掛けた。メアリーの、わずかに残る女心に気づいたらしい。

「何言ってるの。働かなきゃ生きてはいけないのよ。何でも値上がりしているでしょう」

原因は大砲をつくるための銅や鉄を熔かす石炭の高騰《こうとう》だ。その影響で近年、石炭や薪《まき》の価格は毎年のように跳ね上がり、ロンドンの寒い冬を越すのは大変になっている。

「それなら母さん」とジョン。「東インド会社に行って、父さんの今までの働き分を払ってもらえば。黄金の国に辿り着いたんだ。それぐらいの働きはあるよ。ねぇ、デリ」

「ジョンの言うとおりよ。イギリスの船団が向かうのなら、来年辺り、父さんも戻ってくるわよ、いっぱいの黄金を持って。少しは身綺麗にして、父さんを迎えてあげなさいよ、母さん」

――過ぎた時間が二度と戻らないように、深く刻まれた皺は絶対に消えない。

メアリーは薄く笑った。

「もう父さんを当てにしていないの。いつも裏切られるから」

「だけど」

「――デリ！　もうやめて」言下に遮った。「私はもう自分の人生に何も期待していないの！……お願い。わかって。きょうは孫の顔を見ながら、ゆっくりと食事して家族で過ごしたいの」

――そう。明日からまた刈り取った羊の毛の水洗いの作業に入る。夢など見ている暇などない。

デリヴァレンスはまだ何か言おうとしたが、隣で幼い孫を抱く夫にたしなめられ口を閉じると、ジョンと頷き合っていた。

二日後の午後、メアリーはロンドンの中心街、バッキンガム宮殿の北にある東インド会社の建物の一室で、トーマス・スマイス卿に会っていた。

毛織物工場を、突然、解雇されたからだ。理由は、雇い主が多くの若い娘を働き手として雇い入れたためだ。婆さんたちは、もういい――。それが雇い主から言い渡された言葉だった。四十前後から上は有無も言わさず、解雇された。

メアリーは解雇された仲間と、他の毛織物工場に職を求め歩いた。だが、雇い主は皆、同じ。婆さんたちに用はない――と、どこも雇ってくれない。

今後を考えると、蓄えもなく不安だった。とはいえ、独立した二人の子供に頼りたくはない。その時、思い出したのが、ジョンの「父さんの今までの働き分を払ってもらえば」のひと言だ。

メアリーは結婚当時に買った古いドレスを着て、久しぶりに化粧を念入りにし、先日、使者から渡されたウィリアムの手紙を持って東インド会社を訪ねた。しかし……。

テーブルに着いたスマイス卿は、メアリーの胸の内を何もかも見透《みす》かしているようだった。

歳は四十半ばほど。灰色の髪にも貴族らしい気品が漂っており、服装も平民とは違う。細かで豪華な刺繍で覆われた高級なジャーキンを着、首には、同じように刺繍の施された大きく威厳のある蛇腹のラフが巻かれている。腕を組んだ左手の指には、インゲン豆ほどの大きなサファイアの指輪。それだけに余計、気後れしてしまう。

スマイス卿は口元に皮肉な笑みを浮かべた。

「アダムス夫人」威圧するような低い声だった。「これまでの働き分とおっしゃるが、あなたのご主人の雇い主はオランダの貿易商フェーク・ハーヘン社であって、わが社ではない」

――そうだ！　忘れていた。

メアリーはあまりの恥ずかしさで身がすくみ、顔が赤くなるのを覚えた。

「で、では、この手紙の残りを返して頂けませんか。この手紙は途中で終わっています。これでは夫がジパングのどこにいるのか、生きているかもわかりません」

スマイス卿は深く頷いた。

「残念だが、ジェームズ国王の命で、お見せすることはできない」

「国王の命……？　それほど大事なことが書かれているのですか」

「それにもお答えはできない。ただ、ご主人は生きており、ジパングの皇帝の側で、かなりの厚遇を受けていることだけは伝えておく」

「――本当ですか！」つい取り乱していた。「あ、いえ……で、いつ主人はイギリスに？」

「残念だが、それもお答えできない」

　メアリーはあまりの高圧的な態度に、大きく溜め息を吐いて立ち上がった。

「妻の私には何も教えない。それが私たち平民への、ジェームズ国王のなされ方なのですね。でしたらオランダに渡り、フェーク・ハーヘン社に掛け合ってみます。何か、夫のことを教えてくれるかもしれませんので」

「待ちたまえ、アダムス夫人。ご主人のことは国益に関わることだ。オランダは同朋とはいえ、東インドでは微妙でね」

　スマイス卿の話では、日本で布教活動をしていたイエズス会はカトリック教徒の〈追放令〉で撤退を余儀なくされ、そこに目を付けたオランダが武装商船団を送り、近年、日本に商館を建てたという。その影響で、パタニやバンタム、モルッカ諸島の覇権が変わり、イギリスとも小競り合いが起きている。さらに、日本にいるフランシスコ会やドミニコ会のパードレが多くのスペイン人を手引きし、巻き返しを画策しているとのことで、予断を許さないとのことだった。

「だから、あまりご主人のことで騒がれても困る。そこで私の個人的な提案だが、ご主人が帰国するまでの当座の給与として二十ポンド前払いしよう。それでどうかね、アダムス夫人」

二十ポンド——。毛織物工場での二年分の賃金より多い。

「では、夫はこの東インド会社に入るということになるのですね」

「今は詳しくは話せない。ご主人の命に関わることとなんでね」

スマイス卿は声を落とした。ウィリアムは日本の王の側で交易に関する助言をしているだけでなく、日本に増えつつあるカトリック教徒の排除の手伝いもしているという。それに危機感を覚えたスペインやポルトガルのパードレたちは密かに日本人の刺客を使い、ウィリアムを亡き者にしようと企てているとの噂があるとのことだった。

「それで、夫を助けにイギリスの船団が……？」

スマイス卿は曖昧《あいまい》に頷くと、貴族独特の冷たい目で睨んできた。

「ジェームズ国王は長い腕をお持ちだ。やがてわが国はスペインにとって代わり、世界を手にする。だからこそ今は騒がず、じっと待っていてもらいたい。決して悪いようにはしない」

「わかりました。夫を護るために船団を出してくださるジェームズ国王とスマイス卿、並びに神に感謝いたします」

あれほど夫を憎んでいたにもかかわらず、スペインやポルトガル人から命を狙われていると聞いて、急に不憫に思えた。だからか、メアリーの心に一筋の光が射し始め、今は少しだけウィリアムを信じられるようにもなっている。そんな心の変化をあたかも後押しするように、メアリーの耳の奥でウィリアムの言葉が何度も響き渡っていた。

メアリー。僕は必ず戻ってくる——。

六

按針はオランダ商館の様子を見てくるよう家康から命じられ、昨年（一六一一）十月より、ブリガンティン船・国進丸で平戸に来ていた。

驚いたことに、平戸のオランダ商館には、関ヶ原の戦いで心を病んだヤン・コウシンセンや、伊豆で国進丸や按針丸を一緒につくった船大工のピーテル・ヤンスゾーンも雇われていた。コウシンセンも日本人と結婚しオランダ商館の通詞兼秘書官を務め、ピーテルは日本人商人との交渉窓口となっている。二人は、木《き》引田町《ひきだちょう》の按針の借家からも近い、オランダ商館のある崎方町《さきがたちょう》に家を借りていた。

平戸は江戸とは違い、さほどに大きな街ではないが、オランダが商館を建てた地だけのことはある。交易が盛んなこともあり、内外の情報がいち早く入る。昨年、ノバ・イスパニアからの使節団が来日したことは、すでにオランダ商館員も知っており、盛んに動向を訊ねてきた。スペインとオランダが休戦状態にある今も、パタニ近辺では両国の些細な諍いがあるからだ。

つい最近も長崎周辺で、測量していたスペイン船とオランダ船の睨み合いがあったばかりだという。もし日本がスペインに征服されれば、真っ先に被害を蒙るのではないかと不安げだった。

按針はスペインの侵略のやり口を熟知している。だからこそ、駿府を発つ前、家康に「ビスカイノの測量は日本侵略の準備」と苦言を呈した。家康は「わかっておる。じゃが、わしはどうしても冶金職人が欲しい」と黙認する姿勢を取っている。

だが、幕閣としては放ってはおけない。四倍もの銀を抽出できるという〈アマルガム法〉を報せた責任もある。だからと、オランダ一国では大国スペインやポルトガルが相手では到底、太刀打ちできない。

そこで按針は本国に宛て、再び按針が日本にいることを伝え、日本の現状とともにイギリス船を差し向けるよう誘いの手紙を書き、オランダ商館長に託した。

それが今年（一六一二）に入り、嬉しい報せが平戸のオランダ商館に届いた。以前、江戸でクワケルナックに託した手紙が、イギリスの東インド会社の総裁トーマス・スマイス卿の手に渡り、その返書が届いたのだ。手紙には按針の希望どおり、日本へ船団を出すとあった。ただ――。

今の按針にとり、最も心の負担になる辛い報せも書かれていた。

ロンドンにいる妻、メアリーのことだ。苦しい暮らしながらも、按針を待ち続けているという。よほど困窮しているのか、スマイス卿はメアリーに個人的に二十ポンドを貸したとあった。

ロンドンを出て十四年――。メアリーは按針より八歳下だから、四十歳。娘のデリヴァレンスは二十二歳で、息子ジョンは二十歳になる。女手一つで育てたとなると、その苦労は如何ばかりであったろう。しかし、今の按針には、どうすることもできない。

戦のない平和な世づくり――という家康の夢を手伝う覚悟を決め、それが神の与えた運命と受け止めてから「三浦按針」という日本人として生きてきた。だからこそ、お雪との間に子供を儲け、新たな家族をつくったのだ。しかし……。

何とも言えぬ罪悪感が胸を締めつけている。

こうなることはわかっていた。日本人として生きてきたとはいえ、心の中には常に、メアリーと二人の子供が重くしこりのように存在していた。家康から帰国を許されないこともあり、目を向けないようにしてきた。いや——。

　本音を言えば、目を向けたくはない。というより、過去を封印しなければ前に進めなかった。だからこそ「三浦按針」という日本人になりきれたのだ。

それが日本で暮らすうちに、自分が思っていた以上の幸せを手にした。領主となり、幕閣となった今、お雪と二人の子供のいる日本を護りたい。それが正直な今の気持ちだ。身勝手と思う。だが、どうすればいいのかすら、今はわからない。

悶々とした按針の心を試すかのように、将軍秀忠が突然、幕府の領地である直轄地にキリスト教を禁ずる〈禁教令〉（正式名「伴天連《ばてれん》追放之《の》文《ふみ》」）を布いた。

日本では触れが出されると徹底される。ことにカトリック教徒には厳しい。ここ平戸でも多くの信者が国外追放となり、ジャンク船に乗せられている。幸い平戸の役人たちは按針やオランダ商館員には一切、手出しはしなかった。

　とはいえ、引き立てられていく切支丹信者の姿を目の当たりにしただけに、お雪のことが心配でならない。江戸にいるお雪を、すぐさま直轄地の江戸から逸見の屋敷に移さなければ、すべてを失う。

四月に入るや、按針は国進丸で、家康のいる駿府にも寄らず、江戸へと急いだ。

通常、平戸から江戸まで、和船で十日以上は掛かる。それを按針は国進丸で、南から北に流れている海流に乗り、五日で着いた。

幸い江戸の屋敷では家族や下男・下女に至るまで皆、無事だった。二人の子供はお雪の機転ですでに逸見の屋敷に移っていた。

いつものように玄関に上がるや、お雪を思いっきり抱きしめてから奥ノ間に入った。

按針はお雪を座らせ、しみじみと見た。

結婚して十年。二十歳下だから、二十八歳になる。「日本の女子は実にミステリアスだ。何年経っても若くて綺麗だ」とはヤン・ヨーステンの口癖だが、お雪も若いままだ。とても二児の母には見えない。切れ長の目。バラの蕾のような唇。長い黒髪も美貌も変わらないどころか、ますます円熟味と品が加わり美しくなった感すらある。近頃、駿府や平戸に行き、長らく家を留守にしていたからか、お雪が愛おしくて堪らない。

難を言えばカトリック教徒という点だ。今まではマニラ総督との約束で領内に修道院を建てたこともあり黙認してきたが、今度だけは、どうしても改宗してもらわねば三浦家の存亡に関わる。

按針は淫らな気持ちを振り払うように息を吐くと、お雪の目を見つめ静かに言った。

「お雪。君も知っているように、上様（秀忠）は〈禁教令〉を出された。……君が今、首にしている十字架を捨ててくれ。頼む」

お雪の目に驚きと、悲しみが宿ったように見えた。

「身に着けていることを知ってはったのどすか」

一緒に寝る時以外は、いつも着物の下に提げていることは前から知っていた。

「君と夫婦になって十年になるんだ。君のことは誰よりも知っている。……君を失いたくない」

お雪は目を落とすと、着物の下にある十字架を庇《かば》うように胸元の襟を両手で押さえた。

「大御所様はノビスパンとの交易で布教は認めておられたはず。領内には修道院かて建てたやおへんか。そやのに何で、江戸の上様は〈禁教令〉を布かれたのどす」

「わからない。戦の種となるものはすべて取り去るのが、上様のお考えらしい」

わからないとは答えたが、理由は家康の側近衆から聞いていた。

事の発端は三年前の一六〇九年、肥前長崎の大名有馬晴信の朱印船がポルトガル領のマカオへ赴いた折、取引を巡りポルトガル人に船乗り六十人を皆殺しにされたことにある。そのポルトガル人の船が長崎に入ったとの報せに、晴信は報復を幕府に願い出、船を攻撃。その折、目付《めつけ》役として付いた岡本大八《おかもとだいはち》が、ポルトガル船を撃沈させ復讐を果たした恩賞に幕府は旧領を返す用意があると嘘を吹き込み、さらに偽の渡海朱印状を渡し、口利料《くちきき》として六千両を受け取っていた。

この岡本大八という目付が、家康の側近本多正純の家来だったことが、より問題を大きくした。

その後、何の音沙汰もないことに業《ごう》を煮やした晴信は、最近になって直に正純に談判したことで大八の嘘が発覚。捕らえられた大八は虚偽や朱印状の偽造を認めた挙句、晴信が長崎奉行の長谷川藤広《ふじひろ》を殺害しようと企てたことを暴露した。

結果、幕府の処罰は今までにない厳しいものとなる。

賄賂《わいろ》を贈った大名有馬晴信は斬首。岡本大八は火刑となった。

それだけには留まらない。晴信が切支丹だったことから各地の切支丹大名は改易・国外追放となり、幕府直轄地に〈禁教令〉が布かれた。

それに関連しているのかどうかは定かではないが、ポルトガル人宣教師ツズ・パードレも長崎奉行に訴えられ、一昨年（一六一〇年）マカオへ追放されている。

「頼む、お雪。十字架を捨ててくれ」

「何で幕府はカトリックだけを嫌うんどす。プロテスタントとの違いもわからへんのに」

「オランダは布教はしない。交易のためだけに日本にやって来る。だが、スペイン・ポルトガルはパードレを送り込み、大名や侍を切支丹にして操り占領する。それが手だ。だから」

「――嘘どす!」語気を荒らげ遮った。「神に導いてくださったパードレ様は、どなたも皆、神に身をささげた敬虔《けいけん》な方々どす。人の国を奪おうなどと思うはずがおへん」

「私も、彼らが純粋に布教のために来ていることは知っている。だが、スペイン・ポルトガルはこれまで布教を占領の手段に利用してきた。利用されているパードレですら気づいてもいない。だからと放ってはおけない。大御所様はこの日本を護らなければならない、皇帝だ」

「うちは嫌どす。今のあては、デウス様だけが心の支えなんどす」

骨に沁み込んだものは体から抜けないとは言うが、まさかお雪が、ここまでのめり込んでいるとは思いもしない。

だが、このままにしてはおけない。正純の家来は火刑にされ、家康の寵愛を受けていた侍女（ジュリア）までもが離れ小島へ追放となった。いくら按針が家康の覚えがいいからと、絶対に容赦はしない。そこが、小さな漏れが大船を沈めるという――イギリス人にも似た思考を持つ、大御所家康の厳格にして怖ろしいところでもある。

「お雪。ジョゼフがお腹にできた時、君は何と言ったか憶えているかい。パードレから、カトリックの洗礼を受けた者は異教徒と結ばれても、子は授からないと教えられたと言った。だけど、ジョゼフが生まれ、スザンナも生まれた。あの子たちの心は穢れているかい?」

それでもお雪は頑なで、胸元の着物の下の十字架を両手で押さえた。

「胸に提げている十字架を捨てるんだ。そして、しばらくの間、逸見の屋敷に行ってくれ。私はもう家族を失いたくはない。君のわがままのために、子供たちまで殺されてもいいのか」

「うちのわがまま?」お雪の顔が再び気色ばんだ。「神を信じることが、わがままなことどすか」

「私の話を聞くんだ」諭すように言った。「聖書には人は生まれた時、神は誰の心にも平等に宿っていると説いている。だから神の子なんだ。ただ残念なことに、誰もが生きているうちに心が穢れていく。そうならないために聖書と祈りがある。十字架には決して神は宿ってはいない」

「けど……うちは亡《の》うなった父が信じた神を捨てることはでけしまへん」

「――お雪! 君の心の中にいる神に訊ねてくれ。神はきっと、十字架より家族を護りなさいというはずだ。そうでなければ君の心の中にいるのは神ではない。悪魔だ」

険しい表情で按針を見つめるお雪の目から、大粒の涙が頬を伝い、膝《ひざ》に落ちた。

七

幕府は直轄地だけに出していた〈禁教令〉を全国に広げようとしていた。

未だ日本にノバ・イスパニア大使セバスチャン・ビスカイノが滞在中なだけに、按針ばかりでなく、ビスカイノの案内役を務める御船手奉行の向井忠勝も驚いた様子だった。

忠勝はマニラに赴いた折、按針が異国の地で臆することなく堂々とロドリゴ総督とスペイン語で交渉するのを見て感動したらしく、帰国後、スペイン語を習いたいと申し出てきた。教えたのは一年余りだが、今では話せるまでになっている。

その忠勝によると、ビスカイノ一行は昨年十一月に測量を終え、家康からの親書を受け取り、一旦は帰路に着いたものの嵐に遭遇。乗っていたサン・フランシスコⅡ世号が破損したため浦賀に戻った。だが、破棄せざるを得ず、今は東北の大名、伊達政宗の許で新たにガレオン船をつくっているという。それに関わる船大工はすべて、按針やピーテルが教えた者たちだった。

気になるお雪だが、按針の前では吹っ切れたように振る舞っている。だが、実際は領民たちを使い、密かに江戸や浦賀近辺のパードレや信者たちを逃がす手伝いをしていた。そのことが、按針との間に僅かな溝となっている。そんな悶々《もんもん》とした日々が続く中、按針が心待ちにしていた祖国イギリスの船団が、ようやく日本にやってきた。

一六一三年（慶長十八年）七月十九日、午前十時——。

按針を迎える礼砲がイギリス帆船から三発、ヨーロッパ風の赤いレンガ造りの家が建ち並ぶ平戸の港に轟いた。

感無量だった。日本に漂着して十三年。三十六歳だった按針も、今は四十九歳——。二隻の帆船を従えた旗艦クローブ号は按針が乗ってきたリーフデ号より二回り大きく、今まで目にした、どの船よりも美しい。三本のマストには両手を広げたような帆桁が各々三本もある。帆船三隻の堂々とした様はイギリスの偉大さを誇るに相応しく、周りに停泊する和船やジャンク船を圧倒していた。

平戸藩主、松浦法印《ほういん》（鎮信《しげのぶ》）の家来の案内でクローブ号の甲板に降り立つと、揃いのネービーブルーのジャーキンの上着に白いホーズを穿《は》いた男たちが大勢、整列していた。

まず按針を出迎えたのは、法印だった。六十半ばと高齢のためか、頭には髷もない。

法印は外国人の面倒見がいい。かつてリーフデ号の船長クワケルナックを帰国させるためにジャンク船を提供したのも、また、初めてオランダから来た使節団をメルヒョールと共に家臣に護らせ駿府へ送り届けたのも法印だ。今回もどんな経緯かは知らないが、イギリスの面倒を見るつもりらしく、報せてきたのは法印だった。

法印は皺だらけの顔に笑みを浮かべた。頭は夏の太陽に照らされ、眩しいほどに光っている。

「按針殿。お待ちしておりました。本国の皆様がお待ちかねですぞ」

法印が道をあけると、一際、目立つ金糸の刺繍の入った立派なジャーキンを着たブルネットの髪の男が、親しげさを装いながらも冷めた笑顔で前に出てきた。

おそらく司令官だ。首の周りを着飾るラフは今まで見たこともないほど大きな蛇腹で、しかもレースをふんだんにあしらっているところが、如何にもイギリス貴族らしい。歳は三十半ばほど。イギリス人らしい彫りの深い顔で尖った顎を鬚で覆ってはいるが、すぐ側に年老いた法印が控えていることもあって少年のように見える。

「予《よ》はイギリス艦隊総司令官、ジョン・セーリスである」久しぶりに聞く母国語だった。

「あなたが、かの有名なアダムスさんだね」

「如何にも、私がウィリアム・アダムスです、司令官。この日本では『三浦按針』という名前で、人々からは『アンジンサマ』と呼ばれています」

セーリスは無遠慮にも、値踏みでもするかのように視線を上下に走らせた。

「ほう、アンジンサマ。あなたの出で立ちは、まるで日本人かと見間違うほどだ」

按針という名前を家康からもらって以降、日本人になりきるために小袖と袴、それに大小二本の刀を常に差している。

セーリスは、小馬鹿にしたような目で按針の胸を指差した。

「胸にある、スペードのような印は貴族の証かね」

「これは、わが三浦家の家紋です」按針は後ろに控えている法印に目をやった。「法印殿の胸にあるものと形は違いますが、家を表す家紋です」

「家によって違うわけか。家紋を大事にするのは、わが国と同じだ。それにしても、あなたは人を待たせる。予は十八日間も、ここで待った」

「そうならないために、私はバンタムへ手紙を出しておいたんです。平戸ではなく、日本の皇帝が住む駿府に来て欲しいと。駿府はここから北へ二百五十リーグ行ったところです」

按針は手紙で駿府の位置を北緯で明確に記し、通商を結ぶには便利なので直接来るよう指示し、何が有益な交易の品になるか、また、大よその値段まで報せておいた。

「予がバンタムで受け取った手紙には、あなたが日本へ着くまでと、あなたの活躍や貴族になった事柄。それと、江戸から平戸にかけての東海岸なら、どこでもいいとあっただけだ」

「手紙の日付はいつでしたか？」

「一六一一年十月二十三日です」と、若い秘書官らしき男が答えた。

「それではない。今年の一月に出したものです」

「残念だが、その手紙は受け取っていない。またオランダがどこかでくすねたのかもしれない」

「また……？」

側にいた法印は揉《も》めていると思ったらしく、二人の間に割って入ってきた。

「按針殿が遅くなられたのは、報せに行ったわが家の使者が按針殿の居場所を探し出せなかったからにござる。あの者は追放しましたゆえ、どうか、それがしの顔に免じて、お許しくだされ」

「ご心配なく。旅での行き違いはよくあること。セーリス司令官は、まだ日本をご存じない」と按針が日本語で返してから、英語で「司令官。日本はイギリスとは言葉から時間や距離の測り方まで、何もかも違います。ゆったりと構えていたほうが宜しいかと存じます」と伝えた。

　セーリスは見下したような視線を向けた。

「お言葉だが、予は平民とは違い、焦ってなどいない。あなたが来るまで、法印殿のお蔭で十分、旅の疲れを癒したし、この国を堪能もした。黄金の国ジパングは金や銀だけではないということも知った。ことにジパングのご婦人は蠱惑《こわく》的な美しい肌をお持ちだ。うーん、実に甘美で素晴らしい。予はすっかり虜《とりこ》だよ。あなたが祖国に帰らない理由も頷ける」

　言葉の端々にイギリス貴族特有の嫌味と威圧的な棘《とげ》がある。親書を預かってきたという驕《おご》りもあるのだろう。

　セーリスは薄く笑った。

「勿論、今後のことはアンジンサマが頼り。ご教授願いたい。では、皆を紹介しよう。まずは、リチャード・コックス君だ。彼は大蔵委員付秘書官ウィルソン卿に助言をするほどでね――」

　セーリスは、イギリスから連れてきた面々を次々と紹介した。

　いずれも四十歳前後の貴族出身者だった。羽織っている上着だけでなく、指輪やベルトの金具、レイピアの柄や鍔などに、さりげなく赤や青の宝石や金の宝飾がほどこされていた。それに比べると、按針が身に着けている実用性を重んじる日本の着物や刀はみすぼらしく映る。

話の内容も貴族階級の知人や親戚筋のことばかり。如何に伝統ある格式の家柄で、顔が広いかを自慢げに話している。改めて貴族と平民の格差を思い知らされた。

「一応、紹介も済んだ。では、下船して法印殿の屋敷でゆるりと話を伺おう。今夜はささやかなパーティをと考えている。グラスを傾けながら、如何かな」

「喜んで。思いも掛けぬ歓迎に感謝します、司令官」

セーリスは法印に顔を向け、唇を舌でなぞる卑猥な仕草をしてから言った。

「ホウイン（法印）殿。できれば、先日の美しいご婦人方もお願いする」

「わかっております、セーリス殿」

法印は老獪な笑みを口元に漂わせた。

八

按針が案内されたセーリスたちの宿舎は、平戸港の南の高台にある平戸城内の、大きな屋敷だった。

屋敷に入るや、平戸港に停泊していたクローブ号から歓迎の祝砲が九発轟いた。

按針を特別扱いしている証なのだろうが、平戸城の北、港を挟んだ対岸にはオランダ商館が建っていることもあり、何とも気恥ずかしい。

歓迎の仕方はすべてイギリス式だった。廊下にはヴィオール（バイオリン）やリュート（弦楽器）などの演奏者十人ほどが並び、壮麗な曲を奏《かな》でている。

隣の広間には、一目で高級とわかるペルシャ絨毯が敷かれ、白いクロスで覆った長いテーブルの上には銀の燭台が何本も立っていた。まるでイギリス貴族にでもなった気分だ。

按針は案内されるまま細長いテーブルの中央に座ると、セーリスが対面に着き、位の順に中央から端へと座った。驚いたことにセーリス以下船員は靴を履いたままだ。法印は日本のしきたりを何も教えていないらしい。その法印はテーブルの端で家臣らと座し、盛んに指示を与えていた。

食事のメニューは、貴族が食する宮廷料理だった。鹿や鴨などの肉は法印が提供したのだろう。胡椒を使ったジビエ料理は見た目も豪華で味わい深かった。他にも故郷イギリスのチェダーチーズやフランスのサンテミリオン産の高級赤ワインなど、貴族と平民の差をまざまざと見せつけられた思いだった。

　食事が終わり、セーリスが親しみのある笑みを浮かべた。

「ところで、アンジンサマ」

「司令官。按針とお呼びください」

「では、アンジン殿。我々はジェームズ国王陛下から親書を預かってきた」

「ジェームズ国王……？　エリザベス女王陛下は如何なされたのですか」

　セーリスの顔が驚きに変わった。

「十年前に亡くなられたよ。そうか。確かアンジン殿は、その前にジパングに向かったんだね」

「ええ。イギリスを出て十五年。ジパング――日本に着いて十三年になります」

「なるほど。今、わが国はイングランドとスコットランドが手を結び、ジェームズ国王陛下の下、大いに発展を遂げている。クローブ号に掲げてあった〈ユニオン・フラッグ〉が、わが国の新しい旗だ。アンジン殿も祖国に戻る気があれば、クローブ号でお送りしよう。あなたには特等室を用意している。これもジェームズ国王からの命令だ」

「国王からの命令で特等室を。ならば、ぜひ……」

　――いや、それはできない。私は大御所と共に泰平の世をつくる約束を交わしている。

「司令官。大変あり難いお話だが、私は今、皇帝の臣下です。皇帝から帰国を許されてはいないので、残念ですが、ご辞退します」

「この国の皇帝の臣下？　皇帝から帰国を許されていない……ほう。——あ、わが国の民であることを捨てたということで、アンジンという名に変えたのかね」

「三浦按針という名は、領地とともに皇帝から与えられたものです」

　セーリスはわざと驚いた顔で周りを見回すと、悪戯っぽい目を向けてきた。

「確かロンドンには、かつてウィリアム・アダムスと名乗られていた頃の、ご夫人がおられるそうだね。ホウイン殿からいろいろと教えて頂いたのだが、日本でも結婚なされたとか」

「皇帝の命です」

「皇帝の命で結婚を……？」セーリスが揚げ足を取るように言うと、非難するようなざわめきが起きた。「実に嬉しい命令だ。それで名も変えたということか。それなら責められる理由はない」

　セーリスの口ぶりは、あたかも按針が背徳者であるかのように聞こえた。

「皆さんは、この国をまったくご存じない。この日本では」と按針が続けようとするや、誰かが「ジパング女の肌は十分、知っているよ」と揶揄し、テーブルは嘲笑に包まれた。

セーリスは、楽しむように回りと頷き合ってから言葉を継いだ。

「予も知っている。これまで多くの島々を回ったが、どの土着民とも違う。長い黒髪に吸いつくような白い肌。しかも清潔で匂いもいい。この国はまさにユートピアだ。まさかトーマス・モアの書いた島が、こんな東のはずれに本当にあるとは思いもしなかったよ」

ユートピア——。一世紀前、イギリスの法律家トーマス・モアが書いた著書『ユートピア』の中に出てくる夢の島の名だ。かつて按針もロンドンにいた頃、友人ショッテンから借りて読んだ。

確かにセーリスが指摘するように類似点は多い。日本はユートピアと同じく三日月形の島で、王は戦を嫌い、民は清潔を好む。違いといえば、ユートピアでは金銀財宝を貯めることを恥とし、戦で得た名誉ほど不名誉なものはないとしているが、日本は他国同様、金銀を貴重な通貨とし、戦で功を立てた者を讃えている。

セーリスはにやりとした。

「予は文才がないので帰国しても、この国でのことは決して本にはしない。予に文才があれば、今頃、ジェームズ国王陛下の愛する、アン王妃の頭が空っぽで浪費家だったと本に書いているよ」

周りからまた失笑が漏れた。今、イギリス国内が、どうなっているかは知らないが、おそらく王室を揶揄する軽いジョークのつもりに違いない。如何にも貴族らしい。

「ま、予が土産にするとすれば、日本人娘を二、三人だ。予はまだ独り身だからね」

ドンッ――。按針は言葉を遮るように、わざと音を立ててワイングラスをテーブルに置いた。

「私は神に誓って、この日本で背徳の罪を犯したことは一度もないと断言する。それより皆さん。日本人娘を国外へ連れ出そうなどとは、絶対にお考えにならぬように。もし一度でも発覚すれば、皇帝はイギリスとは絶対に交易をしないどころか、敵視します」

「アンジン殿。冗談だよ。冗談に決まっているだろう」

「そういう冗談はこの国では一切、通じない。一つの過ちが死を招く。それがジパング――日本という国です。皇帝の前では、断じて冗談や軽口を叩かないようお願いする」

「早速のご教授に感謝する。皆、日本人娘を妻にしたければ、留まるより手はないようだ。もしくはポルノグラフィ（春画）で辛抱するかだ。あ、ははは……。いや、不愉快な思いをさせてすまない。そんな話をしようと思ったのではない。実はアンジン殿。ロンドンを発つ前に、予が仕えるスマイス卿から聞いたのだが、アダムス夫人が訪ねてこられ、お金を貸したそうだ」

「——司令官！」按針は言下に遮った。「私には返す用意はあるとだけお伝えする。これ以上、この場で個人的なことには踏み込まないで頂きたい」

ロンドンのメアリーが未だに帰りを待ち続けているとの手紙を受け取って以降、按針は悩まされ続けている。お雪を抱くこともできず、夜中にメアリーの歌声で目が覚めることも度々あった。

セーリスは、とぼけ顔で周りを見回した。

「これは失礼、アダムス君。いや、アンジン殿。少しは前のご夫人のことが気掛かりかと思っただけだ。もっとも地球の裏側のことなのだから、何をしようが、神以外は知り得ないがね」

按針は顔に引きつりを覚えながらも、じっと耐えた。

「ところで、アンジン殿。その皇帝とは、どのような方かお教え頂きたい。ある程度はホウィン殿から聞いてはいるが、側近く仕えるアンジン殿のほうがよくご存じであろう」

おそらく事実かどうか、確かめたいに違いない。按針は怒りを鎮め、息を吐いた。

「勿論、よく知っています。皇帝たる大御所様は、それはそれは素晴らしい方で——」

按針は、家康がこれまで行ってきた治世の数々を並べ、日本人の勤勉さや礼儀正しさ、武士の名誉心の強さを感じたままに伝えた。

「侍は名誉と家名を大事にします。それを護るためには死をも厭《いと》わない。だから冗談など軽口は、まったく通用しない。その侍を束ねる大御所様の夢は、この世から戦を永遠に無くすこと。それが駿府におられる皇帝、大御所様です。私はこれほど感銘を受けた国王に出会ったことがない」

按針が熱く語ったのとは対照的に、セーリスほか居並ぶ連中の目は冷ややかだった。

「この世から戦を永遠に無くす……？　それは、この日本からかね」

「違います。全世界からです」と答えるや、セーリスが吹き出すと同時に次々と笑いが広がっていった。セーリスは笑いを堪えながら言葉を継いだ。

「これは会うのが楽しみだ。東のはずれの島の国王が全世界の平和を考えておられるとは、何とも畏れ多い皇帝陛下だ。まさにここはユートピアだよ」

「あなたのような心の穢れた人には、大御所様の素晴らしい壮大な夢は絶対にわからない」

「――何！」セーリスは立ち上がった。「予を愚弄するのか」

平民を見下す貴族の目になっている。

「愚弄しているのは、あなたただ、司令官。大御所様の夢を理解しなければ」

本当の交易などできはしない——と続けようとした時だった。

広間の隅にいた法印が声を上げた。

「まあまあ。難しい話は、そこまで。今宵は楽しく過ごされい」

そう言って手を叩くや、大勢の女たちが入ってきて、一瞬にして場は和らいだ。

驚いたことに、娘たちが身に着ているのは「紗《しゃ》」と呼ばれる黒い薄物の着物だけで裸に近い。しかも淫靡《いんび》な香水を漂わせている。按針は、お雪を裸にされたようで不愉快でならなかった。

法印が二人の間を分かつように、セーリスの隣までやって来た。

「さ、セーリス殿も、按針殿も、その尖った目を娘たちに向ければ、心も和むというもの。好きな娘を連れて部屋に戻るも良し。ここで酒を酌み交わすも良し。好きになさるがよい。方々も遠慮のう。先に取った者勝ち。さあ、どうぞ。按針殿の部屋も用意してござる」

こういう歓待に慣れているらしい。法印は罠にでも誘い込むような老猾な目を向けていた。

「私は失礼する」と英語で言ってから日本語で続けた。「法印殿。貴《き》殿《でん》のために忠告する。こういう振る舞いは大御所様が一番嫌う、侍として恥ずべきことだ。慎まれよ」

四年前、京都の朝廷と呼ばれた宮廷内で、日本人の誰もが「天子様」と仰ぐ帝《みかど》の女官たちが大勢、複数の高官たちと淫行為を繰り広げた。側近の本多正純によれば、その折の家康の怒りは今までに見たこともないほどで、関わった高官は斬首され、女官たちは日本近海の小島に追放されるという厳しいものだった。

「サムライは、ご婦人と楽しむことがお嫌いらしい」セーリスは尚も揶揄するように言った。「ならば、お見送りだけでもさせて頂こう。それがわが国の貴族のしきたりゆえ」

「ここは日本です。イギリスのしきたりはご無用に願いたい。それより、あなた方に忠告する。聖書に〈汝《なんじ》、姦淫《かんいん》するべからず――〉とある。背徳は神が最も嫌う罪悪だ。イギリスの代表として淫らな振る舞いは慎まれるようお願いする。では、これにてご免」

按針は鋭い目で辺りを威圧するように見回してから、踵を返した。

九

まだ夏の暑さが残る、八月七日――。

按針はセーリスらイギリス使節団十人を引率し、法印が用意した船で平戸を出た。瀬戸内海を抜け、堺で下船。御船手奉行向井正綱が用意した輿に使節団を乗せ、大坂や京の街を見物して回り、無事に駿府にたどり着いたのは、九月八日の昼過ぎだった。平戸を出てひと月の道中、セーリスとは互いの価値観の違いで何度か衝突しかけた。セーリスの、貴族であることを鼻に掛ける振る舞いが原因だが、子供じみた短気な性格にもある。

が、駿府に着いてから、セーリスが苛ついたのは按針との確執ではない。駿府城の手前にある安倍川の河原にあった、十字架に磔にされた何十体もの老若男女の死体や、台にのせられた多くの生首だった。幕府が全国に布いた〈禁教令〉による、切支丹狩りで処刑された者たちだ。夏の青空の下、死肉を啄《ついば》む烏《からす》の群れに誰もが目を覆った。死体の腐敗臭は、生あたたかな風に運ばれ、輿の中まで漂ってきた。

駿府城内で輿から降りたセーリスは安倍川のあまりに酷《むご》い光景に、按針の話した家康の人物像とはかなり掛け離れたものを感じたらしく、目には侮蔑の色があった。道中、セーリスと按針との諍いの仲裁に入った四十半ば過ぎのリチャード・コックスですら、こんな国と本当に付き合えるのかという目で天守を見上げていた。

切支丹狩りは家康の日本を護るという断固とした意志の表れなのだが、どう説明したところで理解を得られそうにない。しかし、両国の交易を成立させるという同じ目的があるため、城内に入ってからは誰もが私的な感情は押さえ込むよう心掛けてはいる。ところが――。

家康と会う段になり、駿府城の控えの間で、ついにセーリスが怒りを爆発させた。

原因は、セーリスがジェームズ国王の親書を直接、家康に渡したいと言い出したからだ。

イギリスでは当たり前でも日本は違う。使者は親書を秘書官たる家老に渡し、家老が皇帝たる家康に渡すのが武家の作法で、初対面で、直接、物を受け取ったりすることは絶対にない。

按針は、対応に当たった家老本多正純や御船手奉行向井正綱から諭すように言われ、不機嫌に畳に座っているセーリスに説いた。

「司令官。ここは日本です。以前、イギリスのしきたりは、ご無用にとお願いしたはずです」

「アンジン殿。予はジェームズ国王陛下の代理として、東のはずれの、こんな遠い国まで遙々やって来た。靴を脱げというだけでも腹立たしいのに、それほど、わがイギリスを軽んずるならば我々は一切の儀式には出ず、ここで帰る。予が親書を皇帝に直接、渡すか、それとも帰るか。そこにいる目の細い男に伝えたまえ」

按針は正純に刺激するような言葉を取り除いて伝えた。が、思ったとおり正純は色を失った。

「――なっ、何！　直接、大御所様に渡さねば帰るじゃと。無礼にもほどがある。按針殿。そこな若造のたわけに、日本には日本のしきたりがあると申し伝え。それを曲げれば、わし以下、側に仕える者は皆、腹を切らねばならぬ。その折は按針殿はもとより、そこな使節の者たちも同じ。それでもよいかと訊ねよ。返答次第では生かしてはおかぬ」

普段、感情を滅多に露わにすることのない正純だけに、あまりの怒りように驚いた。その怒りに釣られ、正純の言葉をそのまま訳してはならないことだけはわかる。何としても、このわがままなセーリスの手にある、ジェームズ国王の親書を家康に渡さなければならない。

按針はセーリスに向き直り、膝を進めた。

「司令官。かつて交易を求めてきたオランダやノバ・イスパニアの使節団も、日本の作法に則《のっと》り、互いに親書を交わしています。こんなことでイギリスだけが、日本との交易ができないとなれば大変な損失です。日本には多くの金や銀がある。それだけではない。

司令官の知らない珍しい品々もたくさんある。それをみすみすオランダやノバ・イスパニア、スペインに持っていかれてもいいのですか」必死だった。「司令官の目の前で親書が渡されるだけです。イギリスの面目も、司令官の面子《めんつ》も潰れない。いや、日本との最初の架け橋となるあなたは祖国に帰れば英雄だ。サー・フランシス・ドレークのように多くの市民から称賛され迎えられる。なのに、その機会を自ら捨てるのですか、セーリス総司令官」

セーリスは按針の言葉に気圧《けお》されたように微かに体を後ろに引くと、側に控えるコックスに顔を向けた。コックスは按針に同意するように深く頷いた。

「ふん。そこまで言われては折れるしかない。予の負けのようだな、アンジン殿」

「司令官。国と国とを結ぶのに勝ち負けはない。大御所様は自由な交易によって全世界の平和を考えておられる。司令官もその一人になるということですよ」

「若い娘や老人まで磔にしてしまう国の皇帝が何をか言わんや」セーリスは皮肉な笑みを浮かべ、頭を振った。「わかった。予もそれほど子供ではない。何のために日本に来たかはわかっている。アンジン殿。そこな秘書官に承知したと伝えてやれ」

「ありがとうございます、司令官」

側でコックスが安心したように大きく息を吐いた。

ジェームズ国王の親書は日本式に大広間で、イギリス使節団の目の前で無事に家康の手に渡された。家康は二言三言、セーリスに労《ねぎら》いの言葉を掛けると、親書を開き、按針に訳すよう命じた。

按針は正純を介して渡された親書をイギリスの作法に則り受け取り、セーリスほか使節団に敬意の挨拶をしてから読み上げた。

内容は、交易と、そのための商館の設置の許可の要求だった。それに対し家康は、オランダ使節団同様、日本のどの港も出入り自由で商館もどこに建てても良い。また、船舶、並びに船員たちは幕府が責任を持って護ることを約束し、さらに何か要望があれば申し出るように伝え、両国の通商交渉は滞りなく終わった。

家康はセーリスたちイギリス使節団を下がらせると、按針だけを残した。

「按針。エゲレスが日本との交易を求めるは金や銀もあろうが、真の狙いは北西航路ではないか」

思いも寄らない問いに按針は驚きを隠せなかった。

「北西航路……？」

家康は傍らにあった地球儀を引き寄せた。

「そなたは以前、わしに教えてくれたではないか。スペインとポルトガルは、この大地と海で覆われた地球を勝手に二分したと。西はスペインが取り、東はポルトガルのもの。それゆえ、後から大海に乗り出したエゲレスやオランダと争いとなったと」家康は地球儀の下のほうを指差した。「按針が越えてきた、ノビスパンの下からルソンまでの大海はスペインが握っておる。支那やインドの下はポルトガルの海域。これも今はスペインのものじゃ。となれば、北側の海しか道は残っておらぬではないか。日本の北の蝦夷《えぞ》をさらに上れば、そなたの祖国に通じる一番の近道ぞ」

按針が二十代の頃に考えたことと同じだ。かつてバーバリー商会にいた頃、イギリスからロシア大陸の北を越えて行こうとしたが、氷に閉ざされ失敗した。

しかし、ノバ・イスパニアの北を回る海路は未だ誰も見つけていない。おそらく家康は、イギリス・オランダ船がスペイン・ポルトガル船と海上で戦闘しないで済む方法を模索していたに違いない。そこでバーバリー商会での失敗談を話し、ノバ・イスパニアの北航路の発見は有益だと説くと、家康は相好を崩した。

「ならばやってみよ。後押しはする。ところで按針、イギリスの商館は、どこに置くがよい？」

「……やはりわが領地三浦か、浦賀辺りがよいかと。あの辺りは江戸にも近く、監視もできます」

「さすが按針。わしの考えがようわかっておる。されば、エゲレスの連中を江戸の秀忠に会わせるついでに浦賀も見せておけ。エゲレスはオランダと今は仲ようしておるが、この先、どうなるかわからぬ。商館は離しておいたほうがよい」

理由は他にもあった。半世紀前にポルトガル船が来航以降、スペインなど外国船は悉く平戸に拠点を置いている。近年、オランダ商館も建ち、今後、さらに交易が盛んになると、外国商館を持つ西国だけが豊かとなり、関東など東国大名との間で、交易による利益の格差が生じるという危惧だ。

加えて家康は、九州平戸城主松浦法印のことを気にしている様子だった。

「法印殿が……？」と按針が訊ねると、家康の代わりに、側に控える正純が答えた。

「法印殿は元を正せば豊臣家の家臣。西国には未だに大坂と親密な領主も多い。法印殿は関ヶ原の合戦以降も立派な天守を建て大きな城を築いておる。しかも、こたびのエゲレスからの使者を丁重にもてなしたことは調べがついておる」

正純の説明は、いつも遠まわしで按針にはわかり難い。「つまり、どういうことにござる」と訊ねるのが常なのだが、そうすると、さらに難解になる。

「大坂城では未だに天下を治めるのは、太閤殿下の遺児、秀頼公と思うておるのよ」

「されど、江戸の上様（秀忠）が後を継がれ、天下は大御所様と上様の下に治まっております」

「そう思うは、われら幕臣だけ。西国の外様大名は、また天下がひっくり返ることを願うておる」

「トザマ大名……？」

「元豊臣家の大名のことよ。世の中は一応に定まったとはいえ、関ヶ原の合戦で改易――つまり領地を召し上げられた西軍の諸将のことだ。それが未だに各地で息を潜めておる。そこにエゲレスが加勢したら、どうなる、按針殿」

「――馬鹿げている！」按針は言下に言った。「ジェームズ国王陛下の親書には、キリスト教の布教の要求はない。まして、イギリス商人が布教をするはずもなければ、イギリスは日本を乗っ取ろうなどと考えてもいない。ジェームズ国王は純粋に日本との交易を望んでいるだけだ。もし疑うなら、この親書を別の者に訳させて」

「按針」と家康が遮った。「ジェームズ国王も、そなたも露ほども疑ってはおらぬ。エゲレスの商人たちも商売をしに来るのであって戦は望んではおらぬはず。されど、大砲を欲しいと言われれば運んでこなければならぬが商人。その大砲が転覆を企む輩に渡れば、この泰平の世は瞬く間に吹き飛んでしまう。そうさせないためにも、エゲレス商館を平戸ではなく、江戸に近い浦賀に置きたいのじゃ。わかるの」

さすが深謀遠慮《しんぼうえんりょ》の家康だ。人の欲ばかりか、平和がどのように壊れていくかもわかっている。

つまり、按針の役目はセーリスらイギリス使節団を江戸の将軍に会わせるだけでなく、商館の候補地として浦賀もしっかり見せておけということだ。

「大御所様、ようやくわかりました。イギリス使節団のことは、この按針にお任せください」

「頼む」家康はにこやかに笑みを浮かべていた。

十

按針は江戸で、セーリスらイギリス使節団の将軍秀忠への拝謁を済ませると、自身の領地、浦賀の逸見の屋敷に招いた。

ただ、浦賀の港に着くと、彼らにとっては少々不愉快なことが起きた。

かつての敵国スペイン船が停泊しており、港では市《いち》が開かれ、賑わいを見せていた。

日本での異国人同士の戦や諍いは固く禁じられている。按針はセーリスたちに厳しく念を押してから、港で開いている市に彼らを誘った。

最初はスペイン商人たちも、イギリス使節団に驚いた様子だった。しかし、セーリス以外は根っからの商人とみえ、金銀の換金比率や相場の話になると徐々に夢中になっていった。

按針は、ぽつんと一人になったセーリスを市に誘った。商館を建てる場所を浦賀にしてもらうためにも、ぎくしゃくした関係を少しでも改善しておきたい。初めは乗り気でなかったセーリスだったが、女好きだけのことはある。スペイン名産の金や銀をちりばめた象嵌細工《ぞうがんざいく》の手鏡の前で足を止め、その一つを手に取った。

「セニョール。お目が高い」店主がスペイン語で言った。「そいつはマドリードでも最高の品だ」

「いくらだね」とセーリスもスペイン語で訊ねた。イギリスの貿易商に勤める貴族や商人は、スペイン語やポルトガル語、ラテン語は当然の如く身に付けている。

「五十ダカットだ、セニョール」

日本換算では十両。イギリス換算では大よそ二十ポンドになる。

「高いな」

「セニョール。スペインのトレドの名工が一年掛けてつくったものですぜ。遙々、地球の裏側の日本まで運んで来たんだ。五十ダカットでも安いくらいだ。ま、本物のイギリス貴族のご出身なら、金に糸目は付けない品ですぜ」

店主は海を渡ってくる商人だけあって売り込みが巧い。

セーリスは「本物のイギリス貴族のご出身なら――」という嫌味にも似た言葉に煽られたのか、懐から財布を取り出した。

「では、頂こう。日本の丁銀でよいか」

「丁銀はお断りだ。目方がまちまちで、本国で換金する時に測ったりして何かと面倒なんでね。できれば、きらきら輝く金貨の小判でお願いしやす。一両小判は五ダカットだから、小判十枚だ」

「日本に来たばかりで小判の持ち合わせはない。金貨なら、ユナイト金貨で文句はなかろう」

「悪いが、イギリスの金貨はもっとお断りだ。光るものは金とは限らない――とはイギリスの諺だ。金貨の顔はしているが、日本の小判とは違い、何が混ざっているか信用できない。――おっと、怒っちゃいけないよ。イギリス貴族のご出身ならご存じのはず。悪貨、世に憚《はばか》るってね」

正確には、良貨は悪貨を駆逐《くちく》する——という。同じ金貨でも金を多く含む良貨と、銀や銅を多く含む悪貨の二枚の金貨を流通させると、人々は良貨を手元に置き悪貨を使うという、イギリス財政担当トーマス・グレシャムが半世紀も前に考えた法則だ。他国との交易に悪貨を使えば自国は豊かになるという、エリザベス女王が行った自国の利益優先の政策だった。

按針が成人した頃には、それが当たり前となっており、ロンドンのタバーン（飲み屋）で店主が水で薄めたビールを酔った客に出し「これがサー・グレシャムのマジックさ」と笑いながら説明してくれたことを思い出す。

「司令官。スペイン銀貨なら百ダカットぐらいはあります。お貸ししましょうか」

按針は鞄からスペイン銀貨の入った革の袋を見せた。かつて家康がロドリゴに貸し与えた按針丸の代金としてビスカイノが返金した折のもので、家康から歓待費用として与えられたものだ。

「頼む。ま、日本に来てスペインの品を買うのも妙な話だが。——おう、そうだ。亭主、そこにある十字架のペンダントも一緒に付けて五十ダカットだ。太陽の沈まぬ王国の商人なら、それぐらいのおまけはしてくれるであろう？」

店主は前歯の抜けた口を大きく開けて笑った。

「イギリスのご貴族には敵わねぇな。わかりやした。じゃ、お付けしやすよ。ただし、今は身に着けないほうがいい。何しろこの国はキリスト教禁止でやすからね」

「そうか……。それなら隣の、細長い丸いのに代えてくれ」

「えっ、これをですかい？」

　クロスのペンダントとさほど大きさは変わらないものの、細工は楕円《だえん》のほうが遥かに緻密で凝っている。店主は露骨に渋い表情を見せた。

「亭主、予もイギリスから遥々参っておる。この国で世話になった日本のご婦人方への贈り物にしたい。それと手鏡の二つで〆《しめ》て六十ダカットで、どうだね、スペインの大商《おおあき》人《んど》君」

「商売上手なイギリスのご貴族様だ。スペインの大商人と煽《おだ》てられりゃ、仕方がねぇ」

　按針がスペイン銀貨で六十ダカット差し出すと、店主は「グラティアス」と言って傷が付かないよう手慣れた様子でそれぞれを箱に入れた。

　その折、店主が十字架のペンダントも隠すように一緒に箱に入れたのを按針は見逃さなかった。セーリスにわざわざ忠告したほどだ。何か意図があってやったのだろうが、この場で質《ただ》すと揉《も》めそうな気がして、あえて口をつぐんだ。

按針は市を後にし、高台の自邸にセーリスらイギリス使節団を引率した。

途中、新しくつくった葡萄畑がそこかしこにできていた。領地を与えられて間もなく、向井忠勝が苗木を甲斐から運んでくれ、ヤコブが育てたものだ。ワインをつくるまでには至っていないものの、昨年は干し葡萄をつくった。ビールをつくるための大麦畑も所々にある。これらは皆、大航海するための必需品だ。ことにイギリス人にビールは欠かせない。按針は道すがら、セーリスたちに浦賀が如何に商館を建てるに相応しい土地であるかを説いた。

屋敷の門をくぐり玄関に入ると、お雪がいつものように三つ指をついて出迎えた。手紙で前もってイギリス使節団が訪ねてくることを報せておいたので、着物を新調したらしい。

装いは白を基調とし、薄い紫の藤の花の模様をあしらった涼しげな小袖。さりげなくイギリスを匂わすネービーブルーの帯できりりと締めている気遣いがお雪らしい。按針の好みの藤の匂袋《においぶくろ》を忍ばせているのか、仄かに気品ある香りが漂う。久しぶりに会ったこともあり、襟元から覗く白い肌と細い首が何とも瑞々《みずみず》しく、上品な中にも妙な色香を感じてしまう。

それは使節団も同じだったらしく、誰もがはっとしたように見とれていた。

「皆さん、紹介します。私の妻の、お雪です」

お雪は三つ指をつきながらポルトガル語で挨拶すると、女好きのセーリスが如何にも貴族という素振りでイギリス式にお雪の手を取り、手の甲にキスしてポルトガル語で挨拶を返した。

「お会いできて光栄だ、アンジン夫人。予はイギリス艦隊総司令官、ジョン・セーリスです」

あまりに突然で、恥ずかしかったのだろう。お雪は顔だけでなく、首筋まで赤く染めていた。

「ありがとうございます……司令官様。さ、どうぞ。お上がりくださいませ」

お雪の細やかなもてなしのお蔭で三日間、セーリスばかりでなく、他の九人もくつろいでいた。だが、最後の九月二十五日の夕餉の席で、またもや国の習慣の違いから、厄介なことが起きた。

セーリスはお雪の歓待への謝意として、先日、スペイン市で買った手鏡をお雪に差し出したのだが、お雪は既婚者の身で夫以外から物を受け取ることは憚《はばか》られると頑なに拒んだ。

イギリスでは、人前で女性に贈り物を拒絶されることは侮辱を受けたことに等しい。

しかし、そこはお雪。異国人を幼い頃から見てきたからだろう。セーリスの体面を傷つけぬよう、日本の妻の在り方を懇切丁寧に説いた。武士の妻は夫のために命を捧げるのが務め。それゆえ、夫から誤解されるようなことを一切しない――と。

さすがのセーリスも、それには感服したらしく無理強《じ》いはしなかった。

お雪の対応に感心していたのはセーリスだけではない。リチャード・コックスも感動したらしく、夕餉の途中で按針を、屋敷の庭に面した廊下に誘った。

コックスは、使節団の連中に酒を注いでいるお雪の姿を眺めながら、しみじみと言った。

「実に素晴らしい奥様だ。アンジン殿が日本に留まるのもわかる。あ、嫌味で言ったのではないので誤解なさらぬよう。私はあなたに出会えて大変光栄だ。神は、その人の役目に応じて場所を与えるというが、まさにあなたは神によって日本に導かれたとしか思えない」

按針はコックスの空のグラスに酒を注いだ。

「私も、そう思っていますよ、コックスさん。この国こそが、私の死に場所と」

「死に場所……そこまで、この日本を。それなら尚のこと、あえて苦言を申し上げたい。

アンジン殿、悪いことは言わない。一度、本国に戻り、身辺整理なさったほうがいい」

「本国に戻って身辺整理を……？　はて、それはどういうことでしょう」

コックスは茜色に染まった西の空に顔を向けた。

「あなたの帰りを待っている、アダムス夫人のことですよ」

――メアリー……！

またもや、按針の胸に微かに痛みが走っていく。

「平戸で出会った最初の晩、あなたは日本で背徳の罪を犯したことは一度もないとおっしゃった」

「憶えています。あの晩、司令官が日本の婦女子を、あたかも娼婦《しょうふ》のように侮辱したからです」

コックスは恥じ入るように、平戸でのセーリスほか船員たちの愚行を吐露《とろ》した。

按針が想像していた以上に酷い淫行が毎夜、平戸城で行われていた。ただし、コックスたちは、それが日本の歓迎と思い、法印の言われるままに従ったという。

「お恥ずかしい限りだ。それより、あなただ。自分を厳しく律するあなたが、日本であのような美しいご婦人と結婚しておられる。司令官は日本の皇帝から親書を頂いて帰国する。国に帰れば、あなたの話も出る。あなたの覚悟がどうあれ、結婚した事実は、あなたの功績以上に国中に知れ渡る。おそらく根も葉もない、悪意に満ちた中傷となることは間違いない」

「でしょうね。ことに司令官は私を心の内では不愉快と思っていますからね」

「司令官だけではなく誰もがそう見ます。それが民衆です。だからこそ、きちんと会って別れを告げなければならない。それが人としての責務だと、私は思う、アンジン殿」

――確かに。しかし、イギリスに戻り、再び日本に帰ってくるのは容易ではない。早くて三年。途中で死ぬこともある。とはいえ――。

放っておける話ではない。セーリスから受け取ったジャワ・バンタムの商館長からの便りでは、メアリーはスマイス卿から二十ポンドもの借金をし、暮らしに困窮している事実が記してあった。

セーリスら使節団が帰国すれば、コックスの言うように、悪意に満ちた夫の不実な誹謗中傷の中で暮らさなければならないのは、メアリーと子供たちだ。

「……わかりました。もう一度、大御所様に帰国を願い出てみます」

「それでこそ、アンジン殿だ。英雄は如何なる汚点も残してはならない」

その時、空耳か、風に混じって、メアリーの懐かしい歌声が聞こえたような気がした。

それから逃れるように振り向くと、酌をしているお雪と偶然、目が合った。

お雪は優しい笑みを浮かべ、あたかも按針の帰国を促すかのように軽く頷いて見せた。

十一

九月末、按針はイギリス使節団とともに再び駿府城に戻ってきた。正式なジェームズ国王への返書を受け取るためだ。セーリス一行が作法に則り、無事にそれらの書状やジェームズ国王への献上の品々を受け取り下がっていくと、按針は家康に思いきって帰国の許しを願い出た。

予想していたとおり、家康が難色を示した。

「帰国じゃと？　同郷の者と一緒にいたせいで里心が付いたか。まだまだ按針に成り切れておらぬな。その方はアダムスに非ず。この日ノ本を共に背負うと誓った、三浦按針ではないのか」

「御意。それゆえ、一度、イギリスに帰り、すべての縁を断ち、三浦按針という日本人となって戻ってきたいのでございます、大御所様」

「三浦按針という日本人となって……。そういうことか」

家康は大きな目でじろりと見ると、「実は、わしにも妻と子のことでは苦い昔がある――」と珍しく過去の話をし始めた。

家康がまだ駿府に近い三河の小国を治めていた領主だった頃、最初の妻が敵国と内通していると、同盟を結んでいた隣国の織田信長という王に嫌疑を掛けられた。信長は一旦疑い出すと、証を示すまで信用しない王だった。弱小だった徳川家は逆らえば滅ぼされる。そこで家康は多くの家臣を救うため、断腸《だんちょう》の思いで妻と嫡男を家臣に殺させ、潔白を示したという。

「あの折ほど苦しかったことはない。毎晩、妻と倅の夢を見てはうなされ、目覚めては詫びたものよ。己も責めた。そこまでして、命が、わが家が惜しいかと。じゃが、あれも天下を治める道筋だったと今は思える。按針、そなたも祖国で待つ妻子に別れを告げるのは辛かろう。そなたの優しい人柄なら尚のこと。じゃが、情に流されて天下の大事を忘れてはならぬ」

「大御所様のお心遣い、かたじけなく存じます。ご心配なく。按針は大御所様と共に歩いていく所存にございます。されど、イギリスは地球の裏側。長い航海ゆえ、いつ戻れるか。そこで一旦、すべての領地をお返ししようと、ここに領地朱印状を持って参りました」

按針が懐から書状を取り出すと、家康の下で控えていた側近の本多正純が目を尖らせた。

「――按針殿！　お控え召され。大御所様に対し領地をお返しするなど、これ以上の無礼はない。それこそ忘恩の徒と誹《そし》りを受けようぞ。以前、お教えしたように、侍は一所懸命。与えられた領地を子々孫々と護ってこそ、侍。第一、領地を返して、そなたの妻子や家人らはどうなる」

「それがしが戻ってくる間、江戸城下の屋敷に入るよう指示しておくつもりです」

「馬鹿な。話にならぬ。それでは妻子や家人たちは暮らしてゆけぬではないか。武家というは、商人が店を畳むような安易なものではない」

「正純」家康は制した。「按針は武家の倣いを知らぬ。按針。そういう時は、そなたの倅に家督を譲り継がせておく。さすれば三浦家は安泰。そのように武家の侍は代々、家を引き継いでいく」

「されど、ジョゼフは未だ八歳。元服もしておりません」

日本で男児は十二歳から十六歳頃までに元服の儀式を行い、成人と見なす。成人していない者が跡を継ぐことはできないと、かつて御船手奉行の向井正綱から教わった。

「倅が元服するまで、左近を傅役《もりやく》とせよ。家督の件も左近に任せておけ。その書状は、正純から渡しておくゆえ心配いたすな。相わかった。家督相続の件、並びに帰国の件を許しおく。今度こそ、本物の三浦按針として戻って参れ」

「はっ。必ず、本物の三浦按針となって日本に戻ってきます。これまでのご恩」

　家康は手を上げて制した。

「按針。それは別れの言葉ぞ。それより、お雪には帰国のことは伝えてあろうの」

「確《しか》と伝えてあります。戻ってくるのを待っていると言ってくれました。大御所様、何から何までお気遣い、かたじけのうございます」

「水臭いことを申すな。そなたとわしは、共に日ノ本を背負うと約束した、フレンドではないか」

　かつて関ヶ原の大戦前に伏見城が西軍に落とされ、家康が友とした家臣、鳥居元忠が戦死した。その折、涙を流す家康に、イギリスにも「親友」という言葉があるかと訊ねられたことがあった。按針は単に「フレンド（friend）」と教えたが、それを今でも忘れずにいたらしい。

「身に余る光栄……この按針」

「按針。堅ぐるしい物言いはもうよい。それより、戻りはあまり遅くなるでない。お雪が老けてしまう。ことに、わしは寿命がもたぬでな」

按針は、笑みを浮かべる家康の顔を心に焼き付けるように見てから平伏した。

再びイギリス使節団を引率して京を巡り、平戸に着いたのは十一月初旬だった。

驚いたことに、平戸の風景が出立した三ヵ月前とすっかり変わっていた。

平戸港の南の丘の上にあった、平戸城が消えている。高くそびえていた天守もない。

平戸の借家の家主木田《きだ》弥次右衛門《やじうえもん》の話では、不審火で燃えたとのことだった。

セーリスたちにとっては、さほどの影響があるわけではない。後は商館を建てる場所を決め、イギリスに帰るだけだ。ところが、按針はオランダ商館やスペイン商人からの商売の仲介の呼び出しもあって、なかなかセーリスたちとの会議に出られないでいた。

そんな中、十一月二十日過ぎ、商館を建てる場所を決定するとのことで、中国人貿易商李旦《りたん》が持つ宮ノ町の屋敷で会議が行われた。ただ……。

按針が席に着く前に、すでに平戸と決定されていた。

コックスによれば、日本は明《みん》の生糸の需要が大きい。だが、明は前皇帝（秀吉）との戦争や、中国大陸沿岸を荒らし回る倭寇の影響で日本との交易を禁じる〈海禁令〉を出している。そこで、イギリスは平戸を拠点に対馬《つしま》島に支店を置き、明からの生糸を仕入れ日本で売る中継ぎ貿易で銀を得るという。

「という理由で、この平戸が最適と思ったのです」とコックス。

「だが、すでにこの平戸ではスペインやオランダがやっている。慣れない土地で彼らと張り合うのは不利だ。平戸に商館を置けば、やがて彼らと諍いが起きる危険もある。今後のことを考えれば、浦賀は江戸から船で十四リーグ——四十二マイル（約六十七キロメートル）と近く、渡海朱印状をもらうにも都合がいい。しかも、皆さんにも見せたように、あの場所にはワインや干し葡萄のための葡萄畑に、ビールのための麦畑もある」

「あなたはそれほどまでに儲けたいのかね」と、セーリスが嫌味を言った。

「私は将来を見据えて助言しているんだ！」と声を荒らげると、コックスが立ち上がった。

「アンジン殿。将来も大事だが、今は目先の利益だ。手っ取り早く利益を出すには中国の生糸しかない。幸いホウイン殿の紹介で、ここを貸してくれたリタン（李旦）殿との伝《つて》もある。勿論、アンジン殿が重要と指摘する江戸や大坂、他に堺や京、駿府にも支店を置こうと考えています」

「ありがとう、コックス君」セーリスが引き取った。「ということで、予が総司令官の名の下に、ここ平戸に商館を置くことを決定する。初代商館長はコックス君にお願いする」

「お任せください、司令官」

「悪く思わんでくれ」セーリスが按針の肩に手を置いた。「浦賀も候補に上がったが、スペイン船が多く入港するので避けた。諍いは起こしたくない。おう、スペインといえば、確か浦賀の市で六十ダカットを借りていたね。帰国前で日本の丁銀が余っているので、それで支払うよ」

「司令官。私も本国に戻りますので、スペイン銀貨か、もしくはユナイト金貨でお願いします」

「何っ、あなたが帰国する……？」

　セーリスは驚いたような表情で見返した。

「司令官が日本に着いた時、祖国に戻るのならクローブ号で送ろう。私に特等室を用意している。ジェームズ国王からの命令だとおっしゃったではありませんか」

「確かに言った、が……あなたは皇帝から帰国を許されてはいないだろう」

「実は先日、大御所様から許しを得ました」

「許しを得た……？」顔をしかめた。「いや、帰国は止めた方がいい。日本にいれば領地持ちの貴族だ。ましてあなたの力は今や、一言でホウイン殿の城まで燃やさせてしまうほどだ」

「何ですって？ 私の力で城を燃やさせた……？ 一体、何の話です、司令官」

セーリスは呆れた表情で顔を横に振った。

「あなたと初めて会った晩のことを憶えているかね。あなたはホウィン殿のもてなしを非難した」

憶えている。日本の若い娘たちを裸同然の姿で、はべらせたからだ。

「当然でしょう。だが、そのことは大御所様には伝えていない」

「ホウィン殿はそうは思っていない」

「では、それで平戸城を燃やしたと？」

「日本では、駿府の皇帝や江戸の王に睨まれては生きられない。つまり、それほどアンジン殿は多くの大名から恐れられる存在ということだ。その地位を捨て、あれほどお美しいご夫人も捨ててイギリスに戻る？ 実に勿体ない。それとも、また日本でも妻子を置き去りにする気かね」

「──違う！ 日本でできた家族のために、一度、イギリスに戻るだけだ。しっかりと身辺整理をしたら、また日本に戻ってくる」

コックスが安堵したように頷くと、セーリスはそれを見て舌打ちした。

「身辺整理……。女の美しさは牛より引く力が強い、か。しかし、アンジン殿。本国に戻って、また日本へ来るのに何年掛かると思っているんだね」

「難なく行って三年。長くて四年ほどですよ」

「コックス君が何を言ったかは知らないが、その間、右も左もわからない日本で、商館員が旨くやっていけると思うか。日本の習慣も知らなければ、日本人商人との伝もない。しかも、日本には敵国だったスペイン人やポルトガル人もいれば、すでに商売を始めているオランダ人もいる。あなたなくしてイギリス商館は一日として立ち行かない」

「商館長としてコックスさんが残るではないですか。立派に商いをやっていけますよ」

「予は、そうは思わん。頼む、日本に留まり商館員として働いてくれ。年俸八十ポンドを出そう」

按針は大きく溜め息を吐いた。

「お言葉だが、司令官。私を評価してくれるのは嬉しいが、私がかつてオランダの貿易商で働いていた時ですら、月収十五ポンドだ。一ヵ月十ポンド以下ならお断りする」

「そういえば、この日本へはオランダ船で来たんだったねぇ。先日、オランダ人のメルヒヨール君に会ったよ。実にいい男だ。日本で商いをするに当たり、いろいろと助言をくれたよ。彼から聞いた話だが、オランダ人の中にも旗本になった男がいるそうだね。確かヤヨースと言ったかな。彼も、あなたと同じく日本人と結婚していると言っていた。

ここであなたがいなくなれば、わが商館はますます不利になる」

「私が戻れば、十分、挽回できますよ。とにかく、私は一度、イギリスに戻らなければならない」

「では、百ポンドでは、どうかね」

セーリスは計算が苦手らしい。年俸百ポンドでは、月収十ポンドにも満たない。

「司令官。私をクローブ号でイギリスまで送り届けるという、国王陛下の命令に従ってください」

按針が断固として言ったからか、セーリスは明らかに怒りの宿ったまなざしを向けた。

「事情は変わった。国益に関わるとなれば話は違う。あなたには日本に留まってもらう」

「――馬鹿な！　あなたは国王陛下の命令に背くのか」

「ここでの全権は司令官である予に一任されている。予の命令に従って頂く、アンジン殿。商館員として年俸八十ポンドで働いてくれたまえ」

「断る。働くとなれば、最低でも月収十二ポンドだ」

「それでは商館長並だ。本国には本国の決まりがある。他の商館員は年俸四十ポンドだぞ」

心の中ではすでに、クローブ号での帰国は断念していた。こんな男と一緒では先が思いやられるし、長い航海の間に何が起こるかわからない。

「年俸百二十ポンド。それ以下はお断りする」按針は席を立った。「浦賀であなたに立て替えた六十ダカットは、あなたが帰国した折、妻の借りた二十ポンドの返済金としてスマイス総督に渡して頂きたい。ポンドに換算すれば二十四ポンドになる。利子を入れても十分足りるはずだ」

「つまり、日本に留まるということか」

「あなたの船では戻らないというだけだ！」つい声を荒らげていた。

「予も願うところだ。平民との長い航海は疲れる。されば、あなたが日本に残るとなれば、コックス商館長を助けてくれたまえ。年俸百ポンド出そう」

大きく溜め息を吐いて振り向くと、コックスが「頼む」というような顔で見ていた。

按針は仕方なく頷いた。

「ただし、日本に留まるとなれば、大御所様や将軍のために働かなければならない。商館員の仕事だけというわけにはいかない。それでも宜しければ百ポンドで請け負います、司令官殿」

「勿論、皇帝や江戸の王の仕事は大いにやってもらって結構。では、百ポンドということでお願いする。そういえば、今、思い出したが、浦賀の港で買った包みに、どういうわけか十字架のペンダントが入っていたんだが……」

知っていたのだろう――という疑いの目を向けてきた。

いろいろあり過ぎて、すっかり忘れていた。〈禁教令〉が出ていると、忠告していたほどだ。おそらく日本に慣れていないイギリス人を罠にはめようと密かに入れたのだろうが、今さら知っていたとも言えない。

「スペイン人は、未だに我々イギリス人を敵視しているのでしょう」

「はめられるところだったのか。やはりアンジン夫人に渡してきてよかった」

「――何ですって……！　お雪に渡した？」

「この国では十字架を持っているだけで死刑になるそうだよ」セーリスは悪びれる様子もない。「あ、誤解しないでくれ。どこかに埋めておいてくれと頼んだだけで、ご夫人への下心はない」

初めから按針を日本に留めておく魂胆だったのだろう。逸見の按針の屋敷に泊まった時、セーリスはお雪をカトリックと見抜いたのかもしれない。そこで、あの十字架のペンダントを商館員の話が物別れになった時の、船に乗せないための切り札として使おうと考えたに違いない。さすが平民を愚弄してきた貴族だけあって、人を陥《おとしい》れることには長《た》けている。

とはいえ、お雪がカトリック信者だったとも言えない。それがわかっていて、セーリスは切り出したのだろう。あまりに子供じみた悪戯にも似た悪だくみだけに、余計、腹が立つ。

「あなたという人は……」

按針は殴りたい気持ちを抑え、薄笑いしているセーリスを睨みつけると、踵を返した。

十二

按針は松浦法印から和船を一隻借り受け、江戸に向かった。

お雪を信じてはいるが、目の前に十字架のペンダントを出され、セーリスから「予の感謝の気持ちだ」と言われれば、二度も断れまい。ましてスペインの象嵌細工だけに宝石のように美しい。それだけに心配でならない。

そんな按針の心配を弄《もてあそ》ぶかのように、冬の海は激しく荒れ、行く手を阻《はば》んだ。

瀬戸内海の堺から紀伊半島を回り、さらに太平洋に出ると、和船は時化《しけ》で波に揉まれ、思うようには進めなかった。幸い伊豆下田に着いたところで、御船手奉行の向井忠勝と遭遇した。御座船《ござせん》〈国一丸《くにいちまる》〉が江戸へ帰港するという。

按針は同乗させてもらった。やはり和船は遅い。江戸の港に入る頃には、十二月に入っていた。

夕方、按針は江戸前島の浜で下船すると、雪のちらつく中を日本橋の自邸へと急いだ。門をくぐると、庭の掃除をしていた下男の善吉や下女たちが、あたかも幽霊にでも出会ったように驚いて声を上げた。それに呼応するように、屋敷から左近が素早く出てきて腰を落とした。すでに、いつでも刀を抜ける居合いの構えになっている。

「——待て！　左近殿。私だ、按針だ」

「ん……？　確か上野介《こうずけのすけ》(正純)殿からのお話では、エゲレスに戻られたと伺ったが」

「訳あって、取りやめた。お雪は無事か」

「ご無事にござるとも」左近は意味ありげに苦笑いした。「それほどに心配で？」

「あ、いや、そうではない。ちょっと平戸で気になることがあっただけだ。お雪は今、どこに？」

「奥ノ間にて、京より届いた書状を読んでおられる」

「京より書状……？　誰から？」

「舅御《しゅうとご》の馬込勘解由（平左衛門）殿からと申されておられた」

馬込平左衛門はお雪の義父で、祝言の時に一度会っただけだ。「義父」と言っても育ての親ではない。後で知ったが、お雪の素性を明らかにするための一時的な仮親だった。左近によれば、今は幕府の荷物や書状を運ぶ伝馬役をしており、近年、家康は江戸から大坂までの東海道の整備のため平左衛門に主《おも》だった宿場町に人足や馬を置かせ、その管理をさせているという。

「では、わが家に変わりはないんだね」

「御意」

按針はほっとして玄関で腰を降ろすと、いつものように下女のジョアンナお由《よし》が盥《たらい》を持って現れ、草鞋《わらじ》を脱がせ足を洗ってくれた。今では当たり前だが、これも日本にいればこそだ。

「ジョアンナ。子供たちは、どこにいる？」

「つい先ほどまで、メイお末《すえ》がお二人に餅を焼いておりましたので、台所と思います。奥様は」

「奥ノ間だな。私が来たことは報せずともよい」

へぇ。お由は笑顔で按針の足を手拭いで丁寧に拭くと、盥を持って下がっていった。

按針は静かに廊下を進み、奥ノ間の前で「お雪」と声を掛けて、襖を開いた。

お雪は火鉢の前で手紙を読んでいた。だが、按針の顔を見た途端、驚きながらも、まるで読んでいた手紙を見られては困るかのように火鉢に落とした。

「――お雪！　何をする」と言うが早いか、手紙はあっという間に炎を上げ燃えてしまった。

「――ああ！」とお雪は火鉢から離れたが、不自然さは否めない。

「誰からの手紙だ、お雪」

「え……？　ああ、京にいる義父上《ちちうえ》からの便りにござります。それより旦那様、なぜ、お戻りに？」

按針はそれには答えず、お雪を睨んだ。

「本当に、義父上からのものか」

「そうどす。旦那様がエゲレスに戻られたと知り、寂しいであろうが辛抱して待つようにと……。どないしはったんどす、そないな怖い顔しはって」

「義父上とお雪が、手紙を交換していたのを初めて知った」

お雪は笑みを浮かべ、大きく息を吐いた。

「嬉しおす。こないな歳になっても、旦那様が焼き餅を焼いてくれはって」

「焼き餅を焼いているのはメイだ。台所で子供たちに焼いている。そんな話ではない」

「焼き餅はポルトガル語で、シューム（Ciúme）どす」

「Jealousy《ジェラシー》（嫉妬）……」誤解されて顔が真っ赤になった。「違う。そうではない。日本語では通じない。ポルトガル語で話す。私はお雪のことが心配で帰国を諦め、戻ってきた」

「うちの何が、そないに心配なんどす？　うちは来年で三十どす。子供も二人おます。誰かと不義密通……まさか、左近様とのことを未だにお疑いやおまへんやろな」

「そんなことではない。君はセーリス司令官から十字架を受け取っただろ。それを、どうした？」

「何や、そのことどしたんか」お雪はほっとしたように薄く笑った。「逸見の屋敷の庭に埋めておきました。セーリス司令官が、そうしてくれとおっしゃったので」

「本当か、お雪」

「うちの心の中にいる神は、十字架より家族を護りなさいと言うておいでどす」

「本当に身に着けていないんだな」

お雪は立って部屋の襖をピタッと閉めると、その場で帯を解き、すべてを脱ぎ捨て振り向いた。

「とくとその目で、調べておくれやす」

一糸まとわぬお雪の体は未だに若々しく美しかった。張りのある白い肌は、とても二十九には見えない。さらに円熟味を増した感がある。ふくよかな胸の上には薄いピンク色の乳房があるだけで、その間には何もない。その時、胸の谷間に、一筋の水滴がこぼれ落ちた。

見上げると、お雪の頬は涙に濡れていた。

「もう戻って来はらへんと、覚悟しておいやしたのに……。それが戻って来られたかと思うたら、うちをまだ信じておへんとは……情けのうおす。いつになったら本当の夫婦《めおと》になれるんどす」

按針は泣き崩れる裸のお雪を抱きしめた。

何もかも忘れさせるほどの柔らかな肌だった。

「お雪。もう疑うことはしない。だから許してくれ。私は本当に心からお雪を愛している」

「……抱いておくれやす。今度こそ、本当の夫婦に」

按針はお雪の言葉を遮るように、バラの蕾のような唇に自分の唇を重ねた。

Greensleeves was all my joy　緑の小袖は、私の楽しみのすべてでした
Greensleeves was my delight,　緑の小袖は、私の喜びでした
Greensleeves was my heart of gold,　緑の小袖は、私の心の輝きでした
And who but my lady greensleeves...　緑の小袖は、あなた以外に誰がいますか……。

どれほど眠ったのだろう。按針は微かに聞こえてくる『Greensleeves』の歌声で目が覚めた。

メアリーの声に似ている。女好きのイングランド王ヘンリー八世の不倫を風刺《ふうし》した歌だけに、今は言いようのない罪悪感を覚える。

按針は起き上がると、外から聞こえる歌声に誘われるままに襖を開け廊下に出た。

二十ヤード（約十八メートル）はあるだろうか。月明りの下、廊下の端で緑色の小袖を着た女が一人、背を向け座っていた。

按針が見ているとも知らず歌い続けている。髪が黒いので日本人とわかるが、あまりにもメアリーの声に似ている上に、美しい英語だった。

「君は誰だ？」

英語で訊ねても答えず、歌い続けている。按針は確かめようと踏み出した。

気のせいか、近づくにつれ何かが変わっていく。だが、それが何かわからない。

五ヤード（約四・五メートル）ほどのところで、ようやく気づいた。

髪の色だ。月明りのせいか、黒からブロンドに変わっている。

髪に艶はない。若い女ではなく老婆に見える。――まさか。

「……メアリー。君なのか」

女は歌うのを止め、振り向きもせず庭のほうへ歩き出した。いや、庭ではない。遠くに見えるのは、懐かしいロンドンの街の灯りだった。

「――待ってくれ！」と按針が叫ぶや、女は前を見たまま「必ず戻ってくると、あなたは言った」と悲しげに言うと、闇の中に消えた。

按針は、はっと目が覚めた。

――夢か……。

久しぶりにお雪を抱いたので、あんな夢を見たのだろう。緑の小袖が何よりの証拠だ。イギリスでは緑色は嫉妬を意味する。

メアリーとのことは、いずれはっきりさせなければならない。ただ、あんなにも老けたメアリーの姿を夢で見せられたせいか、心に痛みを覚えた。

それから逃れるように、側で眠っているお雪に目を向けた。

赤い布団から出た肩が白く美しい。布団は、火鉢に炭を足しに来たジョアンナお由が掛けてくれたのだろう。火鉢の炭が赤々と燃え、部屋を暖めていた。

何気なく目を移すと、火鉢の横に白い日本特有の手紙を包む封筒が見えた。

按針は引き寄せ、手に取った。

表には〈お雪さま〉と歪《いびつ》な文字が並んでいる。日本人にしては下手な字だ。これぐらいなら書けると内心ほくそ笑みながら紙を広げた途端、思わず息を呑んだ。

差出人のところに〈Padre Apolinário Franco ——〉とサインがある。

「……パードレ、アポリナリオ・フランコ」

お雪と同じフランシスコ会の、スペイン人宣教師だ。平戸や長崎で布教しており、按針も何度か会ったことがある。——それが、なぜ、お雪と……。

ようやく、お雪が手紙を燃やした本当の理由がわかった。

按針は日本語を話せるまでにはなったが、未だに崩し文字の手紙は読めない。だから馬込平左衛門からの、たとえ按針にとって不都合な手紙であったとしても燃やす必要はない。それを燃やさなければならなかったとすれば、おそらくポルトガル語で書かれた、按針には知られたくない、内容だったからに他ならない。

――未だに十字架を心の奥底に隠していたのか……。

夫婦になって十年。見えていたのはお雪の表の姿だけだったと思い知らされた。

いつになったら本当の夫婦になれるんどす――と、先ほど言ったお雪の言葉が空しく聞こえる。

　按針は裏切られたような、言葉では言いようのない怒りを覚え、握りしめた封筒を赤く燃える火鉢の中に投げ入れた。

二人の遺言

一

慶長十九年（一六一四）――。家康は七十三歳になった。

さすがに七十を越えると、日に日に体の衰えを感じる。今朝も胸の辺りにズキンと痛みを覚え、めまいがした。ひと月に一度は起きる。これだけは漢方や本草学《ほんぞうがく》を駆使し、独自に調合した薬でも一向に治らない。つい余命いくばくぞと不安に駆られてしまう。

今、一番の頭痛の種は、大坂城にいる関白秀吉の遺児、

豊臣秀頼だ。

関ヶ原の合戦以降、西軍の責めを負わせない代わりに六十五万石の一大名に落とした。だが、将軍の座が秀忠に移ったにもかかわらず、未だに次期「天下人」を夢見ている。二十二歳と若く意気盛んな上に、分不相応な大坂城に今も居座り続けているから無理も

ない。しかし、このままにしてはおけない。家康がこの世を去り、秀忠の代になれば必ず大きな災いとなる。

手をこまねいていたわけではない。大坂城を取り囲むように二条城や姫路《ひめじ》城、伊賀上野城、名護屋《なごや》城などを外様大名に改築させ、信の置ける大名や家臣を据え、備えてはある。

その一方で大坂城の淀ノ方にも、地震で倒壊した京方広寺《ほうこうじ》大仏殿など神社仏閣を修繕させ、亡き夫、太閤秀吉の貯め込んだ莫大な金銀を散財させ、豊臣の力を削いでいる。一時、豊臣家の金銀が底をついたとの噂が上ったが、一向に困った様子はない。それどころか、上方では所々で普請話が飛び交い、材木の値段や大工など人足たちの手間賃が撥ね上がり、活気が出ているという。大坂商人の間では、再び豊臣の天下になることを望む声まで上がっているらしい。

京都所司代《しょしだい》からの書状では、京では方広寺の大仏殿が完成し、秀吉の十七回忌と合わせ、来月八月には大仏開眼供養を盛大に行うので、豊臣がにわかに勢いづいているとのことだ。

昼過ぎ、五月蠅《うるさ》いほどに聞こえてくる蝉しぐれの中、家康は駿府城の書院ノ間で、本多正純からの報告を受けていた。

「按針殿より、今年の二月にオランダから千四百両で買い入れましたエゲレスの大砲五門。内訳はカルバリン砲が四門と、飛距離の長いセーカー砲が一門。それに砲弾千発と火薬一万貫が無事、城に届いたとのことにございます。江戸、浦賀、駿府、大坂、長崎と、どのように振り分けておきましょうや」

家康は脇息を前にし、両肘《ひじ》をついた。

「五門では足りぬ。あと十門ほど早急にいる。何とかならぬか、正純」

「早急と申されまするると、いつ頃までに」

「遅くとも十一月までにじゃ」

「はて、何にお使いに？　いや、十一月までにと申されても、あと四月《よつき》ほどしかありませぬゆえ、エゲレスの大砲は無理かと」

「ならばオランダでもよい。按針の話では、パタニでオランダがスペイン人、ポルトガル人相手に戦をしたそうな。大砲も使ったとのことじゃ。その大砲を何とかせよと耶楊子に申し伝えい。それから国友にも、エゲレスの大砲を手本につくらせよ」

「はっ。して、それらを如何なさるおつもりで」

「勿論、戦のためよ」

「では、やはり……」

その時、庭に面した廊下に足音が響き、黒い法衣をまとった金地《こんち》院崇伝《いんすうでん》が現れた。先月から儒学者の林羅山《はやしらざん》と共に上方に行かせ、豊臣家の落ち度がないかを調べさせている。

「大御所様。ついに攻め口を見つけましたぞ」崇伝は弾んだ声を発して正純の横に座るや、懐から紙を出して、その場に広げた。「とくとご覧召《らんめ》され」

真黒な紙に、白い文字が浮かんでいた。何かの拓本《たくほん》であることはわかる。文字は四文字ずつの漢字が縦に並んでいる。

「これが如何した、崇伝」

「これは方広寺の鐘銘《しょうみょう》にござりまする。ここをご覧あれ」

崇伝が白扇で指さした文字は〈国家安康《あんこう》　君臣豊楽《くんしんほうらく》　子孫殷昌《いんしょう》〉とある。南禅寺《なんぜんじ》の僧、文英清韓《ぶんえいせいかん》が創案した文言《もんごん》と、京都所司代の板倉勝重《かつしげ》が書状で報せてきたものだ。

説明されるまでもない。「国家安康」は日本が平和で安らかであるようにという願いであり、「君臣豊楽」は君子も臣下も豊かで楽しく、「子孫殷昌」は子孫が繁栄していくようにとの意だ。

「単なる祝文《しゅくもん》ではないか、崇伝」

「さに非《あら》ず。〈国家安康〉は、大御所様の御名を二つに割《さ》いておりまする。さらに〈君臣豊楽〉〈子孫殷昌〉は、豊臣を君として楽しみ、子孫の繁栄を望むと読めまする。これほど呪われた銘文を拙僧は未だ見たことがござらぬ。これこそ、謀反の証」

　正純が苦り切った顔で口を開いた。

「崇伝殿。それでは重箱の隅を突っつくようなものではないか」

「何を申される。この鐘の音《ね》が毎朝毎晩、京の街の隅々まで広がれば、切支丹どもの唱える呪文の如く、いつしか民の心に沁み込むは必至にござりますぞ。羅山殿も同じように申しております。放っておいては徳川の御為にならぬばかりか、威信にも関わりまする」

「したが――」と続けようとする正純の言葉を制するように、家康はポンと脇息を叩いた。

「――崇伝！　よくぞ見つけた。褒めて取らす。これでよい。正純、相手を怒らせるには、理不尽であればあるほど効を奏す。まずは書状にて、この文言に異議を申し立て、太閤の十七回忌の法要と大仏開眼供養を中止させよ」

「中止……！　に、ござりますか」と正純が驚きの声を上げた。

「さすれば、あの淀殿のこと。怒り狂うであろうぞ」

「されど、大御所様。この文言を削り取ると申して来たら如何なさります」

「正純は淀殿の性質《たち》を知らぬな。あれは『はい。さようでござりますか』と素直に従う女子ではない。それに、わしの命で文言を削った鐘銘などを吊り下げれば、それこそ、豊臣家は徳川の下と認めたこととなる。天下に恥を晒すようなもの。おそらくは弁明の使者を寄こし、説得に来るはず。そこで、そなたら二人の出番よ。秀頼と淀殿を大坂城から出させ、さらに親子別々になるような無理難題の条件を出すのじゃ」

「つまり、大御所様。先ほど備えよと申された大砲は」

「皆まで申すな、正純。もう一息じゃ。大坂を怒らせるよう頼んだぞ」

ははっ――。二人は平伏した。

家康のまぶたに、紅蓮《ぐれん》の炎に包まれた大坂城が崩れていく様がくっきりと浮かんだ。

――今度こそ、息の根を止めてくれる。

二

昨年（一六一三）の暮れ、ジョン・セーリスを乗せたクローブ号が平戸を出港し、帰国の途についてからというもの、按針は多忙を極めた。

イギリスへの帰国を断念したことに家康は大喜びだったものの、平戸のイギリス商館員になったことで仕事が増えている。江戸や大坂、さらには駿府や京、長崎にイギリス商館の支店を早急につくらねばならず、按針は江戸と平戸の間を何往復もする羽目となった。

中でも手を焼いたのは、江戸の支店長リチャード・ウィッカムだ。

セーリスと同じく傲慢な上に喧嘩っ早く、江戸商人衆からは相手にもされない。おそらく日本人を見下しているのだろうが、親子ほども歳が違う五十歳の按針をも軽んじるほどで、何とか販路を広げても潰すばかりか、日々、酒びたりで、支店としての体をなしていなかった。

手を焼いたのは、ウィッカムだけではない。交易そのものもだ。

イギリスからクローブ号で持ち込んだ、大量の羊毛が躓《つまず》きの始まりだった。

日本人は中国産の生糸にしか興味がない。そのため、イギリスの羊毛は十分の一にも満たない値で取り引きされ、イギリス商館は中国産の生糸の獲得に乗り出さなければならなかった。

とはいえ、明から直接仕入れることはイギリス商館でもできない。商館長のコックスが頼りとした、中国人貿易商李旦《りたん》の持ち込む生糸は粗悪なものばかりで、日本人には見向きもされない。だからといって中国人が多いマニラでは、渡海を許された朱印船が殺到して生糸は高値となっている。

そこで三月、新たな購入先としてコーチシナ（現・ベトナム南部）に商館員二人を派遣したのだが、半年を過ぎても戻らなかった。

按針は急遽、商館員の捜索と購入先の拡大を兼ね、シャム（現・タイ）に向かう羽目となった。しかも、自堕落なウィッカムを付けられた上に、コックスが李旦から買った中古のジャンク船は修理しなければ航行できないほど劣悪な代物《しろもの》だった。

これらの災難が後々まで響くことになる。

按針は八月から四ヵ月掛けてジャンク船を日本人船大工に修復させ、船名を〈シー・アドベンチャー号〉と改めた。江戸へ渡海朱印状を取りに行き、ようやく出航できたのは、

一六一四年十二月十七日（慶長十九年十一月二十七日）だった。

按針は船長として乗り込み、ウィッカムほか、日本人水夫六十人と共にシャムに向かった。

この航海は初めからついていない。海に出て間もなく嵐に遭遇。船は破損して航行不

能となり、途中の琉球の港に避難しなければならなかった。

琉球でも多くの災難が待っていた。琉球には船大工がおらず、按針は日本人水夫らと共に修理せざるを得なかった。その上、三ヵ月にも及ぶ修理作業に水夫らは不満を爆発させてしまう。

賃金を払わなければ、働かないと言い出したのだ。本来、暴動を鎮静《ちんせい》しなければならないウィッカムまで日本人水夫側に回り、煽ってきた。

按針は渋々、支払いに応じた。これが更なる災いの種となっていく。

町に繰り出した水夫らは毎晩飲み明かし、銭が無くなると借金をし、盗みまでやった。しかも、ウィッカムが酒場でポルトガル商人と喧嘩を始め、水夫全員が役人に捕らえられてしまった。

按針は罰金を払い、全員を未修理のシー・アドベンチャー号に乗せ、逃げるように琉球を出た。

平戸にシー・アドベンチャー号が戻ったのは、年が明けた
一六一五年六月十日（慶長二十年五月二十四日）――。

約半年の航海はただ散財したに過ぎず、まったくの徒労だった。

その無駄な半年の間、日本はまたしても大きく変貌を遂げていた。

大坂城で、二度に渡る大きな戦があったのだ。

商館長コックスによると、按針が平戸を出航した直後に始まったという。

驚いたことに、大坂城の豊臣秀頼に戦を仕掛けたのは、家康だった。豊臣勢十万の兵に対し、徳川方は二十万で城を囲み、死者は双方で十万人を越え、「獄門《ごくもん》台」と呼ばれる台の上には多くの敗将の首級が並んだという。

あれほど「戦のない泰平の世にする」と断言した家康が、なぜ、そんな大戦をしたのか——。

疑問が湧くと同時に、何か騙されたようで不愉快でならない。

西日の当たる商館の執務机で話すコックスを前に、按針は愕然として椅子に座った。

「戦で十万人もの死者が……」

関ヶ原の合戦に出ただけに、それがどれほど悲惨なことかわかる。

「空高くそびえるあの大坂城の天守も、城内の煌びやかな絵や襖もすべて灰になったそうです」

コックスは、どんな経緯で戦が始まったかはわからないが——と前置きした上で、按針が平戸を出た後のことを話してくれた。

昨一六一四年暮れ、按針が平戸を出た頃、幕府は再び〈禁教令〉を発布。国内のカトリック教徒を宣教師と共にルソンやマカオなどに追放した。それを免れた多くの宣教師が大坂城に逃げ込んだ直後に、戦は始まった。

昨年の冬の戦では豊臣方が有利だったものの、徳川方が撃った大砲の弾が天守に命中し、戦は半月で和睦。その条件として豊臣方は大坂城のすべての濠《ほり》を埋められた。しかし、半年後の今年（一六一五年・慶長二十年）五月、再び戦が始まり、豊臣秀頼ほか、全国から大坂城に集まった多くの侍が殲滅されたという。

コックスは大きく溜め息を吐いた。

「戦にはリーフデ号にあった大砲の残りと、オランダ人がパニタで使っていた大砲十二門。それに、按針殿がオランダから購入した、わが国の最新型の大砲五門が使われたそうです」

「――何だって！　あの大砲を……」

大砲五門は、主要な港の防衛のために購入したはずだった。

「大砲を指揮したのはオランダ人だそうですよ。褒美として将軍から、長崎に領地をもらったという噂です。またしてもオランダに、してやられましたよ」

おそらくヤン・ヨーステンだ。彼なら間違いなく天守に命中させることができる。もっとも、イギリスの新型大砲を撃てると推薦したのは按針だ。それだけに思いは苦かった。

「城下の町の人々が大勢巻き添えになったらしい。大坂城から逃げてきた、アポリナリオ神父が教えてくれました」

アポリナリオ――記憶にある。お雪の許へ手紙を送ってきた神父だ。

昨年、アポリナリオ神父は〈禁教令〉が発布されるや、江戸周辺に隠れ住む信者を救おうと浦賀に向かい、多くの信者を引き連れ長崎に戻る途中、漁師の船で大坂城の濠から入城したと話したという。

「大坂は城の内も外も、まるで地獄のようだったと言っていました」

地獄……。眼前に、かつて関ヶ原で目にした光景が浮かんだ。目にしたこともない女子供の惨殺されていく様が見えるようだった。

「ここへ来た時の神父は、それは酷い姿でした。十五日もの間、飲まず食わずだったそうですよ」

食事といくらかの金子《きんす》をアポリナリオ神父に与えると、「必ず暴君家康に神の天罰が下る」と吐き捨て商館を出ていったという。

気になったのは話の中にあった、浦賀で信者ら一行を逃がすために協力したという武家の妻だ。浦賀逸見近辺で切支丹のために手引きするとすれば、お雪以外にいない。あの時、お雪が手紙を燃やしたことが、それを裏付けている。またしても——という思いが怒りとともに込み上げた。

——どこまで家族を危険な目に晒せば気が済む。

その時、商館員の一人が駆け込んできた。

「——商館長！　ウィッカムがまた酒に酔って、日本人水夫たちと喧嘩を始めました」

コックスは呆れ顔で按針を見た。いつものように処理を懇願しているまなざしだった。

——冗談じゃない。もう不毛な揉め事に振り回されるのはうんざりだ。

「悪いが、商館長。私はすぐ大御所様に会わなければならない。これにて、ご免」

按針は疲れた体をおして椅子から立つと、侍に戻る儀式のように刀を腰帯に差した。

平戸の木引田町の借家に戻ると、按針を待っていたように家康から、すぐに京に赴くようにと催促する書状が届いていた。

逸見にいるお雪や家族のことは心配だが、それ以上に、なぜ、戦をしたのか、家康に問いたかった。このままでは祖国を捨てた意味まで失う。

按針は書状を脇に置き、視線を屋敷の外に移した。

新緑の亀岡山が夕日に照らされていた。平戸城の天守が焼失したからか、寂しく映る。

東の空にぼんやりと家康の顔が浮かんだ。

わしの夢は、この世から戦を無くすことよ。その手伝いを、そなたにしてもらいたい——。

今の按針には、お雪ばかりか、家康の夢すら空々しく聞こえ、誰も信じられなくなっていた。

三

翌日、按針は平戸領主で、昨年亡くなった法印の孫の松浦隆信《たかのぶ》から和船を一隻借り受け、京に向かった。

京への道筋は、平戸を出て、下関の狭い海峡から瀬戸内海に入り、大坂堺港に行く。そこまで大よそ百四十リーグ（約六百七十二キロメートル）。和船では四日の行程だ。

堺で船を降り、別の船で淀川を上る。淀川を上る「過《か》書船《しょぶね》」と呼ぶ一本マストの三十石船は西風を受けて進むが、途中からは船頭ら四、五人で川岸から綱を引き上っていく。

堺から京までは約十二リーグ（約五十七キロメートル）。上り船の運賃は少々高いが、安全を考えれば安いものだった。

船から見える大坂の風景は想像以上に酷かった。

以前、臼杵から初めて大坂城に来た時とはまるで違う。高くそびえていた天守はなく、石垣の上にあった長く洗練された白い塀は破壊され、かつての栄華は見る影もない。商人たちで賑わいを見せていた街並みも戦火で焼かれ、焦土と化していた。未だに遺体があちこちに残っているのか、多くの烏《からす》が所々に群れをつくっている。夏の生あたたかな風が運ぶ、きな臭さの混じった血腥い異臭が、より悲惨さを伝えていた。


京に着いた翌朝、按針は二条城の大広間にいた。

今朝から雨が激しく降っている。時折、稲光が広間を白くし、後に続く雷鳴が二条城の大屋根を揺らすように轟いた。

十時過ぎ、家康は側近の本多正純や小姓を伴って現れた。

豊臣家を完全に殲滅し憂いが無くなったからか、以前より軽い足取りで壇上に座した。金糸や銀糸をふんだんに使った白い羽織を着て笑みを浮かべた顔は、若返ったようにも見える。

「おう、按針。久方《ひさかた》ぶりじゃ。随分、会わぬうちに、そなたもすっかり白いものが増えたのう。シャムに行っておったそうじゃが、五十を過ぎ、倅に家督も譲ったのじゃ。交易もよいが、少しは腰を落ち着けたら、どうじゃ」

按針は軽く会釈を返すと、持参した風呂敷を前に押し出した。

「琥珀色のアンバーグリスが手に入りました。大御所様への手土産にござる。どうぞ、お納めを」

家康は香木には目がない。アンバーグリスは香木ではないが、大理石のような模様を持つ蠟《ろう》状の固まりで、伽羅《きゃら》と同じくいい香りがする滅多に手に入らない高価なものだ。琉球では長く足止めされ災難続きだったが、思いがけず漁師からアンバーグリスを安価で買えたことが唯一の幸いだった。

いつものように小姓が風呂敷から取り出し、家康に持っていった。

「アンバ……？　おお、龍涎香《りゅうぜんこう》か。これは何よりの戦勝祝いじゃ。匂いも形もよい。——が、何か、わしに言いたいことがあるような不満げな顔じゃのう、按針」

「大御所様にお訊きしたいことがありまする」

家康はアンバーグリスを傍らに置くと、渋く笑みを浮かべた。

「わかっておる。大坂城攻めのことじゃな。なぜ、戦をしたか、訊きたいのであろう」

「御意。ここへ来る途中、大坂を見てきました。あまりの酷《ひど》いありさまに驚きました。かつて大御所様はそれがしに、交易によって国を豊かにし、この世から戦を無くすことが夢。その手伝いをせよと申された」

「憶えておる。熱海の温泉に一緒に浸かった折であろう。懐かしいのう」

「それがしは大御所様の夢を、天の意志と受け取りました。それゆえ、祖国も名も捨て侍になり……」そこまで言った途端、怒りとともに涙が溢れた。「なぜ、あれほどまでに酷《むご》い戦を。聞けば、十万もの兵が殺されたと。大御所様のお力なれば、柳生の剣のように戦わずして治められた。いや、十万の兵の命を活かし、泰平の世づくりに役立たせることができたはず」

「――按針殿！　大御所様に対して言葉が過ぎますぞ。分をわきまえなされ」と、下段で座していた正純が声を荒らげた。

「正純。按針はフレンド（親友）じゃ」家康は顔を引き締めた。「按針。わしにはもう時がない」

「時……？」

「誰にも寿命がある」と言って鋭い目を向けた。「按針。わしが好きで戦をしたと思うか。この日ノ本は百年以上も戦続きであった。わしはその中で生きてきた。戦なぞ飽き飽きしておるわ。それゆえ、わしは将軍となり幕府を開いた。じゃが、秀頼もその母淀殿も、世の中の風が変わったことを受け入れぬ大たわけであった」

家康の前に天下を治めていた豊臣秀吉の息子秀頼は、将軍が秀忠の代となり徳川の世になったもかかわらず、秀吉の残した大坂城に住み続け、豊臣家が天下を治めるものと思い込んでいた。

そこで家康は天下が徳川の下で定まったことをわからせようと、大坂城を出て一大名として生きることを勧めた。ところが、申し出を拒んだばかりか、多くの侍を大坂城に呼び入れ戦仕度をして反発した。大坂城に集まった将兵十万の多くが、関ヶ原の合戦の後、改易となった大名やその家臣だったという。

「これまでの武士は戦で手柄を立てて出世し、多くの土地を得てきた。その因習から抜け出せぬのが、悲しいかな、戦国の世を生き抜いてきた者たちよ。大坂城もしかり。戦国の世を生きぬくために建てられた、泰平の世には無用の長物じゃ。戦国の世でしか生きられぬ侍どもを残し、秀頼と淀殿をあのまま大坂城に置けば、わしが死んだ後、必ず戦乱の世となったであろう」

「そのために、あんなにも酷い殺戮をなされたのですか」

「泰平の世づくりのためなら、日ノ本に住む数多《あまた》の民を救うためなら、たとえ十万といえども、悪しき心を持つ者は悉《ことごと》く成敗する。だからこそ豊臣の残党狩りをし、バテレンどもを追放しておる。スペインやポルトガルはこれまでバテレンどもを利用し民の不満と不安を煽り、数多の騒乱を起こしてきた。大坂で大戦になった一因も、そのバテレンどもにある」

豊臣の家臣で、戦にならないよう家康と秀頼の間で東奔西走《とうほんせいそう》し、最後に大坂城を出て徳川方に付いた片桐且元という武将の話では、戦の前、大坂城には多くの宣教師が逃げ込んでおり、秀頼に神が奇跡を起こし、勝利を与えてくれると信じ込ませ戦に向かわせたという。

「宗教は己を律し、心を高めていくものじゃ。わし自身、これまで数多の苦境の中で神仏に頼ったこともある。じゃが、祈りだけでは泰平の世はつくれぬ。だいたい民を正しき道に導くはずのバテレンが戦を扇動するは笑止千万。バテレンどもは戦が負けとみるや、秀頼親子を見捨て逃げ出したそうな。それがあ奴らの正体よ。泰平の世づくりは戦と同じ。一瞬の油断ですべてを失う。放っておいては、また無益な戦が、この日ノ本で繰り返されることとなる」

大坂城から逃げたというバテレンは、イギリス商館に逃げ込んできたアポリナリオ・フランコ神父たちのことに違いない。

家康は悲しげな目を向けた。

「あれが百年以上も続いた戦国乱世の、最後の戦。否、最後にせねばならぬ。わしの、交易によって国を豊かにし、この世から戦を無くすという夢はいささかも揺らいではおらぬ。わしは残り少ない命を賭けておる。按針、これでも承服できぬか」

「……いえ。大御所様の、泰平へのご覚悟、ようやくわかった思いにございます」

「ならば按針」と声が気色ばんだ。「ただちに浦賀に立ち帰り、お雪にわしの目指す世と、その覚悟をとくと申し聞かせ。そして心を改め、按針を支えてゆけと伝えよ。それが三浦家を護る、妻の務めと確《しか》と説け。さもなくば、三浦家も豊臣家と同じ運になるとの」

――大御所様は何もかも知っている！

家康が按針を睨んだ時、稲光とともに雷鳴が轟いた。言葉以上に家康の思いが伝わってくる。

「按針。九月には駿府に戻る。すべてを片付けたら顔を出せ。幕閣とはいえ、もう曖昧な態度は許さぬ。お雪が心を改めぬとあれば、妻といえども成敗せよ。君命に従う――それが真《まこと》の侍ぞ」

――お雪を殺せ……！

按針は背筋が寒くなるのを覚え、頷くのがやっとだった。

四

按針が日本橋の自邸に着いたのは、七月一日——日本の暦で六月半ばだった。江戸も梅雨に入り、将軍秀忠が家康と共に京にいることもあり、街も按針の屋敷もひっそりと静まり返っていた。

按針は屋敷に入る早々、奥ノ間にお雪を呼び寄せた。

お雪は薄紫の地に白い藤の花の模様の小袖に、深緑の帯という出で立ちで部屋に入ってきた。

いつもの笑顔はなく労いの言葉もない。お雪が怒っていることは目を合わさないことでわかる。それでも按針はいつもどおり抱擁をしようとしたが、お雪は拒むように逃れ、庭に面した障子戸を開け放った。

外は霧のような雨でけむっていた。空は曇《どん》よりとして暗い。庭には紫のアイリス（菖蒲《あやめ》）が並んでいた。時折、雷で空が白くなり、それに呼応するように雨は激しさを増し、庭のアイリスを隠していく。その時、湿った生あたたかな風が部屋に入ってきた。

「訊ねたいことがある」と按針が切り出すと、お雪は振り向き、きっと目を向け、「うちも旦那様にお訊ねしたいことがおます」と負けじと気色ばんだ声で返した。

「では、お雪の話から聞こう。何だね」

按針が上座に座すと、お雪は挑むように目の前に座り、目を尖らせた。

「旦那様は、大坂城であった戦をご存じどすな」

「私が琉球に行っている間に二度も戦があったと、商館長から聞いた。十万もの人々が亡くなったそうだ。平戸からの帰り大坂を見たが、大坂城も街も……酷かったよ」

「まるで他人事のように言いおすな」

「どういう意味だ、お雪」

「ヤヨース殿の奥様から聞きましたけど、その大坂城攻めに使われた大砲は、かつてリーフデ号にあったものに加え、新たにオランダがパタニから十二門と、旦那様がエゲレスから取り寄せた、新しい五門やそうどすな」

「大砲……？」意外な言葉にお雪を見返すと、尖った目を押し付けてきた。

「それは本当のことどすか」

「事実だ。しかし、誤解しないでくれ——」

イギリスから取り寄せた大砲は以前、スペイン船が来日した四年も前にオランダ商館に発注したもので、スペインが攻めてきたことを想定して江戸や大坂、駿府などの港に設置するためのものと話した。さらに敵国の船を脅すための見せ掛けで、決して武器としてではないと付け加え、まさか戦に使われるなどとは思ってもいなかったと正直に話した。

「それで、お雪は怒っているのか」

「それだけやおへん。他にもおます。大御所様は確か、もう二度と戦はなさらんのやなかったんと違います。そやから、旦那様は日本人になると申されたのやおへんか」

「そのとおりだ。実は私も、大坂で戦があったと聞かされた時には驚いた。いや、大御所様を信じていただけに騙された気分だった。お雪と同じように腹が立った。私は平戸からすぐ、京にいる大御所様に会いに行ったよ」

按針は、京二条城での家康とのやり取りを話した。

「大御所様は、百年以上も続いた戦国の世を終わらせる、最後の戦だと申された。だから、この日本ではもう戦は起きない。大勢の人々が戦いで死ぬことはなくなったんだよ、お雪」

「最後の戦……。それを信じろ、言わはるんどすか」

「私は信じる……、少なくとも今のお雪よりは信じられる」

「何どすって！」

「――お雪！」言下に重ねた。「大御所様は何もかもご存じだ。君が領内にいたパードレたちを浦賀から船で逃がしたことだよ」

「えっ……。けど、突然、〈禁教令〉でパードレ様や信者を追い詰めたのは幕府どす。教会も修道院もすべて焼き討ちして。多くの信者がなぶり殺されたんどす。布教をすることは、そないに悪いことどすか」

「悪い。パードレたちは大坂城に入ると、秀頼様や切支丹大名に神が奇跡を起こし、戦を勝たせてくれると予言した。そんな神はいない。しかも負けるとわかるや、秀頼様を見捨てて逃げたそうだ。その一人、アポリナリオ神父が平戸のイギリス商館へ逃げてきたんだよ」

「あの……アポリナリオ神父様が！」お雪は驚きの目を向けた。「ご無事だったんどすな……。けど、そないなことを言いはるとは、いえ、そんなん信じて、あないな大戦などしはるとは思えまへん」

「信者は皆、魂を乗っ取られているから何も見えない。善悪どころか、何の判断もできない。君だって自分のやったことが、どれほどわが三浦家を危うくしているか気づきもしない。前にも言ったはずだ、改宗してくれと。なのに君は、アポリナリオ神父と手紙を交わしていた」

「そ、そないなことは……」

「している。クローブ号が帰国した一昨年《おととし》だ。私が平戸から戻った日、君はこの部屋で手紙を燃やした。私は日本語の手紙は読めない。燃やしたのはポルトガル語で書かれていたからだ。火鉢の陰に落ちていた封筒に彼のサインがあった。そんなことより」按針はお雪を睨んだ。「問題なのは君を操《あやつ》っている、誤った教えだ」

「誤った教えどすって！」

「君は聖書を読んだこともないだろう」

日本では翻訳された聖書はまだ庶民には出回っていない。ことにカトリックの聖書はローマ・カトリック教会があらゆる言語で訳すことを禁じているので、按針すらラテン語の翻訳本を一度しか読んだことがない。それだけに、人心を操るパードレを按針は絶対に許せなかった。

「読まなくとも、パードレ様たちが教えてくれてます」

「では訊ねるが、君たちの言っているデウス様とは、どんな神だ」

「全能の神がデウス様どす」

「そこから間違えている。デウスという名の神は聖書には出てこない」

「そんな阿呆なことがおますか。パードレ様は皆、デウス様とおっしゃっています」

「デウスはラテン語で神だ。パードレたちの言葉はすべてが聖書の言葉ではない。カトリックとプロテスタントの違いはあるが、いずれも聖書には神と人との契約が書かれているだけだ」

「神と人との契約……？」

「そうだ。人として正しく生きるための、神との契約だ。人々を愛し、困っている民を助けよとはあるが、祈れば戦に勝利するとも、神のために戦って死ねとも、敵を殺せとも書いてはない。勿論、夫を騙して家族を危険に晒せとも書いていない。頼む、お雪。子供たちのためにも、これ以上、私を困らせないでくれ」

お雪にはかなり衝撃だったのだろう。何も答えず、畳をじっと見つめていた。

無理もない。今まで信じていたものが根底から崩れてしまったのだ。しかも、そのことで実の父親は処刑され、今は家族を危険な目に遭わせている。

「……お雪。神頼みだけで幸せになった者など一人もいない。神は、自分に背負わされた運命をしっかりと受け止め、困難を乗り越えた者だけを祝福する。大御所様のお言葉だ。お雪、過ぎた昔に囚われず、子供たちのため、三浦家のために生きてくれ。頼む」

さもなくば、お雪を斬らなければならない――とは、どうしても口にできず、心の中で改宗してくれることを祈った。

お雪が按針の言葉を、どう受け取ったかはわからない。ただ、溢れ出た涙が頬を濡らしていた。

五

日本の暦で七月半ば――。

イギリス商館開設以来、初めてイギリスから船団が到着した。

それに伴い按針は江戸屋敷を出て、平戸に向かった。

久しぶりにふた月ほどのんびりでき、子供たちとも遊べたので琉球での疲れはない。

お雪はあの日を境に、必要以外は自室に閉じ籠もり出てはこない。今まで信仰だけが心の拠り所だっただけに、その呪縛から逃れるには時が必要なのだろう。それでも按針が屋敷を出る折には玄関先に顔を見せ、「大御所様にお渡しください」と、美しい千代《ちよ》紙《がみ》で折った小さな蛙を差し出した。

蛙――フロッグ。按針はロンドンに残してきた息子のジョンを思い出し、胸に微かな痛みを覚えた。お雪に蛙の意味を訊ねたが、「お渡しになれば、大御所様はおわかりになります」とだけ。ただ、お雪の表情は吹っ切れたように見えた。

平戸へは、堺まで御船手奉行向井忠勝の御座船の国一丸に同乗させてもらい、堺からは堺奉行の用で長崎から来ていたメルヒヨールのジャンク船に乗せてもらった。

堺で久しぶりに会ったメルヒヨールはすっかり変わっていた。

金髪だった髭もやや薄くなり、顔には皺が増えている。日本に着いた時は三十歳だったが、今は四十五だから当然かもしれない。恰好だけは未だに西欧人のままで変わってはいない。白い羽根の付いた鍔のあるフェルトの帽子を被り、上は白いシャツに焦げ茶色のジャーキンを羽織り、下は同色のホーズをはいていた。

今は大勢の日本人を雇い、大坂から長崎、平戸で商いをしているとのことだった。驚いたことに、オランダ商館とは関係なく独立して自由に商売をしていた。

最近、日本人商人を相手に売り込んだ鮫皮《さめがわ》で大儲けしたという。

鮫皮は日本刀の柄に使われるもので、鮫皮を取る鱏《えい》は日本近海では獲れず、パタニやコーチシナ、シャムなど南方の海でしか獲れない。それだけに鮫皮一枚、数十両から百両前後の高値で取引される。中には三百両を超える上物まであり、上級武士が挙って求めるのでまだまだ需要がある。メルヒヨールはかつてパタニのオランダ商館へ船長クワケルナックを送り届けたこともあり、パタニのオランダ商館に頼んで鮫皮を集めてもらったという。どれぐらい日本に運んだかは言わなかったが、乗船したジャンク船はその鮫皮で儲けた金で購入したとのことだ。

三本マストのジャンク船は四百五十トンもの大型船で、リーフデ号の一・五倍。千石船の三倍ほどあった。ジャンク船は見た目はよくないが、耐波性がよく、船底が平らなので浅瀬でも進んで行けるため座礁も少ない。その上、帆を張ったり、操作したりするのも簡単で船員も多くはいらない。その大型ジャンク船二隻を二千両で買ったという。通常、四百五十トンものジャンク船なら六千両はする。二隻で一万二千両のところを、中古とはいえ二千両とは破格の安さだが、按針も知らなかった鮫皮で儲けたとは驚く。かつて牢獄に捕らえられた折、ツズ・パードレの言った「サムライもエウロパの騎士と同じで、刀にはお金を掛ける」という言葉を思い出し、それがきっかけになったという。

デッキの上でメルヒヨールは、「人生、無駄なことはないですね」と笑った。

按針が「メルは商売が上手いな」と褒めると、イギリス商館でもジャンク船を一隻買わないかと、すかさず商談を持ち掛けられた。按針は商館長に伝える旨を約束すると、その後の話題はもっぱら大坂城での戦に終始した。

メルヒョールも被害を被《こうむ》っていた。戦の合間に堺から家族を連れ出し、長崎に逃げた経緯を語ると、大きく溜め息を吐いた。

「大坂の屋敷も燃えて、家族を連れ出すのも、金を持ち出すのも大変でしたよ。当分の間、大坂での商いは無理でしょうね。今回だけは、さすがに日本人の怖さを思い知らされましたよ」

「あれが最後の戦だ。もう二度と日本で戦は起きない。大御所様は、そう断言された」

「そう願いたいものですよ。ま、もっとも、ヤョースさんは違うかもしれませんが」

ヤン・ヨーステンは、今回の戦で大砲隊を指揮したことが認められ、正式に幕府の砲術指南役となり、長崎に所領をもらい幕閣になった。

「オランダからも幕閣が出てイギリスと肩を並べましたから、スペインやポルトガル人はますます弱い立場に追い込まれますね」

「大坂城に逃げ込んだパードレたちが秀頼様を扇動した事実を、大御所様以下幕閣はご存じだ。これからは、さらに彼らへの風当りが厳しくなる」

「大御所様は、パードレたちが日本を乗っ取るための尖兵《せんぺい》と信じていますからね。中には、そうでない敬虔なパードレもいるんですけどね」

「宗教は悪用されると怖い。大御所様の若い頃、家臣や領民が僧侶に操られ、苦労されたと申されておられた。それが未だ心のしこりとなっておられるのさ」

「僕も妻のイサベラには本当に苦労させられましたが、何とか改宗させ、名もお絹に戻しました。お雪殿は大丈夫ですか」

「お雪はすでに改宗している」

按針が鋭く睨むと、メルヒヨールは苦笑して視線を外し、話を変えた。

「そういえば亡くなった秀頼様ですが、大坂では生きているという噂が歌になっていますよ。堺で何度か耳にしましたが、秀頼様を家臣の真田という武将が九州の鹿児島に連れて逃げたと子供たちが歌っていました。ひょっとしたら、また九州で戦があるかもしれませんね」

「それはない。戦で出世を望む侍も、パードレに操られて戦った侍もすべて死んだ。戦争を夢見る愚かな侍は、もうこの世にいない」

「なら、いいんですが。オランダ商館長はがっかりでしょうけど。あの戦で大量の大砲や弾薬などでかなり儲けましたから、もう二、三度あって欲しいと思っていますよ」

「その考えは今の日本では最も危険だ、メル。大砲を持ち込んでも、この国の誰も幸せにしない。君の家族も不幸になる。戦は人殺しだ。商人は世界を豊かにする物を売るべきだよ」

「そうでした。戦が起きないとなれば、日本では鮫皮と言いたいところだけど……それも刀という武器に使うものだから、やはり中国産の生糸かな」

「そうだ。生糸は日本に入ると美しい着物に生まれ変わる。娘たちがその着物を着て街を歩けば、大坂もまた元の華やかな街になっていく。それが泰平の世をつくる、これからの仕事だ、メル」

メルヒヨールは苦笑しながら首を横に振った。

「按針殿は、まるで大御所様の教えを広める伝道師のようだ」

「メルも、なったらどうだ」

「勿論、なりますとも。自分の家族のためにも。ここが我々の第二の故郷ですからね」

「メルも日本に骨を埋めるのか」

「それが天の与えた運なら。——おう、そうだ」

メルヒヨールは懐から茶色の革袋を取り出し、手の平にいくつもの金の指輪を広げて見せた。

「中国人から買ったんです。ヤヨースさんから頼まれたんですよ。幕閣になったお祝いに奥様に贈りたいと。ヤヨースさんは今や妻が五人もいますからね。どうです、お雪殿と」

「メル」

「――あ、そうか。按針殿は日本人になったのでしたね。でも、夫婦の絆を強くすることの風習はいいと思いますよ。平和を目指す日本には欠かせない。きっと流行りますよ」

「本当に商売が上手いな、メルは。いくらだ」

「えっ、買ってくれるんですか」

「ヤヨースさんには負けたくないんでね」

「そういう侍の面子もあるんですね。では、二つで十五ダカット――三両で」

「三両だと！　高い。二両だ。一両はヤヨースさんに上乗せしておけ」

「按針殿には勝てないな。こういう時だけは商人に戻るんだから。わかりました。では二両で」

按針は一つを左指にはめると、もう一つは小指の先にはまる物を選んだ。お雪の薬指の太さだ。

その指輪を西の空にかざした。

夕日が瀬戸内海をピンク色に美しく染めている。そこに、優しく微笑むお雪の顔が浮かんだ。

――今度こそ、本当の夫婦になろう、お雪……。

九月十一日（和暦七月二十九日）、按針が平戸で本国から到着したホゼアンダー号を迎えると、艦長ラルフ・コピンドールほか使節団を伴い、京二条城にいる家康の許に向かった。

按針は幕府の船で堺まで行き、前と同じように淀川の上り船に乗り換えた。

大坂の街では、三ヵ月経った今も豊臣方の残党狩りが行われていた。あちこちから悲鳴や罵声が聞こえてくる。あの華やかだった街が思い出せないほど未だに死臭が充満し、灰や砂ぼこりが舞う死の街と化していた。

さすがにそのあり様には、かつてやって来たセーリス同様、イギリス使節団は驚いていた。艦長に説明を求められたが、メルヒヨールに説いたように「日本での最後の戦」とし、もう二度と起こることはないと断言した。

京に着いたのは、九月二十日（和暦八月八日）だった。

京はお雪が生まれ育った街だからか、愛着が湧く。だからだろう。日本に来た当初は夏になると五月蠅《うるさ》く感じた蟬の声も、神社仏閣を囲む樹々の間で聞くと静寂すら感じる。大坂界隈の惨状を目にしてきたこともあり、荒《すさ》んだ心が洗われるようだった。それはイギリス使節団も同じだったらしく、楽しげに辺りを見回していた。

二条城で家康のイギリス使節団との謁見が無事に終わった昼過ぎ――。

再び按針が呼び出された御書院ノ間には家康ほか、本多正純や安藤直次《なおつぐ》、成瀬《なるせ》正成《まさなり》などの家老衆が顔を揃えていた。

　按針がイギリス使節団の要望である、琉球貿易を許可してくれたことに礼を述べる間もなく、家康は口を開いた。

「按針。直ちに浦賀に行け。スペイン船が、今月初め頃から来ておるそうな」

「はっ。で、使節団を京に連れてくるのでございますか」

「逆じゃ。追い返せ。先程、江戸より参った書状では、前と同じように冶金職人は一人もおらず、連れてきたのはバテレンばかりじゃそうな。オランダやエゲレスと交易がなった今、そのような者など、もういらぬ。そなたからスペインにもう二度と来ぬように引導を渡してこい」

「インドウを渡す……？」

「この日本はバテレンを厳しく罰しておる。江戸や大坂だけでなく、長崎や平戸でも教会を焼き、多くのバテレンを追放したと言うて参れ。さすれば、もう来ぬ。きょう参ったエゲレス使節団の後のことは、船手奉行の向井忠勝に任せておけ。ところで」一旦切って、鋭い視線を押し付けた。「お雪は如何した」

「少し時間は掛かりましたが、改宗しました。それがしには意味はわかりませんが、大御所様ならわかると、これを預かってきました」

按針は懐から、お雪から渡された蛙の折り紙を目の前に差し出した。

「蛙……？」家康は笑みを浮かべた。「元に帰るとの謎掛けか。これでよい。正純、秀忠に、按針の女房の疑いは晴れたと申し伝えよ」

――えっ！　上様までもが……。

按針は改めて背筋が寒くなるのを覚えた。

「されど……」と正純は納得していない様子だった。

「正純」家康は蛙の折り紙を指差した。「お雪の、千代紙で折った蛙の心が読めぬか。これは千代に八千代《やちよ》に詫びるという、お雪の平伏した姿ぞ。勿論、今度、わしを謀《たばか》れば容赦はせぬ、按針」

「はっ。胸に刻んでおきまする」

「一国一城令を布き、元号も元和《げんな》と改めた。百年以上の長きにわたり続いた戦国乱世も終わらせ、〈元和偃武《えんぶ》〉と宣下したからには泰平の世にせねばならぬ」

家康は厳しく言って念を押すように見回してから、何か思い出したように相好を崩した。

「気づかぬうちにこのわしも、かつての太閤のように、老醜を撒き散らしておったやもしれぬな。となれば、そろそろ終わりにせねばのう。後のことは秀忠と、その方らに任せたぞ」

「何を申されます、大御所様」言下に正純が言った。「気を抜くのは早うござります。大坂では未だに秀頼殿が西に逃れたとの噂が童歌になっておるほど。いつ何時、また乱世に逆戻りするか。まだまだ油断はなりませぬ」

正純は巷で流行っているという歌を諳《そら》んじた。

〽花のような秀頼様を鬼のような真田が連れて退《の》きも退いたり鹿児島へ――。

おそらくメルヒヨールが聞いたものと同じに違いない。

「ほう、そのような歌が」成瀬正成が苦笑した。「ま、秀頼殿の首級《みしるし》は未だ出てきてはおらず、敵将真田幸村の首級は十個以上も出てきておるでのう」

「したが隼人正《はやとのしょう》（成瀬）、わしはもう七十四ぞ。いつ死んでもおかしくはないわ」

「されば大御所様。来年にでも、大御所様がお亡くなりになったという噂でも流しましょうか」

「――隼人正殿！」と正純が目を吊り上げた。「冗談が過ぎまするぞ」

成瀬は慇懃に背筋を伸ばした。

「冗談に非ず。これも泰平の世づくりのための策じゃ。大御所様がお亡くなりになったと噂を広めれば、またどこかで良からぬことを考える輩が出ぬとも限らぬ」

「――それは面白い！」家康が言下に一つポンと膝を叩いた。「燻《くすぶ》っておる不満の火種は早いうちに出して消すに限る。大きな炎となってからでは消すのは難儀だからのう」

「御意にござります」

「なればこそ按針。浦賀におるスペイン船のことはくれぐれも頼んだぞ。あ奴らに敵意を抱かせぬよう、諭して帰せ。お雪を改宗させたほどじゃ。そなたならできる」

「――はっ、大御所様、お任せを。確とインドウを渡してきます」

按針は力強く答え、目の前の千代紙の蛙のように平伏した。

六

「大坂の陣」と呼ばれた大戦から、五年が経った――。

その間、按針は家康の夢を少しでも実現すべく、シャムや広東《かんとん》（現・中国広東省）、安南《あんなん》（現・ベトナム中部）などから生糸や砂糖、天竺木綿などを大量に仕入れ、平戸に運んだ。

すべては日本を豊かにし、戦を無くすためだ。幸い五年の間、戦はまったく起きてはいない。ただ――。

大戦の翌年、大御所家康が亡くなったという、まことしやかな噂が、そこかしこで立った。

勿論、そんな噂など信じてはいない。策謀好きの家康のこと。おそらく京の二条城で成瀬正成が家康に提案したように、各地に潜む不満分子を誘《おび》き出すために流したに違いない。ところが、家康が政務の一切を将軍秀忠に任せてから、幕府の按針に対する態度が天と地ほども違った。

按針とヤン・ヨーステンは幕閣から外された。

そのせいで、商館長コックスと江戸城に出向いた折も、いつもならすぐに発行してくれる渡海朱印状を取るにもひと苦労だった。

渡海朱印状は申請すれば、交付されるものではない。幕閣の仲介を要す。今までは按針自身でできたものを、本多正純を通さなければならなくなった。

その上、交付された渡海朱印状は、これまでと違い、平戸でしか使えないものだった。

按針がシャムに出ている間に、将軍秀忠がすべての外国船に対して、長崎と平戸以外の上陸を禁じる〈二港制限令〉を布いたという。

狙いは、宣教師の入国禁止と国外排除を徹底するためだ。

とはいえ、イギリスは布教活動をまったくしていない。按針は何度も江戸城に登城して、イギリスだけはこれまでどおりにしてくれるよう、正純を通じて秀忠に請願した。

しかし——。

三週間も待たされたものの、秀忠との拝謁も許されず、按針の要望は却下された。

〈二港制限令〉で、交易を許されているイギリスとオランダは大変になった。大坂や江戸などに置いた支店をすべて閉鎖しなければならない。いずれの商館も不満を抱いているが、日本を護るにはいい方法だと按針は思った。入ってくる異国人を確実に管理できる上に、諸国の大名が陰で私腹を肥やせなくなるからだ。野《の》放図《ほうず》にしておけば、また宣教師が入り込み諸国の大名を洗脳し、「大坂の陣」のような大戦になってしまう。

按針は幕府での立場が弱くなったこともあり、一六一七年四月にイギリス商館を辞め独立した。

今は顧問としてだけ籍を置き、平戸でイギリス商館から買ったジャンク船を修理して「ギフト・オブ・ゴッド号（神の贈り物）」と命名し、商館員のエドモンド・セイヤーを伴い、安南やコーチシナにまで乗り出している。

セイヤーはかつて江戸支店を任されていたリチャード・ウィッカムの下で働いていた男だった。あの散々に按針に手を焼かせたウィッカムは、今では心を入れ替えたように商いに真摯に取り組んでいる。江戸の街で何があったのかは知らないが、日本人の――というより、侍の恐ろしさを知ったとのことだ。そのウィッカムから、ぜひ、セイヤーに東インドでの仕入れ方などを仕込んで欲しいとの要望だった。

早いもので、独立して三年が経つ。中央から遠ざけられたとはいえ、やることはわかっている。

按針の使命は海外との交易の道筋をつけ、盤石にしていくこと――。

これこそが、自分を認めてくれた家康への恩返しだと思っている。お雪も賛成してくれている。だから今の按針にとって、もはや日本はもとより、イギリス人だの、オランダ人だの、スペイン・ポルトガル人だのと、小さな世界に囚われていること自体、意味のないことだった。

人の価値は地位でも金でもない。自分の夢に向かって挑戦できたか、どうかだ――。

父の言葉を胸に、家康の夢であり、今や自分の夢でもある、泰平の世の実現に一人で立ち向かっている。

一六二〇年五月――。按針はいつものように自船のギフト・オブ・ゴッド号でトンキン（現・ベトナム北部）に出掛け、中国産生糸などを大量に買いつけ、平戸に戻ってきた。

こたびの商いも上手くいった。病に臥《ふ》せっているとの噂のある、家康の好物の香木も手に入れたので、久しぶりに家康の見舞いがてら駿府城に顔を出し、江戸のお雪の許へも帰ろうと思う。

ただ、按針自身、体調がすぐれない。二、三日前から下痢が止まらず、やや熱もある。

按針が腹の痛みに耐えながら平戸に入港したギフト・オブ・ゴッド号を降りると、みすぼらしい僧侶が近づいてきた。

頭に竹で編んだ網代笠《あじろがさ》を被っているので顔はわからないが、白髪交じりの髭が下から覗いているので、かなりの年寄りに見える。両手が不自由なのか、着物の袖の中に隠していた。

「按針殿……久しぶりじゃ。永らく待っておったぞ」しゃがれた、絞り出すような声だった。「一つ、おぬしに頼みがある」

男は網代笠を取った。どこかで会ったような気はする。

「……ん？　もしや、そなた……兵庫ではないのか」

男が頷くや、按針はすかさず刀の柄に手を掛け、腰を落とした。

「ほう。侍となったからか、構えも大分、様になってきたの」

そう言って男は苦笑すると、両腕を出して見せた。

どちらにも刀傷が残っており、左手には数珠が掛けられていた。

「今はあちこちを徘徊する雲水《うんすい》――というても按針殿にはわかるまい。乞食坊主に身をやつした憐れな男にござる。刀はおろか、銭もない一文無しよ」

兵庫は、左近に両手を斬られてから後の、人生を語り始めた。

全国を当てもなくさ迷い続けたという。気がつけば、お雪と共に洗礼を受けた近江のフランシスコ会の教会にいた。その折、司祭から〈禁教令〉で幕府の役人に追われた信者を助けるよう言われ、大坂城に入ったものの、戦が始まった。

大坂の陣だ。兵庫は刀を振れない不甲斐なさと、死ぬことへの恐怖で城から逃げ出してしまった。

以降、幕府の目を逃れるために僧侶姿となり、物乞いをしながら日本全国を回り歩いた。

二年ほどが経った頃、ようやく自分を見つめられるまでになった。そして、こうなった原因はフランシスコ会の司祭の教えに背き、イエズス会のツズ・パードレの口車に乗ったことが、すべてを失う発端だったと気づいたという。

「ツズ・パードレにも呆れたものだ、聖職者ともあろうものが、人を騙して殺しを企てるとは。神をも恐れぬ所業だ。で、兵庫は今、切支丹を辞めたわけか」

「とんでもない。わしのデウス様への信仰心はさほどに浅くはない。お雪殿は、如何なされた」

「今は浄土宗の宗徒になっている」

「やはり女子の信仰心は薄い。これだから、日本人はいつまでも司祭になれぬのだ」

微かな不快さを感じつつも、按針は訊ねた。

「それで、今さら、それがしに何の用だ」

「次の航海に出る折、ついでにわしをマカオへ連れて行ってはもらえまいか」

「マカオ……。信仰のために国外へ逃げるのか」

「そうではない。わしを地獄に落とし、この日本を地の国にしたまま逃げていった男を殺すために、是非にもマカオへ行かねばならぬ。あの男を生かしておけば、マカオもやがては地の国に逆戻りしてしまう」

「あの男とは、もしやツズ・パードレのことか」

「そうじゃ。あの男を殺さねば、多くの司祭様や信者の死が無駄になる」

幕府が本格的に〈禁教令〉を全国に布いたのは、岡本大八の事件以降だ。按針は当時、オランダ使節団の来訪や、マニラ総督ロドリゴが乗ってきたサン・フランシスコ号の座礁の対応などで忙しく、岡本大八の事件について詳しくは知らない。ただ――。

同じ頃、ツズ・パードレが聖職者であるにもかかわらず、長崎代官の妻とただならぬ関係となり、それを長崎奉行に訴えられたという噂とともに、日本に残っていたポルトガル商人と一緒にマカオに追放されたことは微かに記憶にある。

「兵庫……いや、兵庫殿。左近殿があなたを生かしたのは、人を憎み、人殺しをさせるためではない。まして、あなたの信じるカトリックも、人を殺すことは許していない。なぜ、命をもっと大切にしない。己が今あるのは、己の責任だ。人のせいにするのは、キリスト教の教義を歪めて受け取っている証だ。神への冒瀆と言ってもいい」

兵庫は目を細め、薄く笑った。

「按針殿は日本に来て、成功したから言えるのだ。大きな屋敷と美しい妻に子。それに、どこへでも行ける大きな船に金だ。わしにはないものばかりじゃ」

「命と信じられるものがあれば生きてゆける。元の兵庫殿に戻るんだ。そして、キリストがそうしたように人々のために生きるんだ。あなたにはそれができる。いや、そうしなければ生きてきたことがすべて無駄になる」

按針は懐にあった財布を兵庫の手に握らせ、家康の「神は自分に背負わされた運《さだめ》をしっかりと受け止め、困難を乗り越えた者だけを祝福する」という言葉を告げて、踵を返した。

夕方、平戸の借家に戻った。

大事を取って床に就いたものの一向に良くならない。それどころか、意識が朦朧とし、ここ二日ほど昼と夜の区別もわからなくなっていた。

おぼろげな視界の中に、突然、家康の顔が浮かんだ。

「あ……大御所様、やはりご健在であられましたか。隼人正殿の目論みは見事に外れましたな。ま、もっとも、大御所様が亡くなられたなどと、九州界隈で信じておる者は半分もおりませぬ。それにしても墓所を二ヵ所も別々のところにつくるとは、何とも念の入れよう。しかも五年もの間、誰ともお会いにならない。この按針もさすがに『もしや――』と思ったほどにございます」

家康は渋く笑みを浮かべ頷いた。

「按針、交易のほうは旨くいっておるか。朝鮮語やタタール語も覚えておけと申したが、話せるまでになったか。んん……？　その顔は如何した。旨くいっておらぬのか」

「はぁ……。やはり大御所様が案じたとおり、イギリス、オランダの商館が近すぎました」

一六一五年にあった大坂の陣の後、イギリスから続々と船が来航し、イギリス商館は徐々に繁盛し出した。オランダ商館もパタニから多くの船団が訪れ、鮫皮や生糸、「ルソン壺」と呼ばれた中国壺などでイギリス以上に儲けていた。

浦賀にいたスペイン船に渡来禁止の最後通告を言い渡し、スペインやポルトガルの船が一切、来航しなくなったこともあり、イギリス、オランダ両国にとって金や銀が豊富に採れる日本は今や、東インドでは欠くことのできない市場となった。ところが――。

一六一七年、ついに両国の間で諍いが起こった。

翌年にはオランダ船がイギリス船を襲い拿捕《だほ》。平戸に曳《ひ》いてくるという事件まで起きてしまう。それを訴えたイギリスに対し、幕府は日本の領域外で起こった事件とし、二国間の争いに巻き込まれることを避けた。だが、その諍いが尾を引き、平戸や長崎などの酒場では顔を合わせる度に喧嘩が絶えず、死傷者が出るほど険悪になってしまった。

「やはりのう。先の読めぬ者たちよ。エゲレスは目先に囚われるからじゃ」

「大御所様が申されたように、浦賀に商館を置いておけばと残念でなりません。されど大御所様。上様（秀忠）は頑張っておられます。日本国内での戦は大坂の陣以降、起きていません」

「それでよい。戦は永遠に葬ったと、〈元和偃武〉を宣言したからには戦を起こしてはならぬ。ところで、お雪や子らは変わりないか。ことにお雪は」

猜疑の目を向けた。

将軍秀忠も未だに疑いの目を向けている。理由は、江戸のヤヨースの屋敷を訪ねた多くのオランダ人が平戸への帰り道に逸見の按針の屋敷に入るのを、日本人通詞が見てスペイン人と思い込み幕府に訴え出たからだ。按針が将軍から遠ざけられた一因でもある。だが、正純によれば真実は別にあった。家康に可愛がられた按針が、幕閣ばかりか、秀忠からも嫉妬されていたという。

「ご心配にはおよびませぬ。お雪は大御所様と同じく浄土宗の宗徒になっております」

「されば、そなたもそろそろ、こちらに参るか」

「こちらに……とは？」

「――いや。その前に、まだやらねばならぬことがある。エゲレスにおる女房殿のことじゃ」

「メアリー……のことにございますか」

「そうじゃ。按針、そなたは二つの名を持っておろう。エゲレスでの名を申してみよ」

「……ウィリアム・アダムスです」

「そなたは、そのアダムスと三浦按針、二人で一人じゃ。三浦按針としては立派に務めを果たしたが、アダムスとしての役目は未だ果たしてはおらぬ」

「されど、もうイギリスには戻らぬ覚悟」

「その覚悟を伝えたか」

「……いえ、まだはっきりとは伝えておりません」

家康は渋い顔で溜め息を吐いた。

「そなたを日ノ本に留め置いたことで、女房殿は女手一つで子らを育てておった。さぞかし難儀をしたであろう。そなたも日ノ本で存分に金を貯めたはず。少しは送ってやれ。女房殿が嫌いで祖国を出たわけではなかろう。女子を泣かせてはならぬぞ、按針。泰平の世を望む者が己の家を乱したままにしてはならぬ」

家康が指摘したように、嫌いになったわけではない。今もロンドンで待ち続けているメアリーにはすまないという謝罪の気持ちだけではなく、愛しいとさえ思う。お雪には話してはいないが、帰国を断念してからは、イギリス商館長コックスの勧めもあり、年俸百ポンドの中から二十五ポンドを本国の東インド会社からメアリーに渡してきた。

「……わかりました。ならば仰せのとおりに」

「それより、按針。長湯はよせと言うたはずぞ。熱海で懲《こ》りておろうが」

そう言われて、初めて体が燃えるように熱いことに気づいた。

その途端、熱さとともに激しい腹痛が襲ってきた。

七

「――くっ、苦しい……！　た、助けてくれ！」

「旦那様！」覗きこんだのは下男のアンソニー善吉だった。「大丈夫でごぜぇますか」

――夢か……。

現実に引き戻すように、庭から入ってくる海風が汗でべとついた頬を撫でていく。だが、今も腹はナイフが刺さったように痛く、体が燃えるように熱い。

「ア、アンソニー……水を」

善吉が白磁の吸い飲みで水を飲ませてくれた。

「ここは、どこだ」

「平戸の屋敷にごぜぇます。旦那様は三日前から寝込まれ、うなされておいでで」

「三日も……」

確かトンキンから平戸に帰った日の夜、向こうで手に入れた香木をメルヒョールに頼んで駿府に届けるようにと渡したことまでは憶えているが、その後の記憶は定かではない。

「ここな藪《やぶ》医者に診《み》てもろうたんでごぜぇますが、異人の体はわからねぇと、ろくに診もしねぇで帰っていったでごぜぇやす。長崎ならオランダ人の医者がおるそうで、呼びに行かせやすか」

按針は微かに首を振った。

体の具合が、かつて大西洋上で亡くなった司令官のヤコブ・マフの症状にあまりにも似ているからだ。おそらく赤痢か、マラリアだろう。この熱が何よりの証だ。トンキンで飲んだ水に当たったか、それとも、蚊に刺されたのかもしれない。いずれにしても若い時ならまだしも、五十六となった今、病に打ち勝つ体力はもう残っていない。夢の中で家康が言った「こちら」という意味がようやく呑み込めた。

「この病は、どこの国の医者も治せない……死が迫っている。アンソニー。イギリス商館に行って、商館長のコックスさんと、イートン君を呼んで来てくれ」

「へぇ……」と返事したにもかかわらず、善吉は躊躇いを見せていた。

「どうした……？　早く行け」

「旦那様。……江戸の奥様や坊ちゃん、お嬢様は呼ばんで、ええでごぜぇやすか」

「……報せなくていい。江戸に報せても、こちらに来るまでには十日以上は掛かる。それまで私の命は持たない」

善吉は顔を歪ませ、体を震わせるや、その場に泣き崩れた。

「な……何をしておる。急げ、急いでくれ、アンソニー」

へぇ。善吉は側にいる下女のお由に何かを言うと、部屋を飛び出していった。

――お雪。ジョゼフ。スザンナ……。

苦しむ按針のまぶたの中に、次々と顔が浮かんでくる。

その後、なぜか、急に痛みが治まり、昨年、息子のジョゼフの元服祝いに平戸から、按針のギフト・オブ・ゴッド号でトンキンに向かった折のことが鮮やかに蘇った。

春の日差しの中、目の前には真っ青な海が光り輝き、遥か遠くの水平線まで続いていた。真っ白な帆は海風を受け、船首は寄せる波を次々と切り裂き、白い飛沫《しぶき》をあげながら大海原を南へと進んでいく。

船首でジョゼフは眩しげに目を細めた。

「父上。海はこのように広いのに、どうして己の位置がわかるのですか」

ジョゼフは、当時、十四歳。家を継ぐ覚悟ができたからだろう。急に大人びてきていた。元服は頭を剃り上げるのが侍の倣いだが、あえてさせないで按針と同じように総髪の髪型にさせていた。

「これで自分の位置を知る」

按針は愛用のコンパスとアストロラーベを出し、どうやって使うかを教えた。

「ジョゼフ。世界は広い。いろいろな人々がいる。ヤヨース殿のような赤毛もいれば、メルのような金髪もいる。肌も白い者もいれば、黒い者もいる。目の色も様々。言葉も国によって違えば、考えも違う。時間や長さの単位は勿論、食べ物や服装もすべて違う。いろいろな世界を今のうちに見ておけ。そして自分の立ち位置を決め、世の中のために働く。それが生きるということだ」

「それが今、父上のなさっている交易なのですか」

「そうだ。今、船は、これから向かうトンキンに住む人々が欲しがる物を積んでいる。それを売った金で日本人が欲しがっている生糸や壺などを買い、日本に戻る。そうすれば、どちらの国も豊かになり、大御所様の申された泰平の世が、この地球を包んでいく。その交易を任されたのが三浦家だ。こたびの航海で、父のやり方をしっかりと覚えておくんだ。わかったな、ジョゼフ」

「はい。父上」

ジョゼフは、きりりとしたまなざしを向けていた。

あの時、ジョゼフが、どれほど按針の言葉を理解し、また、あの航海で何を学んだかはわからない。だが、純真無垢な瞳が未だに脳裏で按針を捕らえて放さない。

——三浦家を任せたぞ、ジョゼフ……。

按針は現実に戻るや、再び激痛の闇へと落ちていった。

八

次に目が覚めたのは、夕刻だった。熱はあるが、腹痛はやや治まっていた。

ベッドの脇には、イギリス商館長のリチャード・コックスと商館員のウィリアム・イートンが心配げな顔で立っていた。

イートンはかつて大坂支店を任されていた男で、鋭い観察力を持ち、金銭面には厳格で信頼が厚い。今は商館で書記官を務めている。

二人は五月だからか、揃いの青いジャーキンとホーズという恰好だった。

「按針殿……」と言葉を詰まらせたのはコックスだった。それほど顔色が悪いのだろう。

「……館長。イートン君。私の最後の頼みだ。私の遺言執行人になってもらいたい」

二人は顔を見合わせ渋い顔で頷くと、コックスが椅子に腰掛け、イートンが筆記の用意をした。

「では、私が友人として立会人となり、按針殿の言葉はイートン君が記録する。思いのたけを言ってください」

按針は、下男の善吉が運ぶ陶器の吸い飲みで口を湿らせると、言葉を継いだ。

「神の御名において……。一六二〇年五月十六日、私ことウィリアム・アダムスは、最後の意志をもって、ここに、以下のように記す……」

按針は熱で朦朧とした頭で言葉を選び、続けた。

話している間、まぶたにはロンドンの自宅を出て弟トーマスと友人ティモシー・ショッテンと共にオランダに渡り、大勢のオランダ人と五隻のガレオン船でオランダのテセルから船出した、あの日。その後、大西洋を南下してマゼラン海峡を通り、広い太平洋をさ迷った苦しい思い出や、弟トーマスを殺され友人ショッテンを失い、嵐に遭って一隻となったリーフデ号で、やっとの思いで日本に辿り着いたこと。そして……。

大坂の牢獄に入れられ、家康と出会ったこと。日本を二分する大戦に駆り出され、殺されかけたこと。祝言でお雪を泣かせたこと。南蛮船をつくり旗本となり侍として生きることを決意したこと。子供が生まれお雪と喜び合ったこと……等々、日本での数々の思い出とともに、いろいろな人々と出会ったことが駆け巡っていた。

「そして……私の財産の半分をロンドンに住む、愛する妻と子供たちに遺贈するものとする。残り半分の金銭や財産は日本に暮らす、私の愛する二人の子供たち、ジョゼフとスザンナに贈るものとする……。神に賞賛あれ。アーメン」

「んん……？　按針殿。ちょっとお訊ねするが、お雪殿には財産分与をしなくて宜しいので？」

「お雪とはたっぷり愛を育んだ。私が死んだら、左薬指にある指輪を渡してくれ。お雪なら、それで十分なはずだ。遺言状はいずれ……ロンドンにいる妻メアリーに渡る。私に尽くしてくれたお雪を怨んで欲しくはない……私を待ち続けていたメアリーにも怨みを抱かせたくはない」

「……お雪殿の名を記したくはないのですね」

「大御所様や館長が私に言ったように、ウィリアム・アダムスとしての落ち度は残したくはない。……以上だ。それから……」

按針はまた善吉が運ぶ陶器の吸い飲みで口を湿らせた。

「もし君たちが祖国に戻り、国王にお会いできる機会があったなら、私がこう言っていたと伝えて欲しい。日本人には日本人の背負わされた役目があるように、イギリス人にはイギリス人の、オランダ人やポルトガル人、スペイン人にもそれぞれ背負わされた責務がある……それはすべて平和への道筋でなければならない、と」

「平和への道筋でなければ……」

「それが世界共通の……平和を望む人々の、判断の物差しだ。そうすれば、世界は、大御所様が望まれた泰平の世となっていく」

「わかりました。国王陛下に必ずお伝えします」

「ありがとう。最後に、館長。ご忠告する。あなたは人が良すぎる。中国人には騙されないよう。彼らの持ってくる物は偽物が多い。それから……これまでのお礼に君たちへも形見分けをしたい。是非にも受け取ってくれ」

按針は、コックスには家康から拝領された大小の刀と海図ほか地球儀を、イートンには航海の書物と道具を贈り、他の商館員たちには按針の上質の着物を分けた。

「……あ、忘れるところだった。アンソニー善吉とジョアンナお由。ベッドの下の、壺の中の丁銀を受け取ってくれ」

「とんでもねぇでごぜぇやす、旦那様」と部屋の隅から善吉の湿っぽい声が聞こえたが、もう目は見えない。「わしらみたいな下僕が頂くわけには参りません」

「アンソニー……そのようなことを申すな。君たちにはいろいろと世話になった。五十両ほどしかないが、受け取って欲しい。私のことはお雪と子供たちに伝えてくれ。それが君の、最後の仕事だ。逸見の山で葡萄でも育てて、ジョアンナと自由に暮らせ。君たちはもう下僕ではない」

「旦那様……！」二人の啜り泣く声が重なって聞こえてくる。

「……館長。私の棺《ひつぎ》は、この平戸の、海風の吹く場所に埋めて欲しい」

「この平戸に……？　それではお雪殿や子供たちばかりか、逸見の領民たちが悲しみます。皆、あなたを慕っている。大丈夫。我々の船で逸見まで運びますよ。墓も逸見に」

「いや……この平戸がいい。平戸は、故郷ジリンガムに似た、優しい海風が吹く街だ。私は風を読んできた航海士であり、水先案内人だ。今度は海風となって、この日本を護っていく。海風は世界を覆っている。君たちの様子も、世界の成り行きも、風となって見ているよ。棺には、ウィリアム・アダムスの名とともに……三浦按針の名も刻んでくれ、頼む。……私は二人で一人だ」

その時、どこからともなく柔らかな風が按針の頬を優しく撫で、脳裏に家康の微笑む顔が浮かんだような気がした。おそらく日本で言う「あの世」という天国で待ってくれているのだろう。

「……わかりました、按針殿。では、棺はこの平戸に埋めます」

「ありがとう。これで私は……もう何も思い残すことなく、安心して大御所様の許に行ける」

「按針殿……」右手を握られた。「いや、ウィリアム・アダムスさん。あなたは私の思ったとおりの人だった。感謝します」

頷くと同時に、コックスの声が遠のいていった。

九

一六二四年十月——。
メアリーの許に、日本のイギリス商館で働いていたという四十過ぎの、ウィリアム・イートンという男が訪ねてきた。夫が生前、遺言執行人を依頼したという。

イートンによれば、夫は四年前の五月十六日に、日本の平戸で病に倒れ、息を引き取ったとのことで、当時のことを詳細に説明してから遺言を読み上げた。

四年前といえば、ウィリアムが亡くなった丁度三ヵ月後の九月十六日、息子ジョンが、メアリーが止めるのも聞かず、ロンドンの遥か南西にあるプリマス港から新大陸を目指して船出していった年だ。

未だに、あの時の光景が忘れられない。夫ウィリアムが昔、オランダのロッテルダムに向け、家を出ていったあの日とまったく同じだった。

メアリーは両手でテーブルを叩いた。

「――ジョン！　お願い。行かないで。あなたまでお父さんの真似をして、私と祖国を捨てて旅立っていくの」

ジョンは、心配顔で見つめるメアリーに笑みを返した。

「僕はもう二十八だよ、母さん。今なら体力もある。僕は一生、このイギリスの炭坑でモグラのように生きるなんてご免だ。父さんが黄金の国ジパングを目指して行ったように、新大陸で働きたいんだ。父さんは今もジパングで皇帝の側で働いている。僕にだってできるさ。大きな声じゃ言えないけど、メイフラワー号は信仰の自由を求めての旅なんだ。きっと神がお護りくださる」

近年、キリスト教プロテスタントの〈ピューリタン〉と呼ばれる一派が、イギリス国教会に改革を求め、教会内部で長老派と争っているとの話はよく耳にする。自由を求める若者たちの間に熱狂的な広がりをみせていることも知っている。街を歩けば、若者が合言葉のように「自由を！」と言葉を交わしている。

それがまさか、息子のジョンまで影響を受けていたとは思ってもいない。

「新大陸には、誰にも縛られない自由があるんだ、母さん。働けば働いた分、自分のものになる。僕は父さんのように、きっと成功する。いや、成功してみせる。だから心配しないで。僕にも父さんの血が流れている。ライク・サー・ウィリアム・アダムスだ。成功したら必ず母さんを迎えに来るよ。その時には新大陸の西にある黄金の国ジパングにも行って、父さんに会いに行こうよ」

自信に満ちたジョンの顔は、かつてウィリアムが家を出ていく時に見せた顔と瓜二つだった。

翌年四月末、メイフラワー号はイギリスに戻ってきたが、ジョンの姿はなかった。

「――私の財産の半分をロンドンに住む、愛する妻と子供たちに遺贈するものとする…

……」

イートンはそこまで読んで、テーブルの上に四角い革のカバンをのせた。

「アダムス夫人。遺言状に記された遺産の半分、二百ポンドです。お受け取りください」

「え、二百ポンドも……！」

五十二のメアリーにとっては大金だった。

しかし、さほどに嬉しくはない。ウィリアムが日本で生きているという話をトーマス卿から聞かされた翌一六一四年から、メアリーの許には東インド会社から毎年二十五ポンドが支給されたお蔭で、働かずに済んだばかりか、暮らしも裕福になっている。それだけにウィリアムへの感謝とともに、憎しみが再び愛へと変わった。

近頃では、ウィリアムが元気で戻ってくることだけを楽しみに、化粧をして着飾ったり、庭に花を植えたりして穏やかな日々を過ごしている。

メアリーは渡されたウィリアムの遺書を読み返した。

気になる箇所が一つだけある。

〈残り半分の金銭や財産は日本に暮らす、私の愛する二人の子供たち、ジョゼフとスザンナに贈るものとする――〉

メアリーはイートンに顔を向けた。

「主人は……日本で誰かと結婚したのですか」

「い、いえ……」何か隠しているように焦った表情を見せた。

「では、この遺書にある〈日本に暮らす、私の愛する二人の子供たち――〉とは、一体、誰の子なんです」

　またしても裏切られたという、一抹の不安が脳裏をかすめていく。

　日本に初めて行ったクローブ号の船長ジョン・セーリスは、帰国後、絶大なる歓迎を受けた。反面、その後、多くの猥褻《わいせつ》なポルノグラフィを持ち込んだことが発覚し、没収されて大いに顰蹙《ひんしゅく》を買った。その影響で、メアリー自身、日本にはあまりいい印象を抱いていない。

「まさか、夫は……日本で」

「違います」遮るように言葉を継いだ。「二人は、アンジンという日本の友人の、子供です」

「日本の友人、アンジン……」

　イートンは遠い日を思い浮かべるように、視線を宙に向けた。

「立派な侍でした。彼は死ぬ時に自分の子を、アダムスさんに託したのです。日本では今はもう戦争はなくなりましたが、私が行った当時はまだありました。アダムス夫人もご存じのとおり、アダムスさんは責任感の強い人でしたので引き受けられたのですよ。日本では、亡くなった友人の子を引き取って育てるのは珍しいことではないのです」

「……夫も向こうでは大変だった、いえ、夫は日本で立派な生き方をしたんですね」

「それは私が保証します。アダムスさんは、わが国やオランダと日本の架け橋になったばかりか、日本の皇帝と共に日本から戦争をなくした功労者の一人です。あれほど平和のために一生懸命に働いた、立派な方はいません。アダムスさんは本当に立派な侍——騎士《ナイト》でした、アダムス夫人」

　メアリーの目から大粒の涙が溢れた。

「イートンさん。その言葉を聞けただけで十分です。……ありがとう」

西日が射す窓に目を向けた。

　いつも曇よりとしたロンドンの空が珍しく赤く染まり、夕日が街並みを照らしていた。あまりに長い間、離れていたからだろう。ウィリアムが死んだという実感が湧かない。いや、心の中で今も生きている。

　おぼろげながら、若い頃、ウィリアムがリビングで見せた笑顔がオレンジ色の夕日に浮かんだ。

思わず口を衝《つ》いて出たのは、遥か昔に子供たちに歌った『Greensleeves』だった。

Ah, Greensleeves, now farewell, adieu　ああ、緑の小袖の愛しき君よ、さようなら
To God I pray to prosper thee　私は神にあなたの幸せを祈ります
For I am still thy lover true　私はまだあなたの本当の恋人です
Come once again and love me…　もう一度ここに来て私を愛してください……。

その時、窓から、体を包み込むような柔らかな風が入ってきた。
潮の香りがする。あれほど嫌いだった海の匂いのはずが、今は懐かしさすら覚える。
メアリーは、なぜか、心にあたたかなものが沁み渡っていくのを感じた。

◎参考文献

『三浦按針11通の手紙』田中丸栄子／編集（長崎新聞社）

『William Adams の航海誌と書簡』菊野六夫／著（南雲堂）

『リーフデ号の人びと』森良和／著（学文社）

『航海術の歴史』H・C・フライエスルーベン／著　坂本賢三／翻訳（岩波書店）

『航海の世界史』ヘルマン・シュライバー／著　杉浦健之／翻訳（白水社）

『大航海時代』増田義郎／著（講談社）

『帆船史話』杉浦昭典／著（舵社）

『輪切り図鑑　大帆船』スティーヴン・ビースティほか　北森俊行／訳（岩波書店）

『木船木材蝕害とその防除』岡田要編（日本学術振興会）

『暮らしのイギリス史』ルーシー・ワースリー／著　中島俊郎ほか／翻訳（ＮＴＴ出版）

『日本に来た最初のイギリス人』P・G・ロジャーズ／著　幸田礼雅／翻訳（新評論）
『セーリス日本渡航記』ジョン・セーリス／著　村川堅固／翻訳（雄松堂）
『Diary of Richard Cocks』試訳　武田万里子・森睦彦／翻訳
『イギリス商館長日記　原文編之上』（東京大学出版会）
『ドン・ロドリゴ日本見聞録／ビスカイノ金銀島探検報告』村上直次郎／訳注（雄松堂）
『ユートピア』トマス・モア／著　平井正穂／翻訳（岩波書店）
『東照宮御実紀』（国会図書館デジタルコレクション）
『関ヶ原合戦と大坂の陣』笠谷和比古／著（吉川弘文館）
『大坂城　天下一の名城』宮上茂隆／著（草思社）
『柳生新陰流道眼』柳生延春／著（島津書房）
『キリシタン時代対外関係の研究』高瀬弘一郎／著（吉川弘文館）
『新訂増補版　キリシタン時代対外関係の研究』高瀬弘一郎／著（八木書店古書出版部）
『日本教会史（上）大航海時代叢書Ⅸ・Ⅹ』ジョアン・ロドリーゲス／著（岩波書店）
『通辞ロドリゲス』マイケル・クーパー／著　松本たま／翻訳（原書房）

『イエズス会の世界戦略』高橋裕史／著（講談社選書メチエ）

＊その他、インターネット情報なども参考にしました。尚、本文に明記された西暦は現在使用されているグレゴリオ暦ではなく、当時、イギリスやオランダが使用していたユリウス暦を使用しております。また、イギリスやオランダの国名は正式名とは違いますが、日本史と現代の日本の社会に即し、あえて「イギリス」「オランダ」としております。

本書は書き下ろし作品です。

よろず屋お市
深川事件帖

誉田龍一

幼い頃、実の父母が不幸にも殺され、お市は岡っ引きの万七に育てられる。よろず請負い稼業で危険をかいくぐってきた万七だが、彼も不審な死を遂げた。哀しみのなか、お市は稼業を継ぐ。駆け落ち娘の行方捜し、不義密通の事実、記憶のない女の身元、ありえない水死の謎――持ち込まれる難事に、お市は独り挑む。

よろず屋お市 深川事件帖2 親子の情

誉田龍一

敬愛する元岡っ引きの万七が不審な死を遂げ、遺されたよろず屋を継いだ養女のお市。かつて万七の取り逃した盗賊・漁火の小四郎が江戸に戻っていることを知り、お市は独り探索に乗り出す。小四郎が犯した押し込みの陰で、じつの父と母が巻き込まれていた事実に辿り着くのだが……〈人情事件帖シリーズ〉第２作。

ハヤカワ
時代ミステリ文庫

陰《かげ》仕《づか》え　石川紋四郎

冬月剣太郎

「公儀の敵をやむなく斬って始末する」薄毛の剣士・紋四郎は、己の酷薄な役割に苦悩する。そんな折、江戸で次々と起こる読売殺し――世間を騒がす下手人の手掛かりを探すことに。紋四郎は勇んで探索するも、なんと好奇心に富みすぎる妻さくらが自分も手伝うと言い出すから気苦労が増え……おしどり夫婦事件帖。

著者略歴　作家　著書『玉兎の望』『無名の虎』『松姫はゆく』『とんぼさま』『家康の遺言』ほか多数

HM=Hayakawa Mystery
SF=Science Fiction
JA=Japanese Author
NV=Novel
NF=Nonfiction
FT=Fantasy

按《あん》針《じん》

〈JA1427〉

二〇二〇年四月十日　印刷
二〇二〇年四月十五日　発行

（定価はカバーに表示してあります）

著者　仁《に》志《し》耕《こう》一《いち》郎《ろう》
発行者　早川浩
印刷者　草刈明代
発行所　株式会社　早川書房

郵便番号　一〇一 - 〇〇四六
東京都千代田区神田多町二ノ二
電話　〇三 - 三二五二 - 三一一一
振替　〇〇一六〇 - 三 - 四七七九九
https://www.hayakawa-online.co.jp

乱丁・落丁本は小社制作部宛お送り下さい。
送料小社負担にてお取りかえいたします。

印刷・中央精版印刷株式会社　製本・株式会社明光社

ISBN978-4-15-031427-9 C0193

本書は活字が大きく読みやすい〈トールサイズ〉です。